Lügenwahr heit

Ein Mobbing- Krimi

Lica

© Lica 2016

Cover © Lica

ISBN 9781520150925

1. Teil
28.02.2005
17.00
Die Hauptverwaltung von Silver Stripes Aero Space International, kurz SASI im Süden Hannovers war auf den ersten Blick nicht besonders beeindruckend, auf den Zweiten schon. Es war ein siebzehn Stockwerke hoher glänzender Bau, der erst einmal ganz stark an die Hochhäusern der siebziger Jahre des letzten Jahrhunderts erinnerte. Aber es war nicht einfach nur ein Klotz. Das wäre SASI viel zu langweilig und normal gewesen. Nein, das Gebäude war eine runde Säule im Innenteil, mit Atrium, von der vier lang gezogene Arme in die vier Himmelsrichtungen abgingen.
In der blanken, silbergrauen Fassade spiegelte sich das Leben vom Kronsberg und selbst an trüben Tagen das Sonnenlicht.
Aber dieses unschöne und trotzdem so imposante Gebäude war gesichert wie eine Festung.
Einen Parkplatz gab es nicht, Autos sah man nirgends am Straßenrand. Die befanden sich ausnahmslos in der firmeneigenen Tiefgarage, die sich unter dem ganzen Gebäudekomplex erstreckte.

Lange bevor irgendjemand überhaupt an die Expo 2000 in Hannover dachte, hatte Luftikus, die Firma, die gemeinsam mit Meier, Müller, Schulze einige Jahre später zwangsweise vom SASI-Konzern vereinnahmt wurde, ein riesiges, brachliegendes Gelände auf dem Kronsberg in Hannover-Bemerode gekauft und sich dort einen Wolkenkratzer im Miniformat darauf gesetzt.

So, wie es die Amerikaner von SASI aus New York von zu Haus gewohnt waren.

SASI hatte schon vor dem offiziellen Zusammenschluss mit Luftikus inoffiziell Anteile an dem Unternehmen und gab bei Projekten solcher Größenordnung gern den Ton an.

Kurz bevor dann das Millennium und damit die Expo nach Hannover kamen, wurde modernisiert.

Also ließ der Konzern auf eigene Kosten für mehrere Millionen, D-Mark damals noch, eine U-Bahn-Anbindung einrichten. Die Endhaltestelle der Linie 12 befand sich in einem eigenen Trakt in der Tiefgarage, die nachträglich erweitert werden musste. Aber diese Company scheute weder Kosten noch Mühen. Für diesen Dienst ließ man extra eigene Wagen fertigen, zu denen der Zugang nur mit Mitarbeiter- oder Besucher-Ausweis möglich war. Angestellte eines eigens dafür beauftragten Sicherheitsdienstes begleiteten jede Fahrt in die Tiefgarage. So war sichergestellt, dass sich keine Unbefugten Zutritt zur Zentrale verschaffen konnten. Wer bei dieser Gesellschaft unter Vertrag stand, war privilegiert, keine Frage, und die Firma verstand es, ihre Mannen bei Laune zu halten.

Rund um diesen wolkenkratzerähnlich anmutenden Komplex hatte die Company zum Ausgleich einen wunderschönen Garten auf dem weitläufigen Gelände angelegt. Massen von Landschaftsgärtner im Dienste des Konzerns hegten und pflegten das parkähnliche Anwesen.

Als dann die Expo im Jahr 2000 kam, öffnete man wohlausgewählte Teile für die breite Masse. Natürlich kontrolliert, damit alles so blieb, wie es war und sich keine Obdachlosen oder Stadtstreicher dort einnisten konnten.

Der Zutritt zum Allerheiligsten, der Hauptverwaltung, blieb den Meisten jedoch auch weiterhin verwehrt.

Dafür wurden die Mitarbeiter noch privilegierter, als ohnehin schon.

Ein Shuttlebus verkehrte zwischen Company und Haupteingang der Expo, doch auch zu Fuß war man in wenigen Minuten dort und jeder Mitarbeiter, der Interesse hatte, konnte sich bei vollen Lohnausgleich jeden Monat einen Expo-Tag gönnen. Das Angebot wurde reichlich genutzt, vor allem, weil die Firma auch den Eintritt für die ganze Familie übernahm und die Preise zu Beginn der Expo damals doch recht üppig waren.

Nach dem 11. September 2001 wurde schlagartig alles anders.

Die Sicherheitsvorkehrungen wurden drastisch verschärft. Die Company fürchtete sich vor Anschlägen, man war schließlich ein Großunternehmen mit amerikanischen Teilhabern und genoss somit von Zeit zu Zeit keinen guten Ruf in der Welt. In wie weit diese Verknüpfungen bekannt waren, hinterfragte man nicht. Man ging von vorn herein auf Nummer sicher.

Alle Außenfassaden wurden schnellstens dunkel verspiegelt, das gab dem Ganzen erstens einen futuristischen Touch und hielt gleichzeitig das gemeine Volk davon ab, einen Blick in das Innere des Gebäudes zu erhaschen.

Besonders in seine Sicherheitssysteme wollte man niemanden Einsicht gewähren und die hatten es in sich.

Das ganze Grundstück wurde mit einer mannshohen Mauer umzäunt, die mit Kameras und Bewegungsmeldern versehen war. Entlang dieser Mauer befand sich auf beiden Seiten, also innen und außen, ein elektrisch geladener Zaun, der optisch durch eine Hecke verdeckt wurde. Jeder wusste, dass er da war, aber keiner konnte ihn sehen. So hatte man ein heimeliges Gefühl und war trotzdem in einer Hochsicherheitszone.

Im Eingangsbereich wurde eine Leitzentrale errichtet, die mit Sicherheitspersonal rund um die Uhr besetzt war. Jeder Mitarbeiter in der Leitzentrale trug eine scharfe Waffe und war bestens ausgebildeter Kampfsportler. Die meisten dieser Leute waren früher einmal Polizisten oder Soldaten gewesen.

Jeder Schritt der Angestellten wurde scheinbar kontrolliert und dokumentiert. Unbefugter Zutritt schien unmöglich.

Nur in den Büros wahrte man die Privatsphäre seiner Mitarbeiter. Videoüberwachung oder Ähnliches wäre vom Management zwar erwünscht gewesen, wurde aber vom Betriebsrat abgelehnt. Man wollte ein Vertrauensklima schaffen, in dem die Mitarbeiter über jeden Zweifel erhaben schienen.

Zum Ausgleich für diesen emotionalen Stress, denen die Angestellten nun Tag für Tag ausgesetzt waren, wurde das weitläufige Gelände um den Turm herum zu einem einladenden Garten im asiatischen Stil umgestaltet, dessen Mittelpunkt ein herrlichen Teich mit Koi-Karpfen wurde, der im Sommer zum Verweilen in der Mittagspause einlud. Rund herum wuchsen Bambussträucher, am Ufer standen Bänke, und Frösche quakten lustig, während sie sich auf Seerosenblättern die Sonne auf die dicken Bäuche scheinen ließen.

Wenn das Wetter es hergab, ließ das Unternehmen Pavillons aufstellen, an denen es kleine Köstlichkeiten und kalte Getränke gab. Gegen relativ geringes Entgelt, versteht sich, schließlich waren diese ganzen Investitionen in die Zukunft nicht billig gewesen.

Für diesen Service wurde extra ein Catering-Service bemüht, um es den Mitarbeitern und Besuchern des Gebäudes so angenehm wie möglich zu machen. Manchmal gab es zum Feierabend Konzerte von hannoverschen Musikern auf der kleinen Parkbühne. Die waren wiederum äußerst gut besucht.

Allerdings herrschte tagsüber im Park wenig Betrieb, denn die meisten Mitarbeiter hatten viel zu viel zu tun, als die angenehme Umgebung zu genießen.

Besucher waren hingegen immer wieder sehr beeindruckt, welchen Luxus SASI seinen Angestellten bot. Eine Besprechung mit einem Konzern-Mitarbeiter in diesem Ambiente war für fast jeden Außenstehenden ein Highlight.

Die neue, verspiegelte Außenfassade passte nicht ganz zum Kronsberg und dem angrenzenden Messegelände, aber sie hatte den Vorteil, dass man zwar nicht in die Büros sehen konnte, von drinnen jedoch hatte man besonders aus den oberen Etagen einen fantastischen Blick über die ganze Stadt Hannover.

Wenn man die Möglichkeit bekam, auf das Dach zu kommen, was in etwa der Höhe eines zwanzigstens Stockwerkes entsprach, war die Aussicht überwältigend. Man fühlte sich wie ein kleiner König.

Hannover lag einem zu Füßen.

Bei klarem Wetter konnte man manchmal bis zum Harz weit im Süden sehen.

Wenn man auf dem Dach im zwanzigsten Stock stand und sich umsah, blieb einem nichts wirklich verborgen, was Hannover ausmachte. Man sah die Eilenriede, die grüne Lunge der Stadt, die sich von der City teilweise bis zum Stadtrand erstreckte. Die Leine und die Ihme, die beiden Flüssen, die sich durch die Landschaft schlängelten, den Maschsee und daneben die Ricklinger Teiche in der Leinemasch, das Stadion von Hannover 96, Neues und Altes Rathaus mitten im Zentrum, gleich dicht dabei den Glaskomplex der Nord LB und im Süden das Messegelände mit dem Hermesturm.

Man sah aber auch die Reste, die von der Expo geblieben waren. Dieser Anblick war weniger schön, doch er gehörte dazu. Gleich nach der Weltausstellung lag das Gelände brach und die herrlichen Pavillons, die noch vor kurzem von der Welt bewundert wurden, verfielen zu Ruinen.

Heute, im Jahr 2008, hat sich das Bild am Kronsberg gewandelt. Verschiedene Firmen haben ihren Sitz auf dem ehemaligen Expo-Gelände und die TUI-Arena, ein Veranstaltungszentrum, sorgt für Leben auf der alten Expo-Plaza.

Mittlerweile ist das eine richtig gute Adresse in dieser Stadt.

Der Kronsberg selbst ist jetzt ein Wohnviertel mit Häuserblocks dicht an dicht. Die Wohnqualität ist unteres Niveau, aber die Mieten sind eher als hoch anzusehen.

Wenn eine Messe ist, tobt hier das Leben.

Aber zurück zu SASI.

Schon aus den unteren Etagen des futuristischen Gebäudes erspähte man den neuen Telemax in Kleefeld und ab der siebten Etage konnte man manchmal den Betrieb des Flughafens in Langenhagen beobachten.

Nach vorherrschender Meinung war der SASI-Tower, wie das Gebäude später liebevoll genannt wurde, zurzeit das höchste Gebäude in Hannover. Andere Unternehmen wollten wohl gern mit SASI konkurrieren, konnten allerdings bis dato keine Genehmigung für ihre ehrgeizigen Neubauten bekommen.

Johanna Crin, genannt Jo, stand in ihrem Büro im 16. Stock des SASI-Towers und sah nach draußen über die bunt beleuchtete Stadt in Richtung der Autobahnen und der Schnellstraßen. Von hier oben hatte sie einen fantastischen Blick und konnte, wie auf einem Stadtplan, erkennen, wie die Schnellstraßen und Autobahnen Hannover umschlossen. Rote und gelbe Lichterbänder zogen sich durch die Dämmerung.

Fast direkt neben ihr, so schien es, am Himmel flackerten die roten und weißen Positionsleuchten eines Flugzeugs auf, das in Langenhagen zur Landung ansetzte.

Es wurde immer noch ziemlich schnell dunkel, obwohl Ende Februar war und die vielen erleuchteten Fenster in den Wohnblocks gegenüber am Kronsberg ließen das Panorama unwirklich erscheinen.

Es regnete, schon den ganzen Tag, und so trübe, wie das Wetter war, war auch ihre Stimmung. Jo wurde etwas wehmütig. Nun war es also soweit. Ab morgen würde einmal mehr in ihrem Leben wieder alles etwas anders sein.

Während sie ihren Mantel vom Haken nahm und ihn anzog, dachte sie darüber nach, morgen früh ja nur in der 15. Etage aus dem Fahrstuhl zu steigen. Wie würde das aussehen, wenn sie an ihrem ersten Tag in der neuen Abteilung im falschen Stockwerk ausstieg, weil die Macht der Gewohnheit zuschlug.

Jo blickte sich noch einmal um.

Dieses Büro war nun fast leer. Kein Computer mehr auf ihrem Schreibtisch, kein Telefon, keine Pflanzen, keine persönlichen Sachen. Alles verpackt in wenigen Kartons, die morgen früh in einem neuen Büro ausgepackt werden mussten. Auch die Kollegin, mit der sie einige Zeit das Zimmer geteilt hatte, war schon lange zu Haus. Sie fühlte sich etwas allein und verloren, doch so war das Leben, sagte sie sich.

Jo nahm sich die Zeit und dachte noch einmal in Ruhe darüber nach, wie sie bis hier her gekommen war.

04.2001

Irgendein Tag im April 2001

Rückblende:

Eigentlich lagen Jo`s berufliche Wurzeln im Handwerk. Den Job hatte sie aber aus gesundheitlichen Gründen aufgeben müssen. Berufsunfähig mit Mitte zwanzig.

Also Umschulung zu etwas Kaufmännischen, das war ihre einzige Alternative damals. Jo machte das Beste daraus, wurde Industriekauffrau und arbeitete über elf Jahre in einem mittelständischen Unternehmen, wo man sie dann einfach entließ, weil der Chef mehr Interesse an seinen Sportwagen hatte, als sich um Arbeit und die Arbeitsplätze seiner Angestellten zu kümmern.

Überhaupt herrschten in diesen Laden keine Kultur und kein Anstand. Man sagte ihr nicht mal, dass ihre Entlassung ins Haus stand, sondern schickte ihr einfach die Kündigung per Post. Ohne Vorwarnung.

Ende 2000 war es dann so weit. Nach einigen Mobbing-Attacken ihres Betriebsleiters und der Kollegen kam der letzte Tag und Jo musste sich auf Jobsuche begeben. Vorher hatte man noch eine Auszubildende eingestellt, die für ihr karges Gehalt Jo's Job machen sollte, bis die Firma endgültig schloss. Ausbeutung hoch drei.

Jo hingegen hatte das Glück durch viel Eigeninitiative schon Anfang Februar 2001 an einem EDV-Lehrgang teilnehmen zu können, der ihr die ganzen wichtigen Dinge beibringen sollte, die sie im beruflichen Alltag brauchte. Das mittelständische Unternehmen hatte ein hauseigenes EDV-System, mit dem man nirgends auf der Welt etwas anfangen konnte. Also brauchte Jo Computerkenntnisse, die sie nach vorn brachten.

Dieser Lehrgang, der sich ganz auf kaufmännische Software und deren Anwendung konzentrierte, sollte ein Jahr dauern und beinhaltete ein Praktikum von drei Monaten.

In diesem Lehrgang kam Jo zum ersten Mal in ihrem Leben so richtig mit Computern in Berührung. Gewünschte hatte sie sich das schon immer, aber es hatte sich nie ergeben. Und nun lernte sie von einem auf den anderen Tag endlich, wie man mit Word und Excel und den ganzen Programmen umgeht, wie man im Internet surft und was man sonst noch alles Tolles in der elektronischen Welt machen kann. Scheinbar hatte sie ein Händchen für Computer. Das Lernen fiel ihr nur so zu.

Für das anstehende Praktikum gingen in der Akademie Listen mit Firmen herum, die Praktikanten nahmen. Jo wusste, dass es immer einen schlechten Eindruck machte, wenn man sich nur bei diesen Firmen bewarb, die oft noch dazu auch schon schlechte Erfahrungen mit Praktikanten gemacht hatten. Außerdem, kam ihr in den Sinn, was sagte man auf die Frage: Warum haben sie sich gerade bei uns beworben? Weil sie auf der Liste der Akademie stehen!

Nein, Jo hatte eine viel bessere Idee und auch ein bisschen Glück.

Sie hatte sich auf ein Zeitungsinserat bei MMS - Meier, Müller, Schulze, einem ortansässigen Fahrradhersteller, für ein Praktikum zu ihrer Fortbildung beworben. Und sie hatte ein Vorstellungsgespräch bekommen.

Meyer, Müller, Schulze war ein alteingesessenes hannoversches Familienunternehmen, gegründet von Wilhelm Meyer, Anfang des zwanzigsten Jahrhundert. Wilhelm Meyer baute seine Fahrräder zu Beginn in einem Hinterhof in Linden, brauchte mehr Platz und mehr Geld und heiratete Luise Müller, deren Bruder Gustav Müller mit ins Geschäft einstieg. Später folgte der Schwiegersohn Friedrich Schulze und so ergab sich der Name, der in Hannover zu einer Marke wurde. Jeder Arbeiter in Linden und Ricklingen war jemand, wenn er ein Fahrrad von Meyer, Müller, Schulze besaß.

Das einstige Familienunternehmen wurde bis in die fünfziger Jahre von dem Dreiergespann geleitet, Mitte der Fünfziger übernahm die zweite Generation die Firma und expandierte mit dem folgenden Wirtschaftswunder nach dem zweiten Weltkrieg. Während des Krieges hatte es manches Mal so ausgesehen, als würde MMS nicht überleben, doch irgendwie ging es immer weiter.

Nachdem nun 1953 Herbert Meyer, der Sohn von Wilhelm und Luise, die Leitung der Firma übernommen hatte, machte er aus dem Familienunternehmen eine GmbH, kaufte ein Industriegelände in Linden an der Ihme und begann im kleinen Stil Fahrräder am Fließband zu fertigen. Zu dieser Zeit hatte

MMS fast zweihundert Mitarbeiter und Herbert Meyer verkehrte in höchsten Kreisen.

In den späten Siebzigern, Anfang der Achtziger, ging es bergab. Ausländische Firmen fertigten billiger, die Menschen sahen vor allem auf den Preis, nicht mehr so auf die Qualität und Herbert musste handeln. Um möglichst alle Arbeitsplätze zu erhalten, orientierte sich Herbert an anderen Unternehmen und machte aus der GmbH eine AG, von der SASI, warum auch immer, Anteile erwarb und als stiller Teilhaber fungierte. Als sich Herbert dann zum Ende des Jahrhunderts ganz aus dem Arbeitsleben zurückzog, kaufte SASI das Unternehmen auf und übernahm im Hintergrund die Geschäftsführung. Die Fertigung der Fahrräder blieb weiterhin in Linden, die Verwaltung wurde in das neue Gebäude auf den Kronsberg verlegt.

Um konkurrenzfähig zu bleiben, fusionierte MMS später mit Luftikus, einem Hersteller von Kleinstflugzeugen, aber der Plan ging nicht auf. MMS und Luftikus hatten eine gute Idee, aber durch Fehler des Managements steuerten sie auf die Insolvenz zu.

Der Retter in der Not war SASI.

Der Konzern übernahm die Führung, kaufte das kleine Unternehmen ganz auf und separierte die einzelnen Betriebsteile. Dazu wurde der kaufmännische Teil des Unternehmens in SASI integriert, die Fahrradfertigung selbst blieb jedoch eigenständig, mit dem alten Firmennamen. Recht kompliziert, aber eigentlich ganz einfach.

Die alte Idee wurde wieder aufgenommen, denn SASI versprach sich davon Erfolg.

Im Jahr 2001 aber war MMS noch MMS und residierte mit seiner umfangreichen Verwaltung im SASI Tower in Bemerode, der damals noch einfach MMS-Turm genannt wurde.

Für ihr Vorstellungsgespräch hatte sich Jo extra eine neue Hose und eine neue Jacke gekauft. Schließlich wollte sie ordentlich aussehen, auch wenn sie wenig Geld hatte.

Und Laura-Marie, ihre Lebensgefährtin, hatte ihr extra den Glückspulli geliehen.

Jo fuhr mit der U-Bahn bis zum Kröpke. Dort musste sie in die Linie 12 umsteigen, deren letzter Waggon von der Endhaltestelle direkt in die Tiefgarage von MMS einfuhr.

Jo gehörte noch nicht zu den Privilegierten, die bis zur Endhaltestelle in der Tiefgarage des MMS-Turms fahren durfte, also stieg sie eine Haltestelle vorher aus und ging die paar Schritte bis zum Haupteingang zu Fuß.

Ihr Weg hatte sie von ihrem Gartenhaus quer durch die Stadt raus nach Bemerode geführt. Zum diesem Vorstellungsgespräch. Sie war sehr aufgeregt und die imposante Größe des Gebäudes, das sie von der Haltestelle aus sehen konnte, erschreckte sie.

Es war alles riesig, aber unscheinbar von außen, und doch so ganz anders, als die mittelständische Firma, in der sie früher tätig war. Das war eine kleine, schmutzige Werkstatt gewesen in einem uralten Gebäude mit Unrat und Müll in fast jeder Ecke.

Jo musste erst einmal ganz um das Grundstück herum gehen, ehe sie den unauffälligen Eingang wirklich entdeckte. Der lag nämlich so, dass man ihn von der Haltestelle aus noch nicht sehen konnte.

Von der Straße führte ein gepflasterter Weg, gesäumt von Bambussträuchern, zum Haupteingang. Parallel dazu verlief eine Einfahrt für Autos zum Besucherparkplatz in der Tiefgarage und zur Warenannahme, gesichert durch eine Schranke mit Kamera-Überwachung.

Und dieser Anblick, der sich ihr dann bot, als sie am Ziel angekommen war, war wirklich beeindruckend.

Jo zuckte zusammen und betrachtete einen Moment die Glaskonstruktion, die, ähnlich wie vor einem guten Hotel, langgezogen von den Eingangstüren wegging und es ermöglichte, dass Besucher auch bei Regen trockenen Fußes die Halle erreichen konnten.

Als sie durch die automatisch öffnenden Türen trat, erschreckte sie sich erneut.

Innen, direkt der Eingangstür gegenüber, gab es einen geschwungenen Empfang, wie in einer Hotellobby, hinter dem ständig zwei mehrsprachige Empfangsdamen die Besucher und Angestellten empfingen.

Jo musste sich anmelden und war heilfroh, dass sie nicht allein hinein durfte, sondern von ihrem Gastgeber in der Halle abgeholt wurde. Sie hätte auch Angst gehabt, sich zu verlaufen. Jo war äußerst beeindruckt und wünschte sich in diesem Moment nichts mehr, als dort zur arbeiten.

Auch ihr Gastgeber erschreckte sie.

Was Jo zuerst von Kai Mellenstedt wahrnahm, war seine Größe. Der Typ war riesig. Kai Mellenstedt maß mindestens zwei Meter. Er war kräftig und offensichtlich sehr sportlich und schlank. Seine dichten aber kurzen, schwarzen Locken bedeckten den ganzen Kopf und ist dichter, schwarzer Vollbart das ganze Gesicht.

Er sah eigentlich ganz normal aus. Kein Anzug, sondern Jeans und ein dunkelblaues Jackett, keine Krawatte, aber Cowboystiefel. Jo musste lächeln, verkniff sich das aber, denn sein mürrischer Blick machte ihr im ersten Moment ein wenig Angst. Kai Mellenstedt war aber trotz seines kernigen Äußeren sensibel, denn er spürte, dass Jo ein wenig unwohl war.

Zur Begrüßung reichte er ihr die Hand und stellte sich vor. Sein Händedruck war fest und sicher. Um die Situation ein wenig aufzulockern, führte er Jo durchs Treppenhaus in den ersten Stock in sein Büro. Mellenstedt scherzte, für diesen kurzen Weg brauchte man keinen Fahrstuhl, er ziehe die Treppe vor und Jo hätte nicht gewagt, ihm zu widersprechen.

Mellenstedts kleines Büro war aufgeräumt und übersichtlich. Akten und Ordner befanden sich in Schränken, auf dem altmodisch hölzernen Schreibtisch lag nur Jos Bewerbungsmappe neben dem Computer und dem Telefon. Daneben stand ein Bild, vermutlich von seiner Familie. An den pastell-gelb gestrichenen Wänden hingen Gruppenfotos, wahrscheinlich von Betriebsausflügen, dachte Jo.

Mellenstedt nahm Jo die Jacke ab und bot ihr Platz an.

Dann bat er Hanna Böschelburger, seine Assistentin zum Gespräch dazu. Die sollte sich um die Praktikantin kümmern sollte, würde man sie denn nehmen.

Hanna musste noch sehr jung sein, höchstens Mitte zwanzig. Sie war nicht ganz schlank, trug aber einen dunklen Hosenanzug mit einer hellen Bluse und Pumps mit Absatz, was sie größer und vorteilhafter erscheinen ließ. Die dunklen, schulterlangen Haare waren offen, ihre braunen Augen funkelten ein bisschen.

Hanna machte auf Jo einen sympathischen Eindruck.

Auch sie war etwas unsicher, denn es war das erste Mal, dass sie bei einem Vorstellungsgespräch dabei war.

Mellenstedt ergriff das Wort und erzählte ein bisschen von der Firmenhistorie. Jo hörte interessiert zu.

Sie war ein bisschen eingeschüchtert durch die beiden, doch Jo nahm all ihren Mut zusammen erzählte offen von sich, ihrem beruflichen Werdegang, von ihrer Krankheit und machte scheinbar einen guten Eindruck.

Jo hingegen konnte nach dem Gespräch nicht einschätzen, ob es gut gelaufen war, oder nicht. Sie hatte in der letzten Zeit einige Termine dieser Art gehabt, und die Erfahrung hatte gezeigt, dass man sich einfach nicht sicher sein konnte, egal, was für ein Gefühl man selbst hatte.

Nachdem sie sich verabschiedet hatte, hörte Jo erst einmal nichts von der Firma. In ihr kamen Zweifel auf, ob sie überhaupt eine Change hatte, bei MMS unter Vertrag genommen zu werden.

Die Zeit des Wartens war furchtbar, doch Laura-Marie, Jo's Lebensgefährtin, gab sich alle Mühe, Jo immer wieder aufzubauen und ihr Mut zuzusprechen.

Nachdem einigen Wochen vergangen waren und Jo keine Nachricht bekommen hatte, überwand sie sich und rief in einer Unterrichtspause bei MMS an.

Sie hätte die ganze Welt umarmen können, als man ihr mitteilte, man hätte gerade den Praktikumsvertrag in die Post gegeben, sie würde ihn in den nächsten Tagen bekommen.

Und nach dieser höchst erfreulichen Nachricht an einem Montagmorgen war Jo auch hochmotiviert, im Lehrgang ihr Bestes zu geben.

Es gingen noch einige Monate ins Land, ehe das sechsmonatige Praktikum im September 2001 im Rechnungswesen bei MMS begann.

Jo freute sich wie ein kleines Kind.

An ihrem ersten Arbeitstag als Praktikantin wurde sie am Empfang in der Lobby von Hanna Böschelburger abgeholt.

Hanna hatte sich um alles gekümmert und wies sie auch ein. Hanna wurde so etwas wie eine Patin, eine Mentorin, für Jo.

Hanna führte Jo, wie Mellenstedt damals auch, über die Treppe in den ersten Stock in ein Büro im Westflügel, das für die nächsten Monate ihr Arbeitsplatz werden sollte.

Jo trat durch die Tür. Das Zimmer war fast quadratisch. Rechts und links neben der Tür, die etwas versetzt links war, waren Einbauschränke für die Akten, gegenüber der Tür zwei große Fenster mit einem breiten Sims, unter dem die Heizung war. Die Fenster nahmen die ganze Außenwand ein. Auf dem Sims standen Grünpflanzen.

Das Zimmer selbst war, wie alle Büros, pastell-gelb gestrichen. Mittig standen sich zwei Schreibtische gegenüber, auf jedem ein PC, ein Telefon, eine elektrische Rechenmaschine und ein elektrischen Tacker.

Welch ein Luxus, dachte Jo.

Hanna zeigte ihr, welcher der Schreibtische Jo's war und wo sie ihre Jacke aufhängen konnte.

Nachdem Jo ihren Rucksack abgestellt und ihre Jacke verstaut hatte, wurde sie von Kai Mellenstedt in dessen Büro begrüßt und den anderen Kolleginnen und Kollegen vorgestellt.

Es war ein sehr junges Team, mit dem hier gearbeitet wurde, nur Mellenstedt, zwei Kolleginnen und ein Kollege waren älter als Jo, die anderen zehn waren höchstens Anfang bis Ende zwanzig.

Nach der Begrüßung nahm Hanna Jo sprichwörtlich an die Hand.

Sie machten zuerst einen kleinen Rundgang durch das Gebäude, damit Jo wusste, wo sie jetzt arbeitete, und wo Toiletten und Teeküche waren.

Hanna erklärte ihr die Modalitäten, gab ihr Unterlagen, in die sie sich einlesen sollte, erklärte ihr Telefon und Computer und gab ihr anschließend die ersten Aufgaben.

Jo fügte sich schnell in die neue Umgebung, den Arbeitsrhythmus und das Team ein. Sie war anpassungsfähig und behielt trotzdem ihre eigene Persönlichkeit.

Innerhalb von wenigen Tagen übernahm sie einen Teil von Hannas Aufgabengebiet, den sie bald selbstständig erledigte.

Jo stellte sich sehr geschickt an. Hanna war schon in den ersten Tagen sehr zufrieden mit ihr. Das sollte auch so bleiben. Diese Zufriedenheit übertrug sich auf Mellenstedt. Er hörte von Hanna nur Gutes und nach und nach übertrugen die beiden Jo auch wichtige Aufgaben.

Hanna und Jo wurden schon nach kurzer Zeit ein sehr eingespieltes Team, das sich ganz aufeinander verlassen konnte.

Gegen Ende des Praktikums sorgte Mellenstedt dann dafür, dass Jo als Aushilfe in einer anderen Abteilung beschäftigte wurde. Leider sollte diese Anstellung nur ein Jahr dauern.

Kaum hatte Jo den neuen Job angetreten, machte die Hiobsbotschaft die Runde, dass das Unternehmen umstrukturiert werden sollte. Man sprach von Personalabbau und Vorruhestandsregelungen. Die Aussichten waren mehr als düster. Jo befürchtete, dass nach dem einen Jahr dort Schluss für sie sein würde. Schade, dachte sie.

Das sah Mellenstedt allerdings ganz anders.

Zur Jahresmitte 2002 wurde Meier, Müller, Schulze, der Fahrradhersteller, und Luftikus, der Hersteller von Kleinstflugzeugen, tatsächlich, zumindest kaufmännisch, ein vollwertiger Teil des amerikanischen Mutterkonzerns Silver Stripes Aero Space International. Mellenstedt engagierte sich für Jo und bot ihr gegen Ende 2002 an, ab Januar 2003 im Rechnungswesen von SASI tätig zu werden. SASI plante durch den Zusammenschluss von Luftikus und MMS einen Prototypen eines pedalgetriebenen Leichtbauflugzeuges zu fertigen, dass dann irgendwann als Verkaufsschlager in Serie gehen sollte. Die Idee von damals nahm konkrete Form an.

Das Angebot lehnte Jo wohlweißlich nicht ab. Zum einen hatte in sie Mellenstedt einen hervorragenden Vorgesetzten, der sie unterstützte und förderte und zum zweiten waren Hanna und sie ein gutes Team.

Daraus entwickelte sich langsam eine Freundschaft, in die ziemlich schnell auch Laura-Marie, Jo's Lebensgefährtin, mit eingebunden wurde.

Schon während der Zeit in der anderen Abteilung, pflegten Jo und Hanna einen lockeren Kontakt und trafen sich ab und zu zum Badminton spielen. Später gingen sie gemeinsam schwimmen, weil auf dem Heimweg ein Hallenbad war und irgendwann ergab es sich, dass sie sich abends auf einen Cocktail in der Stadt trafen.

Jo spielte mit offenen Karten, was ihr Privatleben anbelangte und machte keinen Hehl aus ihrer homosexuellen Neigung. Nach Unternehmensrichtlinien sollte das auch keine Probleme geben. Außerdem wollte sich Jo nicht verstecken müssen. Sie hängte sich kein Schild um den Hals, aber sie log auch nicht.

Und sie hatte im Laufe ihres Lebens festgestellt, wenn sie selbstbewusst und ehrlich mit ihrer Neigung umging, reagierten die meisten Menschen eher mit Akzeptanz als mit Ablehnung.

Außerdem ging sie davon aus, dass es sich sowieso herum gesprochen hatte, dass sie lesbisch war, denn in der alten Abteilung hatte man sich auch mal am Wochenende privat mit Familie getroffen und Jo hatte all ihren Mut zusammen genommen und erklärt, sie nähme gern teil, komme aber in Begleitung ihrer Lebensgefährtin.

Das wurde dort problemlos akzeptiert.

2003

Nachdem Jo nun im Rechnungswesen bei SASI eingestiegen war, übernahm sie komplett den Teil von Hannas Aufgabengebiet, den sie schon vorher im Praktikum bearbeitet hatte. Der Wiedereinstieg war überhaupt kein Problem für sie.

Durch die Fusion war es notwendig geworden, ein altes und neues EDV-System miteinander zu kombinieren und die Datenübernahme von alt nach neu zu managen. Da Jo sich mittlerweile zur EDV-Spezialistin gemausert hatte, kümmerte sich unter anderem um die Datenübertragung, arbeitete in zwei System gleichzeitig, erledigte einen Teil des normalen Buchungsgeschäftes mit Hanna und unterstützte sie beim Jahresabschluss.

Die beiden hatten manch lustigen Tag im Büro, trotz der vielen Arbeit, die durch den Zusammenschluss von zwei Unternehmen anstand.

Einmal hatten sich Hanna und Jo entschlossen, samstags zu arbeiten, weil's in der Woche mit dem normalen Tagesgeschäft nicht mehr möglich war, alle Sonderaufgaben zu schaffen.

Also verabredeten sie nach Rücksprache mit ihrem Vorgesetzten Kai Mellenstedt für Samstagmorgen neun Uhr im Büro. Gemeinsam schafften sie so viel Liegengebliebes weg, dass sie sich zur Mittagspause eine Belohnung verdient hatten.

Sie probierten endlich den chinesischen Bringdienst aus, den sie schon lange ins Auge gefasst hatten.

Leider war die schöne Zeit begrenzt.

Mitte 2003 erklärte Mellenstedt, dass für ihn nun die Zeit gekommen war, nicht weiter für SASI tätig zu sein. Er war nach wie vor im kaufmännisch-technischen Betriebsteil von MMS angestellt, der auch in Zukunft unter dem alten Namen eigenständig bleiben sollte und leitete das Rechnungswesen bei SASI nur übergangsweise im Rahmen dieses Firmenzusammenschlusses. Nun fand er die Zeit für gekommen, sich wieder mehr mit technischen Aufgaben zu befassen. Er wollte bei der Entwicklung der Prototypen bei MMS mitarbeiten.

Jo und Hanna konnten es ihm nicht verdenken.

Die Abschiedsfeier am 30. Juni in einem Biergarten war recht lustig, aber für Jo eher ein trauriger Anlass.

Mellenstedts Job als Referatsleiter wurde an einen Nachfolger übergeben und Jo hatte erst Bedenken, wie sie und Hanna mit ihm zurechtkommen würden. Ihre Sorge war jedoch unbegründet. Dieser Nachfolger musste zwar erst von ihren Fähigkeiten überzeugt werden, aber nach einiger Zeit akzeptierte er beide Frauen als kompetente Mitarbeiterinnen.

Der Nachteil war, dass dieser Typ nicht so entscheidungsfreudig und willensstark war, wie Mellenstedt. Er orientierte sich strikt an irgendwelchen Vorgaben und Vorschriften des amerikanischen Mutterkonzerns und vermied es, auch mal unpopuläre oder flexiblere Lösungen zu versuchen.

Das Arbeiten wurde nicht einfacher. Besonders für Hanna, die mittlerweile zur Stellvertreterin des Abteilungsleiters aufgestiegen war, überwogen mehr und mehr die aufreibenden Momente. Von ihrem Chef war keine Rückenstärkung zu erwarten, also strebte Hanna eine Veränderung an.

Außerdem hatte man mittlerweile bekannt gegeben, dass das komplette Rechnungswesen ins Ausland verlagert werden sollte. Die Jobs sollten ersatzlos gestrichen werden.

Kurz nach Mellenstedts Weggang wurde Hanna in eine andere Abteilung versetzt und Jo blieb zurück.

Dank ihrer Freundschaft verloren sie sich nicht aus den Augen und fast wöchentlich trafen sie sich nach Feierabend zum Cocktail oder zum Schwimmen, oder, oder, oder. Vorausgesetzt, Hannas Job ließ es zu, denn sie war jetzt oft unterwegs.

Jo hingegen etablierte sich als Fachkraft für Sonderbuchungsvorgänge und jetzt, einige Jahre nach ihrem Eintritt als Praktikantin und Aufstieg zur EDV-Spezialistin, kannte jeder im Unternehmen SASI ihren Namen und viele kannten sie auch persönlich. Jo hatte sich hochgearbeitet und wurde geschätzt.

2004

Im Februar 2004 wurde Jos Vertrag im Rechnungswesen doch noch einmal verlängert, weil die Auslagerung des Rechnungswesens nicht so zügig voran ging, wie man es sich in New York vorgestellt hatte. Der Zeitplan war durcheinander und die neuen ausländischen Kolleginnen und Kollegen waren noch nicht eingearbeitet.

Eigentlich wäre dann aber mit hoher Wahrscheinlichkeit der 28.02.2005 der letzte Tag für Jo bei SASI gewesen.

Im Laufe der Zeit und im Zuge der vielen Umstrukturierungen hatte man die Buchhaltung nun fast komplett ins osteuropäische Ausland ausgelagert, genauso wie manch andere Funktionen. Die dort frei gewordenen festangestellten Mitarbeiter wurden ohne Rücksicht auf Neigung oder Fähigkeiten dorthin versetzt, wo eine Stelle frei war. Es sei denn, man konnte sie aufgrund ihres Alters in den vorzeitigen Ruhestand schicken.

Wie froh und glücklich war Jo also, als sich in einem Gespräch mit Rosi Tromper, mit der sie schon oft zu tun gehabt hatte, die Möglichkeit auftat, dass in der kaufmännischen Sparte der Abteilung Forschung und Entwicklung eine Stelle zu besetzten wäre.

Die Firma wollte wie gesagt, einen neuen Prototypen entwickeln und durch diese Pläne wurde in dieser Abteilung händeringend nach Arbeitskräften gesucht.

Rosi gebot, sich sofort an die Personalabteilung zu wenden und Interesse zu bekunden.

Das tat Jo auch.

Leider hatten die Kollegen dort noch gar keine Ahnung von Rosis Plan und wussten auch nichts von einer freien Stelle. Doch Jo blieb am Ball, hielt engen Kontakt zu Rosi, bewarb sich offiziell mit allen Unterlagen in der Personalabteilung, stellte sich bei George O'Chedder, Rosis direktem Vorgesetzten, dem Referatsleiter, und Sören Svensson, dem Abteilungsleiter und Chef von O'Chedder, vor und nach Monaten voller Ungewissheit und Unwegsamkeiten konnte sie im Oktober 2004 endlich den neuen Vertrag unterschreiben. Damit war dann erst einmal die Zeit bis zum 31.12.2006 bei SASI gesichert. Was Jo aber richtig zuversichtlich stimmte, war Rosis Ankündigung, dass es sich um eine Planstelle handelte, die auch nach dem Vertragsende besetzt sein wollte.

Rosi stellte Jo eine Festanstellung in Aussicht und köderte sie damit für den neuen Job.

17.30

Im 15. Stock des SASI-Towers saß Rosemarie Tromper, genannt Rosi, gemeinsam mit ihrem direkten Vorgesetzten George O'Chedder in dessen karg möbliertem Büro im Nordflur. Alle Räume entlang der Flure waren gleichgroß und ähnlich eingerichtet. Das von O'Chedder hingegen war karg. Es bestand aus einem leeren Schreibtisch, ohne Papier oder Akten, auf dem nur der PC, das Telefon und ein voller Aschenbecher standen. Hinter O'Chedder war eine Wand bis zur Decke vollgestellt mit Schränken, die man einfach aufeinander gestapelt hatte. Auf einem Sideboard lag sein altes, in die Jahre gekommenes Mobiltelefon.

Keine Pflanzen lockerten die Öde auf, der einzige persönliche Gegenstand, so schien es, war ein Mousepad mit Werbeaufdruck.

George O'Chedder sowie auch Rosemarie Tromper waren Kettenraucher. Beide nebelten mit ihrem Zigarettenrauch das Zimmer ein.

Die Tür war geschlossen.

„Haben sie schon alles vorbereitet Frau Tromper?" fragte George O'Chedder und blies seinen Rauch in ihre Richtung, fast direkt in ihr Gesicht.

„Selbstverständlich" antwortete sie, „es ist alles fertig für morgen. Frau Crin kann kommen. Ich habe all meine Sachen heute schon ins neue Büro geräumt. Die Umzugskartons von Frau Crin sind heute auch schon gekommen. Frau Sundermann und Frau Krusche bleiben so sitzen, wie bisher. Da ändert sich erst mal nichts."

O'Chedder zog erneut hastig an seiner Zigarette und sah aus dem Fenster in die Dunkelheit.

„Und sie sind sicher, dass Crin die Richtige für uns ist?" fragte er noch einmal.

O'Chedder war unsicher.

Er besaß die unangenehme Eigenschaft, jede Entscheidung, die er treffen sollte, immer und immer wieder in Frage zu stellen, in der Hoffnung, dass sich alles von allein regelte, oder dass ihm irgendjemand seine Entscheidung abnahm. O'Chedder hasste es, Entscheidungen zu treffen und vor allem hasste er es, zu diesen Entscheidungen stehen zu müssen, eben die Verantwortung für sein Handeln zu übernehmen.

Was er liebte und bis zur Perfektion praktizierte, war hingegen das Delegieren.

Indem er seine Aufgaben delegierte, zwang er seine Mitarbeiter, Entscheidungen zu fällen und er zwang ihnen so auch seine Verantwortung auf.

Im Gegenzug war er äußerst kritikfreudig. Hier hatte er keine Scham, hier sparte er nicht. Kritik, besonders negative, war etwas, was er großzügig und bereitwillig verteilte. Mitarbeitermotivation kam in seinem Wortschatz nicht vor und die Bedeutung dessen war ihm auch völlig egal. Hauptsache, er konnte sich immer unbeschadet aus der Affäre ziehen, schließlich war er Perfektionist und machte keine Fehler.

Fehler machten bei ihm nur die anderen, und das eigentlich ständig.

Gott sei Dank war er da und konnte seine Mitarbeiter überwachen und zurechtweisen.

Da O'Chedder, vom Sternzeichen Jungfrau, dazu noch äußerst launisch und pedantisch war, gab es eigentlich täglich Reibungspunkte mit seinen Leuten.

„Ich denke, sie ist gut genug für uns. Sie ist genau die Richtige, für diese Stelle!" antwortete Rosi Tromper und durchbrach die Stille. „Herr O'Chedder, die Crin ist einfältig genug, sie wird uns gute Dienste leisten!"

„Was, wenn nicht?"

„Keine Sorge, ich habe alles im Griff."

„Na, ich weiß nicht. Was ist denn, wenn sie nicht die Richtige ist?"

Rosi hustete ausgiebig und räusperte sich mehrere Male. Sie hasste diese Diskussionen. Wie oft in den letzten Monaten hatte sie ihm schon versichern müssen, dass sie alles unter Kontrolle hatte. Sie hatte keine Bedenken und schon gar keine Selbstzweifel.

„Ich habe Ihnen doch gesagt, sie ist ideal", entgegnete sie etwas gereizt. „Wir müssen das nicht immer und immer wieder in Frage stellen!"

George O'Chedder, ein kleiner, schmächtiger Ire mit roten Wangen, feuerroten, dünnen Haaren, die seine Kopfhaut durchscheinen ließen, fahler Haut und schlechten Zähnen wirkte nervös. Seine hohe, fettig glänzende Stirn belegte sich mit zweifelnden Runzeln. Seine schlechten Zähne, die ein bisschen an ein Pferdegebiss erinnerten, machten aggressive Geräusche, wenn er sprach.

Er verließ sich völlig auf Rosi, und sie bestärkte ihn darin so gut sie konnte. Er war der Chef, aber sie zog die Fäden. Ohne sie war er nichts. Rosi machte nicht nur ihre, sondern auch seine Arbeit, das ließ sie ihn gerne spüren. Und er war äußerst dankbar dafür. Schließlich trug sie dann auch seine Verantwortung. Und das war ein willkommener Anlass zur Kritik.

Rosi Tromper, der Name war Programm. Er kam aus dem französischen und bedeutete dort täuschen, betrügen, hintergehen. Sie war alt, klein und dick, kaum 1,60 cm groß aber mindestens 80 bis 90 kg schwer. Ihre Haut war genauso blass und ungesund wie die ihres Chefs. Aus ihrer Vorliebe für die Farbe schwarz, die in ihrem Fall auch Achtung, rühr mich nicht an, ich bin einzigartig, bedeuten sollte, machte sie keinen Hehl. Es ging das Gerücht um, sie wolle so ihrem Chef gefallen, und eine gewisse Stärke demonstrieren. Ihre Haare trug sie tiefschwarz gefärbt, mit einer blutroten Strähne im Nacken, das ließ ihre fahle Haut noch kranker aussehen. Rosi besaß nur schwarze Kleidung, die das ausladende Ende ihres kurzen Rückens und den mächtigen, vorstehenden Bauch unvorteilhaft hervorhob. Wahrscheinlich glaubt sie wirklich, dass schwarz schlank machte. In ihrem Fall aber wirkte sie wie eine dicke, fette, schwarze Spinne, die in ihrem Netz saß und auf Beute lauerte. Ihre von Neurodermitis gezeichneten, aufgesprungenen Hände mit den unnatürlich langen, künstlichen, aber rosa lackierten Fingernägeln verstärkten diesen kranken und ungepflegten Gesamteindruck noch. Ihre pickelige, unsaubere Gesichtshaut überdeckte sie mit dickem Makeup, die oft tief dunkel schimmernden Augenränder kamen aber immer wieder hervor. Dazu trug sie gern blutroten Lippenstift auf ihren nicht vorhandenen Lippen. Der Kontrast zur Haut konnte nicht schlimmer sein.

Trotzdem konnte Frau Tromper davon ausgehen, im Unternehmen einen sicheren Stand zu haben. Das lag aber nicht so sehr an ihrem anmutigen Äußeren, sondern unter anderem an ihrem cholerischen Wesen und ihren gefürchteten, unkontrollierten Wutausbrüchen, wenn etwas nicht nach ihrer Nase ging. Zudem hatte sie uralte Kontakte und Verbündete aus alten Luftikus-Zeiten, auf die sie sich auch in Krisen blind verlassen konnte.

Ja, Rosi zog die Fäden in der Abteilung kaufmännische Forschung und Entwicklung. Es war unglaublich, welche Macht sie hinter den Kulissen besaß. Und es war ebenfalls unglaublich, dass diese Frau in diesem amerikanischen Unternehmen, das sich strenge Verhaltensregeln gesetzt hatte, machen konnte, was sie wollte.

Rosi hatte Narrenfreiheit. Ihre Vorgesetzten wussten, was sie trieb, so hieß es. Zum Teil deckte man sie auch, weil selbst

Vorgesetzte nicht das Rückgrat besaßen, Rosi in ihre Schranken zu weisen. Und sie brauchten sie ja auch, denn Rosi verstand es, ständig darauf hinzuweisen, dass bestimmte Aufgaben nur durch sie erledigt werden konnten.

Frau Tromper hatte selbstverständlich auch viel zu tun, war ständig überlastet, mischte überall mit, wurde zu allen wichtigen Meetings dazu gebeten. Nur lag diese Überlastung weniger an der Quantität ihrer Arbeit, sondern eher an ihrer Vorliebe für Klatsch und Tratsch. An manchen Tagen verbrachte sie mehrere Stunden mit dieser Beschäftigung und blieb dann natürlich bis in den späten Abend, um wenigstens eine Kleinigkeit Produktivität vorzutäuschen.

Die Ideologie dieser Kollegin widersprach allen Grundsätzen des Unternehmens zu Themen wie einer konfliktfreien Zusammenarbeit ohne Belästigungen der verschiedensten Arten.

O'Chedder ließ sie gewähren, er glaubte tatsächlich, er wäre auf sie angewiesen. Er war ein verweichlichtest Kerlchen ohne eigene Meinung. Als Vorgesetzter völlig ungeeignet, aber für Rosis Vorhaben perfekt. Solange er nicht seinem Hobby nachging und dumme Fragen stellte. Wenn ihm die Antwort nicht gefiel, was meistens der Fall war, dann provozierte er immer neue Detailfragen und trieb damit seine Gesprächspartner zur Weißglut. So hielt er seine Mitarbeiter von der Arbeit ab und machte ihnen anschließend Vorwürfe, wenn wieder einmal etwas nicht termingerecht erledigt wurde. Es war schon öfter vorgekommen, dass man aus seinem Büro sehr, sehr laute Stimmen hörte, weil O'Chedder seine Pedanterie wieder übertrieben hatte.

Rosi drückte ihre Zigarette aus und wollte das Büro ihres Chefs verlassen.

„Sollten wir nicht noch einmal die Vorgehensweise abstimmen?" fragte O'Chedder.

„Das brauchen wir nicht", antwortete Rosi, „es ist alles bereit. Krusche und Sundermann unterstützen mich, so gut sie können."

„Trotzdem mache ich mir Gedanken, ob diese Frau die Richtige für unsere Abteilung und ihr Team ist?"

„Bleiben sie ruhig, sie passt richtig gut bei uns rein. Ich geh dann. Ich hab noch viel zu tun."

„Ja, ja. Machen sie nicht mehr so lange. Bis morgen."

Rosi erhob ihren massigen Körper, wendete sich zur Tür, öffnete sie und ging über den Flur zurück in ihr Büro.

Während sie aufstand befürchtete O'Chedder schon, dass sie mit ihrem Hintern im Stuhl stecken bleiben würde. Sie musste aber auch immer die mit den Armlehnen nehmen.

Dann hatte er Angst, dass sie durch das Gewicht ihres Bauches vornüber fiel, doch auch hier hatte Rosi Glück und hielt die Balance.

O'Chedder war heilfroh, als sie unbeschadet den Flur erreichte.

Als er allein war, starrte er noch eine Weile aus dem aus dem Fenster und dachte nach.

Es blieb ihm nur die Option, Rosi zu vertrauen. Was sollte er sonst tun. Vielleicht selbst agieren? Auf gar keinen Fall. So konnte er jegliche Verantwortung auf Rosi abschieben und blieb selber schön sauber.

Hoffentlich täuschte sie sich nicht in dieser neuen Kollegin. Es widerstrebte ihm, keine Gewissheit zu haben und ein Risiko eingehen zu müssen.

17.45

Jo gehörte schon seit einer Weile zu den Privilegierten, die die Haltestelle in der Tiefgarage des SASI-Towers nutzen durften. Heute, bei dem Schmuddelwetter, war es einmal wieder ein echter Glücksfall, nicht durch den Regen zur Bahn-Haltestelle gehen zu müssen.

Jo schlenderte über den Nordflur in der sechzehnten Etage zum Rund in der Mitte des Gebäudes zu den Fahrstühlen. Sie drückte den Knopf und während sie wartete, stand sie mit dem Rücken zum Fahrstuhl und sah durch die Glaswand gegenüber hinunter in das beleuchtete Atrium.

Regentropfen prasselten sanft gegen das Glas und liefen in kleinen Rinnsalen hinab. Jo folgte ihnen eine Weile mit den Augen. Dann ertönte das Klingeln des Fahrstuhls. Jo drehte sich herum, trat ein, wartete, dass sich die Türen schlossen und drückte den Knopf zum Foyer. Der Fahrstuhl setzte sich in Bewegung und fuhr ohne Zwischenstopp bis ins Erdgeschoss.

Dort nahm sie ihre Ausweiskarte aus der Tasche, zog sie mit Schwung am Leseterminal vorbei, sah dabei noch kurz auf das Display, wo ihre monatlichen Arbeitsstunden eingeblendet wurden und ging durch die elektrische Drehtür vorbei an der Rezeption, wo sie der Kollegin einen schönen Feierabend wünschte, zum Eingang der Tiefgarage.

Auch hier benötigte sie die Karten, um die Tür zu öffnen.

Als Jo die Tür öffnete und durchging, schlug ihr die kalte Februarluft entgegen. Sie zog ihren Kragen höher. Es war kalt.

Mit zügigen Schritten erreichte sie die Stadtbahn der Linie 12, die schon auf sie zu warten schien. Kaum das Jo eingetreten war und sich hingesetzt hatte, schlossen sich die Türen und die Bahn fuhr los. Jo holte die Hannoversche Allgemeine Zeitung aus dem Rucksack und vertiefte sich in die Lektüre. Sie war allein im Abteil, bis auf die beiden Mitarbeiter des Sicherheitsdienstes im hinteren Teil des Waggons. Als Jo die beiden wahrnahm, nickte sie ihnen kurz zu. Beide lächelten, wünschten einen schönen Feierabend und widmeten sich wieder ihrer Unterhaltung.

Nachdem die Bahn den unterirdischen Teil der Strecke verlassen hatte, blickte Jo von ihrer Zeitung auf und sah nach draußen. Der Regen hatte zwar aufgehört, aber die Straßen glänzen nass im Licht der Straßenlampen. Wenige Menschen waren unterwegs, es war einfach zu ungemütlich.

Kurze Zeit später hielt die Bahn am Kröpke und Jo musste umsteigen.

Sie faltete ihre Zeitung zusammen, setzte den Rucksack auf und ging durch die U-Bahn-Station von einem Bahnsteig zum Nächsten. Hier hatte sie nicht so viel Glück. Sie musste warten, ehe ihr Anschlusszug kam.

Jo hatte mittlerweile Routine und las ihre Zeitung im Stehen weiter.

Als die Bahn zehn Minuten später einfuhr, setzte sie ihren Heimweg fort.

Weitere zwanzig Minuten später war sie zu Haus.

Gerade als sie die Haustür aufschloss, klingelte das Telefon. Jo eilte ins Wohnzimmer und suchte nach dem schnurlosen Gerät. Doch sie war zu spät, der Anrufbeantworter war schon angesprungen.

„Ich bin es, du Liebes," hörte sie Laura-Marie sagen, „ich wollte doch mal hören, wie es dir heute an deinem letzten Tag ergangen ist. Melde dich, wenn du zu Haus bist."

Laura-Marie legte sehr schnell wieder auf. Jo hatte keine Change. Also griff sie nach dem Telefon, schloss das Headset an und drückte auf die Wahlwiederholung. Laura-Maries Nummer war immer im Speicher. Die Verbindung wurde aufgebaut.

Dann hörte Jo Laura-Maries Stimme.

„Ich bin's, du Liebes", sagte Jo, „bin grad nach Haus gekommen."

„Wie war dein Tag?" fragte Laura-Marie neugierig.

„Wie war deiner?" fragte Jo zurück.

„Ach, wie immer. Krankengymnastik, Nachhilfe und viel Schlafen."

„Bei mir war auch nichts Besonderes. Ich bin schon ein bisschen aufgeregt wegen morgen, aber sonst ist alles beim Alten."

„Wann fängst du morgen an?"

„Etwas später als gewöhnlich. Die neuen Kollegen kommen auch erst etwas später. Und ich weiß ja noch gar nicht, was sie mit mir vorhaben. Von daher brauche ich da morgen früh nicht allein rumsitzen."

„Und was machst du jetzt noch?"

„Ein bisschen Fernsehgucken und abschalten. Und früh schlafen gehen, damit ich morgen fit bin. Und du."

„Ich auch. Dann lass uns später noch mal telefonieren."

„Okay. Bis dann."

Jo war zwar etwas aufgeregt und angespannt, aber doch nicht ganz so fröhlich. Ihre allgemeine Stimmung war sehr von Wehmut geprägt, ein bisschen depressiv. Das trübe Wetter draußen förderte diese Stimmung noch.

Zweifel kamen in ihr hoch, ob dieses alles so richtig war. Aber immer noch besser, als arbeitslos sein.

Nach dem Telefonat zog Jo ihren Mantel aus und hängte ihn an den Haken an der Wohnzimmertür, die zur Küche hin aufging.

Jo wohnte am südlichen Stadtrand von Hannover, in einem Wohngebiet mit Einfamilienhäusern, in einem kleinen Gartenhäuschen in einem riesigen Garten.

Vom Gartentor ging ein langer gepflasterter Weg nach hinten bis vor Jos Haustür.

Gleich hinter der Tür war ein Raum, der Flur, der auch als Abstellraum diente. Ein kleines Fenster zur Linken ließ Tageslicht herein. Gegenüber der Eingangstür stand die Flurgarderobe mit Mäntel und Jacken und einem großen Spiegel. Davor das Fahrrad, ein Mountainbike von MMS in giftgrün und auf der Ablage die Werkzeugbox mit Bohrmaschine und was Frau zum Heimwerken noch so braucht.

Hinten an der Garderobe standen drei Paar Inline-Skates und ein Paar Hockey-Schlittschuh.

Jo liebte Skaten in allen Varianten.

Rechts vom Flur kam man in die kleine Einbauküche mit einem modernen Elektroherd.

Von der Küche ging es rechts in Wohnzimmer, geradeaus ins Schlafzimmer und einmal um die Ecke vom Schlafzimmer gleich ins Bad.

Alles ziemlich klein aber gemütlich.

Jo hatte nicht viel Platz und wenn am Wochenende Laura-Marie da war, konnte es manches Mal schon etwas eng werden, doch alles hat zwei Seiten. In diesem Fall überwogen die Vorteile.

Wenn morgens die elektrischen Jalousien hochgingen, sah Jo zuerst in den Garten. Wenn's hell war, sah sie als erstes Apfelbäume und Blumen, Tau über dem Rasen, uns erst dann den grauen Winterhimmel.

Außerdem lebte sie mitten in der Stadt und doch irgendwie auf dem Land.

Die Gegend war ruhig und noch nicht ganz so unsicher, wie die Stadtmitte. Mit dem Fahrrad oder der Bahn war sie in einer viertel Stunde am Puls der Zeit.

Nachdem der Mantel am Haken hing, schlüpfte Jo aus dem Hosenanzug und brachte ihn ins Schlafzimmer. Sie wählte die Jogginghose und ein T-Shirt und lümmelte sich mit einer Pizza, die sie schnell in den Ofen geschoben hatte, auf der neuen Couch.

Jo sah sich um.

Die orange gestrichenen Wände im Wohnzimmer hoben ihre Stimmung.

Jo machte den Fernseher an.

18.30

Hanna Böschelburger war trotz der späten Stunde, es war schon 18.00 Uhr durch, noch in ihrem Büro im 17. Stock.

Ihre Kollegin aus der Konzernbetriebsabrechnung, Eleonore Schummelpfennig, mit der sie Gott sei Dank nicht mehr das Büro teilen musste, hatte ihr mal wieder das Leben schwer gemacht. Da mischte sich diese Frau doch dermaßen aktiv in Hannas Arbeit ein und boykottierte sie, wo sie nur konnte.

Eleonore hätte Hanna verschiedene Daten per Email schicken sollen, die Hanna eigentlich dringend für ihre Arbeit brauchte, aber Eleonore hatte mit der Begründung, sie hätte andere wichtige Sachen zu erledigen, ihren Arbeitsplatz verlassen und war mit unbekanntem Ziel verschwunden.

Hanna war wütend und traurig zugleich. Warum konnte sich Eleonore nicht wie ein erwachsener Mensch benehmen und kooperativ sein und sie ansonsten einfach in Ruhe lassen.

Stattdessen lamentierte Eleonore Tag für Tag über ihre Arbeit, die ihr zuviel war, die sie nicht schaffen konnte, doch anstatt sich um ihre eigenen Sachen und Probleme zu kümmern, legte sie sie beiseite und führte stundenlange Privatgespräche. Nebenbei telefonierte sie ausgiebig mit Hannas Kollegen in den Außenbetrieben, um denen kundzutun, dass sie, Eleonore, viel bessere Ideen hätten, diesen oder jenen Vorgang zu lösen.

Nur die wirklich wichtigen Sachen, die erledigte sie nicht. Hanna musste ständig hinterher sein, um von Eleonore Informationen zu bekommen.

Hanna hätte kotzen können. Doch es nütze nichts. Es war jetzt 18.30 Uhr und sie hatte noch genau eineinhalb Stunden, die Sache wieder gerade zu ziehen, ehe sie um 20.00 Uhr das

Gebäude verlassen musste. Das war Vorschrift. Tränen stiegen ihr in die Augen, aus Wut und Verzweiflung. Sie hatte keine Ahnung, wie sie das schaffen sollte, aber sie musste sich etwas einfallen lassen.

18.31

Einen Stock höher, im Ostflur in der 17. Etage hockten zwei Grazien bei Kaffee und Tratsch neben einander auf einem Schreibtisch.

Die Inhaberin dieses Einzelzimmers gehörte zur Elite des Unternehmens.

Das Büro war größer als die gewöhnlichen Räume und lag direkt am Rund, nicht weit von den Fahrstühlen, gegenüber der Teeküche.

Diese markante   wenn Rosi Tromper sich räusperte, schallte durch die Stille. Und weil Rosi Kettenraucherin war, röhrte sie eigentlich ununterbrochen wie ein wilder Hirsch.

„Na Rosi, rauch noch eine", frotzelte Bianca Meinecke, „dann kannst du besser husten."

Rosi verzog das Gesicht.

„Mach dich nur lustig über mich, Bianca " gab Rosi zurück. „Wie läuft's bei dir."

„Ich kann nicht klagen. Gestern bin ich aus Boston zurückgekommen. Wir hatten viel Spaß da, aber diese Sprache, dieser Akzent von den Amis, och ne, furchtbar. Ich hab kaum was verstanden."

„Was haste da denn gemacht?" wollte Rosi wissen.

„Management-Meeting", antwortete Bianca. „Wegen diesen Prototypen."

„Gibt's da was Neues?" hakte Rosi nach.

„Nicht so richtig. Jetzt sind sie sich nicht einig, ob sie das Ding hier bauen wollen, oder doch lieber drüben."

„Hier ist doch schon alles vorbereitet" erregte sich Rosi, „hat nicht Saskia Brandtbergk schon die Pläne fertig?"

Bianca sah sie an.

„Ist streng vertraulich", wiegelte sie ab. „Woher weißt denn du das?"

Rosi grinste.

„Hab so meine Infos."

„Ist ja auch egal", seufzte Bianca, „sagst du ja nicht weiter, ne?"

Rosi nickte und bekam einen ausführlichen Bericht über die eigentlich streng geheime Konferenz, an der Bianca in der letzten Woche teilgenommen hatte.

Bianca Meinecke war eigentlich eine junge, attraktive Frau um die dreißig, die gleich nach ihrer Lehre zur Industriemaschinenmechanikerin als Assistentin der Geschäftsleitung zu SASI gestoßen war. Was sie für Rosi so sympathisch machte, war die gleiche unförmige Figur und dieselbe Vorliebe für Tratsch und Intrigen. Bianca war etwas größer als Rosi, so um die 170 cm, hatte aber bestimmt 120 Kilos auf den Rippen, und an anderen Stellen. Biancas Lieblingsfarbe war grün. Gern auch sehr grell, also neongrün. Sie nahm sich die Freiheit und trug selbst ihre struppigen, dunkelblonden Haare mit neongrünen Strähnen. Wenn man nun die Rosi und Bianca zusammen über den Flur huschen sah, konnten einem die Augen wehtun. Dieses Schwarz mit dem Grellgrün schockte. Doch trotz dieser extravaganten Erscheinung hatte Bianca das Glück, von einem Vorgesetzten protegiert zu werden, und damit war sie für Rosi eine wertvolle Verbündete, wovon Bianca allerdings nichts ahnte.

Bianca Lieblingsthema waren ihre zahlreichen Diäten, von denen sie keine lange durchhielt und ihre Pferde, von denen sie mehrere besitzen musste. Viele soziale Kontakte schien sie außer im Unternehmen wenige zu haben. Auch wirkte sie für ihr jugendliches Alter altbacken und weltfremd.

Um allerdings ihre nicht vorhandene Sportlichkeit hervorzuheben hatte sie sich vom ihrem überaus üppigen Gehalt einen schicken neongrünen BMW Z3 zugelegt. Sonderlackierung, versteht sich, grüne Ledersitze, grünes Lenkrad, alles was irgendwie machbar war, war grün in diesem Wagen.

Nun muss man sich vorstellen, wie sie in den Fahrersitz hinein plumpste. Gott sei Dank verfügte dieser Luxuswagen über seine Sitzniveauregulierung, sonst hätte man sie hinterm Steuer gar nicht sehen können, weil sie wegen ihres Gewichtes absackte. Zum Aussteigen hätte sie sich allerdings lieber einen Lastenkran einbauen lassen sollen.

Ihr naiver, jugendlicher Geist war angetan von der Freundschaft mit Rosi. Das Problem daran war aber, das Rosi die Meisten ihre Verbündeten eher als Untergebene und Handlanger ansah, denn als gleichwertige Partner. Doch Rosi verstand es auch hier, dieses in ihrem kranken Inneren zu verbergen.

Die dritte im Bunde, die alsbald zu ihnen stieß, war Eleonore Schummelpfennig, Hanna Böschelburgers Lieblingskollegin. Statt sich um ihre Arbeit zu kümmern, pflegte der zwischenmenschliche Kontakt. Das war ihr irgendwie auch lieber.

Auch Eleonore war ein Geschöpf mit ähnlich formschöner Figur, wie ihre Mitstreiterinnen, und dem Intellekt einer Scheibe Brot.

Das Äußere dieser Dame schreckte jeden einigermaßen vernünftigen, heterosexuellen Mann ab. Es begann bei diesen fettigen, seit Tagen nicht gewaschenen Haaren, von Natur aus wahrscheinlich dunkelblond, die ihr bis zum Hintern hingen, wenn sie sie offen trug, und aufgehellt zu weißblond, mit dunklem Ansatz, der sie ordinär und schlampig aussehen ließ. Eleonore Schummelpfennig trug diesen übermäßigen Haarsegen gern zu einem Dutt verknotet und mancher fragte sich, was in diesem Nest wohl so alles lebensfähig war. Es ging weiter über die unnatürlich langen, künstlichen Fingernägel, die ihre Hände fast genau so krank aussehen ließen, wie Rosis Neurodermitis-gezeichneten Extremitäten. Zu allem Überfluss bevorzugte Eleonore bei der Wahl ihrer Garderobe Schlabber-Shirts und hautenge Hosen, die ihr dickes Hinterteil, die ausladenden Hüften und den Schwabbelbauch richtig gut zur Geltung brachten. Alles in allem ein wirklich nett anzuschauendes Menschenkind. Aber Eleonore Schummelpfennig hatte einen sicheren Stand als feste Mitarbeiterin in der Konzernbetriebsabrechung und somit Zugang zu vielen vertraulichen Informationen, an denen auch Rosi sehr interessiert war.

Und natürlich hatte auch Eleonore Schummelpfennig ein Lieblingsthema, mit dem sie jeden terrorisierte. Eleonore liebte es, über intime Details aus ihrem Schlafzimmer, oder gynäkologische Einzelheiten ihres Körpers zu berichten.

Eleonore war zwar verheiratet, hatte jedoch immer wieder gern wechselnde Bettgenossen, und somit immer wieder viel zu erzählen bei diesen Kaffeekränzchen im Büro. Sie war so etwas wie die Yellow Press von SASI. Aber sie hatte einen gewissen Unterhaltungswert, dass musste man ihr lassen.

Dieser Unterhaltungswert war es, der Rosi und Bianca fast zwang, sich mit ihr abzugeben. Eleonore hatte beste Kontakte zur Unternehmensleitung und brachte von den zahlreichen Sitzungen immer wieder streng vertrauliche Details in Umlauf. Verschwiegenheit war nicht ihre Stärke. Das kam bei Rosi und Bianca sehr gut an.

„ " hallte es aus den Kehlen von Rosi und Eleonore. Fast ein ohrenbetäubender Lärm.

Bianca verzog das Gesicht.

„Diese Zigaretten bringen euch noch um", sagte sie. „Noch einen Kaffee?"

„Och ja", stimmte Eleonore zu.

„Und du Rosi? "

Rosi blies den Rauch ihrer Zigarette in den Raum.

„Ja, einen nehme' ich noch, dann geh ich nach Hause. Der Tag war wieder lang genug."

„Schon alles klar für morgen, mit der Crin?" fragte Eleonore während Bianca in die Teeküche zum Kaffeeautomaten ging. „Wo sitzt die dann überhaupt?"

„Auf meinem Platz und ich gehe in das Büro gegenüber."

„Und was ist mit Chantal?"

„Das bleibt erst mal, wie es ist. Hoffentlich nicht so lange, weil drei Leute in einem Büro Mist ist. Die Räume sind eigentlich nur für zwei vorgesehen."

„Hat Chantal denn nun schon ihren Festvertrag?"

„Wir arbeiten dran. Hat sich schon was mit deiner Kollegin ergeben? Dieser Böschelburger, mach die immer noch so'n Alarm?"

„Nö, aber die nervt so ganz gewaltig. Sie stört, dass ich rauche. Sie behauptet, dass ist ihr zuviel."

„So ein Blödsinn, die ist doch ganz alleine in ihrem Zimmer. Sag mal, haben Crin und Böschelburger nicht auch privat Kontakt?"

„Ich glaube schon. Hanna hat mal erzählt, dass sie zusammen Badminton spielen waren. Ist aber schon 'ne Weile her."

„Die gehen doch auch dauernd zusammen in die Sauna", mischte sich Bianca ein, die mit dem Kaffee wieder kam.

„Woher weißt du denn das?" wollte Rosi wissen.

„Na erstens waren wir mal in einer Abteilung, ihr erinnert euch, und zweitens habe ich ab und zu mit den beiden zu tun."

Rosi nickte.

„So, so", murmelte sie.

Da ist aber noch was", fuhr Bianca fort. „Johanna hat eine Freundin, die wohnt bei mir irgendwo um die Ecke."

„Und?" fragte Eleonore.

„Na ja, die scheinen dauernd zusammen zu hocken. Besonders am Wochenende. Was die dann wohl machen. Verheiratet sind die beiden auch nicht, ich hab sie gefragt."

„Kennst du die Frau?"

„Ich hab sie mal gesehen, bei Hannas Geburtstag, letztes Jahr, da war sie auch da. Machte einen komischen Eindruck. Hat glaub' ich irgend so 'ne Krankheit. Spricht auch nicht' richtig."

„Passt doch gut", grinste Rosi, „Die Crin ist ja auch nicht ganz helle."

„Und Hanna kennt die auch?"

Rosi erhob ihren gewaltigen Hintern.

„Lasst gut sein für heute", sagte sie. „Ich muss raus, sonst komm ich über meine zehn Stunden. Macht euch einen schönen Feierabend."

Auch Eleonore machte Anstalten zu gehen.

„Lass dich von Hanna nicht unterkriegen", munterte Bianca Eleonore auf. „Da fällt uns auch noch was ein. Schönen Feierabend."

„Dir auch", erwiderte Eleonore und wollte von dannen ziehen.

„Willst du auch schon weg?" fragte Bianca Meinecke.

„Ich hab doch noch was vor", erzählte Eleonore freimütig.

„Uns was?" wollte Bianca wissen.

„Ich hab doch da diesen Kerl kennen gelernt..."

Bianca grinste.

„Was sagt eigentlich dein Mann dazu?"

„Den hab ich die ganze Woche noch nicht gesehen..."

„Ist ja auch schön..."

Eleonore verabschiedete sich schnell, ehe sie noch in ein längeres Gespräch verwickelt würde.

2. Teil

01.03.2005

07.00

7.00 Uhr, der Wecker klingelte.

Jo drückte auf Stopp und erschrak. 7.00 Uhr, sie stand doch schon um 5.40 Uhr auf. Zu spät! Nein, beruhigte sie sich. Heute war der 1. März, der erste Tag in der neuen Abteilung. Jo musste später los.

Während sie sich ins Bad aufmachte, klingelte das Telefon neben dem Bett.

„Guten Morgen, mein Liebes", hörte sie Laura-Maries Stimme. „ich wollte dir nur viel Glück wünschen für deinen ersten Tag."

Ein Lächeln huschte über Jos Gesicht.

„Guten Morgen, du Liebes" sagte sie. „Schön, dass du an mich denkst."

„Stör ich dich? Bist du schon ganz aufgeregt?"

„Es geht. Ein bisschen nervös bin ich schon. Ist ja alles neu. Ich bin grad aufgestanden und hab noch ein bisschen Zeit. Du bist ja auch schon wach."

„Ich bin ja auch ein bisschen aufgeregt und will gleich zum Training. Ich wünsch dir einen ganz, ganz guten, erfolgreichen Tag, mein liebster Schatz."

„Ich dir auch. Pass auf dich auf, mein Herz."

Jo liebte Laura-Marie sehr. Und Laura-Marie liebte Jo sehr.

Laura-Marie hatte MS und konnte einige Dinge nicht mehr, weil die Muskeln, besonders in den Beinen, schwanden.

Darum wohnte sie auch bei ihren Eltern, denn dort hatte sie Betreuung rund um die Uhr. Laura-Marie konnte aufgrund ihrer körperlichen Gegebenheiten nicht allein wohnen und sie konnte auch nicht den ganzen Tag allein sein.

Dafür verbrachten Jo und Laura-Marie jedes Wochenende zusammen in Jos kleiner Stadtvilla, ein umgebautes Gartenhaus in einem riesigen Garten, mit einer kleinen Terrasse und sehr netten Nachbarn, die Pakete annahmen, Handwerker betreuten, oder auch mal einkaufen gingen, wenn Jo nicht laufen konnte. Jo hatte Rheuma und konnte

34

manchmal, wenn die Schmerzen fast nicht mehr zum Aushalten waren, nur noch mit Schmerzmittel betäubt an Krücken gehen.

Laura-Marie war auf ihren Stock angewiesen. Ohne diese Hilfe konnte sie gar nicht mehr gehen, und auch keine langen Strecken. Dann brauchte sie den Rollstuhl. Doch sie war tapfer und klagte nicht. Und Laura-Marie tat viel. So oft es ging, ging sie ins Fitnessstudio und trainierte. Oder sie fuhr Fahrrad. Jo und Laura-Marie hatten ein Spezial-Fahrrad für Laura-Marie gekauft. Extra-tiefer Einstieg, Hightech sieben Gänge und behindertengerechte Stützräder für Erwachsene. Diese Stützräder waren das teuerste am ganzen Rad. Aber sie hatten viel Spaß damit.

Am Wochenende wurde dann Laura-Maries Auto umgebaut, dann lud Jo das Fahrrad ein und ihre Inline-Skating-Klamotten und dann fuhren sie ins Grüne. Laura-Marie mit dem Rad vorweg und Jo auf Inline-Skates nebenher.

Laura-Marie war für Jo die schönste Frau der Welt. Strahlend blaue Augen, lange, dünne Finger und noch längere wohlgeformte Beine. Trotz ihrer Behinderung verstand Laura-Marie es, Aufmerksamkeit zu erregen. Sie war eine Persönlichkeit. Sie war intelligent und klug und hübsch. Der einzige Makel, wenn man es denn so bezeichnen wollte, war ein hängender Mundwinkel, der von einem Schlaganfall zurück geblieben war. Aber er fiel nicht wirklich ins Gewicht. Wenn man es nicht wusste, bemerkte man es gar nicht. Ein kleines Problem hingegen war manchmal Laura-Maries Sprache. Wenn sie sehr aufgeregt oder nervös war, konnte man sie nicht verstehen. Sie sprach dann sehr leise und verwaschen. Auch diese Sprachbehinderung hatten ihren Ursprung in dem Schlaganfall vor vielen, vielen Jahren. Aber die beiden führten trotz allen körperlichen Unzulänglichkeiten eine glückliche Beziehung, in der jede von der anderen so geliebt wurde, wie sie war, gleichberechtigte und gleichwertige Partner. Jede war mal schwach und mal stark und die andere fing sie dann auf. Es war eben die große Liebe. Jo hatte früher nicht daran geglaubt, dass es so etwas wirklich gibt. Bis zu dem Zeitpunkt, an dem Laura-Marie in ihr Leben trat.

09.00

Der erste Tag war erst einmal recht cool.

Jo war wie verabredet, um neun Uhr im Büro und begann damit, die Umzugskartons mit ihren persönlichen Sachen auszupacken. Rosi hatte ihr schon vor ein paar Tagen ihren neuen Arbeitsplatz gezeigt. Es war bis gestern Rosis Schreibtisch gewesen. Gegenüber von Jo würde Dorothee Sundermann sitzen und Chantal Krusche, die ostdeutsche Aushilfe mit sächsischem Migrationshintergrund, hatte ihren Arbeitsbereich vor den beiden Schreibtischen, gegenüber des Fensters, wo man einen dritten Platz aufgebaut hatte. Sie saß mit dem Rücken zur Tür, war jedoch wie alle anderen mit allen ausgestattet, was sie zur Arbeit brauchte, einschließlich Telefon.

Das Büro selbst, in dem sich die drei von nun an aufhalten sollten, glich einer Rumpelkammer. Überall lag etwas herum. Ordnung war nicht die Stärke dieser Damen.

Dorothee, Rosi und Chantal hatten sich die Fenster mit Grünpflanzen vollgestellt, die fast die Sicht nach draußen nahmen. Die üppige Pflanzenpracht ließ den Raum sehr dunkel wirken. Trotz der großen Fenster kam kaum Licht herein. Jo hätte das am liebsten sofort geändert, doch sie hielt sich zurück. Dorothee und Chantal mochten diese diffuse Stimmung und Jo merkte sehr schnell, das Aufräumen nicht ihre Lieblingsbeschäftigung war.

Doch kaum erschien Rosi gegen zehn Uhr an ihrem Arbeitsplatz, da nahm sie Jo sofort in Beschlag, führte sie herum und stellte sie den Kolleginnen und Kollegen vor. Wenn es nach Rosi gegangen wäre, wäre Jo mit jedem gleich per Du gewesen, doch sie hielt sich erst einmal etwas zurück.

„Moin moin", flötete Rosi, wenn sie ein Büro betrat. „Das ist Johanna Crin, unsere Neue. Man nennt sie auch Johanna."

Dieses alberne, kindliche Getue, das Rosi an den Tag legte, störte Jo schon ein bisschen, doch sie sagte natürlich nichts. Rosi war schließlich irgendwie ihre Chefin und Jo wollte nicht gleich am ersten Tag unangenehm auffallen. Also biss sie mehr oder weniger die Zähne zusammen und ließ es über sich ergehen.

Diese ganze Vorstellungsarie schien Stunden zu dauern. In jedem Büro, mit jedem Mitarbeiter hatte Rosi ein Tratsch-Thema.

Jo wunderte sich, wann diese Frau wohl ihre Arbeit erledigte.

Erst gegen Mittag waren sie durch, dachte Jo zumindest, doch das war nicht ganz richtig. Sie musste noch zum Gespräch zu ihrem neuen Vorgesetzten, George O'Chedder, und weiter auspacken musste sie auch noch.

Auf das Gespräch mit ihrem neuen Vorgesetzten freute sie sich schon besonders, ironisch gemeint. Jo hatte George O'Chedder als einen äußerst unangenehmen Menschen kennen gelernt, der irgendwie nie zufrieden schien.

Durch seine ständige Kritik und Unentschlossenheit wirkte er überaus launisch. Er erinnerte Jo an einen ehemaligen Chef aus dem mittelständischen Unternehmen, für das sie früher tätig war, bevor sie zu SASI kam.

Jo besaß eine überaus gute Menschenkenntnis und irrte sich selten.

Sie befürchtete schon relativ früh, während der Bewerbungsphase für diesen Job, dass O'Chedder hier nicht wirklich etwas zu sagen hatte. Rosi war die treibende Kraft und O'Chedder nur ihre Marionette.

11.30

Gegen 11.30 Uhr, während sich auf dem Flur die Kollegen der Abteilung kaufmännische Forschung und Entwicklung zur Mittagspause sammelten, bat O'Chedder Jo und Rosi in sein Büro.

George O'Chedder reichte Jo die Hand zur Begrüßung. Sein Händedruck war schwabbelig, seine Hand war feucht. Jo hätte die ihre gern gleich wieder zurückgezogen. Doch sie riss sich zusammen und wahrte den Schein.

„Bitte setzten sie sich Frau Crin", sagte er und nahm hinter seinem Schreibtisch Platz.

Jo platzierte sich ihm gegenüber, sein Schreibtisch wirkte wie eine Barriere.

„Frau Tromper hat ihnen ja schon alles Wichtige gesagt und gezeigt, oder?" begann O'Chedder.

Sein Blick wanderte zu Rosi, die sich neben Jo niedergelassen hatte.

Jo befürchtete, Rosi könne später beim Aufstehen im Stuhl mit den Armlehnen stecken bleiben. Das hielt diese Kollegin jedoch nicht davon ab, einen solchen zu wählen.

„Ja", antwortet Jo, „ich denke, über die wesentlichen Dinge bin ich informiert."

„Gut, dann wird Frau Tromper sie später in ihr Büro begleiten und mit ihnen ihre ersten Aufgaben besprechen."

Er hustete ziemlich lange, zündete sich aber noch im Husten eine neue Zigarette an.

„Wir erwarten sehr viel von ihnen, dass wissen sie ja. Meinen sie, dass sie dem gewachsen sind?" fragte er schnippisch mit einem süffisanten Lächeln und knirschte mit den Zähnen. In seiner Stimme klangen Zweifel und Leistungsdruck mit.

Sein irischer Akzent war äußerst unangenehm, denn nebenbei nuschelte er auch noch und Jo hatte zeitweise Mühe, ihn zu verstehen.

„Das ist sie", schaltete sich Rosi ein, „sonst hätte ich sie nicht haben wollen."

„Ich bin mir da nicht so sicher", demotivierte sie O'Chedder, immer noch ein hämisches, zweifelndes Grinsen im Gesicht. „Es ist doch keine leichte Aufgabe."

Rosi lächelte falsch und wandte sich Jo zu.

„Ich habe dir ja schon erklärt, was alles zu tun ist. Chantal wird dich einarbeiten und dich in der ersten Zeit unterstützen. Nach einigen Wochen wirst du das dann alles selbstständig erledigen können."

„Einige Wochen?" fragte O'Chedder, „ich denke eine Einarbeitungszeit von einem Monat ist eine akzeptable Zeit. Länger sollte es auf keinen Fall dauern, ehe sie Frau Tromper entlasten können. Frau Tromper muss dringend entlastet werden, damit sie andere Aufgaben wahrnehmen kann."

O'Chedder und Rosi tauschten einen Blick, den Jo nicht deuten konnte.

Jo schluckte. Mit einer Antwort hielt sie sich zurück. Nur nichts Falsches sagen. Einen Monat zur Einarbeitung in ein völlig neues Aufgabengebiet war nicht wirklich viel Zeit. Und bis jetzt hatte sie nicht einmal eine Vorstellung, was auf sie zukam. Einzelheiten über ihre neue Tätigkeit hatte Rosi nicht verlauten lassen. Nur vage Andeutungen und Erklärungen, aber nichts wirklich Konkretes. Wie sollte das gehen? Und dann der Gedanke, dass O'Chedder ihr eigentlich gar nichts zutraute. Sie spürte sein Misstrauen.

Jo hätte nicht erwartet, dass er ihr gleich an ihrem ersten Arbeitstag, im ersten Gespräch miteinander, ihren ganzen Idealismus nahm. Sie hatte auf Unterstützung, Motivation gehofft. Doch das war ja wohl nichts.

O'Chedder war ihr von Anfang an unsympathisch gewesen. Er tat scheinbar alles, um diesen Eindruck zu verstärken.

13.00

Kaum, dass Rosi und Jo aus O'Chedders Büro kamen, noch ehe sie zum Essen gingen, berief Rosi eine inoffizielle Besprechung, wie sie es nannte, mit den beiden Kolleginnen des Teams, Dorothee Sundermann und Chantal Krusche, in deren Zimmer ein.

Jo konnte spüren, dass die drei mehr verband, als nur die gemeinsame Teamarbeit. Offensichtlich pflegten sie auch einen sehr intensiven privaten Kontakt. Welches Ausmaß dieser Kontakt hatte, konnte Jo jedoch schlecht abschätzen, dazu hatte sie an ihrem ersten Tag zu wenig Einblick.

Die drei ließen sie aber ziemlich deutlich spüren, dass man sich die Zugehörigkeit zu diesem, ihrer Meinung nach, elitären Kreis verdienen musste.

Da eigentlich alle Büros darauf auslegt waren, zwei Arbeitsplätze zu bieten, die sich gegenüber standen, hatte man in diesem Zimmer für Chantal einen dritten Schreibtisch vor die beiden vorhandenen gestellt, so dass sie mit dem Rücken zur Tür saß, gegenüber des Fensters.

Hier, bei der Aussicht nach Norden, blendete die Sonne zum Glück nicht so sehr, wie auf der gegenüberliegenden Flurseite mit Südblick. Auf der Südseite war ein dritter Schreibtisch eigentlich überhaupt nicht akzeptabel.

Rosi hatte sich mit ihrem dicken Hintern schräg auf die Ecke eines Sideboards, das an der Wand stand, gesetzt, so dass sie alle drei Teammitglieder ansehen konnte, wenn sie sprach. Die blutrote Strähne im schwarzen Schopf leuchtete im Licht.

Sie kramte einen Aschenbecher hervor und obwohl Dorothee und Chantal Nichtraucherinnen waren, nahm sich Rosi die Freiheit in deren Büro zu rauchen. Schließlich hätte sie hier die älteren Rechte, rechtfertigte sie sich. Jo allerdings dürfe hier nicht rauchen, merkten alle drei gleich an. Das wollte Jo auch gar nicht. Sie fand es schon von Rosi unverschämt, hier die Bude voll zu qualmen, obwohl die beiden anderen das nicht mochten. Rosi scherte sich nicht darum.

Dorothee Sundermann, Chantal Krusche, Rosi Tromper und Jo unterhielten sich über George O'Chedder und seine Kompetenz in Sachen Personalführung.

„Nimm ihn nicht so ernst", begann Rosi das Gespräch. „Wir sehen das hier alle viel lockerer. O'Chedder übertreibt gern. Er versucht, dich zu verunsichern, weil er selber unsicher ist. Vier Wochen sind völlig unrealistisch. Selbst Chantal, die voll fit ist in ihrem Job, hat mehrere Monate gebraucht, ehe sie so richtig fit war, stimmt's."

„Stimmt", pflichtete Chantal bei, „dass ist natürlich hier bei uns nicht ganz einfach. Es gibt so viele Sachen, die du wissen musst. Und musste dir alle merken."

Ihr ostdeutscher Akzent war unüberhörbar. Chantal lachte hysterisch auf.

„Das Chedderchen ist nicht ganz einfach....."

„Ach, mach dir nichts draus", kam von Dorothee, „der weiß gar nicht, was wir hier wirklich alles zu tun haben. So einfach, wie der sich das vorstellt, ist das gar nicht."

„Na ja", entfuhr es Rosi, „Chantal liegt der Job natürlich, ..."

Jo sah die Kolleginnen der Reihe nach an.

„Was ist, wenn ich eure Erwartungen nicht erfülle?" fragte sie voller Zweifel.

Und mit diesem Satz hatte sie den entscheidenden Fehler gemacht, sie ahnte es nur noch nicht.

„Ach, keine Sorge, das wird nicht passieren", beschwichtigte sie Rosi, „wir sind hier 'nen ganz tolles Team, und lassen uns von O'Chedder nicht fertig machen. Der hat doch sowieso keine Ahnung. Wir halten zusammen und lassen dich auch nicht hängen, stimmt's Mädels. Frag mich, wenn was ist' und nicht unseren Chef! Verstanden?"

„Genauso ist das!" sagte Dorothee und Jo glaubte ihnen.

„Verstanden", antwortete Jo.

13.30

Dieses von vornherein abschreckende, erste Gespräch mit O'Chedder hatte Spuren bei Jo hinterlassen.

Sie fühlte sich schon an diesem ersten Vormittag nicht mehr wirklich wohl in ihrer Haut und als sie dann gemeinsam mit Chantal und Rosi beim Essen saß, bekam Jo kaum etwas herunter.

Chantal und Rosi pflegten in ihre gemeinsame Mittagspause den neusten Klatsch und Tratsch über die anderen Kolleginnen und Kollegen der Abteilung auszutauschen.

Die beiden nutzen Jos Unkenntnis der persönlichen Unzulänglichkeiten der einzelnen Mitarbeiter und informierten sie erst einmal ausführlich über alles, was ihrer Meinung nach wissenswert war. Sie wussten wirklich über jede und jeden etwas Negatives zu berichten.

Da war zum Beispiel der schöne Friedhelm, ein wirklich sehr gut aussehender Kollege. Jung, groß gewachsen, sportlich muskulös und überaus charmant, wenn er wollte, über den Rosi sagte, er sei ein absolut fauler Hund, der dauernd versuche, Chantal irgendwelche seiner Pflichten aufzubürden. Was sie nicht sagte, war, dass Chantal durchaus angetan war, von den Flirtereien und Schmeicheleien, die Friedhelm ihr zugestand. Sie, Jo, solle sich bloß nicht von ihm bequatschen lassen und ihn unterstützen. Er könne ja sehr charmant sein, aber er wäre ein faules Arschloch.

Oder die psychisch kranke Kollegin Gertrud, die in Rosi schlimmste Befürchtungen weckte, als man sich kennen lernte und Rosi erfuhr, dass Gertrud sehr eng mit Dorothee zusammen gearbeitet hatte, der Dorothee, die Rosis neue Teamkollegin werden sollte.

Die Wahrheit war, dass Gertrud weder psychisch, noch sonst irgendwie krank war, sondern das verkörperte, was Rosi gern sein wollte. Jung, dynamisch und hübsch. Gertrud hatte Schlag bei den Männern und wenn Rosi und Gertrud aufeinander trafen, stand Rosi immer in ihrem Schatten. Das gefiel ihr selbstverständlich überhaupt nicht, Rosi liebte das Licht. Also setzte sie alles daran, Gertrud wo sie konnte, schlecht zu machen.

.

„Da hab ich gedacht" sagte Rosi, „wenn die Dorothee auch so eine ist, dann schönen Dank auch"

„Und wenn die Gertrud immer lacht", warf Chantal ein, „das musste dir mal anhören, dieses ewige, Hi, Hi, und so schrill, furchtbar."

„Die nervt total", stimmte Rosi zu, „halt ich von der fern!

Das klang für Jo wie ein Befehl und das sollte es auch.

Rosi machte von Anfang an klar, dass sie hier das Sagen hatte und so sollte es auch bleiben. Sie duldete keinen Widerspruch und keine Befehlsverweigerung. Jo spürte, dass Rosi mit äußerster Vorsicht zu genießen war.

Daneben berichteten sie noch von Konrad, dem man vorwarf, er sei ein unfähiger Chaot, nur darauf bedacht, den Damen Arbeit und Ärger zu machen, aber auch von allen anderen hatten die drei keine bessere Meinung.

Konrad war hoch angesehen in seinem Job. Jeder im Unternehmen schätzte seine Meinung und sein Fachwissen. Konrad löste die schwierigsten Probleme. Das wollten die Damen aber nicht sehen, denn Konrad mochte die Weiber nicht.

Dass sich manche Probleme einfach aus der täglichen Arbeit ergaben und kaum abzuwenden waren, ließen die drei nicht gelten. Die vorherrschende Meinung war: wir sind perfekt, intelligent, haben alles im Griff und wissen immer, was richtig ist, alle anderen sind Stümper, Trottel, Idioten und noch einiges mehr, aber keine ernst zu nehmenden Persönlichkeiten.

Respekt anderen gegenüber war für die drei eine Eigenschaft, die man nicht haben musste. Sie hatten das jedenfalls nicht nötig.

Da waren sich Rosi, Dorothee und Chantal einig.

Jo beschloss trotz all dieser Warnungen und Befehle, sich ein eigenes Urteil über die neuen Kolleginnen und Kollegen zu bilden. Sie dachte nicht daran, sich von Rosi vorschreiben zu lassen, mit wem sie Kontakt haben durfte und mit wem besser nicht. Sie bekam aber sehr schnell mit, dass Rosi keinen Widerspruch duldete und dass ihre Empfehlungen zum gewünschten Umgang wirklich als Befehle zu verstehen waren.

Dorothee Sundermann und Chantal Krusche akzeptierten Rosi als Leit-Hyäne, sie hatten beide weder Rückgrat noch Format oder Intellekt, Widerstand zu leisten.

Dorothee war eben ein eher schlichtes Gemüt. Sie ging stark auf die fünfzig, aber da sie keine Kinder bekommen konnte, war sie mürrisch und unzufrieden mit sich selbst. So hatte sie sich fünf weiße Westis zugelegt, um diesen Mangel zu kompensieren. Westis sind diese kleinen, nervösen Hunde, die ständig hysterisch bellen und kaum ruhig zu stellen sind. Dorothee wäre gern Mutter geworden, doch weil sich da nichts machen ließ, und sie hatte wirklich alles versucht, vermenschlichte sie ihre Hunde. Ihr Lieblingsthema war, darüber zu lamentieren, wie ihr Kind wohl geworden wäre. Laut ernstgemeinter Aussage der verhinderten Mutter wäre es bestimmt hochintelligent gewesen. Das war für Jo aber bei dem Erbgut kaum vorstellbar.

Damit sie nicht so alt erschien, wie sie wirklich war, trimmte sich Dorothee auf jugendlich. Das hieß in ihrem Fall vor allen Dingen immer eine Perücke. Die eigenen Haare waren schon vor Jahren wegen einer Hormonstörung ausgefallen. Ihre Perückensammlung konnte sich mit Sicherheit sehen lassen. Manchmal hatte sie in einer Arbeitswoche an fünf Arbeitstagen fünf verschiedene Frisuren. Manche Frau, die die Geschichte nicht kannte, beneidete sie, aber Dorothee litt unter der Situation. Dazu hüllte sie sich in ein Outfit, das jeden siebzehnjährigen Teenie vor Neid erblassen ließ und obendrauf besaß sie ein unerschütterliches Selbstbewusstsein, von sich zu glauben, sie sähe gut aus. Die Krönung dieser aus ihrer Sicht perfekten Erscheinung jedoch waren ihre Zähne.

Vor vielen, vielen Jahren hatte sie ein kleines Vermögen vom Wert eines Kleinwagens für die Restauration ihres nunmehr künstlichen Gebisses ausgegeben. Nicht ein einziger eigener Zahn mehr, doch mit der Zeit war dieses Gebiss so grau und unansehnlich geworden, dass jedes Öffnen ihres Mundes besser unterblieben wäre. Und das nicht nur wegen der Zähne.

Jo sah auf den ersten Blick, dass die nicht echt sein konnten.

Auf was Dorothee tatsächlich stolz sein konnte, war ihre gute Figur. Sie war groß und trotz etwas gesetzterem Alter gertenschlank und wohlgeformt. Das ganze Gegenteil ihrer Busenfreundinnen. Ihr einziger Pluspunkt.

Und den nutze sie auch oft und gern, um ihren Willen durchzusetzen.

Bei den Männern war die dumme, schlanke Frau durchaus sehr beliebt, denn Dorothee verstand es, Männer zu manipulieren. Der Mann an sich merkte zunächst einmal nicht, dass sie ihm nach dem Munde redete. Dorothee schmeichelte den Männern und flirtete mit ihnen und die meisten merkten nicht, wie sie sie dadurch für ihre Zwecke benutzte. Außerdem weckte ihr zierliches wirkendes Äußere den Beschützerinstinkt im Mann. Immer wieder sehr hilfreich.

Aber so hielt sich Dorothee alle unangenehmen Aufgaben und Pflichten vom Hals. Und sie war es gewöhnt betüddelt zu werden. Ein verwöhntes und verzogenes Gör. Diese Eigenschaft hatte sie im Alter nicht abgelegt.

Die Dritte im Bunde war die ostdeutsche Aushilfe mit sächsischem Migrationshintergrund, Chantal Krusche, und auch die machte ihrem Namen alle Ehre. Auch hier ein französischer Ursprung, den man dann crushe nannte, was übersetzt einfach dumme Ziege bedeutet.

Nachdem Jo das durch Zufall herausgefunden hatte, fand sie den Namen mehr als treffend.

Chantal war einfältig und ebenfalls äußerst dümmlich, unsicher, und dabei zickig und launisch.

Beseelt von dem Gedanken, bei Rosi einen Stein im Brett zu haben, und hier im Hause SASI mit Rosis Hilfe eine ganz große Nummer zu werden. Wie ihr Vorbild.

Menschen wie Chantal brachten mit ihrer Art eine ganze Region in Verruf.

Ihr äußeres Erscheinungsbild ließ einen manchmal glauben, man hätte eine Greisin vor sich und nicht eine junge Frau von gerade zwanzig. Chantal hatte nach ihrer Ausbildung zur Fachverkäuferin für Zweiräder in einem Handwerksbetrieb im Osten gleich nach der Prüfung in den Westen „gemacht". Weil sie hier aber keinen Job fand, der ihr wirklich genehm war, hatte sie bei einem Zeitarbeitsunternehmen angeheuert, dass kaufmännische Mitarbeiter für MMS suchte. Mit ihrem Hintergrund hatte Chantal gute Chancen auf einen Aushilfsjob, wobei sie ihr Ziel, eine Festanstellung im Unternehmen, nicht aus den Augen ließ.

Das Dumme war, dass die Company kaum noch kaufmännische Mitarbeiter ohne Studium fest einstellte und die Übernahme von Zeitarbeitskräften glich einem Wunder. Wenn das tatsächlich mal der Fall war, höchstens befristet.

Leider hatte Chantal auch die Einstellung einer alten Frau. Wenn man sie reden hörte, konnte man annehmen, ihr Leben wäre bald zu Ende. Dabei stand sie doch in der Blüte desselben.

Kleidungstechnisch verstand sie es wie keine zweite, sich zu verunstalten.

Chantal war nicht sehr groß, kaum etwas länger als Rosi, doch das hinderte sie nicht daran, sich altmodische, extra lange und schwere Jeansröcke anzuziehen, die fast auf der Erde schleiften, wenn sie stand oder ging. Dazu trug sie alternativ angehauchte Stickpullover, am liebsten mit Norwegermuster oder großen Blumen. Gekrönt wurde dies nur noch durch ihre hochhackigen, spitzen Schuhe, die den Eindruck erweckten, dass sie sie extra mehrere Nummer größer kaufte, damit sie noch unter den Röcken hervor lugten. Ein Menschenkind in Länge 165 cm konnte gar nicht so große Füße haben.

Ihre Figur ein war wenig gewöhnungsbedürftig. Schmale Schulter, kurzer Oberkörper, flach wie ein Brett, breite Hüften, kräftiges Gesäß mit kurzen, dicken Beinen und, wenn wir ihr glauben wollen, riesigen Füßen.

Nun gut, wenn alle Massen an Hüften und Hintern hängt, ist für den Busen nichts mehr übrig...

Und auch Chantal hatte, wie Eleonore Schummelpfennig, dieses untrügliche Gespür, ihre Problemzonen besonders gut in Szene zu setzen.

Abgerundet wurde das Bild durch Gesicht und Haare.

Um besonders modisch und attraktiv zu wirken, und vielleicht auch, um Rosi und Dorothee zu imponieren, ließ sich Chantal nicht etwa beim Friseur verschönern. Nein, sie bevorzugte eine private Haarpflege und trug stolz irgendetwas auf dem

Kopf, aber keine Frisur. Die blau-schwarz-braunen Haare standen wirr ab, sie sah aus, als wäre sie frisch dem Bett entstiegen und hätte das Kämmen vergessen. Diese zusätzlich frische, grellrote fast orange-leuchtende Farbe machte das auch nicht wett. Chantal liebte es bunt, und das nicht nur bei der Haarfarbe.

Leider war das, was sie jetzt auf dem Kopf hatte, aber nicht gewollt gewesen, sondern das Ergebnis einer verunglückten Tönung, die sie sich selbst falsch angewendet hatte.

Sie hatte eben ihren ganz eigenen Chic.

Für George O'Chedder, der selbst eher sehr konservativ und altbacken eingestellt war, war sie manches Mal zu bunt gestylt, sie wirkte ab und zu etwas alternativ, aber da Rosi Tromper ihr zugetan war, akzeptierte er ihr Aussehen widerwillig.

Der einzige Punkt, der all diese Grazie noch übertraf, waren ihre ständig verquollenen Augen, die sie aussehen ließen, als hätte sie nächtelang gesoffen. Chantal erklärte das mit einer Allergie, wahrscheinlicher war jedoch, dass sie ein ernsthaftes Alkoholproblem hatte.

So oft, wie Chantal, litt niemand unter Heuschnupfen. Nicht mal Rosi.

Auch Chantal hatte weder festen Freund, noch viele soziale Kontakte außerhalb des Büros. Zwangsweise, weil es die Familie so wollte, lebte sie mit Onkel Dieter zusammen in einer eigenen Wohnung. Allein zu wohnen kam für ihre Mutter und ihren Vater für sie nicht in Frage. Mama und Papa hatten ein strenges Auge auf das Kind, es sollte doch nicht über die Stränge schlagen. Und da sie sie nicht rund um die Uhr beaufsichtigen konnten, sie aber gern die totale Kontrolle über ihr Leben wollten, kam Onkel Dieter ins Spiel. Chantal wollte gern rebellieren, traute sich aber nicht wirklich. Sie hatte im Büro eine große Klappe, doch es war nicht viel dahinter. Das konnte allerdings auch zum Teil an ihrer geistigen Größe liegen, die nicht wirklich überragend zu nennen war.

Bei Rosi und Dorothee suchte und fand sie einen Mutterersatz, der aber nicht so perfekt war, wie sie, Chantal, es gern gehabt hätte.

19.00

Jo hatte ihren ersten Arbeitstag überstanden.

Kaum dass sie ihr Büro und die Firma verlassen hatte, rief sie über Handy Laura-Marie an und berichtete kurz vom ersten Arbeitstag.

Dann fuhr sie mit der Bahn bis zum Kröpke. Dort angekommen traf sie sich an der berühmten Uhr mit Hanna.

Es war jetzt 19.00 Uhr und sie saß mit Hanna Böschelburger beim Cocktail in einem Lokal in Hannovers Innenstadt.

Es war eine dieser Studentenkneipen mit vielen kleinen Bistrotischen, eng im Inneren, aber recht gemütlich. Alles was störte war die Musik, die manchmal einfach zu laut war.

Hanna und Jo saßen an einem Tisch am Fenster und sahen nach draußen auf den Platz der Weltausstellung.

„Erzähl mal", sagte Hanna, „wie war denn der erste Tag?"

„Ach", seufzte Jo, „es ging so. Mein neuer Vorgesetzter hat ziemlich hohe Ansprüche. Ich weiß nicht, ob ich die wirklich erfüllen kann."

„Keine Sorge, dass schaffst du schon, Ex-persönliche Assistentin. Was wirst du denn da so machen?"

„Ich soll Rosi entlasten und ein Teil ihres Jobs übernehmen."

„Rosi Tromper? Das ist doch ´ne ganz große Nummer bei uns."

„Ja genau. Das ist diese kleine Dicke mit diesen schwarzen Haaren mit der roten Strähne. Irgendwer hat erzählt, die will sich mit dieser Locke bei ihrem Chef einschleimen. Rosi meint ja, das ist alles nicht so wild, ich solle locker bleiben."

„Und wer ist dein neuer Chef?"

„O'Chedder, George O'Chedder, kennst du ihn?"

„Nur vom Namen her. Ist das nicht dieser Schweizer?"

„Soweit ich weiß, nein. Er ist Ire. Das ist so ein dürrer Typ mit lichten roten Haaren und einem Pferdegebiss. Wenn du den siehst, erkennst du den. Mellenstedt kennt ihn. Der hat aber keine gute Meinung von ihm."

„Lass dich nicht bange machen. Warte erst mal ab. Wie sind deine neuen Kollegen? In welchem Büro bist du denn jetzt und mit wem?"

„So viele Fragen auf einmal", stöhnte Jo, „also heute waren sie alle ganz nett. Ich sitze mit Dorothee Sundermann und Chantal Krusche in einem Dreier-Büro. Kennst du die?

„Dorothee auch nur vom Namen. Chantal kenne ich nicht."

„Dorothee ist die mit der täglich neuen Frisur, Chantal kannst du schon an ihrem Akzent erkennen, oder an den Haaren. Als ich sie das erste Mal gesehen habe, habe ich mich schon ein bisschen erschrocken. Die hat knallbunte Haare. So struwwelig. Im Moment trägt sie die Haare in mindestens sechs verschiedenen Farben. Blau, schwarz, rot, blond, und wer weiß was nicht noch alles. Ich weiß nicht wirklich, woher sie kommt, muss aber aus dem anderen Teil Deutschlands sein. Bei der merkt man sofort, dass die aus dem Osten der Republik kommt. Aber sie scheinen beide ganz nett zu sein. Offensichtlich ist dieses Dreier-Team mit Rosi auch privat viel zusammen. Wenn ich kann, würde ich mich da gern einklinken."

„Wenn sie nett sind, warum nicht", sagte Hanna. „Es kann nicht schaden, wenn man sich im Team gut versteht und auch privat was gemeinsam unternimmt."

So verging der Abend bei einem anregenden Gespräch über dies und das und Gott und die Welt.

22.00

Kaum zu Haus angekommen rief Jo Laura-Marie an und berichtete kurz die Details vom Tag. Es war schon spät und auch Laura-Marie war ziemlich müde, so dass es ein sehr kurzes Gespräch blieb.

Nachdem sie aufgelegt hatten, ging Jo ins Bad und machte sich bettfein.

Jo musste noch eine ganze Weile über den Tag nachdenken, ehe ihr vor Müdigkeit doch endlich die Augen zu fielen und sie tief und fest einschlief.

Sie träumte davon, wie sie damals zu SASI gekommen war. Jo konnte sich noch genau an alles erinnern. Im Grunde eine lange Geschichte, bis zu diesem Punkt heute. Sie wunderte sich am nächsten Morgen, wie das alles in einen Traum passte.

Rückblende:

1981 begann Jo eine Ausbildung, die ihr aber nicht wirklich Spaß machte, doch es gab wenig Ausbildungsplätze damals und sie war froh überhaupt einen ergattert zu haben. Ihre Mutter, die sie nie haben wollte, hatte sie zur Großmutter abgeschoben und war nun nicht mehr bereit, sie durchzufüttern, damit sie weiter die Schule besuchen konnte. Also musste sie arbeiten um ihren Lebensunterhalt zu verdienen. Die Großmutter hätte sie auch nicht unterstützen können und dass es Bafög oder so etwas gab, hatte Jo noch nie gehört.

Sie beendete sie Ausbildung sogar richtig gut, arbeitete dann noch ein gutes Jahr in ihrem Beruf und dann forderten ständige Kälte und schweres Tragen ihren Tribut. Jo wurde dann krank und musste umschulen.

So wurde sie Industriekauffrau und durch ein Praktikum in einem mittelständischen Unternehmen bekam sie dort einen Job. Das Leben dort war nicht leicht. Ständig wurde sie von dem Betriebsleiter diskriminiert, weil sie eine Frau war, und die einzige in dieser Niederlassung. Ganz schlimm wurde es, als bekannt wurde, sie sei lesbisch, täglich Spießrutenlaufen. Doch Jo boxte sich durch. Bis zu dem Freitag, als sie nach elf ein halb Jahren ohne Vorwarnung ihre Kündigung im Briefkasten hatte.

Jo litt an Rheuma, hatte einen Schub, der sich über sieben Monate hinzog und in dieser Zeit hatte sich die Firma entschlossen, sich von ihr zu trennen. Obwohl sie selbst mit Krücken zum Monatsabschluss ins Büro kam. Das zählte alles nicht.

Die damalige Auszubildende wurde gegen ihren Willen in Jos Job gestürzt und wickelte bis zur endgültigen Schließung der Niederlassung, die sich noch zwei Jahre hinzog, alle kaufmännischen Tätigkeiten ab.

Vor dem Arbeitsgericht konnte Jo dann später wenigstens eine Abfindung heraushandeln.

Nun war sie erst einmal arbeitslos, aber nicht lange. Selbstständig organisierte Jo ihre Fortbildung. Sie hatte erkannt, dass sie etwas tun musste, denn die Computerkenntnisse des firmeninternen, primitiven Systems brachten sie nicht wirklich weiter.

Jo belegte einen Jahreskurs und erlangte sehr gute Kenntnisse in MS Office und vor allem SAP, der kaufmännischen Software für Großunternehmen heutzutage. Schwerpunkt Rechnungswesen und Materialwirtschaft. Mit dieser Qualifikation bewarb sie sich für ein sechsmonatiges Praktikum auf eine Stellenausschreibung bei Müller, Meier, Schulze, kurz MMS, einem international tätigen, ortsansässigen Fahrradhersteller, aus dem zu einem späteren Zeitpunkt durch eine Fusion SASI wurde.

Jos Glück war Kai Mellenstedt, der ihr zum einen eine große Change gab und sie zum anderen unterstütze, indem er dafür sorgte, dass sie nach Beendigung der Fortbildung eine Stelle in der Personalabteilung bekam. Zwar nur als Aushilfe für ein Jahr, aber immerhin.

Während des Praktikums lernten sich Jo und Hanna kennen. Hanna war die Kollegin, die sich um die Praktikantin kümmerte und ziemlich schnell merkten beide, dass sie auf einer Wellenlänge lagen. So entwickelte sich eine Freundschaft, in die später auch Laura-Marie mit einbezogen wurde.

Nach diesem Jahr in der Personalabteilung bot man Jo an, befristetet im Rechnungswesen von SASI tätig zu werden. Jo musste nicht lange überlegen und unterschrieb den Vertrag.

Nun war das Dream-Team Hanna und Jo wieder beieinander. Hanna wurde stellvertretende Abteilungsleiterin und da sich Jo schon während des Praktikums sehr gut in Hannas Aufgabengebiet eingearbeitet hatte, bereitete es ihr überhaupt keine Probleme, diese Tätigkeit wieder aufzunehmen.

Irgendwann verließ der Chef die Abteilung, um sich neuen Aufgaben zu widmen. Dann versetzte man Hanna. Jo blieb zurück.

Es dauerte genau etwas mehr als drei Jahre, da verbreitete sich die Hiobsbotschaft, das Rechnungswesen würde ausgelagert. Leider war es kein böses Gerücht, sondern die harte Realität.

Wie froh war Jo, als Rosi Tromper sie ansprach sich für deren Abteilung zu bewerben. Ein neuer Job, erst einmal befristet auf 2 Jahre mit der Option auf Festanstellung. SASI beabsichtigte die Entwicklung und später die Serienproduktion eines Leichtbauflugzeuges mit Pedalantrieb, darum hatte man sich auch MMS und Luftikus einverleibt. Jo hatte das Gefühl den Lotto-Jackpot geknackt zu haben. Und Rosi versicherte ihr, dass sie die gewünschte Kandidatin wäre. Sie, Jo, würde man haben wollen. Niemanden sonst. Sicher gäbe es noch andere Bewerber, aber das wäre reine Formsache betonte Rosi. Die müsse man sich anschauen, haben wolle man sie nicht.

Es dauerte Monate, ehe alles unter Dach und Fach war. Zweifel kamen in Jo hoch, ob denn auch wirklich alles klappen würde. Sonst wäre ihre Zeit bei SASI schon viel eher abgelaufen und sie hätte dem freien Markt wieder zur Verfügung gestanden. Aber jedes Mal wischte Rosi Jos Zweifel beiseite.

Jo war stolz, dass sich Rosi so für sie einsetzte. Sie ahnte ja auch noch nicht, auf was sie sich da eingelassen hatte. Hätte sie es gewusst, sie hätte diesen Job nie angenommen.

15.03.2005

11.30

Jo hatte ihre alte Gewohnheit wieder aufgenommen und war meistens schon morgens gegen sieben im Büro. Bis jetzt lief auch alles ganz gut, dachte sie. Rosi, Dorothee und Chantal sahen das ganz anders. Es begann schleichend und unmerklich.

Die drei waren allein im Büro.

„Haste gemerkt, wie unsicher die Neue ist?" fragte Dorothee an Rosi gewandt.

„Ist doch gut", sagte Rosi, „dann können wir mal anfangen, an unserem Plan zu arbeiten, was?"

Chantal klatschte freudig in die Hände.

„Meinst, das klappt?" fragte sie.

„Gemeinsam sind wir doch unausstehlich, was, " grinste Rosi breit. „Wenn die jetzt schon so unsicher ist, dann braucht das nicht so lange."

Dorothee nickte.

„Wir müssen das einfach mal für uns ausnutzen", stimmte sie zu. „Dann hast du bald einen festen Job bei SASI, ne Chantal."

Rosi sah in die Runde.

„Das ist ganz einfach", sagte sie bestimmt, „wir nutzen ihre Unsicherheit, dann macht sie Fehler, und dann treiben wir sie noch 'n bisschen an, dann nehmen wir Chedder dazu, der will doch sowieso kein Ärger, und dann ist sie bald draußen, und dann Chantal,..."

Chantal zog eine Schnute und rieb sich die geschwollenen Augen.

„Ich mach die sowieso nicht", bemerkte sie. „Die tut so komisch."

„Ach Herzchen", seufzte Dorothee, „ist doch nicht mehr lange..."

Chantal zog skeptisch die Augenbrauen hoch.

„Und O'Chedder?"

„Der frisst mir aus der Hand."

12.00

In der ersten Woche unter Rosis Fittichen gingen sie noch zu dritt mittags essen: Rosi, Chantal und Jo.

Weil Rosi und Chantal aber gern später gingen und sich selbstverständlich auch viel Privates zu erzählen hatten, besonders wenn Dorothee sie begleitete, legte man ihr ziemlich schnell nahe, doch mit der großen Gruppe der Kolleginnen und Kollegen zu gehen.

„Hör mal Johanna", begann Rosi, "Ist glaub ich besser, wenn du immer mit den anderen essen gehst. Du willst doch lieber um halb zwölf los, und das ist gar nicht meine Zeit. Macht dir doch nix aus, ne?"

Jo dachte sich nichts Böses und hatte kein Problem damit. Auch die Gruppe fand das völlig in Ordnung. So entwickelte es sich aber, dass hier schon einmal klargestellt wurde: Du gehörst nicht zu uns.

Wenige Tage später kam dann das erste Highlight, ironisch gemeint, als Jo eine Frage an Rosi hatte.

Rosi kam gegen Mittag ins Büro, erklärte ihr kurz und knapp etwas und wandte sich dann privatem Tratsch mit Chantal und Dorothee zu. Da das Berufliche geklärt war, und jetzt nur noch Privates folgte, stand Jo also zu gegebener Zeit auf.

„Ich gehe jetzt essen", sagte Jo in die Runde.

Rosi würdigte sie keines Blickes und redete einfach weiter.

„... und was ich dir noch erzählen muss......"

Jo sah Dorothee an, die nickte zustimmend.

Soweit so gut.

Als Jo aus der Pause zurückkam, war Rosi schon sehr komisch, sagte aber kein Wort. Auch Dorothee und Chantal zogen ein merkwürdiges Gesicht. Jo bemerkte, dass die drei hinter ihrem Rücken über sie redeten und offensichtlich ein Problem hatten.

Als sich gegen Abend die allgemeine Stimmung nicht gebessert hatte, fasste sich Jo ein Herz und sprach Rosi allein in ihrem Büro darauf an.

Die reagierte völlig überheblich und cholerisch.

„Ach, hast du's auch schon gemerkt?" blökte Rosi sofort los. „Das ist doch eine Unverschämtheit von dir. Ich erklär dir was, und du lässt mich einfach stehen, merkst du eigentlich noch was, oder nimmst du irgendwelche Pillen, die dich benebeln?"

Jo sah sie entgeistert an.

„Aber du hast dich über private Sachen mit Dorothee und Chantal unterhalten, " erwiderte Jo", das hatte mit meiner Frage gar nichts mehr zu tun. Was hätte ich also noch dabei bleiben sollen?"

„Ich sag dir, wann ich fertig bin, klar! Alles hatte mit deiner Frage zu tun, merk dir das! Das machst du nicht noch mal mit mir!"

Jo nickte.

Rosis Gesicht hatte sich zu einer bösen Fratze verzogen. Ihre unterlaufenen Augen traten hervor, die Nasenflügel blähten sich bedrohlich auf und ihre Gesichtszüge entglitten.

Jo hatte schon Angst, dass Rosi die Schminke aus dem Gesicht bröckeln könnte.

Rosi verdrehte lautstark die Tatsachen und fühlte sich auch noch im Recht.

Jo war sich nicht ganz sicher, aber sie entschuldigte sich auf Verdacht, um des lieben Friedens willen.

Chantal und Dorothee, die das Ganze selbstverständlich mitbekommen hatte, dafür hatte Rosi schon gesorgt, fanden einstimmig, das Rosi recht hatte. Man ließ Rosi nicht einfach stehen, das würden sie sich nicht wagen, aber wenn sie es täten, wäre das ja auch etwas ganz anderes. Dachten sie, und beide sagten es auch.

Was Rosi über die beiden dachte, sagte sie nicht. Beide, Chantal und Dorothee waren für Rosi nur Handlanger, Mittel zum Zweck. Beide waren für sie geistig viel zu minderbemittelt, um auch nur zu ahnen, was wirklich abging.

17.30

Büro Meinecke, 17. Stock.

Es war wieder einmal spät geworden, doch dies war Rosis liebste Zeit. Nach 17.00 Uhr war sie oft allein auf dem Flur und konnte sich so richtig ausleben. Zu dieser Zeit waren dann auch meist Bianca und Eleonore im Haus und die drei nutzen die Gelegenheit.

„Hallo Biii jan caa...!" flötete Rosi und stürmte das Büro.

Sie war unnatürlich aufgedreht.

„Na Rosi", antwortete Bianca mit ihrem bäuerlichen Charme. „Was'n los?"

„Och, du glaubst es nicht", stieß Rosi aus. „Diese Crin ist so dämlich. Wenn ich Chantal nicht hätte, könnte ich einpacken."

„Klopf, klopf", rief die dritte im Bunde. „Stör ich."

„Ach Eleonore, du bist auch noch da? Nee, komm rein."

Sie hockten sich, wie immer, auf Bianca Schreibtisch.

Dieser bog sich unter der Last.

Bianca hatte das Glück, ein eigenes Büro zu haben. Es war verhältnismäßig groß und geräumig, mit einer Fensterzeile genau gegenüber der Tür und einem riesigen Schreibtisch, der mehr als drei Leuten Platz bot. Eingerichtet waren diese Büros der 17. Etage, in der sich auch die Geschäftsleitung befand, schon mit den neuen Möbeln aus hellem Holz und Metallfüßen, die man kürzlich angeschafft hatte. Jedes Büro wirkte so viel freundlicher und ansprechender.

Die Wände hier in den modernisierten Räumen waren weiß gestrichen.

Bianca Meinecke hatte verschiedene Excel-Tabellen und Übersichten von Arbeitsabläufen an den Wänden, der Schreibtisch selbst war chaotisch und unübersichtlich.

In der Fensterbank standen Pferdebilder. Bianca kam aus einer bayrischen Bauern-Familie aus der Nähe von München. Die Familie hatte dort ein riesiges Anwesen mit Gestüt. Dementsprechend besaß Bianca tatsächlich drei Reitpferde, die durchaus wertvoll waren, sowie mehrere Hunde

54

verschiedensten Rassen. Die Woche über lebte Bianca in einem Apartment im hannoverschen Zooviertel, eine recht exklusive Wohngegend. Sie hatte sieben Brüder, allesamt Bauern oder Agrarwissenschaftler und war als einziges Mädchen das jüngste der Kinder. Ihre Brüder waren wesentlich älter als sie. Dementsprechend war sie von allen Familienmitgliedern recht verwöhnt worden und wurde es heute noch. Bianca war es gewohnt, alles zu bekommen, was sie wollte.

Bianca war verheiratet, lebte jedoch schon lange getrennt von ihrem Mann. Er hatte ein Problem damit, dass sie sich mehr für ihre Tiere, als für ihn interessierte.

In Rosis 15. Etage herrschte noch das alte, dunkele Mobiliar vor. Dunkle Schreibtische mit kackbraunen Füßen, wenn man Glück hatte. Es kam auch vor, das die Einrichtung zusammen gewürfelt wirkte, weil damals, als man Tisch oder Schrank brauchte, nichts anders verfügbar war. Dann saß man in hell, dunkel und weiß und der ganze Raum wirkte irgendwie bunt.

„Bah", schnaubte Rosi, „wisst ihr, was sie gemacht hat?"

Bianca grinste.

„Beruhig dich erst mal wieder, Rosi."

Rosi räusperte sich minutenlang und berichtete ausführlich, welche Ungeheuerlichkeit sich Jo herausgenommen hatte.

Bianca und Eleonore waren entsetzt über so viel Unverschämtheit.

Das hätten sie sich nie getraut, pflichteten sie bei.

Rosi war beruhigt.

„Gibt's irgendwas Neues, was ich wissen sollte?" fragte Rosi beiläufig.

„Nicht wirklich", sagte Eleonore gelangweilt.

„Höchstens vielleicht, dass der Einkauf Jetzt Angebote einholt, " gab Bianca zum Besten.

„Was'n für Angebote?" hakte Rosi nach.

„Stimmt!" rief Eleonore aus. „Hab ich auch gehört..."

„Die wollen abklären, ob man Teile für den Prototypen besser fremdfertigen lässt, damit es nicht so teuer für uns wird", erklärte Bianca. „musste mal deinen Kollegen Konrad fragen. Der steckt doch ganz tief drinnen in der Planung."

Rosi kräuselte die Lippen.

„Der mach mich nicht so gerne", gab sie zu. „Der erzählt mir nur das Nötigste."

„Was'n Pech aber auch", entfleuchte es Eleonore. „Hast doch aber noch mehr Kollegen, die mit der Planung beschäftigt sind, was?"

„Na ja, unsere Ingenieure sind da 'nen bisschen eigen", widersprach Rosi, „die tun so geheimnisvoll, wir sind ja nur die Kaufleute."

Bianca lachte auf.

30.03.2005

Die ersten vier Wochen waren fast um.

Freitagnachmittags holte Laura-Marie Jo meist von der Arbeit ab, weil sie zur Sprachtherapie musste, und Jos Büro mehr oder weniger auf dem Weg lag.

Jo freute sich die ganze Woche auf diesem Moment, denn wenn sie Laura-Maries Auto unten in der Parkbucht sah, war endlich Wochenende.

Während alle Angestellten und Besucher die Tiefgarage nutzen, hatte man an der Straße viel Platz, wenn man jemanden abholen wollte. Leere Parkplätze gab es reichlich. Fremde, auch Familienangehörige, durften die Garage nicht nutzen. Es sei denn, man gehörte zu einer Führungskraft. Dann war alles etwas anders.

Heute freute sich Jo ganz besonders, sie hatte eine fürchterliche Woche hinter sich und wollte Laura-Marie am Telefon aber nichts davon erzählen, damit sie sich keine unnötigen Sorgen machte.

Rückblende:

26.03.2005
07.00

Montagmorgen, als Jo ins Büro kam, war die Welt noch in Ordnung, glaubte sie.

Sie begann mit ihrer Arbeit und druckte erst einmal Rechnungen aus, die geprüft werden mussten, wie es mit Rosi und Chantal abgesprochen war. Anschließend fügte sie Lieferscheine und Arbeitsnachweise bei, kontrollierte, ob die abgerechneten Leistungen übereinstimmten, kontierte die

Rechnungen und begann, die Leistungen im Computer zu erfassen.

Sie hatte einige schwierige Fälle dabei, bei denen auf den ersten Blick nicht ersichtlich war, in welche Kategorie sie gehörten, also schrieb sie die Kontierung mit Bleistift, legte sie zur Seite und beschloss, Chantal zur Sicherheit noch einmal zu fragen.

08.00

Chantal erschien gegen acht.

Die Augen waren dick und verquollen. Ihre Laune schien jetzt schon auf dem Nullpunkt zu sein.

Jo wartete, bis sie ihre Jacke ausgezogen hatte, der Computer hochgefahren war und Chantal ihre Arbeitsunterlagen hingelegt hatte.

In der Zwischenzeit waren auch Dorothee und Rosi im Büro aufgetaucht. Wie jeden Morgen, kam Rosi herein und führte ein langes, privates Gespräch und wie immer rauchte sie ihre Zigarette dabei.

„Darf ich mal stören?" fragte Jo freundlich „Ich hätte da ein paar Fragen."

„Was ist denn", wollte Rosi wissen.

„Schau mal hier", Jo reichte ihr eine Rechnung, „Ich bin mir nicht ganz sicher, wozu das gehört."

„Was ist denn das?" mischte sich Chantal ein und warf einen Blick darauf.

Sie knallte Jo die Rechnung regelrecht und ungehalten auf den Schreibtisch.

„Boh ey, das hab' ich dir schon dreimal gesagt. Das gehört zur Tragflächenplanung. Ist doch ganz klar", schnaufte sie wutentbrannt.

„Woran siehst du das?" fragte Jo nach und musste sich zwingen ruhig zu bleiben.

„Hiiier!" knurrte Chantal, „wie lange bist du jetzt bei uns, vier Tage? Oder vier Wochen? Da steht AF wie Är-fo- il"

„Entschuldige bitte, und was heißt das jetzt?" antwortete Jo, „für mich war das nicht so klar. Ehe ich es verkehrt mache, frage ich lieber noch mal nach, oder?"

„Eigentlich schon, Airfoil ist der Tragflügel" erwiderte Rosi, „aber Chantal hat recht. So langsam müsstest du das wissen. Vielleicht liegt dir das alles hier nicht."

„Es ist halt alles immer noch neu und so ganz anders, als das, was ich bisher gemacht habe", gab Jo zu. „Ich war bis jetzt die meiste Zeit in der Buchhaltung."

Fehler Nummer zwei.

„Das wird schon", beruhigte sie Rosi. „Chantal liegt die ganze Arbeit, sie hat eine unheimlich schnelle Auffassungsgabe. Bei dir dauert es eben etwas länger, aber keine Sorge."

Chantal brummte vor sich her.

„Was ist denn los, Chantal?"

„Schlecht geschlafen?" fragte Jo.

Rosi sah sie ernst an und schüttelte den Kopf.

„Lasse mal in Ruhe" sagte sie zu Jo gewandt.

„Och Mensch, mein Onkel ist krank und kriegt nicht mal hin, 'nen Arzttermin zu machen", sprudelte es aus Chantal heraus. "Jetzt musst ich heut Morgen erst mal telefonieren, damit der hinkommt. Dann wollte er nicht mit dem Taxi fahren. Nun muss ich früh heim, weil, von wen anders wollte er sich auch nicht fahren lassen."

Chantal schluckte und Jo dachte, sie fängt gleich an zu heulen.

„'Nen bisschen unselbstständig," bemerkte Jo.

„Biste verheiratet?" kläffte sie Chantal an, „nein, oder? Dann halt dich zurück!"

Jo hielt besser den Mund und setzte ihre Arbeit fort.

Sie verstand zwar nicht, was verheiratet zu sein mit einem unselbstständigen, alten Onkel zu tun hatte, aber nun gut.

Chantal hatte auch schon in den vergangenen vier Wochen ihren zickigen Charme versprüht. Ziemlich schnell hatte Jo mitbekommen, dass Chantal launisch war. Irgendwie hatte sie die ersten Male, als Chantal ausfallend wurde, noch gehofft, sie würde sich wenigstens mal entschuldigen, doch das sah Chantal überhaupt nicht ein.

Anstatt besser, wurde es eher schlimmer.

Aber Jo ahnte jetzt wenigstens, warum Chantal so charakterschwach war. Mit der Zeit kristallisierte sich heraus, dass Chantals wesentlich älterer Onkel, mit dem sie wohnte und wer weiß was noch, das naive Mädchen unterdrückte, wo er nur konnte. Sie sich gegen ihn aber nicht durchsetzen konnte und sich darum die neue Kollegin als Blitzableiter ausgesucht hatte. Ihr Glück war nur, dass Jo sich nicht auf ihr Niveau herabließ und genauso zurück blaffte, wie es von Chantal kam.

Auch O'Chedder und Rosi hatten schnell herausgefunden, dass sich Chantal leicht unter Druck setzen ließ. Sie bürdeten ihr alle möglichen Arbeiten auf, zu denen beide keine Lust hatten. Chantal erlag in ihrer Einfältigkeit der Meinung, sie sei ganz besonders gut, und hätte aus falsch verstandenem Pflichtgefühl nie eine Aufgabe abgelehnt. Ihr wurde alles zu viel, sie war total überfordert, doch das gab sie um keinen Preis der Welt zu.

Ihre Sorgen versuchte sie in Alkohol zu ertränken. Um dann am nächsten Morgen die verquollenen Augen zu erklären, hatte sie die Geschichte mit den verschiedenen Allergien erfunden. Komischerweise bemerkten weder Rosi noch Dorothee die Fahne, die Chantal oft morgens hatte. Oder sie wollen sie nicht bemerken.

31.03.2005
09.30

Am Donnerstagmorgen dieser Woche kam dann der Hammer für Jo als George O'Chedder in Jos Büro kam und sagte, er müssen sie mal sprechen. Wann es denn passe, fragte er. Jo, nichtsahnend, was nun kam, sagte, kein Problem, sie hätte Zeit.

Das Gefühl in ihrer Magengegend war nicht sonderlich gut.

Also folgte sie ihm in sein Büro. Was von da an geschah, war der Horror schlecht hin:

Bis dahin war es ein Tag wie jeder andere gewesen.

Jo war morgens in Büro gekommen, hatte ihre Arbeit begonnen und dachte an nichts Böses, als O'Chedder zu seiner Morgenrunde kam. Dorothee war noch nicht da, Chantal saß nebenan im Büro, Jo hinter ihrem Schreibtisch.

„Guten Morgen Frau Crin", sagte O'Chedder und reichte Ihr die Hand, labberig und feucht wie immer.

Jo stand hinter ihrem Schreibtisch auf und trat ihm entgegen.

„Guten Morgen Herr O'Chedder", erwiderte sie, gab ihm die Hand.

„Haben sie kurz Zeit, Frau Crin, ich muss mit ihnen sprechen."

Jo sah ihn an.

„Natürlich, jetzt sofort?" fragte sie.

„Ich mach nur schnell meine Runde zu Ende", entgegnete O'Chedder ernst.

Sein Pferdegebiss machte unschöne Geräusche.

In Jo kam ein ungutes Gefühl hoch.

Es dauerte nicht lange und O'Chedder kam zurück und bat sie, mit ihm zu kommen.

Jo folgte ihm in sein Büro.

O'Chedder schloss die Tür und bot ihr Platz an.

Jo setzte sich. Sie war sehr aufgeregt.

O'Chedder sah sie ernst an.

„Man hat sich über sie beschwert", sagte er sehr ruhig.

Jo fiel aus allen Wolken.

„Wie bitte?" fragte sie erstaunt.

„Die Kollegen haben sich über sie beschwert" wiederholte O'Chedder mit diesem süffisanten Grinsen im Gesicht. „Sie kritisieren, dass sie zu viele Fehler machen, Frau Crin. Was sagen sie dazu."

Jo spürte, wie sich ihre Kehle zuschnürte.

„Wer hat sich beschwert?" fragte Jo. „Und was wirft man mir genau vor?"

„Das tut nichts zur Sache", antwortete O'Chedder unwirsch. „Ich kann mich nicht auf sie verlassen. Sie sind unzuverlässig."

Jo spürte, wie ihre Knie nachgaben. Nur gut, dass sie saß. Sie versuchte sich zu verteidigen, doch sie machte eine denkbar schlechte Figur. Jo war den Tränen nahe. Sie spürte, dass ihr dieser Mann nichts zutraute, und eher etwas auf irgendwelche Gerüchte gab, als ihr zu glauben. Sie hatte das Gefühl, dass all ihre Mühe vergeblich war.

Es gab ein langes Gespräch in dessen Verlauf O'Chedder sie richtig nieder machte. Er ließ kein gutes Haar an ihr und zog alles, was sie tat runter. Sie wäre unzuverlässig, nicht kompetent, könne sich nicht ins Team einfügen und so weiter.

Jo traute ihren Ohren nicht.

„Wie können sie so etwas von mir sagen?" widersprach sie. „Sie kennen mich doch noch gar nicht richtig. Und bis jetzt waren meine Vorgesetzten immer zufrieden mit mir."

„Ich bin's nicht", sagte er knapp. „Ihre Leistungen liegen weit unter dem Durchschnitt, sagt auch Frau Tromper. Die Damen Sundermann und Krusche sind der gleichen Meinung."

Jo sah ihn an.

„Vielleicht haben die ein persönliches Problem mit mir", entgegnete sie.

„Nun machen sie sich mal nicht lächerlich", sagte O'Chedder streng und knirschte mit den Zähnen. „Die Damen sind absolut integer. Dafür lege ich meine Hand ins Feuer. Die drei sind meine besten Mitarbeiterinnen. Keine Frage!"

Jo fing sich und blickte ihm mit funkelnden Augen ins Gesicht.

„Ich verwehre mich gegen diese undetaillierten Vorwürfe", antwortete sie mit fester Stimme.

O'Chedder griff zum Telefon und holte Chantal, Dorothee und Rosi hinzu.

Jo hatte das Gefühl, die vier standen auf einer Seite und sie ganz allein und verloren auf der anderen.

Die Drei erschienen, setzten sich und sahen sich verlegen an.

„Ich habe Frau Crin mit Ihrer Beschwerden konfrontiert", erklärte O'Chedder.

„Warum habt ihr nicht mit mir geredet?" fragte Jo an Rosi, Dorothee und Chantal gewandt, als diese saßen.

Die drei sahen sich erneut an.

„Das haben wir doch", sagte Rosi. „Aber du nimmst uns ja nicht ernst, glauben wir. Bis jetzt hast du doch auf keine unserer Anregungen reagiert."

Jo schluckte.

„Wie meinst du das?" fragte Jo.

„Neulich", erklärte Rosi, „als Bert in dein Büro kam. Und sagte, du musst noch etwas für ihn tun. Da hast du einfach nur gesagt, das geht dich nichts an, erinnerst du dich?"

Jo nickte. „Aber das war doch nur ein Spruch. Ich wusste es und er wusste es auch. Du solltest mich so gut kennen, dass du weißt, dass ich selbstverständlich alles mache, was zu meinem Job gehört. Das ist doch gar keine Frage!" rief sie entrüstet aus.

Rosi schüttelte den Kopf.

„Du hast es gesagt!"

Jo blickte sprachlos zu ihr rüber.

„Na ja", begann Chantal, „ich hab dir ja immer mal wieder gesagt, wenn du Fehler machst. Und wenn man das immer und immer wieder sagen muss...."

„Och, ich sag das so, wie's ist", fing Dorothee an, „ ich hab dir auch schon oft gesagt, wenn was ist. Aber du hast nix geändert."

Jo sah in die Runde.

„Trotzdem bin ich sehr enttäuscht", sagte Jo. „Ich dachte, wir könnten offen miteinander reden, wenn irgendetwas ist."

Rosi lächelte.

„Werde ein bisschen lockerer, dann ergibt sich der Rest von allein."

Jo versuchte zu lächeln, aber es gelang ihr nicht.

„Vielleicht brauchst du einfach ein bisschen länger, um die Zusammenhänge zu verstehen", fuhr Rosi fort. „Chantal ist seit längerer Zeit dabei und sie hat von Anfang an verstanden, worum es geht. Sie arbeitet wirklich gut und wenn sie Fehler macht, ärgert sie sich so über sich selbst, dass sie richtig wütend wird."

„Wir werden die Aufgaben ein bisschen anders verteilen", hakte O'Chedder ein, „damit sie die Möglichkeit haben, sich zu verbessern. Frau Tromper, sie haben ein neues Konzept vorbereitet, bitte stellen sie es uns vor."

Damit hatte Jo auf ganzer Linie bei O'Chedder verloren.

Jo wunderte sich nur, dass Rosi schon Zeit gefunden hatte, ein neues Konzept zu erarbeiten. Offensichtlich hatte man die ganze Aktion von langer Hand geplant.

Rosi holte ihre Unterlagen hervor und erklärte, wie die Aufgaben zukünftig verteilt werden sollten. Chantal sollte Jo in allem und jedem kontrollieren. Sie nahmen Jo jegliche Verantwortung ab und übertrugen sie auf Chantal.

Chantal grinste hämisch, Jo konnte es nur noch nicht richtig deuten.

Dieses erste Gespräch dieser Art dauerte mehr als eine Stunde.

Jo war fertig und enttäuscht.

„Warum habt ihr denn nie etwas gesagt?" fragte sie Dorothee, allein im Büro.

„Das haben wir doch", entgegnete Dorothee. „Du hast uns aber nicht ernst genommen. Und wenn er seine Runde macht und uns fragt, wie's läuft, dann können wir doch nicht sagen, es ist alles in Ordnung, wenn wir mit dir Probleme haben, oder?"

Rosi kam rein, gefolgt von Chantal.

„Nimm's dir nicht so zu Herzen", versuchte Rosi Jo zu beruhigen. „Es ist natürlich auch von seiner Seite blöd gelaufen. Wir haben uns nicht über dich beschwert."

„Und wie kommt er dann darauf?" wollte Jo wissen.

„Er verdreht manchmal den Sachverhalt", antwortete Rosi, „wir wollen dir doch nichts Böses. Aber dass du mit der Arbeit nicht zurechtkommst ist doch so, oder?"

Chantal sagte wenig, sie grinste nur.

Jo war schon wieder den Tränen nahe. Sie riss sich zusammen. Dieser Tag war gelaufen.

17.00

„Mein Gott, wie siehst du denn aus?" rief Hanna erschrocken. „Was ist passiert?"

Sie trafen sich an diesem Donnerstagabend auf einen Cocktail.

Jo berichtete nach einigem Zögern von dem Gespräch mit O'Chedder und den Kolleginnen.

„Und das kam völlig aus heiterem Himmel?" wollte Hanna wissen.

„Was ich dir sage", fuhr Jo fort. „Sie haben nicht mal eine Andeutung gemacht, dass irgendwas nicht in Ordnung wäre. Einfach so, wumm...."

„Das ist doch eigentlich unglaublich. Ach, Ex-PA, lass dich nicht fertig machen. Was hat er denn konkret zu meckern?"

„Er ist nicht konkret geworden. Alles nur so schwammig. Ich mache zu viele Fehler, allgemein. Ich wäre unzuverlässig, mache meine Arbeit nicht ordentlich. Konkrete Beispiele konnte er nicht bringen. Und auch die Kolleginnen haben Sachen zitiert, die ganz anders waren, als sie sie dargestellt haben. Aus einer spaßigen Situation, einem Spruch, den der betreffende Kollege auch so verstanden hat, haben sie mir eine Arbeitsverweigerung gedreht."

„Und was soll das Ganze?"

Jo sah Hanna an.

„Ich habe keine Ahnung. Hinterher hatten wir noch ein Gespräch, Rosi, Dorothee, Chantal und ich. Rosi hat behauptet, sie hätten sich gar nicht über mich beschwert. O'Chedder würde den Sachverhalt verdrehen. Und bei dir? Aber irgendwie kommen mir Zweifel. Rosi hatte sogar schon ein neues Konzept zur Arbeitsverteilung ausgearbeitet. Also müssen sie sich schon länger über eine Umverteilung Gedanken gemacht haben. Wahrscheinlich von Anfang an."

Die Bedienung erschien und fragte nach der Bestellung.

„Na ja", sagte Hanna, „meine Lieblingskollegin Eleonore ist jetzt ständig gereizt, weil ich sie gebeten habe, nicht mehr so viel in meinem Büro zu rauchen. Dafür boykottiert sie mit wachsendem Elan meine Arbeit."

Die Drinks kamen.

„Sag bitte nichts zu Laura-Marie", bat Jo. „Ich will sie mit diesen Problemen nicht belasten."

„Wird gemacht, keine Sorge."

Sie stießen auf bessere Zeiten an.

„Was für eine Scheiße", rutschte es Jo raus.

01.04.2005

14.00

Endlich Freitag.

Jo stieg zu Laura-Marie ins Auto.

Wie immer, hatte sich Laura-Marie bereits auf den Beifahrersitz gesetzt und sie konnten gleich los.

„Wie war deine Woche, mein Schatz?" fragte Laura-Marie.

„Beschissen", antwortete Jo wahrheitsgemäß. Sie erzählte die Einzelheiten.

Laura-Marie guckte geschockt.

Schweigend fuhren sie quer durch die Stadt zu Jos kleinem Gartenhaus.

Dort angekommen, nahm Jo alles Gepäck und brachte es rein. Laura-Marie konnte nicht viel tragen. Jo legte alles an seinen Platz, wie immer, stellte die Heizung im Wohnzimmer an, öffnete das Fenster im Schlafzimmer und ließ sich unter Seufzen auf die Couch sinken.

Laura-Marie setzte sich dicht neben sie.

„Mein armer Schatz", sagte sie liebevoll. „Kann ich irgendetwas für dich tun? Möchtest du einen Cappuccino?"

„Lieber was Härteres", antwortete Jo. „Aber ich glaube, dafür ist es noch zu früh. Mir kommt das Ganze vor, wie ein böser Traum. Bloß es ist keiner. Ich versteh's nicht."

„Hast du irgendeine Ahnung, was die damit bezwecken wollen?" fragte Laura-Marie. „Die müssen doch einen Grund haben?"

„Ich weiß nicht", gab Jo zu. „Vielleicht hat ihnen jemand gesteckt, dass ich lesbisch bin uns nun haben sie ein Problem mit mir."

„Wer sollte das getan haben?"

„Keine Ahnung, aber vielleicht geht es auch um den Job. Sie haben mich ja eingestellt mit der Option auf Festanstellung, wenn ich mich gut mache. Chantal ist von einer Zeitarbeits-Firma, hab ich mitbekommen, die ist nicht bei SASI angestellt. Vielleicht wollen sie die auf meine Kosten reinboxen."

„Findest du das nicht ein bisschen weit hergeholt", gab Laura-Marie zu bedenken.

„Vielleicht. Vielleicht auch nicht. Lass uns über was anderes reden."

Laura-Marie küsste sie.

„Ich habe dafür gute Neuigkeiten", rief sie aus. „Ich mache eine Ausstellung."

„Das ist ja toll. Wann und wo?"

„Die Bilder hängen bereits."

„Wie hast du das geschafft?"

„Meine Mutti hat sie alle ins Auto geladen und dann sind wir hin gefahren und dann haben ganz viele nette Leute geholfen und sie dort professionell aufgehängt. Wenn du willst, zeige ich dir das!"

„Aber nicht mehr heute, bitte."

„Och......"

Eine Stunde später waren sie unterwegs zu einem idyllisch gelegenen noblen Landgasthaus mit angeschlossenem Hotel in der Lüneburger Heide.

Laura-Marie malte, seitdem sie ihren Beruf wegen der MS-Erkrankung aufgeben musste, Aquarelle und Acryl-Bilder. Sie hatte auch schon verschiedene, kleinere Ausstellungen gehabt. So richtig wollte sich der Erfolg als Malerin aber noch nicht einstellen. Darum freute sie sich über jede Gelegenheit, ihre Bilder zu zeigen.

15.00

Rosemarie Tromper saß in ihrem Büro und führte ein privates Telefonat.

„ " schallte es über den Flur.

„Du rauchst zu viel", sagte ihr Gesprächspartner. „Wie läuft's?"

„Wir haben sie uns gestern gegriffen", berichtete Rosi im Flüsterton. „O'Chedder hat sie richtig zusammen geschissen. Der ist so dämlich. Der merkt überhaupt nichts mehr. Der hat nicht mal Details wissen wollen. Als ich bei ihm war und gesagt habe, sie macht Probleme, ist der sofort drauf angesprungen. Der frisst mir blind aus der Hand."

„Na ist doch super", bekam sie zur Antwort. „Und wie hat sie reagiert?"

„Die war total fertig hinterher. Aber ich habe sie natürlich beruhigt. Wir brauchen sie ja noch ein bisschen. Ist allerdings nicht ganz so leicht, wie ich mir vorstellt habe. Chantal und Dorothee sind übrigens willige Werkzeuge. Auch die fressen mir aus der Hand und machen alles, was ich von ihnen verlange."

„Dann halte sie dir schön warm und melde dich wieder, wenn es etwas Neues gibt."

„Mach ich. Bis dann."

Rosi legte den Hörer auf und trommelte mit ihren künstlichen Fingernägeln auf dem Schreibtisch. Sie war recht zufrieden mit sich. Wie klug sie doch diese Intrige eingefädelt hatte. Gut, es würde noch eine ganze Weile dauern, ehe sie den Erfolg genießen konnte, aber sie hatte ja auch noch anderthalb Jahre Zeit.

Sie lehnte sich in ihrem Stuhl zurück, öffnete ein Systemprogramm und setzte ihre kleine aber feine Manipulation fort. Rosi war sich hundertprozentig sicher, dass niemand in ihrer näheren Umgebung so genial war wie sie, und ihr auf die Schliche kam.

Die Crin war blöd, so viel war sicher, dachte sich Rosi.
Nach dem Gespräch mit O'Chedder war sie immer kleiner geworden. Bald hatte sie gar kein Selbstbewusstsein mehr und fraß ihr aus der Hand. So wie Chantal und Dorothee. Die beiden waren ihr von Anfang an ergeben, da brauchte sie sich keine zusätzliche Arbeit zu machen. Aber Johanna war aufmüpfig und musste erst noch gebrochen werden, ehe sie nützlich war.
Rosi schwelgte in ihren Macht-Träumen. Sie war die Größte, so viel war sicher. Sie war genial und hatte den Plan, um ganz groß raus zu kommen. Niemand stellte sich in ihren Weg. Dafür würde sie schon sorgen.
Diese kleine Crin brauchte einen Dämpfer und sollte es bereuen, Rosi nicht zu vergöttern.
Warum konnte die sich nicht einfach unterwerfen. Dann wäre doch alles in Ordnung gewesen. Rosi grinste vor sich her und besah ihre Hände beim Tippen.
Abspeichern, fertig!
Zufrieden mit sich und der Welt fuhr Rosi ihren Rechner herunter, packte ihre Sachen und machte sich auf den Heimweg.
Johanna Crin hatte gerade noch mal verloren, überlegte sie.
08.04.2005
Bianca Meinecke und Rosi Tromper trafen sich abends zum gemütlichen Beisammensein im Restaurant Siziliana in Barsinghausen. Sie kannten sich nun schon einige Jahre und waren sehr vertraut miteinander.
Damals, als SASI gegründet wurde, hatte man Rosis Arbeitsplatz von Buchholz in der Heide nach Hannover verlegt und Rosi hatte sogleich damit begonnen, neue, enge Kontakte zu knüpfen.
Sie hatte schon bei Luftikus ein System erdacht, das ihrer Meinung nach zu geringe Gehalt aufzubessern, doch sie hatte keine Gelegenheit mehr gehabt, ihren Plan umzusetzen. Die Kollegen, denen sie vertraut hätte, waren nun im Vorruhestand und sie brauchte neue Verbündete, mit denen sie ihr Vorhaben verwirklichen konnte.
Bianca war insoweit die ideale Partnerin für diesen Zweck, als sie durch ihre Tätigkeit als Assistentin der Geschäftsleitung

Zugriff auf die wichtigen Masterdaten des Unternehmens hatte. Außerdem kam sie an Informationen aus erster Hand.

Unpünktlich wie immer, erschienen beide kurz nach acht im Restaurant.

Das Siziliana lag mitten in Barsinghausen, in der Marktstraße, einer Fußgängerzone, in einem alten Bauernhaus, dass schon seit Jahren wechselnde Lokalitäten beherbergte.

Rosi wählte einen Nischentisch in der hintersten Ecke aus und ließ sich sofort erst einmal einen Grappa bringen, den sie in einem Zug im Stehen hinunter schüttete.

Bianca warf sich mit ihrem ganzen Gewicht auf einen Stuhl.

„Mein Gott Rosi", rief sie aus, „was ist denn los mit dir? Fährst du mit dem Taxi nach Haus?"

Rosi sah Bianca mit einem Grinsen an.

„Wir haben etwas zu besprechen", stieß sie hervor.

„Na du machst es aber spannend", lächelte Bianca. „Erzähl!"

„Kann ich dir vertrauen?"

„Weißt du das immer noch nicht?"

„Ja, ist ja schon gut."

Rosi plumpste auf ihren Stuhl und orderte einen zweiten Grappa und schüttete auch den weg wie nichts Gutes.

„Nimm auch einen", befahl sie Bianca. „Was ich dir zu sagen habe, haut dich um! Klar nehme ich ein Taxi."

Bianca schluckte, gehorchte dann aber dem Befehl und tat wie geheißen.

Sie musste sich schütteln beim ersten Schluck, der nächste ging schon leichter.

„Also was ist los", hakte Bianca, schon etwas angetrunken, nach.

Rosi, ebenso leicht angetrunken, sah sich um. Sie zündete sich eine Zigarette an.

„ bist du mit deinem Gehalt zufrieden?"

Bianca verzog das Gesicht.

„Eigentlich zahlt SASI doch ganz gut, wieso?"

„Weil ich ein todsicheres System habe...!"

„Was für ein System?"

Bianca, die den Alkohol immer mehr spürte, sah Rosi in die Augen.

„Was hast du vor?" bohrte sie, „was willst du machen?"

Rosi orderte einen dritten Grappa. Nachdem sie auch diesen auf Ex getrunken hatte, wurde ihre Stimme etwas undeutlicher.

„Weißt du Bianca", fuhr sie fort während sie an der Zigarette zog und Bianca den Rauch ins Gesicht blies. „ wir sind doch eigentlich zwei ganz patente Mädels, oder?"

„Ja, nun mach hinne." Bianca wurde ungeduldig.

„Also", holte Rosi aus, „ ich habe mir etwas überlegt aber ich brauche deine Hilfe."

Bianca seufzte.

„Komm endlich auf den Punkt!"

09.04.2005

Rosi war froh, dass heute Samstag war.

Ja, sie war es gewohnt zu trinken, aber das Gelage gestern Abend war wohl doch ein bisschen viel gewesen.

Ihr Kopf schmerzte und der Magen war auch nicht ganz in Ordnung.

Sie war nur erleichtert, dass ihr Mann an diesem Wochenende nicht zu Haus war. Der hätte sich nur wieder aufgeregt. Scheiß drauf.

Sie wusste nicht einmal mehr, wie sie ihren massigen Körper ins Bett gekriegt hatte.

Jetzt lag sie da und traute sich nicht, den Kopf zu heben. Dann kam gleich der Grappa wieder hoch. Gott, brummte ihr Schädel. Rosi entschied, die Augen lieber geschlossen zu halten. Sie hatte keine Ahnung, wie spät es war. Den Wecker hatte sie wohlweislich gestern Nacht schon ausgeschaltet. Das Klingeln hätte sie jetzt auch umgebracht.

Verdammter Mist, dachte sie bei sich, ich hätte was Vernünftiges essen sollen.

Ihr war grottenschlecht.

Sie überlegte, ob sie es bis ins Bad zu den Aspirintabletten schaffte.

Wie war sie eigentlich nach Haus gekommen? Und wie ins Bett?

Plötzlich spürte sie diese Hand auf ihrem nackten Körper, die zärtlich ihre Brüste streichelte. Ach Willi, keinen Sex, mir geht's nicht gut, ging es ihr durch den Kopf und dann erschrak sie richtig.

Willi war gar nicht da.

Wie von der Tarantel gestochen drehte Rosi sich um, alles drehte sich und was sie erblickte, erfreute sie auch nicht wirklich.

Mit leichenblassem Gesicht und weit aufgerissenen Augen erkannte Rosi, dass sie letzte Nacht nicht mit ihrem Gatten, sondern mit Bianca Meinecke im Bett gelandet war.

Auch das noch, war der erste Gedanke, der ziemlich weh tat im Kopf.

Bianca hingegen strahlte sie an. Und da entschied Rosi, dass eine zusätzliche emotionale Abhängigkeit durchaus hilfreich sein könnte.

10.04.2005

Bianca war ein folgsames Kind. Rosi hatte ihr sehr deutlich klar gemacht, dass Bianca in Rosis Gunst immens aufsteigen würde, wenn sie sich bereit erklärten würde, sie tatkräftig zu unterstützen. In diesem Fall hieß das: Manipulation von Firmendaten auf die Rosi keinen Zugriff hatte, Bianca aber sehr wohl. Es waren nur sehr kleine, feine Änderungen nötig, die gar nicht auffielen, wenn man nicht nach ihnen suchte.

Rosi hatte die Gunst der Stunde im Restaurant beim Essen genutzt und Bianca angestiftet, diese Änderungen vorzunehmen. Bianca war willig. Rosi hatte ihr versprochen, die erwarteten Einnahmen zu teilen. Und weil Bianca genauso geldgeil war, wie Rosi, hatte sie sich einspannen lassen.

Nun, an diesem sonnigen Sonntagmorgen, saß Bianca, bewaffnet mit Laptop und einer Tasse Kaffee auf ihrem Balkon und loggte sich ins Firmennetzwerk ein. Durch ihre abteilungsübergreifende Tätigkeit hatte Bianca Zugang sowohl zu Lieferantendaten, als auch auf deren Konten. Manipulationen an diesen Daten waren für Bianca eine Kleinigkeit. Dazu kam der glückliche Zufall, dass im Moment alle mit der Planung und Umsetzung des Prototypen beschäftigt waren.

Sie dachte nicht einmal darüber nach, was sie machte. Bianca war mit ihren Gedanken ganz und gar bei den Ereignissen der Nacht von Freitag auf Samstag. Obwohl sie sich wegen des übermäßigen Alkoholgenusses eigentlich an nichts mehr erinnern konnte.

11.04.2005

Dorothee Sundermann war an diesem Montag früher als sonst im Büro.

Ihr erster Weg führte sie zu Chantal Krusche, die sich im Büro nebenan zu schaffen machte.

Jo, die schon seit sieben Uhr an ihrem Platz saß, konnte nicht mitbekommen, um was es ging.

„Sag mal Chantal, weißt du was mit Rosi ist? Die hab ich das ganze Wochenende nicht erreichen können", prustete sie sofort los. „Ich mach mir große Sorgen, die ist doch ganz allein zu Haus. Willi ist auf Dienstreise."

Chantal, mürrisch wie immer um diese Zeit, guckte kaum vom Schreibtisch hoch.

„Mir doch egal", raunte sie. „Rosi und ich wollten uns gestern eigentlich mal privat treffen und sie hat nicht mal abgesagt. Wenn sie kommt, kann sie was erleben."

„Da stimmt doch was nicht", bemerkte Dorothee, „das ist doch gar nicht ihre Art. Ob ihr was passiert ist?"

„Vielleicht hat sie nur zu viel gesoffen", knurrte Chantal, „Dann vergisst sie alles um sich rum."

„Kann nicht mir nicht vorstellen", antwortete Dorothee und schlich in ihr Büro.

Komisch war, als Rosi am nächsten Tag wieder zur Arbeit erschien, schien auch Chantal ihren ganzen Frust vom Vortrag vergessen zu haben. Rosi gegenüber verlor sie nicht ein böses Wort.

Dafür hatte Jo an diesem Tag noch einiges auszustehen.

Es dauerte nur einige Minuten, Jo saß schon seit zwei Stunden an ihrem Schreibtisch und arbeitete, da rauschte Chantal ins Büro und ließ ihren ganzen Ärger an Jo aus.

„Verdammt, was haste denn da schon wieder gemacht", schrie Chantal Jo an. „Was soll das wieder?"

Jo hatte überhaupt keine Ahnung, was los war und sah Chantal erwartungsvoll an.

„Was ist denn los?" fragte sie überrascht.

„Na hier!"

Chantal warf Jo eine Rechnung hin und wenn Blicke töten könnten, hätte Jo das vermutlich nicht überlebt.

„Hier, die ist heute fällig", schnaubte Chantal, „Verdammt, die Rechnung ist zu spät. Sieh zu, wie de das wieder hinkriegst."

In diesem Moment kam zu allem Unglück auch noch O'Chedder rein.

„Was ist hier los, Frau Krusche?" fragte er sofort.

„Och nur eine späte Rechnung", knurrte die süffisant. „Hat Frau Crin wohl vergessen. Ist nur leider heute fällig und nicht gebucht."

„Kriegen wir das noch hin?" hakte er nach.

„Die war erst heute Morgen im elektronischen Postfach", verteidigte sich Jo, „was soll ich da machen?"

„Komisch, dass das bei Frau Krusche nicht vorkommt", wiegelte O'Chedder ab. „Immer nur bei ihnen. Was gedenken sie zu tun?"

„Ich kann ihnen gern das Protokoll der Inbox ausdrucken", widersprach Jo, „dann können sie sich selbst überzeugen, dass ich Recht habe. Da steht genau drin, wann die Rechnung elektronisch verschickt wurde und bei uns eingegangen ist!"

O'Chedder stutzte.

„Nicht nötig", wiegelte er ab.

Jo hätte heulen können, sie hatte keine Change.

„Na, ich werde sie vorrangig bearbeiten", antwortete sie kleinlaut.

„Tun sie das", sagte O'Chedder. „Übrigens, Frau Tromper kommt heute nicht ins Büro. Sie hat private Termine."

Mit diesen Worten rauschte er über den Flur ins nächste Büro.

Von dort konnte man laute Stimmen vernehmen.

Offensichtlich war O'Chedder mal wieder mit Friedhelm Lachmann und Manfred Becker aneinander geraten.

„Sieh zu, dass das wieder in Ordnung kommt", bluffte Chantal.

„Diese Rechnung war erst heute Morgen da", wiederholte Jo. „Ich hab sie gleich als erste fertig gemacht. Was hätte ich sonst noch tun sollen?"

„Immer 'ne Ausrede, was!" Chantal schüttelte den Kopf und verschwand.

Dorothee sah mitleidig zu Jo rüber.

„Das weißte doch", sagte sie ruhig, „wir dürfen doch keine Rechnungen zu spät bezahlen. Warum machst du denn so was?"

Jo sparte sich die Antwort. Das Übertragungsprotokoll der Inbox hätte ihre Aussage bestätigt, aber die Wahrheit wollte keiner wissen. Schon gar nicht, wenn es zu ihren Gunsten war.

Jo widmete sich schweigend ihrer Arbeit.

20.04.2005

Hanna Böschelburger hatte heute Morgen einen Außentermin. Sie wollte sich die ersten Entwürfe des Prototypen in der Halle ansehen. Sie war extra früh losgefahren und freute sich auf einen Arbeitstag ohne die nervige Kollegin Eleonore Schummelpfennig.

Auf dem Außengelände angekommen wurde Hanna gleich vom Kollegen Schiller in Empfang genommen, der ihr berichtete, Frau Schummelpfennig hätte angerufen, und darum gebeten, alle Daten einer Materialplanungs-Liste noch einmal zu überprüfen, denn sie wären unkorrekt und nicht vollständig.

„Guten Morgen Hanna", rief Klaus Schiller schon von weitem. „Na, beehrst du uns auch mal wieder mit deiner Anwesenheit?"

„Hallo Klaus", rief Hanna zurück, „wie geht's denn so?"

Sie nahm ihre Sachen aus dem Kofferraum, zog den vorgeschriebenen Schutzanzug mit Jacke über, setzte Helm und Brille auf und machte sich mit Aktentasche bewaffnet auf, das Betriebsgelände zu erkunden.

An der kleinen Pförtnerloge trat ihr Klaus Schiller entgegen und reichte ihr zu Begrüßung die Hand.

„Geht so", antwortete er auf die Frage nach seinem Befinden. „Gestern hat Eleonore angerufen. Wir sollen die ganze Liste noch mal durch gehen."

Sein Gesicht war nicht fröhlich.

Hanna schluckte hörbar.

„So ein Blödsinn", entfuhr es ihr. „Die Liste ist fertig und kann weiter bearbeitet werden. Das ist jetzt Sache des Controlling."

„Eleonore sagt, die wollen weitere Änderungen", widersprach Klaus. „Eleonore sagt, Saskia Brandtbergk hat ein Problem mit der Plankostenüberwachung und ist mit der Liste nicht einverstanden."

„Was hat denn die Brandtbergk damit zu tun?" fragte Hanna.

„Du weißt doch", ermunterte sie Klaus Schiller, „die mischt bei Allem mit. Was machen wir jetzt?"

„Ich rufe Saskia Brandtbergk an und klär das mit ihr", antwortete Hanna.

Hanna hängte sich ans Telefon und informierte erst ihren Vorgesetzten über die Sachlage und setzte sich anschließend mit Saskia Brandtbergk, Abteilungsleiterin technische Forschung und Entwicklung und überaus eng mit Rosi Tromper befreundet, auseinander.

Scheinbar hatte sich die Brandtbergk mit Eleonore Schummelpfennig gegen sie, Hanna, verbündet. Hanna sah zwar keinen Sinn in dieser Aktion, aber wer wusste, was in Eleonores krankem Hirn so abging.

Was sollte das alles?

Hanna hatte keine Antwort.

29.04.2005

16.30

Freitagnachmittag.

Jo hatte noch so viele liegengebliebene Vorgänge, dass sie sich entschlossen hatte, länger zu arbeiten um vielleicht das Ein oder Andere doch zu rechtzeitig zu erledigen.

Um Laura-Marie brauchte sie sich keine Sorgen zu machen, die war an diesem Wochenende mit ihrer Mutter

unterwegs in Berlin, Freunde aus Frankreich besuchen, von denen eine Freundin dort arbeitete und die anderen beiden zu Besuch kamen.

Die französische Freundin Christine war für zwei Jahre von der französischen Staatsbibliothek in Bordeaux nach Berlin versetzt worden, um dort für die französische Gemeinde einen Kulturkreis aufzubauen. Laura-Marie, als pensionierte Lehrerin für Englisch und Französisch, nutzte die knappe Gelegenheit, ihre Sprachkenntnisse aufzufrischen.

Jo hatte somit das ganze Wochenende zu freien Verfügung.

Kaum das sie sich einen Cappuccino aus dem Automaten in der Teeküche geholt hatte, und es sich an ihrem Schreibtisch so richtig gemütlich gemacht hatte, rauschte Rosi in ihre Büro und schloss die Tür.

Jo blickte erstaunt auf.

Rosi fletzte sich, nachdem sie sich einen Aschenbecher besorgt hatte, auf eine Ecke von Dorothees Schreibtisch und sah Jo eindringlich an.

„Wie geht's dir?" fragte sie mütterlich. „Siehst nicht gut aus."

Jo klickte den Bildschirmschoner an und wandte sich Rosi zu.

„Wie, glaubst du, geht's mir?" fragte sie zurück. „Was habt ihr gegen mich?"

Rosi atmete schwer.

„Wir haben nichts gegen dich", antwortete sie wie aus der Pistole geschossen. „Keine von uns, Chantal hat nur eine Menge privater Probleme."

„Und dann lässt sie ihren Frust an mir aus, ja", konterte Jo.

„Das siehst du falsch", widersprach Rosi. „Die ist nur so angespannt, dass sie manchmal übers Ziel hinausschießt."

„Auf meine Kosten?"

„Ach Johanna, das stimmt doch so nicht", entgegnete Rosi, „Chantal versucht doch alles, dich zu unterstützen, die hat's auch nicht leicht!"

Jo sah Rosi fest in die Augen.

„Trag ich meine privaten Probleme hierher ins Büro und such mir einen Blitzableiter?" fragte sie gereizt.

„Komm doch mal wieder runter", beschwichtigte sie Rosi.

„Hier", sie bot ihr eine Zigarette an.

Jo nahm sie, zündete sie an und blies den Rauch in die Luft.

„Ich versteh's nicht", gab sie leise zu.

Rosi tätschelte freundschaftlich ihre Schulter.

„Wir haben hier im Moment eine Menge Stress", lenkte sie ein, „Chantal hat zu Hause Zoff und nimmt im Moment starke Beruhigungstabletten, aber erzähl das keinem. Georgy-Boy macht ihr die Hölle heiß, wegen des Prototypen, Johanna, du musst ihr das nachsehen. Sie ist völlig fertig!"

Jos gutes Herz kam durch, sie spürte Mitleid mit Chantal und doch hatte sie das Gefühl, dass das irgendwie gelogen war.

„Dann soll sie sich mal ´ne Woche Urlaub nehmen", erwiderte Jo.

„Du weißt doch, dass die hier im Moment nicht weg kann", widersprach Rosi. „Wir müssen sehen, dass unsere Chantal nicht umkippt."

Jo nickte zustimmend.

„Jaa", sagte sie lang gezogen. „Aber sie sollte sich mal ein bisschen zusammen reißen."

20.00

Stunden später, Zickentreffen in einer Kneipe bei Barsinghausen.

Rosi hatte darum gebeten und selbstverständlich widersetzte sich niemand der Damen Rosis Wunsch.

Sie trafen sich hier regelmäßig mindestens einmal im Monat, im "Kuhstall" und diskutierten die Woche.

Der Kuhstall lag etwas abseits am Stadtrand Richtung Wennigsen, mitten im Wald. Das ganze Ambiente erinnerte wirklich an einen Stall. Der Fußbodenbelag war aus gepresstem Stroh, die Bestuhlung bestand aus überdimensionalen Melkschemeln mit Lehnen, die Tische erinnerten an Futtertröge und die Getränke wurden in kleinen Milchkannen aus Blech ausgeschenkt. Im Eingangsbereich begrüßte einen eine ausgestopfte lebensgroße Kuh mit einem herzhaften, überlauten Muuuh, wenn man die Tür öffnete.

Heute redeten sie über den Plan, den Rosi verfolgte und in denen die beiden anderen nur notdürftig eingeweiht waren. Eben so, dass sie Rosi tatkräftig unterstützen, das ganze Ausmaß aber nicht erahnen konnten.

„Wie läuft's?" fragte Dorothee, zu Rosi gewandt.

„Alles bestens, sie ist total verunsichert", antwortete Rosi. „Ich hatte heute ein langes Gespräch mit ihr."

Chantal grinste.

„Läuft doch super", meinte sie. „Wir haben sie sie da, wo wir sie haben wollen, oder."

Rosi seufzte.

„Tja, wir sind schon ein tolles Team", stimmte sie zu. „Aber ich glaube, Johanna Crin ist zäher, als ich dachte. Sie braucht noch mehr."

Ein Kellner kam.

„Guten Abend die Damen", sagte er. „Ich freue mich, sie wieder begrüßen zu dürfen. Wissen sie schon, was sie möchten?"

„Rosi?" fragte Dorothee.

„Äh, wie immer", antwortete Rosi. „Erst mal ‚nen Prosecco für jede."

Der Kellner verschwand.

„Entschuldigt mich bitte", sagte Chantal, „ich muss mal."

Sie stand auf und verließ den Tisch.

Rosi nahm Dorothees Hand. Dorothee lächelte.

„Sie sind beide ziemlich blöd, die Crin natürlich, aber Chantal auch, oder?" fragte Dorothee mit einem Augenaufschlag.

„Schatz, zerbrich dir nicht meinen Kopf", erwiderte Rosi, „die beiden sind ziemlich blöd, das ist sicher. Aber unser größtes Problem sind unsere Männer. Meiner ist übrigens das ganze nächste Wochenende weg. Ich hab solche Sehnsucht nach dir."

„Rosi, ich kann nicht zu dir kommen", Dorothee senkte den Blick. „Bernd hat Urlaub. Der würd sofort merken, wenn ich nicht pünktlich zu Haus bin. Und über Nacht wegbleiben geht gar nicht."

Rosi sah sie an.

„Das ist nicht dein Ernst", schmollte sie. „Ich reiß mir den Arsch, auf um meinen Kerl aus dem Haus zu treiben, und du kannst nicht. Ich brauch Sex!"

Immer, wenn sich Rosi aufregte, räusperte sie sich noch öfter, als ohnehin schon.

Und jetzt wurde sie ziemlich ungehalten.

Dorothee grinste.

„Da haste du doch eine Alternative", wandte sie ein. „Chantal ist bestimmt ganz wild drauf, mehr für dich zu tun, als nur im Job."

Rosi lächelte.

„Warum eigentlich nicht. Ein bisschen frisches Fleisch im Bett macht fröhlich, oder?" grinste sie.

Dann kam Chantal zurück.

„Na, wieder glücklich?" frotzelte Rosi.

Chantal wurde rot.

„Worüber habt ihr wohl geredet, als ich weg war?" wollte sie wissen.

„Über dich natürlich", antwortete Dorothee. „Rosi braucht dich am nächsten Wochenende für außergewöhnliche Aufgaben."

„Was denn?" fragte Chantal.

„Frag nicht so viel" erwiderte Dorothee. „Komm Freitag ins Büro und bring dir ein paar Sachen mit. Sag deinem Onkel Dieter, du fährst auf ein Seminar. Und dann verbringst du das Wochenende mit Rosi. Sie braucht dich. Dringend!"

„Okay", stimmte Chantal zu. „Freitag bis Sonntag?"

„Sicher", flüsterte Rosi. „Mach dich hübsch,   duschen, schminken, und rasiere dich für mich."

„Wie? Rasieren? Was hasten vor?" Chantal war verunsichert.

„Herzchen, das erklär ich dir, wenn wir allein sind, okay", antwortete Rosi.

Dorothee lachte laut auf.

Der Kellner kam und brachte das Essen.

Dorothee konnte nicht aufhören zu grinsen und Chantal wusste nicht, was los war. Aber Rosi, die hatte einen Plan. Und der war, Chantal noch mehr als ohnehin schon, für ihre Zwecke einzuspannen.

Auf Dorothees Unterstützung konnte sie bauen. Sie war einfach zu einfältig, um zu überschauen, was abging.

Niemand wusste wirklich, welchen Einfluss Rosi mit Ihren alten Kontakten hatte.

Sicher war aber, dass sie im Hintergrund Fäden zog, von denen mancher nicht einmal ahnte, dass es sie gab.

02.05.2005

Es kam selten vor, dass eine der drei Kolleginnen sie um ihre Mithilfe bei der Arbeit bat.

„Kannst du mal die Bestellungen anlegen?" fragte Dorothee.

Jo übte seit dem letzten Gespräch nur noch Handlangertätigkeiten aus.

„Selbstverständlich" antwortete sie und tat, wie ihr geheißen.

„Auf welche Kontierung?"

Dorothee reichte ihr einen Zettel.

Jo erledigte die Arbeit und gab Dorothee Rückmeldung.

Dann erschien O'Chedder zu seiner Morgenrunde. Rosi und Chantal folgten ihm.

„Wir haben beschlossen, dass Frau Crin ins Büro nebenan einzieht, das steht seit einer Weile leer, Frau Krusche kommt hier auf den Platz von Frau Crin", verkündete er. „Am besten heute noch. Das mit dem Schreibtisch zum Fenster war eh nicht auf Dauer."

„Kein Problem", sagte Jo.

„Das ist besser so", bestätigte Rosi, „sonst muss Chantal sich ständig umdrehen. Und in einem anderen Büro ist es für Chantal zu unruhig. Sie braucht Ruhe."

„Meinetwegen, ich habe kein Problem damit", stimmte Jo zu.

„Gut, dann kümmern sie sich gleich drum, Frau Tromper."

Der Umzug ging ziemlich schnell von statten und kaum war Jo draußen, hörte sie auch schon Dorothee fluchen.

Jo ging zu ihr und fragte, ob sie etwas verkehrt gemacht hätte. Sie hatte das Gefühl, dass es mit ihr zu tun hatte.

„Ich hab deine Bestellungen von eben wieder gelöscht", raunte Dorothee. „Die waren ja alle falsch kontiert."

„Aber du hast mir die Kontierung doch gegeben", widersprach Jo und zog Dorothees Notizzettel hervor.

„Ja, nee, das war nicht richtig so."

„Okay, dann leg ich sie alle noch mal an."

„Mach das."

Jo ging raus.

Sie bekam noch mit, wie hinter ihr die Tür geschlossen wurde. Jetzt zogen sie wieder über sie her.

Wie langweilig musste doch deren eigenes Leben sein.

03.05.2005

10.00

Saskia Brandtbergk, die Abteilungsleiterin der Abteilung technische Forschung und Entwicklung, hatte Hanna Böschelburger und ihren Vorgesetzen zu einem Meeting gebeten. Sie wollte mit den beiden über die Materialplanungs-Liste sprechen, von der Eleonore meinte, man müsse sie komplett überarbeiten. Hanna hatte ein ungutes Gefühl im Bauch, als sie sich auf den Weg machte.

Hubertus Bohnstahl, ihr Chef, kam aus seinem Büro, das Hannas gegenüber lag und begleitete sie zum Besprechungszimmer auf der 17. Etage.

Die Besprechungszimmer in den einzelnen Stockwerken lagen im Rondell gleich gegenüber den Fahrstühlen. Da man von ihnen ins Atrium blicken konnte, waren sie lichtdurchflutet. Hanna hatte sich kaum an den runden Tisch hingesetzt, als Eleonore Schummelpfennig in der Tür erschien und sich ebenfalls niederließ.

„Was willst du denn hier?" entfuhr es Hanna.

„Wirst du gleich sehen", antwortete Eleonore.

Auch Hubertus Bohnstahl war verwirrt, er sagte aber nichts, sondern wartete ab, was passierte.

Dann trat Saskia Brandtbergk ein.

„Sie wissen, warum ich sie hergebeten habe?" fragte Brandtbergk in harschem Ton.

„Wegen der Liste", antwortete Bohnstahl und sah nacheinander Hanna und Eleonore Schummelpfennig an. „Was gibt es denn für Probleme? Und was hat Frau Schummelpfennig damit zu tun?"

„Na ja", Saskia Brandtbergk runzelte die Stirn. „Wir haben festgestellt, dass Frau Böschelburgers Version der Liste nicht unseren Anforderungen entspricht. Also habe ich Frau Schummelpfennig gebeten, ein neues Layout zu erstellen. Frau Böschelburger war leider nicht verfügbar."

„Sie haben mich doch gar nicht gefragt!" entfuhr es Hanna. „Weder telefonisch, noch per Email."

„Ich habe nicht die Zeit, ihnen hinterher zu laufen", rief Brandtbergk aus. „Wie dem auch sei, Frau Schummelpfennig hat sich bereit erklärt, Frau Böschelburgers Liste zu überarbeiten und fertig zu stellen."

Bohnstahl sah erneut in die Runde.

„Das kommt überhaupt nicht in Frage", herrschte er Saskia Brandtbergk an. „Frau Schummelpfennig hat einen ganz anderen Aufgabenbereich und den wird sie auch in Zukunft wahrnehmen."

„Frau Böschelburger hat aber offensichtlich keine Zeit für das Projekt", mischte sich Eleonore Schummelpfennig ein. „Ich hingegen....."

„Ich denke, sie sind ohnehin schon voll ausgelastet?" rief Bohnstahl aus. „Haben sie mir nicht erst gestern gesagt, dass sie keine weiteren Aufgaben übernehmen können?"

„Weil ich mit Frau Brandtbergk an dem Projekt Liste arbeite", wandte Eleonore ein.

„Auf gar keinen Fall", widersprach Bohnstahl. „Sie erledigen ihre Aufgaben und nicht die von Frau Böschelburger. Keine Diskussion!"

„Das denke ich nicht", raunte Brandtbergk. „Nach Rücksprache mit meinem Hauptabteilungsleiter wird Frau Böschelburger von dem Projekt abgezogen und Frau Schummelpfennig übernimmt die Aufgabe."

Bohnstahl war richtig sauer, dass man über seinen Kopf entschieden hatte.

„Das werden wir noch sehen", knurrte er. „Bevor ich nicht mit ihrem Vorgesetzten gesprochen habe, wird hier gar nichts geändert. Bis dahin bleibt alles, wie bisher!"

Saskia fühlte sich schlecht.

„Was kritisieren sie eigentlich, Frau Brandtbergk?" fragte sie nach.

„Wir müssen zu einem Ergebnis kommen. Und das ist mit ihnen bisher ja nicht möglich gewesen", erklärte sie. „Frau Schummelpfennig hat das Projekt im Griff."

Dass ich nicht lache, dachte Hanna. Eleonore machte im Laufe des Tages alles Mögliche, aber nicht ihre Arbeit. Und nun wollte sie auch noch ihre dazu. Sie schaffte so doch schon kaum etwas.

Hanna hörte sich an, was man ihr zu sagen hatte. In ihr stieg das Gefühl hoch, dass man sie massiv boykottierte. Eleonore hatte scheinbar mächtige Verbündete.

Nach mehr als einer Stunde wurde die Diskussion ohne Ergebnis von Bohnstahl aufgelöst.

„Ich habe Wichtigeres zu tun", waren seine letzten Worte in diesem Gespräch.

14.00

Das Essen hatte Hanna heute ausfallen lassen. Sie hatte einen Kloß im Hals und einen Stein im Magen, der auf ihrer Seele lastete. Sie konnte nichts essen.

Eleonore hingegen ging es prächtig nach diesem Meeting.

Sie hatte sich mit Rosi und Chantal in der Kantine verabredet und schaufelte noch mehr Nahrung als sonst in sich hinein.

„Du hast ja 'nen gesegneten Appetit heute", bemerkte Chantal.

„Ich hatte auch 'nen erfolgreichen Vormittag", berichtete Eleonore. „Ich, mein Chef, der Bohnstahl und die Böschelburger hatten 'nen Meeting mit Saskia Brandtbergk. Ich kriege das Projekt von der Böschelburger."

„Ist das nicht 'nen bisschen viel?" fragte Rosi. „Du kommst doch so schon kaum hinterher."

„Na ja", grinste Eleonore, „aber ich will unbedingt das Projekt haben. Das andere kann liegen bleiben."

Rosi und Chantal schüttelten den Kopf.

„Kann`s sein, dass de das nur willst, weil die Böschelburger das hat?" fragte Chantal in ihrer naiven Art.

„Vielleicht", gab Eleonore zu und wandte sich an Rosi. „Wie war eigentlich dein Treffen mit Bianca?"

Rosis Gesicht wurde ernst.

„Ganz nett, wieso?" fragte sie und wunderte sich insgeheim, woher Eleonore davon wusste. Ob Bianca irgendetwas erzählt hatte?

„Ich hab euch hintereinander wegfahren sehen", erzählte Eleonore freimütig weiter, „schade, ich wär auch mitgekommen."

Gott sei Dank nicht, dachte Rosi.

Chantal horchte auf und dachte sich ihren Teil.

„Die Böschelburger werkelt übrigens an der Materialplanungs-Liste für den Prototypen", ließ Eleonore verlauten.

Rosi sah von ihrem Teller auf.

„Ach ja" sagte sie. „Ist ja interessant."

„Was bedeutet das für uns?" fragte Chantal naiv.

„Die Liste kann ganz informativ sein", erklärte Rosi. „Da steht genau drin, welche Materialien von welchem Lieferanten für was benutzt werden sollen."

„Und was haben wir davon?" fragte Chantal erneut.

„Schon gut", sagte Rosi. „Mach dir mal keine Gedanken."

16.00

George O'Chedder schlurfte über den Flur zur Rosi Trompers Büro. Er wusste, dass sie zu dieser Zeit allein dort war, denn der Kollege, mit dem sie das Büro teilte, erschien morgens früh zum Dienst und verschwand am frühen Nachmittag.

O'Chedder fand Rosi an ihrem Schreibtisch.

Er klopfte kurz an, bevor er eintrat und setzte sich dann an den Tisch vor ihr, mit dem Rücken zur Tür.

„Wir müssen reden, Frau Tromper", sagte er.

Rosi erhob sich und schloss die Tür.

„Was ist denn nun schon wieder?" fragte sie genervt. „Sie wissen doch, dass ich viel zu tun habe."

„Ja, ja", versuchte O'Chedder sie milde zu stimmen. „Aber ich mach mir Gedanken wegen dieser Geschichte. Mit der Crin haben wir keinen Glücksgriff getan, oder?"

O'Chedder war besorgt, dass konnte man seinem Gesicht ansehen.

„Meinen sie nicht", fuhr er fort, „wir sollten uns von ihr trennen? Hier kommt doch nur Unruhe rein. Frau Krusche ist doch auch schon total gereizt."

„Ach Herr O'Chedder," erwiderte Rosi, „zerbrechen sie sich mal nicht meinen Kopf. Die Crin kriegen wir auch noch hin. Sind doch erst zwei Monate. Die braucht halt 'nen bisschen länger als die Krusche. Aber da mach ich mir keine Sorgen. Noch nicht...."

„Na Frau Tromper, ich weiß nicht..."

„Aber ich! Lassen sie die meine Sorge sein. Kümmern sie sich um ihren Job."

„Wenn sie meinen..."

„Ja, ich meine", antwortete Rosi Tromper barsch. „Und nun bitte, ..., ich habe zu tun!

Sie warf ihn quasi hinaus und O'Chedder schlurfte wie ein geprügelter Hund von dannen.

Seine Gedanken kreisten in seinem Kopf, aber wenn sie meinte, bitte, dann blieb eben alles, wie es war.

19.00

Auf dem Weg vom Büro durch die Tiefgarage zu ihrem Wagen traf Rosi Tromper Saskia Brandtbergk.

„Hallo Saskia", rief Rosi erfreut aus. „Schön dich zu sehen, ich müsste dich mal dringend sprechen."

Saskia Brandtbergk erschrak sich, als sie die Stimme der Kollegin hörte. Sie hatte nicht damit gerechnet, jetzt noch jemanden im Haus zu treffen.

„Ach Rosi", rief sie lachend zurück. „Wie geht's dir denn?"

So schnell sie konnte, manövrierte Rosi ihren massigen Körper näher zu Saskia, damit sie nicht so schreien musste."

„Saskia, können wir in den nächsten Tagen mal einen privaten Termin machen?"

„Du bist ja total aufgeregt", entgegnete Saskia Brandtbergk, „ist was passiert?"

„Nee", widersprach Rosi, „aber wir müssten mal wieder zusammen essen gehen."

„Nächste Woche?"

„Okay. Wann?"

„Freitag, den dreizehnten? Um sieben, wie immer?"

„Gut, bis dann."

Und so schnell, wie sie aufgetaucht war, verschwand Rosi Tromper in ihrem Wagen und war auch schon weg.

Saskia Brandtbergk wunderte sich, dachte aber nicht weiter darüber nach. Sie kannte Rosi Tromper seit Jahren. Beide hatten schon in Buchholz zusammen gearbeitet. Da beide immer sehr beschäftigt waren, war es auch nicht ungewöhnlich, dass sie oftmals nur kurz angebunden waren.

19.30

„Och Mensch Chantal, was ist denn los?"

Dorothee Sundermann hatte Chantal Krusche zu sich nach Haus eingeladen, weil sie so ein Gefühl hatte. Gatte Bernd Sundermann hatte Ausgang bekommen und war in dieser Woche mit seinen Kumpels zum Mountainbike-Fahren. Die Hunde kurten in einer Hundepension. So hatte sie Zeit und Muße, sich um Chantal zu kümmern.

„Komm Mädchen", sagte Dorothee freundlich, „ich mach uns erst mal ´nen Prosecco auf und dann erzählst du mal alles, was dich bedrückt, ne."

Dorothee führte Chantal in ihr großes, helles Wohnzimmer und gebot ihr, es sich auf der Couch gemütlich zu machen.

Währenddessen holte Dorothee Sektgläser und Chips aus Kühlschrank und Küche und schenkte ein.

Dorothee ließ sich in einem altertümlichen Ohrensessel Chantal gegenüber nieder.

„So, und nun raus damit. Was ist denn los?"

Dorothee sah Chantal erwartungsvoll an.

Chantal griff nach dem Alkohol und trank das Glas Prosecco auf einen Zug aus.

„Ooch..." Sie wischte sich mit dem Ärmel ihres Pullovers über den Mund.

Chantal stöhnte auf.

„Die ganze Scheiße kotzt mich so an", knurrte sie. „O'Chedder lässt mich nicht in Ruh, mein Oller Onkel kriegt nichts gebacken und dann diese Ziege Crin noch, die immer nur Mist macht. Ich hab die Schnauze so voll.... Wenn Rosi nicht versprochen hätte, das ich 'nen Job da kriege, dann hätte ich schon alles hingeschmissen..."

Dorothee nippte an ihrem Glas und nicht zustimmend.

„Ist alles 'nen bisschen viel gerade, was?"

„Kannst du laut sagen..."

„Was mit Onkel Dieter?"

„Der nervt nur. Gestern hat er es nicht mal geschafft, die Waschmaschine anzustellen, als er nach Haus kam. Und heute Morgen macht er mich an, weil dies blöde Hemd nicht sauber war..."

Chantal trank das zweite Glas in einem Zug.

„Da haste dir aber och einen eingefangen, was?" fragte Dorothee.

„Eigentlich geht's ja mit ihm. Aber seit 'nen paar Monaten wird der immer fauler. Der macht nischte mehr im Haushalt. Und seine Mutter meint, der hat Recht. Dat ist Sache der Frau."

„Ist aber 'nen bisschen altmodisch. Meinst du nicht doch, der ist zu alt für dich?"

„Quatsch, nee, ich hab doch nix mit dem, ist doch mein Onkel und dann noch Cheddy..."

Chantal wechselte mehr oder weniger gekonnt das Thema.

„Der macht mir die Hölle heiß mit seiner Scheiße..."

„Was hat er denn?"

„Der meint, die Crin muss selbstständiger werden, aber nicht mit mir. Die kriegt mein Job nicht... Dafür werde ich schon sorgen."

„Haste mal mit Rosi gesprochen?"

„Och die hat ja och keene Zeit für mich, was. Nee, noch nicht..."

„Dann mach das doch mal. Rosi kann dir bestimmt helfen, was..."

„Und was soll die machen? Die Crin rauswerfen?"

„Warum nicht? Jetzt merkt der O'Chedder vielleicht mal, was er an dir hat?"

„Meinst du?"

„Ich glaub schon. Das merkt doch jeder, dass die Crin zu blöd für den Job ist, oder?"

Chantal grunzte unmotiviert.

„Biste nicht am Wochenende bei Rosi eingeladen?" fragte Dorothee.

„Jau."

„Dann kannst doch mit ihr drüber sprechen, ne."

„Haste Recht."

04.05.2005

Rosi war allein im Büro. Nachmittags um diese Zeit kein Wunder. Kaum jemand arbeitete dann noch, bis auf wenige Ausnahmen, zum Beispiel die Kollegen im Marketing.

Und weil Rosi über die Gepflogenheiten bei SASI und über die meisten Mitarbeiter bestens informiert war, nutzte sie die Gunst der Stunde und erfreute sich im Geiste an ihrem brillanten Plan.

Dorothee und Chantal waren ihr ergeben, überlegte sie. Gut so.

Und auf das Wochenende mit Chantal freute sie sich heute schon, auch wenn sie bedauerte, dass Dorothee keine Zeit für sie hatte.

Ein bisschen bi schadet nie, grinste sie insgeheim.

Das Ziel musste jetzt sein, Chantal emotional abhängig zu machen, denn Chantal wurde von Rosi gebraucht. Dazu bedurfte es jedoch eines guten Grundes, denn Chantal wollte überzeugt werden.

Und dann brauchte sie natürlich noch jemanden, der die Unterschriften leistete.

Dem musste man eine Gegenleistung anbieten, aber welche? Geld? Vielleicht? Oder sie fälschte einfach eine Unterschrift. Ginge doch auch, oder?

Ganz in Gedanken versunken, bemerkte Rosi Bianca gar nicht, die herein gekommen war.

86

„Ich bin ein bisschen enttäuscht", ertönte plötzlich ihre Stimme.

Rosi schrak auf.

„Bitte?" stieß sie hervor.

„Na du", säuselte Bianca, „ich dachte, du meldest dich mal?"

Sie trat hinter Rosi und legte ihr ihre Arme um den Hals.

„Wenn uns einer sieht", wies Rosi sie ab. „Setz dich hin. Was willst du denn?"

Bianca zog enttäuscht eine Schnute.

„Was ist denn mit dir los?" schnaubte sie. „Haste schon vergessen...?"

Rosi fing sich blitzschnell wieder. Nur keinen Fehler machen, sagte sie sich.

„Nee", raunte sie. „Bin grad im Stress. Und du?"

„Ooch", lächelte Bianca, „wollte nur mal nach dir sehen, weil ich nix gehört habe. Dachte schon, ist dir peinlich..."

„Weißte doch, mir ist nix peinlich", antwortete Rosi. „Hab aber noch so viel zu tun."

Rosi tätschelte Biancas Hand.

„Dann lass ich dich mal wieder", sagte Bianca betrübt. „Wollen wir am Wochenende zusammen wegfahren?"

„Ich kann nicht."

„Schade."

Bianca verschwand genauso still und schnell, wie sie erschienen war.

Rosi starrte wieder in Gedanken versunken auf ihren Bildschirm und sinnierte über ihren Plan.

05.05.2005

„Boh ey, kannst du denn gar nix alleine machen", motzte Chantal sofort los, als sie morgens aufschlug.

„Wir haben doch abgesprochen, dass du diese Fälle bearbeiten wolltest", rechtfertigte sich Jo.

Rosi kam dazu.

„Was ist denn hier los?" fragte sie.

„Ey, ich fasse es nicht", rief Chantal, „Nix kannst du alleine, bei jedem Scheiß muss ich helfen."

„Was gibt's denn?"

„Ich habe mich an unsere Absprache gehalten", erklärte Jo ganz ruhig. „Diese Vorgänge wollte Chantal unbedingt selber klären. Also habe ich ihr die ganzen Unterlagen rüber gegeben, damit sie sich darum kümmern kann. Und jetzt heißt es wieder, ich habe etwas verschlampt."

„Und wo ist jetzt das Problem?" Rosi schnaubte vor Wut. „Diese Kleinigkeit kannst du doch wohl auch, oder? Du siehst doch, das Chantal zu tun hat. Was soll sie denn nicht noch alles machen?"

Jo war genervt.

„Ihr sagt zu mir, Chantal soll das machen und dann kommt einer und macht mich an, weil ich irgendwas nicht bearbeitet habe. Was wollt ihr eigentlich von mit? Wenn ich nichts gesagt hätte, wär's auch nicht richtig gewesen! Natürlich kann ich den Vorgang selbst bearbeiten, ihr lasst mich ja nur nicht! "

„Dann tu's doch!"

Dorothee schüttelte den Kopf.

„Du musst einfach selbstständiger werden", bemerkte sie.

„Wenn ich's einfach gemacht hätte, wär's auch verkehrt gewesen. Ich glaube langsam, ich kann machen, was ich will, ich kann's euch einfach nicht recht machen."

„So'n Blödsinn", wiegelte Rosi ab. „Du musst lockerer werden, nicht alles so verbissen sehen. Das ist das ganze Geheimnis."

„Werdet ihr mal locker", raunte Jo und ging hinaus, die Tür schloss sich.

06.05.2005
08.00

Ein Morgen wie immer. Langsam wurde es zur Gewohnheit.

Chantal war kaum im Büro, da konnte Jo sie auch schon wieder lautstark fluchen hören.

Es dauerte nicht lange und sie rauschte, wie von der Tarantel gestochen, in Jos Büro.

„Was machst du eigentlich für `ne Scheiße", schrie Chantal. „Wo sind die Unterlagen von dieser Woche? Bist du eigentlich noch ganz sauber? Was soll das?"

Chantal ließ sich immer mehr gehen und zeigte keinerlei Benehmen.

Worum geht's überhaupt?" fragte Jo so ruhig sie konnte.

„Na um die Unterlagen, die du mir jeden Abend geben solltest. Bist du nur blöd?"

Jo war kurz davor, ihre gute Erziehung zu vergessen, riss sich aber im letzten Moment zusammen.

„Gestern Abend habe ich sie dir zum dritten Mal geben wollen. Wer sagte da zu mir, er hätte zu tun und schaffe es nicht mehr, ich solle sie behalten?"

„Das hast du falsch verstanden."

In Jo kochte es. Sie wollte Chantal die Unterlagen geben und sie fluchen lassen.

Doch das war nicht so einfach.

Jo ging zum Wandschrank, der immer offen stand und nicht abgeschlossen wurde, und wollte die Unterlagen für Chantal herausholen, doch sie waren nicht da, wo Jo sie gestern Abend hingelegt hatte.

„Na was ist jetzt", knurrte Chantal, "findest du in deiner Unordnung noch durch?"

Jo schluckte.

„Ich habe die Sachen gestern Abend in diesen Schrank gelegt", sagte sie mit fester Stimme. „Hast du sie dir schon raus genommen?"

„Biste bekloppt?" bekam sie zur Antwort. „Weißte nicht mehr, wo de se gelassen hast, was?"

Chantal schnaubte wie ein Pferd durch die Nase.

Jo wurde puderrot im Gesicht.

„Ich weiß ganz genau, dass ich die Belege gestern Abend in diesen Schrank getan habe, weil du sie nicht haben wolltest", erwiderte Jo und erhob ihre Stimme. „Und ich habe sie nicht verlegt!"

„Du blöde Kuh, " schrie Chantal aus, „sieh zu, dass die Belege wieder rankommen. Wer weiß, wo du die gelassen hast. Ich habe sie jedenfalls nicht! Wirst du wohl verschlampt haben!"

Die Tür stand offen und jeder, der vorbei ging, steckte den Kopf rein, um zu sehen, was da los ist.

Fast schon wie immer in diesen Situationen kamen entweder O'Chedder oder Rosi um die Ecke. Heute waren es beide gemeinsam. Jo war begeistert.

„Was ist denn jetzt schon wieder passiert?" fragte O'Chedder sofort und knirschte mit seinem Pferdegebiss.

Er baute sich mit verschränkten Armen vor Jo auf und sah sie gereizt an.

„Heute hat se die Rechnungen für die Materialproben verschlampt", antwortete Chantal mit einem hysterischen Unterton. „Und ich muss die gleich zu Frau Brandtbergk bringen... So eine Scheiße!"

Rosi grinste zufrieden.

O'Chedder rang nach Luft.

„Auch das noch", stieß er hervor. „Was haben sie sich dabei gedacht, Frau Crin. Kommen sie sofort mit in mein Büro."

Während Jo ihm folgte und sich seine Standpauke anhören musste, das übliche Spiel, schlurfte Chantal hinter Rosi und Dorothee in Rosis Büro, erhielt aus Rosis Schreibtischschublade die Unterlagen und ging damit wie geplant zu Saskia Brandtbergk.

„Du bist aber ganz schön fies", merkte Dorothee an, als sie mit Rosi allein war.

„Jetzt müssen wir mal ein bisschen härter rangehen", stellte Rosi fest.

Jo hingegen saß bei geschlossener Tür in O'Chedders Büro und war den Tränen nah.

„Mein Gott", fauchte der sie an. „Gibt es denn nicht einen Tag, an dem sie nicht mit Frau Krusche aneinander geraten. Wo haben sie die Sachen hingelegt? Die können doch nicht weg sein?"

Jo sah in an und spürte die Tränen aufsteigen.

„Ich habe diese Unterlagen in den Schrank gelegt", versuchte sie sich zu verteidigen. „Ganz normal, wie immer. Wir legen alle Rechnungen und Belege in diesen Schrank, das wissen sie doch auch. Gestern Abend, als ich ging waren sie auch noch da. Auch wenn sie mir nicht glauben, ich habe keine Rechnungen verschlampt!"

O'Chedder schüttelte den Kopf.

„Verdammt noch mal", schrie er. „Dann wären sie doch da!"

Jo wollte heulen, riss sich aber zusammen.

„Verdammt noch mal" schrie sie zurück. „Ich weiß es nicht!"

O'Chedder starrte aus dem Fenster.

„So geht's nicht weiter", brummte er. „Ab heute bekommen sie immer nur noch eine Aufgabe zugewiesen und erst wenn sie die erledigt haben, beginnen sie etwas Neues. Frau Tromper wird das überwachen."

„Schmeißen sie mich doch raus, wenn sie so unzufrieden mit mir sind", zischte Jo trotzig.

„Irgendwie bekommen wir das schon hin", lenkte O'Chedder ein. „Nun gehen sie bitte wieder in ihr Büro."

Jo war im Gehen, als Rosi klopfte und eintrat.

„Frau Krusche ist bei Frau Brandtbergk", berichtete sie. „Ich hatte noch eine Kopie der Unterlagen."

„Gott sein Dank", schnaufte O'Chedder. „Das wäre was geworden. Ausgerechnet die Brandtbergk!"

Jo sah das hämische Grinsen auf Rosis Gesicht.

Fast jeden Tag gab es Situationen, in denen eine von den dreien Jo anschrie, beschimpfte, oder bei anderen schlecht machte. Es war teilweise die Hölle. Dass sie jetzt aber anfingen, ihr etwas unterzuschieben, oder Unterlagen verschwinden zu lassen, nahm langsam bizarre Formen an. Und Jo war sich sicher, dass die drei ach so netten Kolleginnen hinten den verschollenen Belegen steckten.

Ein Grund konnte sein, dass Jo sich noch nie an dem bösartigen Klatsch und Tratsch über andere Kollegen beteiligt hatte.

Daraus drehten Rosi, Dorothee und Chantal mangelnde Teamfähigkeit, was sie auch gleich O'Chedder gegenüber anbrachten. O'Chedder nahm jeden Kritikpunkt gerne auf und Jo musste sich in endlosen Gesprächen rechtfertigen.

Jeder noch so kleine Flüchtigkeitsfehler wurde derart hochgespielt, dass eigentlich ständig Gesprächsbedarf von Seiten O'Chedders da war.

Jo wusste bald nicht mehr, was sie noch tun sollte. Schon sonntags hatte sie Magenschmerzen, wenn sie an den nächsten Tag dachte. Sie konnte aber auch nicht einfach den Job hinwerfen, denn dann wäre sie arbeitslos, also biss sie regelmäßig die Zähne zusammen und versuchte das Beste aus der verfahrenen Lage zu machen.

Mittlerweile schnitten Rosi, Dorothee und Chantal sie. Man sprach nur das Nötigste mit ihr, enthielt ihr wichtige Informationen vor. Manche bekam sie auch gar nicht, um ihr später vorzuwerfen, das hätte man ihr doch gesagt. Jeder Tag war Spießruten laufen.

Jo zog sich immer mehr zurück. Sie hatte Angst, Fehler zu machen und genau dadurch provozierte sie Fehler.

Rosi, Dorothee und Chantal nutzen Jos Angst eiskalt aus. Wenn Jo doch mal eine Frage hatte, gab ihr einer der drei eine Antwort, ließ Jo machen, und die nächste beschimpfte sie dann, wie sie den Vorgang nur so bearbeiten könne, das wäre doch völlig falsch. Wenn Jo dann widersprach, sie hätte doch diese Auskunft bekommen, wies man sie zurecht, sie hätte das falsch verstanden. So wäre das auf jeden Fall nicht richtig.

13.00

Endlich Wochenende, wie sehr hatte sich Jo darauf gefreut, dass auch diese Woche ein Ende fand. Nun sollte es ganz besonders werden.

Hanna, Jo und Laura-Marie hatten ein Wellness-Wochenende gebucht. In ein tolles Hotel nach Göttingen sollte es gehen.

Jo hatte schon von zu Haus aus einem Squash-Court gebucht und freute sich darauf, sich mal richtig auf dem Spielfeld austoben zu können.

Hanna und Laura-Marie hingegen bevorzugten Massagen und Kosmetik-Behandlungen.

Sie hatten abgesprochen, dass Laura-Marie Jo vom Büro abholte und Hanna in Göttingen dazu stieß.

„Na mein Schatz, wie war die Woche?" fragte Laura-Marie, als Jo ins Auto stieg.

Jo schüttelte den Kopf.

„Das willst du nicht wirklich wissen", antwortete sie. „Ich hab das Gefühl, es wird jeden Tag schlimmer."

„Und wenn du mal mit deinem Chef sprichst?" schlug Laura-Marie vor.

„Hab ich schon versucht", resignierte Jo, „der steht ganz klar hinter den dreien. Mir glaubt da keiner."

Jo berichtete während der Fahrt detailliert von den Geschehnissen der Woche.

Laura-Marie war wütend und fragte sich, was das für Menschen waren, die es fertig brachten, jemanden so skrupellos fertig zu machen.

15.00

Chantal war merkwürdigerweise ziemlich nervös geworden, als Rosi ihr gesagt hatte, heute um 15.00 Uhr sind wir zwei verschwunden. Sie hatte keinerlei Idee, was Rosi wohl plante, aber es war so aufregend. Vielleicht konnte sie mir Rosi mal in Ruhe drüber reden, wie sie einen festen Job bei SASI bekommen konnte.

Was hätte Rosi sonst wollen können. Und auf die blöden Bemerkungen von Dorothee konnte man nicht viel geben.

Nun sollte es soweit sein.

Chantal packte ihre Arbeitsunterlagen überaus ordentlich zusammen und verschloss Türen und Schränke.

Gemeinsam mit Rosi fuhr sie im Fahrstuhl in die Halle. Rosi gebot ihr, an ihrem Auto zu warten, sie würde vorweg fahren, weil Chantal ja nicht wusste, wohin sie sollte. Chantal war noch nie privat bei Rosi zu Haus. Gott war das aufregend.

Chantal hatte versucht, sich hübsch zu machen, wie befohlen, mit mäßigem Erfolg. Sie trug mal wieder einen dieser überlangen Jeansröcke, den sie, und nur sie, so schön fand. Die Haare standen heute noch wirrer ab, als sonst. Und die weiße Bluse, die sie dazu trug, verstärkte die kranke, blasse Gesichtsfarbe noch mehr. Von hübsch gemacht konnte also keine Rede sein.

Ihrem Onkel hatte sie vorgelogen, zu einem Wochenendseminar nach Hamburg zu müssen. Damit das auch glaubhaft wirkte, hatte sie sich einen Firmenbriefbogen besorgt und ein offizielles Schreiben gefälscht. Ihr Onkel und die Familie glaubten ihr. Sie hatte ja auch keinen Anhaltspunkt dafür, dass sie log.

Chantal wartete brav an ihrem Wagen, bis Rosi aus der Tiefgarage kommend, neben ihr anhielt und andeutete zu folgen. Sie schwang sich voller Elan hinters Steuer und hatte Mühe, Rosi während einer rasanten Fahrt nicht zu verlieren. Immer wieder hob Rosi die Hand und winkte ihr zu. Chantal erwiderte den Gruß. Sie wirkte äußerst fröhlich und versprach sich viel von diesem Wochenende mit ihrer sogenannten Chefin.

15.30

Gegen halb vier trudelte Hanna in Göttingen im Hotel ein.

93

Laura-Marie erwartete sie in der Halle, Jo war beim Squash spielen.

„Mein Gott, wie siehst du denn aus!" entfuhr es Laura-Marie, als sie Hanna sah.

„Wenn du wüsstest, was ich für eine Woche hatte..." rief Hanna aus. „Meine Kollegin bringt mich noch um, mit ihren Aktionen."

Hanna ging zur Rezeption und checkte ein. Dann brachte sie ihr Gepäck aufs Zimmer. Laura-Marie begleitete sie.

Anschließend gingen die beiden ins eines der zahlreichen Restaurants des Hotels und Hanna erzählte Laura-Marie bei einem Cappuccino, oder zwei, ausführlich, was sich Eleonore Schummelpfennig diese Woche wieder an Gemeinheiten hatte einfallen lassen. Laura-Marie war entsetzt, dass alles zu hören.

Bis jetzt hatte sie immer erst einmal an das Gute in den Menschen geglaubt, doch diese Gestalten mussten durch und durch schlecht sein.

Jo hingegen konnte sich beim Squash kaum konzentrieren.

Ständig musste sie grübeln, was sich ihre gehässigen Kolleginnen noch alles einfielen ließen, um sie rauszuekeln.

Doch einfach aufgeben, kam irgendwie nicht wirklich in Frage. Sie brauchte den Job und sie brauchte das gute Geld, das sie dort verdiente. Außerdem hatten schon ganz andere versucht, sie fertig zu machen. Und es war ihnen auch nicht gelungen.

Jo schlug den kleinen Gummiball mit so viel Kraft und Wut an die Wand, dass sie nach der Stunde Spiel völlig fertig war.

Dann schlenderte sie ausgepowert, mit einem Handtuch um den Hals zu Laura-Marie und Hanna ins Restaurant und lauschte Hannas Erzählungen, bevor sie duschen ging und sich für das Abendessen fertig machte.

16.00

Nach einer knappen Stunde Autofahrt kamen Chantal und Rosi in dem weitläufigen Neubaugebiet in einem kleinen Dorf zwischen Hannover und Barsinghausen an.

Rosi zeigte ihr, wo sie ihr Auto abstellen konnte, so dass man es von der Straße aus nicht gleich sehen konnte. Dann fuhr sie ihren Wagen in die Garage und führte Chantal ins Haus.

Rosis Bungalow war riesig. Sie sprach zwar immer von einer kleinen, bescheidenen Hütte, aber was Chantal hier erblickte, war keinesfalls klein und bescheiden. Die Grundfläche musste mindestens zweihundert Quadratmeter betragen. Das Haus hatte sieben Zimmer und lag in einem überdimensionalen, weitläufigen Garten.

Schon die Küche allein war so groß, wie bei vielen das Wohnzimmer. Und alles top modern und scheinbar nagelneu eingerichtet.

Dass sich Rosi für diesen Luxus hoch verschuldet hatte, behielt sie im folgenden Gespräch wohlweißlich für sich.

„Meine Güte, wie machst du das?" rief Chantal aus.

„Was?" fragte Rosi.

„Na das Haus. Verdient dein Mann so viel? Bo ey!" Chantal staunte mit offenem Mund.

„Ganz schön neugierig", antwortete Rosi, „komm, ich zeig dir alles und dann machen wir's uns gemütlich."

Chantal nickte.

Rosi nahm sie bei der Hand und zog sie durch jeden Raum.

Sie fing in einem riesigen Flur an.

„Das ist feinster italienischer Marmor", erklärte Rosi.

„Die Fliesen?"

„Jo."

Chantal war beeindruckt und ließ das auch merken. Auf dem Flur konnte man dreimal lang hinschlagen und hatte immer noch Platz. Und so ganz anders, als Rosis schwarze Seele, war die komplette Einrichtung hell und freundlich. Nirgends lag etwas herum, alles war aufgeräumt und pikobello sauber.

Sie gingen in die Küche.

Die maß mindestens fünfzig Quadratmeter und war einfach super. Alles was man sich als Hausfrau wünschen würde, war vorhanden. Es gab sogar so eine Kochinsel, in der der supermoderne Heißluftherd mit Ceranfeld integriert war, über dem an einer Reling Töpfe und Pfannen hingen.

Rosi war sichtlich stolz auf ihr Heim und führte Chantal weiter durch Ess- und Arbeitszimmer, Ankleide- und Bügelzimmer, durch verschiedene Bäder bis ins Wohnzimmer.

Chantal bekam den Mund gar nicht mehr zu und fragte noch einmal: „Boh, ey, wie machst du das Dann?"

Rosi lächelte.

„Schätzchen, das ist gar nicht so schwer, wie's aussieht", sagte sie grinsend.

„Habt ihr och einen Würlpul?" wollte Chantal wissen.

Bei der Aufregung konnte sie ihren Akzent kaum noch unterdrücken.

„Zwei sogar."

„Och, darf ich da rein?"

„Klar!"

Rosi legte mütterlich den Arm um Chantals Schultern und führte sie ins Wohnzimmer.

„Komm, setz dich erst mal", sagte sie freundlich.

Chantal sah sich um.

Sie saß hier auf einem cremefarbenen Ledersofa, mindestens fünf Meter lang, in einem bestimmt hundert Quadratmeter Wohnzimmer. Auch hier gefliest mit italienischen Marmor und ausgelegt mit teuren, hellen Teppichen. Unter der Decke hing ein Beamer. An einer Wand war ein riesengroßer Plasmabildschirm.

Chantal wusste schon gar nicht mehr, was sie sagen sollte.

„Und wo schlafe ich?" fiel ihr dann aber noch ein. „Wo ist denn euer Gästezimmer?"

Rosi überhörte die Frage wohlweislich. Schließlich war Chantal nicht zum Schlafen da.

„Ich koch uns erst mal einen Kaffee", sagte sie, „nimm dir doch schon von den Keksen, wenn du Hunger hast."

Chantal erspähte auf dem schweren Mahagonitisch eine Schale mit Gebäck und griff beherzt zu.

Noch während Chantal an ihren Keksen knabberte und sich immer besser fühlte, kam Rosi mit dem Kaffee zurück. Doch statt diesen zu servieren, holte sie aus der Hausbar im Wohnzimmerschrank eine Flasche gut gekühlten Champagner und zwei Gläser hervor.

Sie schenkte ein, nachdem sie die Flasche gekonnt geöffnet hatte und setzte sich neben Chantal, die sie erwartungsvoll ansah.

„Chantal", flötete Rosi sanft. „Ich möchte, dass du eine Firma eröffnest."

Chantal sah sie erstaunt an.

„Ich weiß doch gar nicht, wie man das macht", wandte sie ein.
„Keine Sorge, ich helfe dir."

07.05.2005

08.00

Laura-Marie, Hanna und Jo saßen in ihrem Wellnesshotel in Göttingen beim ausgiebigen Frühstücksbuffet und planten den Tag.

„Heute haben wir alle eine Ayurveda-Massage", berichtete Laura-Marie. „Um zehn geht's bei mir los und dann ein Ganzkörperpeeling und eine Gesichtsbehandlung, ach, ich freu mich drauf."

„Dann bist du den ganzen Tag beschäftigt, oder?" fragte Jo.

„Bin ich", sagte Laura-Marie. „Ihr könnt ja in die Sauna gehen. Das kann ich ja nicht."

„Stimmt, entschuldige mein Herz", antwortete Jo. „Kommst du denn allein mit dem Rollstuhl klar?"

„Die an der Rezeption helfen mir schon", beruhigte sie Laura-Marie. „Mach dir keine Sorgen, ich komme klar."

Hanna sah müde aus.

„Was ist mit dir?" fragte Jo.

„Ach, ich muss immer an diese Chaos denken, dass meine Kollegin verbreitet", gab Hanna zu. „Im Moment will sie mir ein Projekt entreißen, an dem ich Monate arbeite und das ich eigentlich fertig hatte. Eleonore kommt mit ihrer eigenen Arbeit nicht klar, will aber unbedingt noch meine dazu. Mir graut schon vor Montagmorgen. Na ja, egal. Lasst uns ein schönes Wochenende haben."

Trotzdem es Mai war, war das Wetter draußen alles andere als frühlingshaft. Jeder Blick aus dem Fenster bestätigte, dass es richtig war, das Wochenende hier zu verbringen. Der Himmel war genauso trüb, wie die Stimmung von Jo und Hanna.

Also machten sie sich nach dem Frühstück fein für den Wellnessbereich und genossen nacheinander die herrlich entspannende Massage. Danach wurde geruht und während Laura-Marie die Ruhe auf dem Zimmer fortsetzte, stützten sich Hanna und Jo in einer der acht verschiedenen Saunen.

10.00

Chantal war sich nicht ganz sicher, was passiert war.

Sie hatte Kekse gegessen, dass wusste sie noch, und dann war ihr etwas schwummerig geworden. Sie überlegte einen Moment.

Nein, es ging ihr nicht schlecht. Sie fühlte sich so beschwingt, so leicht und so frei. Irgendwie verwegen.

Wo war sie?

Ach ja, in Rosis Bett.

Moment mal!

In Rosis Bett?

Chantal lächelte vor sich hin. Ja, sie erinnerte sich schemenhaft. Oder war alles nur ein Traum gewesen? Sie hörte lautes Schnarchen neben sich.

Vorsichtig öffnete Chantal die Augen und blickte direkt in Rosi's Gesicht. Ganz nah war sie und schnarchte mir weit geöffnetem Mund.

Chantal setzte sich auf. Sie hob die Bettdecke ein wenig und blickte an sich entlang. Sie war nackt. Und sie war an einer bestimmten Stelle rasiert. Sie war völlig nackt! Wie sollte sie das erklären?

Plötzlich entdeckte sie die Keksschale. Da waren ja noch welche drin.

Egal, dachte sie bei sich, nahm einen Keks, steckte ihn ganz in den Mund und fand auch noch eine halbvolle Flasche von diesem köstlichen französischen Champagner, die sie einfach an den Mund setzte und den Keks damit runterspülte.

Nach einem kurzen Moment war es wieder da, diese Gefühl von unbändiger Freiheit.

Chantal fühlte dieses Kribbeln in sich aufsteigen, dass ihr schon gestern Abend so gut gefallen hatte.

Sie nahm noch einen Keks und nach wenigen Minuten war sie bereit, Bäume auszureißen, aber die ganz großen.

Oh, sie musste doch mal ins Bad.

Rosi schnarchte und schlief offenbar wie eine Tote.

Chantal rappelte sich auf und fand den Weg, wenn auch etwas mühsam. Das Gehen fiel ihr nicht ganz so leicht, doch mit etwas Übung würde das schon werden.

In Rosi's Schlafzimmer fanden sich einige angebrochene Champagnerfalschen und auch noch mehr Kekse. Auf dem

Weg ins Bad nahm sich Chantal einen kleinen Vorrat mit und ließ sich dann auf dem Kloschüsselchen nieder.

Als sie da so saß, pinkelte und Kekse aß und Champagner trank, splitternackt, und das Gefühl hatte, die Größte zu sein, vergaß sie die Zeit und geriet ins Träumen.

Rosi hatte sie geküsst. Erst war es ihr unangenehm, aber dann wurde es schön. Sie spürte Gefühle von denen sie nicht einmal wusste, dass es so etwas gab und sie hatte Sachen getan, Sachen, sagte sie zu sich selber, die sie jetzt noch erröten ließen, wenn sie daran dachte.

Dann, sie wusste nicht einmal wie, waren sie im Bett gelandet und sie hatte Rosi's Hände überall gespürt. Zeitweise hatte sie das Gefühl, dass Rosi viel mehr, als nur zwei Hände hatte. Und dann hatte Rosi ihr beigebracht, was sie, Chantal, tun solle, damit auch sie, Rosi, Spaß hatte.

Gott war das aufregend gewesen. Chantal wurde puderrot, als ihr die Details wieder einfielen.

Mit Männern hatte sie noch nie so viel Spaß gehabt.

Ob Rosi sie liebte?

08.05.2005

Sonntagmorgen bei Sundermanns zu Hause.

„Meine Güte Dorothee, was bist du denn so nervös?" fragte Bernd Sundermann seine Frau. „Den ganzen Morgen läufst du schon rum wie Falschgeld. Was ist denn?"

Dorothee stand in ihrer Küche am Fenster und starrte gedankenverloren in den Garten.

„Ach nix, Bernd", log sie.

Das stimmte natürlich nicht.

Mit ihren Gedanken war sie bei Rosi und Chantal, die wahrscheinlich gemeinsam viel Spaß an diesem Wochenende hatten.

Ohne sie.

Die nervösen Westis schlichen um ihre Beine und schmiegten sich an und bellten schon wieder hysterisch los.

Dorothee war schlichtweg eifersüchtig. Sie überlegte schon, ob sie Rosi nicht einfach mal anrufen sollte, entschied sich aber dagegen, weil Rosi bestimmt wütend werden würde, wenn sie sie kontrollierte.

Bernd Sundermann hingegen war die Launen und das Gezicke seiner Ehefrau durchaus gewohnt und darum ging er dazu über, drüber hinwegzusehen. Es hatte eh nicht viel Sinn darauf einzugehen.

Dorothee war eben manchmal sehr launisch. Mit Kindern wäre es vielleicht anders gewesen.

Außerdem war er gestern Abend erst vom Kegelausflug mit seinen Kumpels wieder gekommen. Er hatte noch ein bisschen Kopfweh vom übermäßigen Alkoholgenuss und an den Namen der Schönen gestern Morgen in seinem Hotelbett konnte er sich auch nicht mehr erinnern.

Was sollte es also.

12.05.2005

Donnerstagmorgen in der New Yorker Konzernzentrale von SASI, allgemeines Team-Meeting.

Es gab Kaffee und Frühstück für alle.

Sie besprachen beim Essen die ersten Schritte, die bereits erfolgt waren, doch außer kleineren, harmlosen Buchungsfehler hatten sich bis jetzt keine Unregelmäßigkeiten ergeben. Es war alles in Ordnung.

Jeder der Mitarbeiter hatte in eine Datei seinen Bericht eingefügt und erläuterte diesen für alle anderen noch einmal mündlich.

Bis jetzt konnte jeder für sich berichten, dass ganz offensichtlich alle strengen konzerninternen Richtlinien eingehalten wurden. Auffälligkeiten waren keine zu vermelden.

Douglas Davenport war mit sich und seinem Team zufrieden. Er überlegte ernsthaft, ob man das ganze Projekt kippen sollte. Es kostete ja auch eine Menge Geld. Doch irgendetwas sagte ihm, mach weiter, da ist noch etwas. Natürlich sprach er mit niemand darüber, dass er so ein Gefühl empfand. Diese Dusselei war etwas für Warmduscher und Weicheier.

Aber irgendwie spürte er, dass irgendwo etwas war. Die Frage war nur, wo?

Jedes Teammitglied hatte die Gelegenheit seine Arbeit zu präsentieren und Fragen zu stellen. Nachdem auch dieses reibungslos verlaufen war, beendete Douglas das Meeting nach gut zwei Stunden und widmete sich wieder seinen Aufgaben.

13.05.2005

Wie verabredet trafen sich Saskia Brandtbergk und Rosi Tromper zum Essen in einem unscheinbaren kleinen griechischen Restaurant in einem unscheinbaren kleinen Dorf in der Nähe ihres Wohnortes.

Da beide unpünktlich waren, brauchte keine auf die andere zu warten. Sie erschienen fast gleichzeitig gegen halb acht. Saskia entschied sich für einen Tisch am Fenster. Sie beobachtete gern die Leute, die draußen vorbei gingen. Überhaupt hatte sie gern alles im Blick.

Saskia war schon ewig für das Unternehmen SASI tätig.

Genau wie Rosi hatte auch sie vor vielen, vielen Jahren bei Luftikus angefangen, die Firma, die später mit MMS zu SASI wurde. Und seit vielen, vielen Jahren kannte sich die beiden und hatten eine Menge zusammen erlebt.

Da sie sich sowohl äußerlich, als auch charakterlich recht ähnlich waren, pflegten sie in ihrer Freundschaft einen Umgang auf Distanz, der es ihnen beiden erlaubte, sich zu entfalten.

Während Rosi in ihrer Arbeit in der Abteilung kaufmännische Forschung und Entwicklung aufblühte und zur grauen Eminenz aufstieg, machte Saskia im Bereich technische Forschung und Entwicklung Karriere und pflegte beste Kontakte zur Geschäftsführung und zum Management.

Rosi Tromper und Saskia Brandtbergk vertrauten sich blind, auch wenn sie sich manchmal monatelang nicht sahen oder sprachen. Sie hatten trotz aller Reibungspunkte einen unsichtbaren Draht zu einander, der beiden eine gewisse Sicherheit gab.

Beide ließen sich fast gleichzeitig auf einen Stuhl sinken.

„Schön dass wir uns mal wieder treffen", eröffnete Saskia die Unterhaltung. „Wir haben uns ja schon ewig nicht mehr gesehen."

„Ist ja auch schon lange her, letzte Woche in der Tiefgarage" scherzte Rosi.

Saskia lachte.

„Und wann war das letzte Treffen vor letzter Woche?" fragte sie.

Rosi zuckte mit den Schultern.

„Keine Ahnung? Letzten Monat?"

„Das ist bestimmt fast ein viertel Jahr her", half ihr Saskia auf die Sprünge.

Eine Kellnerin erschien und fragte nach ihren Wünschen. Beide hatte sich noch nicht entschieden, was sie essen wollten, doch ein Gläschen Ouzo zu Beginn konnte auch nicht schaden.

Rosi und Saskia waren wohlweißlich mit einem Taxi unterwegs.

Saskia übernahm das Kommando und orderte zwei Ouzo.

Trinkfest musste man sein, wenn man sich mit Rosi zum Essen traf, Saskia wusste das und konnte mithalten. Noch bevor sie sich überhaupt Gedanken machten, was sie essen wollten, leerten sie einige Gläschen Alkohol.

„Dann komm mal zum Punkt", forderte Saskia schon leicht angetrunken, „du hast doch was auf dem Herzen, oder."

Rosi nickte und nippte an ihrem Glas.

„Ich brauch deine Hilfe" gab sie zu. „Ich habe einen excelenten Plan entwickelt, mit dem man viel Geld verdienen kann. Aber ich kann's allein nicht umsetzten:"

Saskia horchte auf.

„Erzähl!"

„Also......"

Rosi nahm noch einen Ouzo, sie wusste selbst nicht mehr, der wievielte es war, und erklärte Saskia Brandtbergk ihren, wie sie meinte, genialen Plan. Und weil Rosi so dermaßen aufgeregt war, räusperte sie sich in immer kürzeren Abständen mit einem ohrenbetäubenden Lärm.

„Rosi, du rauchst zuviel", unterbrach Saskia sie plötzlich, während sie sich ebenfalls eine Zigarette ansteckte.

„Ich weiß", raunte Rosi schon ganz heiser „was meinst du, dazu?"

Saskia nickte zustimmend.

„Du hast Recht, das könnte funktionieren", sagte sie leise vor sich hin. „Was ist für mich drin?"

Rosi grinste breit.

„Für jeden, der mitmacht, sind da richtige Summen drin!"
„Okay", Saskia erhob ihr Glas. „Unter einer Bedingung!"
„ Jede, welche?"
„Backst du noch immer diese niedlichen Kekse mit dem ausgefallenen Aroma?"
„Du meinst meine Hasch-Plätzchen?" fragte Rosi.
„Yes Mam!"
„Die Dinger wirken Wunder..."
„Ich weiß... Ich hab da jemanden kennen gelernt, 'nen niedliches Mädel..."
Die nächste Runde Ouzo kam.
„Möchten sie noch etwas essen?" fragte die Kellnerin freundlich aber bestimmt. „Unsere Küche schließt bald. Wir würden gern noch etwas für sie vorbereiten."
Rosi blickte trunken auf.
„Nee, danke, ich bin zufrieden. Und du?"
Saskia nickte.
„Danke nein", stimmte sie zu.

17.05.2005

Sie saßen gemeinsam beim Abendessen in einem kleinen Restaurant.
Rosi, Dorothee und Chantal. Sie waren sich einig, dass Jo weg musste.
„Und wie stellen wir's an?" fragte Chantal „die Crin ist so nervig!"
„Du Dummerchen", lachte Rosi, „wir sind schon mitten drin."
„Die macht nicht mehr lange", grinste Dorothee. „Ein paar Wochen noch, vielleicht einen Monat. Dann haut sie in den Sack."
„O'Chedder hat doch auch schon die Schnauze voll, von dem ewigen Theater mit ihr", stimmte Rosi zu.
„Warum haben wir sie denn überhaupt genommen?" wollte Chantal wissen, „die macht mir nur Arbeit und dir nur Ärger".
„Och Schätzchen, denk doch mal weiter."
Rosi tätschelte Chantals Wange.
„Du willst doch auch 'en guten Job, oder?"
„Sicher, aber was hat das eine mit dem anderen zu tun."
„Kindchen, Kindchen....."
Dorothee und Rosi lachten laut auf.

„Manchmal bist du nicht so helle", frotzelte Rosi. „O'Chedder braucht 'en guten Grund, um dich einzustellen. Den geben ihr ihm, kapiert?"

„Ah, verstehe."

„Na siehst du, klappt doch."

Chantal seufzte erleichtert auf. Wenigstens hatte Rosi das große Ziel, eine Anstellung Chantals bei SASI, noch nicht ganz aus den Augen verloren.

„Hast du dich schon um deine Firma gekümmert?" fragte Rosi beiläufig.

Dorothee sah sie an.

„Was'n für'ne Firma?" wollte sie wissen.

„Ich hab's dir doch erklärt", raunte Rosi. „Chantal, muss 'ne Firma aufmachen, damit wir was abrechnen können."

„Und was soll das?" fragte Chantal.

„Woher kriegen wir das Geld?" knurrte Rosi.

„So machen wir das?" staunte Dorothee. „Hab ich nicht verstanden."

Rosi verbrachte Stunden damit, Dorothee und Chantal noch einmal ihren Teil des Plans näher zu bringen.

Doch die beiden hatten erste Probleme, ihr zu folgen.

20.05.2005

George O'Chedder saß in seinem Wohnzimmer, seine Ehefrau servierte gerade den Nachmittagskaffee.

„Wie war deine Woche, George?" wollte sie wissen.

Sie war gerade von einem Kurzurlaub aus der Schweiz wieder gekommen, wo sie die Familie besucht, und ein paar Tage zum Skifahren dran gehängt hatte.

Er seufzte vor sich her.

„Nur Probleme mit dieser neuen Mitarbeiterin", brummte er. „Ich weiß langsam nicht mehr, was ich noch mit der machen soll. Ständig ist irgendwas anders. Dauernd gibt es Beschwerden über sie."

Seine Gattin setzte sich an den Tisch und goss den Kaffee ein.

„Und was sagt sie dazu?" fragte sie.

„Die fühlt sich nur ungerecht behandelt, zeigt aber keinerlei Besserung. Die Krusche ist schon auf hundertachtzig bei jeder Kleinigkeit die vorfällt. Und wirklich dauernd passiert etwas.

Nicht mal die Tromper hat noch Verständnis. Ich hab schon ernsthaft überlegt, ob ich die rauswerfen soll, die Crin, aber das will die Tromper auch nicht."

„Warum tust du's nicht?"

„Ich bin mir nicht sicher, ob das der richtige Weg ist. Aber so langsam gehen mir die Ideen aus. Stell dir vor, dass wir mittlerweile den gesamten Arbeitsablauf umgestellt haben. Tromper hat Stunden damit verbracht, ein neues Konzept zu erarbeiten. Und was war das Ergebnis? Noch mehr Ärger und Probleme."

„Wieso habt ihr diese Frau überhaupt eingestellt?"

„Das war Trompers Vorschlag. Crins Vertrag lief zum Ende Februar aus und Tromper war der Meinung, dass sie ganz gut ins Team passen würde. Sie hat Himmel und Hölle in Bewegung gesetzt, damit die Crin den Posten bekommt. Und nun so was."

Seine Gattin stutzte. Christa O'Chedder hatte eine gute Menschenkenntnis. Je mehr ihr Mann erzählte, und er war beinah jeden Tag mit diesem Thema beschäftigt, umso mehr kam in Christa der Verdacht auf, dass Frau Tromper und ihre Damen nicht mit offenen Karten spielten, sondern irgendetwas zu verbergen hatten.

„Kommt dir das nicht auch ein bisschen komisch vor, George?" warf sie ein.

„Wie meinst du das, Christa?"

„Denk doch mal nach, George! Lad die Tromper mal zum Essen ein. Mit ihrem Mann. Dann kann ich dich begleiten."

„Ich sehe keinen Sinn drin, aber wenn du meinst, Christa."

Christa O'Chedder blickte ihrem Ehemann ernst in die Augen.

„George, wer beschwert sich denn über die neue Kollegin?"

„Na die Krusche, die Sundermann und manchmal auch die Tromper, so unterschwellig."

„Und die anderen? Deine Abteilung hat doch noch mehr Mitarbeiter, als diese drei, oder?"

„Ja", brummte er, „ja, die anderen haben noch nichts gesagt..."

„Hast du die mal gefragt?"

„Soll ich hingehen und alle ansprechen, was sie von der Neuen halten?"

„Warum nicht?"

„Weil ich dann Ärger mit dem Betriebsrat kriege, wenn die davon Wind kriegen..."

„Wie sollten sie denn? Glaubst du, diese Frau wird sich beschweren, wenn du versuchst fair zu sein?"

„Wahrscheinlich nicht, aber ich weiß nicht..."

„Weißt du eigentlich, was in deiner Abteilung so passiert?" fragte Christa O'Chedder ziemlich direkt.

„Natürlich!" antwortete er leicht gereizt.

„George!"

Christa schüttelte den Kopf.

„George, verdammt noch mal, sei ein echter Kerl und setz dich gegen diese Tromper durch. Du lädst sie zum Essen ein! Mit ihrem Mann meinetwegen! Hier! Bei uns zu Haus! So schnell wie möglich!"

Christa O'Chedder duldete keine Widerrede und George gab sich geschlagen, auch wenn es ihm überhaupt nicht passte.

02.06.2005

Es war mal wieder Donnerstag und Cocktail Time. Weil Jo sich am Freitag frei genommen hatte, war auch Laura-Marie angereist.

Hanna war die ganze Woche im Außendienst unterwegs gewesen und hatte am Freitag auch frei. Also die beste Gelegenheit für ein Treffen.

Hanna freute sich immer, Laura-Marie zu sehen. Schließlich gab es dazu nicht allzu oft Gelegenheit, weil Laura-Marie wegen ihrer Multiplen Sklerose sehr eingeschränkt war.

Jo hingegen war stolz.

Zum einen hatte sie eine hübsche und intelligente Lebensabschnittsgefährtin und zum zweiten eine jugendlich, dynamische und intelligente Freundin.

Und die beiden verstanden sich, was will die Lesbe von Welt mehr?

Hanna hatte sich sehr herausgemacht.

Als Jo damals als Praktikantin anfing, war Hanna recht rundlich, hatte Probleme mit der Figur, aber sie hatte Herz und Verstand. Heute, vier Jahre später, gab es auch im Unternehmen SASI einige Damen, die zu Hanna aufblickten. Hanna hatte es geschafft, bestimmt zwanzig Kilo abzunehmen, das war Jos Vermutung. Hanna hatte irgendwann auch einmal verlauten lassen, wie viel es wirklich war. Jo und Laura-Marie waren beeindruckt.

Und Hanna sah gut aus. Sie verstand es wirklich, sich gut anzuziehen, sie wusste, was sie tragen konnte.

Hanna war ehrlich, Hanna war direkt, Hanna hatte Ausstrahlung.

Vielleicht war es das, was Eleonore Schummelpfennig ihr neidete, denn diese Frau war das ganze Gegenteil von Hanna: falsch, hinterlistig und unförmig.

Die drei trafen sich in ihrem Lieblingslokal, dass ab neunzehn Uhr Happy Hour anbot.

Heute jedoch musste Jo noch fahren, denn im Dunklen war Laura-Marie unsicher. Das war aber kein Problem, man hatte sich arrangiert.

Wenn sie zusammen unterwegs waren, trank Jo eben nur Getränke ohne Alkohol. Und Cocktails gab es schließlich genug.

Sie wählten einen kleinen Tisch am Fenster, an den Laura-Marie gut mit dem Rollstuhl heranfahren konnte.

Laura-Marie entschied sich für eine köstliche Pina Colada, Jo wählte ein alkoholfreies Bier und Hanna entschied sich für einen lustigen Cocktail, dessen Namen man kaum aussprechen konnte.

„Wie war deine Woche?" fragte Hanna an Jo gerichtet.

„Fürchterlich", gab Jo zu. „Und bei dir?"

„Meine Kollegin ärgert mich, wo sie nur kann", berichtete Hanna.

Sie erzählte noch ein paar Details, die sich seit dem Wellness-Wochenende in Göttingen ergeben hatten.

Laura-Marie schüttelte mit dem Kopf.

„Wie kann es sein, dass solche Leute solchen Einfluss haben?" wollte sie wissen.

Jo seufzte.

„Ich habe keine Ahnung", gab sie zu. „Und trotzdem habe ich so ein Gefühl, als wenn diese Bagage irgendetwas im Schilde führt. Wenn ich nur rauskriegen könnte, was das ist."

Hanna nickte zustimmend.

„Vielleicht sollte ich mal der Meinecke auf den Zahn fühlen", schlug sie vor. „Wahrscheinlich steckt die da mit drin, aber zu Bianca hatte ich eigentlich immer einen ganz guten Draht."

„Was spricht dagegen?" fragte Laura-Marie.

„Probier's mal aus", sagte Jo. „Vielleicht kriegen wir über Bianca ein paar Infos, die uns weiterhelfen. Denn irgendwas geht da nicht mit rechten Dingen zu."

Die drei schmiedeten einen Plan.

13.06.2005

Bungalow Tromper.

Rosi fluchte und räusperte sich in einer Tour.

„Was ist denn los, mein Schatz?" fragte ihr Gatte, der sich nach anstrengender Arbeit auf einen ruhigen Abend freute.

Willi Tromper war froh, endlich mal wieder zu Haus zu sein. Sein Job als Fernfahrer erlaubte ihm das nicht allzu oft.

„Verdammte Scheiße, irgendwas stimmt hier nicht. Ich kann die Datei nicht öffnen", blaffte sie ihn an.

Ihre Laune war auf dem Nullpunkt.

„Hast du vielleicht einen falschen Code eingegeben", gab er zu bedenken.

„Scheiße, ich hatte........."

Sie hielt inne und dachte nach. Ihr Gesicht verzog sich zu einer Fratze.

„Ich hab's gar nicht codiert", gab sie zu.

„Das ist dumm", stellte er fest. „Und nun? Hast du eine Sicherungskopie?"

„Nee, ich glaub nicht... "

Wilfried Tromper sah von seiner Zeitung auf.

„Was machst du da überhaupt?" wollte er wissen.

Rosi fluchte weiterhin lautstark.

„Ich hab mir Arbeit mit nach Haus genommen", log sie. „Hatte keine Zeit mehr im Büro, und darum mach ich das hier!"

Sie war gereizt, dass konnte er spüren. Also beschloss er, sie fluchen zu lassen und widmete sich wieder seiner Lektüre.

„Scheiße", schrie sie auf. „Kannst du 'ne zerschossene Datei wieder herstellen?"

Wilfried ging zu ihr und sah ihr über die Schulter. Er verstand nicht viel von dem, was sie beruflich machte, aber mit Computern kannte er sich aus.

„Lass mich mal", sagte er ruhig.

Rosi stand auf und überließ ihm den Rechner. Keine fünf Minuten später war alles wieder in Ordnung und Rosi fiel ein Stein vom Herzen.

„Danke, Willi", seufzte sie und küsste ihn. „Danke, danke, danke!"

Sie war doch ziemlich nervös geworden bei dem Gedanken, dass sie sich ihre komplexe Datei zerschossen hätte.

„Kopiere dir das auf CD", riet er.

Rosi folgte seinem Rat.

13.07.2005

Hanna hatte Geburtstag.

Sie hatte Jo und Laura-Marie zum Grillen eingeladen.

Hanna lebte in einem kleinen Appartement in Bornum, nicht weit von Jo. Ihre Wohnung lag in einem Drei-Familienhaus, das von einer älteren Dame verwaltet wurde, die aber meist auf Reisen war. So hatte Hanna oft das ganze Haus für sich. Manchmal war es etwas einsam, aber die gute Nachbarschaft hatte ein Auge auf sie und passte auf, wenn sich Fremde in der Gegend bewegten. Man kannte sich halt noch untereinander.

Ihr Appartement lag im zweiten Stock unter dem Dach. Drei Zimmer, ein kleiner Flur, eine kleine Küche, ein kleines Bad, aber einen etwas größeren Balkon, auf dem man gut mit mehreren Leuten sitzen konnte.

Hanna hatte dort den Holzkohlegrill aufgebaut.

Jetzt saßen sie zu dritt im Wohnzimmer, bei geöffneter Balkontür.

Hannas Wohnzimmer war modern eingerichtet. Hanna verdiente bei SASI sehr gut und konnte sich somit manch finanziellen Wunsch erfüllen.

Wenn man den Raum betrat, blickte man von der Tür auf den weißen Wohnzimmerschrank, der mit allerhand Nippes bestückt war. Es war so einer, die man im Moment überall kaufen konnte. Ein Sockel, auf dem mittig eine Glasvitrine stand, links davon ein schmales Bücherregal und rechts eine halbhohe Anrichte mit geschlossenen Türen. In der Vitrine standen Gläser und Swarowski-Figuren. Hanna sammelte diese filigranen Kristalle. Über und neben dem Schrank an der Wand hingen viele Bilder von Freunden und Familie.

Gleich rechts neben der Tür stand die Couch. Eine langgezogene Rundecke in Bordeaux-rot. Davor ein Couchtisch aus Glas. Ein heller Teppichboden ließ den Raum gemütlich aussehen.

Jo und Laura-Marie waren noch die einzigen Gäste und das war auch gut so. Denn kaum, das die beiden sich hingesetzt hatten, kam das Gespräch wieder auf die Firma.

„Irgendwas stimmt nicht mit meinen Kolleginnen", bemerkte Jo. „Die scheinen ja privat dicker miteinander zu sein, als ich mir vorgestellt habe."

„Wie kommst du darauf?" fragte Hanna lachend. „Das wissen wir doch schon länger, oder?"

„Stimmt", sagte Laura-Marie. „Das ist nicht wirklich was Neues. Oder gibt's was?"

„Ich bin mir nicht ganz sicher", gab Jo zu. „Aber seit ungefähr vier Wochen ist Rosi noch gereizter als sonst. Irgendwas ist da im Busch."

Hanna ging in die Küche und holte ein paar Getränke und das Fleisch.

Laura-Marie bot an, ihr zu helfen.

„Nimmst du das Brot und das Paket Würstchen mit", sagte Hanna zu ihr. „Den Rest mach ich schon. Ist ja nicht so viel."

Jo rauchte eine Zigarette auf dem Balkon und kümmerte sich nebenbei um den Grill.

„Wenn ich nur ‚ne gute Idee hätte", rief Jo von draußen ins Wohnzimmer.

„Was für eine Idee?" fragte Laura-Marie.

„Genau das ist mein Problem", antwortete Jo. „Ich weiß nicht wonach ich suche. Aber ich bin mir ganz sicher, dass unsere Grazien Dreck am Stecken haben."

„Ganz koscher sind die alle nicht", stimmte Hanna zu. „Nicht Rosi, Chantal, Dorothee und auch nicht Bianca, Eleonore und schon gar nicht Saskia Brandtbergk. Aber wir haben nichts in der Hand. Gar nichts."

„Verdammt", fluchte Jo. „Wenn die nur mal einen Fehler machen würden."

„Wenn die so sind, wie ihr erzählt, sind die viel zu gerissen um Fehler zu machen", widersprach Laura-Marie. „Und sie sind viele, ihr seid zu zweit. Außerdem haben sie die besseren Beziehungen."

„Da waren sie wieder, unsere drei Probleme", grinste Jo. „Ich hatte es fast vergessen."

Hanna lächelte.

„Ich habe übrigens noch eine Überraschung", erwähnte sie beiläufig.

„Was denn?" fragte Jo neugierig. „Du hast aber viel eingekauft. Wer soll denn das alles essen?"

In diesem Moment klingelte es.

Hanna eilte zur Tür und kam, begleitet von Bianca Meinecke, zurück ins Wohnzimmer.

„Ich habe noch jemanden eingeladen", rief sie aus.

Jo war ein wenig verwirrt, fing sich aber sofort wieder.

„Hallo Bianca", begrüßte sie die Kollegin.

„Hallo Johanna", flötete Bianca.

Sie ließ sich neben Laura-Marie auf das Sofa plumpsen und atmete erst einmal schwer aus.

„Was stöhnst du denn so?" fragte Hanna.

Laura-Marie nahm sich die Zeit und beobachtete Bianca ausgiebig. Ihr Eindruck von dieser Kollegin war nicht der Beste.

Bianca stöhnte erneut auf.

„Och, das war alles so anstrengend", erzählte sie freimütig, „ich war letzte Woche mal wieder unterwegs. Und Dann habe ich auch noch so'n Projekt am Laufen..."

Hanna, Jo und Laura-Marie horchten auf.

"Was machst du beruflich?" hakte Laura-Marie nach.

„Na ich bin auch bei SASI", sagte Bianca. „ als Assistentin der Geschäftsleitung und so Sachen. Kennst du da was von?"

Laura-Marie schüttelte den Kopf.

„Damit kenne ich mich überhaupt nicht aus", gab sie zu.

„Was machst du denn?" wollte Bianca von Laura-Marie wissen.

„Ich war Gymnasial-Lehrerin", antwortete die.

„Ach", entfuhr es Bianca. „Und was machst du jetzt?"

„Ich bin pensioniert."

„Weil de so krank bist? Was haste denn?"

Laura-Marie sah Bianca in die Augen.

"Ich hab MS", sagte sie leise. „Multiple Sklerose."

„Darum kannst du so schlecht laufen, was?"

„Ja."

Bianca hörte auf zu fragen. Sie merkte, dass es Laura-Marie unangenehm war, über ihre Krankheit zu reden. Heute wollten sie Hannas Geburtstag feiern und nicht Trübsal blasen.

Bianca wechselte das Thema und fragte, wie es Jo in ihrem neuen Job gefiel.

„Alles Bestens", antwortete Jo durch die offene Balkontür.

Bianca nickte. Von Rosi und den anderen wusste sie, dass es um Jo in der Abteilung Forschung und Entwicklung nicht zum Besten gestellt war.

Hanna kam raus zu ihr, um nach dem Fleisch auf dem Grill zu sehen.

Bianca musste mal ins Bad.

„Wir müssen irgendwas aus ihr rauskriegen", flüsterte Jo.

„Das ist unsere Change", stimmte Hanna zu. „Ich habe den Rest der Woche frei. Wir geben ihr ein bisschen Alkohol, vielleicht löst das ihre Zunge. Sie kann dann auch bei mir auf der Couch schlafen. Bist du dabei?"

„Natürlich."

„Dann lass uns anfangen."

Hanna und Jo weihten schnell Laura-Marie in ihren Plan ein.

Als Bianca aus dem Bad wieder da war, brachte Hanna die erste Flasche Sekt auf den Tisch und gebot dem Besuch, mit ihr anzustoßen. Bianca sagte nicht nein, auch nicht beim zweiten und dritten Gläschen.

Jo hingegen, die beim Alkoholkonsum mit Bianca Schritt zu halten schien, schüttete ihren Sekt in unbeobachteten Momenten schnell in den Blumentopf neben sich. Bianca schöpfte keinen Verdacht. Nur Laura-Marie war dicht davor, laut aufzulachen, über so viel Dummheit und Einfältigkeit von dieser Bianca.

Hanna und Jo, aber auch Laura-Marie, kamen immer wieder auf Biancas Projektarbeit zu sprechen. Doch Bianca weigerte sich nach den ersten drei Gläsern Sekt immer noch standhaft, etwas darüber preiszugeben. Es sei streng vertraulich, wiegelte sie ab, sie dürfe nicht darüber reden.

Nach dem köstlichen Essen, es gab Steaks und Würstchen, und dem x-ten Glas Sekt für Bianca wurde sie etwas vertraulicher. Bianca war schon recht angetrunken, als sie plötzlich sehr redselig wurde.

„Jo", lallte sie vor sich hin, „Ich weiß, dass ihr drei mich für'n bisschen weltfremd haltet, aber kann ich dich trotzdem mal was Persönliches fragen?"

Jo nickte in Erwartung, was jetzt kam.

„Frag nur", ermutigte sie Bianca.

Die lächelte verschmitzt und angetrunken.

„Aber du darfst nicht böse sein, ja..."

„Frag einfach..."

Laura-Marie und Hanna wurden hellhörig.

Bianca nippte an ihrem Sektglas und fing plötzlich an zu weinen.

Jo setzte sich neben sie und legte ihren Arm um Biancas Schultern. Das sah ein bisschen merkwürdig aus, wie die kleine Jo die kleine, massige Bianca im Arm hielt, aber das war in diesem Moment egal.

Laura-Marie verkniff sich das Lachen. Das fiel ihr nicht leicht, Jo konnte das spüren.

„Ich kann's nicht erzählen", schluchzte Bianca tränenüberströmt.

„Du bist hier unter Freunden", sagte Hanna leise, „wenn dich etwas so berührt, dass du anfangen musst zu weinen, dann sprich mit uns. Vielleicht können wir dir helfen. Und wir versprechen dir, dass alles, was du sagst, hier im Raum bleibt."

„Aber die Balkontür ist offen", lallte Bianca.

„Es ist doch niemand zu Haus", widersprach Hanna und schloss trotzdem die Tür.

„Jetzt raus damit", forderte sie.

Bianca schluchzte auf.

„Ich kann nicht...!"

„Jetzt pass mal auf," fuhr Hanna Bianca an, „du kommst hier her, lässt dich volllaufen, fängst an zu heulen und als wir dir helfen wollen, lässt du uns auflaufen und willst nicht darüber reden! Dann geh nach Haus und quäl dich weiter."

Jo und Laura-Marie blickten Hanna erstaunt an.

Bianca brach zusammen und schluchzte nur noch. Sie war kaum zu verstehen, als sie sagte: „Ich habe eine Affäre angefangen. Mit einer Frau..."

Die drei anderen tauschten schnelle Blicke.

Jo hatte einen Verdacht.

„Kennen wir sie?" fragte Hanna.

„Ich kann's euch nicht sagen", antwortete Bianca unter Tränen, „aber es hat mich umgehauen."

„Das kenn ich", sagte Laura-Marie. „Das war bei mir genauso."

Bianca befreite sich aus Jos Umarmung und sah Laura-Marie mit glasigen, verweinten Augen an.

„Ja?" fragte sie ungläubig.

Laura-Marie legte nun ihren Arm um Bianca und zog sie an sich. Bianca ließ das geschehen und beruhigte sich wieder.

Hanna und Jo schickten sich an, das Geschirr und die Reste in die Küche zu bringen.

„Wie war das bei euch so?" wollte Bianca wissen.

„Ganz einfach", erzählte Laura-Marie freimütig. „Ich habe mich einfach verliebt. Und bei dir?"

„War eher'n Ausrutscher. Ist einfach so passiert. Und dann war ich verwirrt. Und jetzt will sie nix mehr von mir wissen, glaub ich."

„Hast du sie mal gefragt?"

„Hab ich versucht, sie geht mir aus'm Weg. Und jetzt weiß ich nicht, was ich machen soll."

Laura-Marie war äußerst sensibel, besonders mit Kindern, und Bianca hätte ihre Tochter sein können.

„Wie oft wart ihr denn zusammen?" fragte Laura-Marie vorsichtig.

„Einmal..."

„Das ist nicht oft..."

„Ich weiß..."

„Aber bist du nicht schon lange verheiratet?"

„Ich weiß... Na ja, wir leben schon lange getrennt. Hab ihn ewig nicht mehr gesehen..."

Jo und Hanna machten sich in der Küche zu schaffen und lauschten durch die offenen Türen.

„Wer mag diese Frau sein? Meinst du, sie hat was mit Rosi angefangen?" fragte Hanna im Flüsterton.

„Da tippe ich mal drauf", antwortete Jo leise. „Zutrauen würde ich der das. Ich glaube, Rosi ist in der Beziehung nicht gerade wählerisch. Und so verwirrt, wie Bianca ist? Die Frage ist jetzt nur, wie wir das für uns nutzen."

So sehr sich Laura-Marie auch anstrengte, mehr war aus Bianca einfach nicht rauzubekommen.

Irgendwann, bevor Jo und Laura-Marie gingen, betteten sie Bianca auf dem Sofa und hofften, dass sie sich am nächsten Morgen an nichts erinnerte.

Hanna tat, was sie konnte und stellte ihr noch etwas Sekt ans Bett.

03.08.2005
17.00

Ein paar Tage zuvor war Jo länger als üblich im Büro. Sie hatte noch wichtige Sachen zu erledigen.

Eine Kollegin, die gern später kam und bis in den Abend blieb, nutzte die Gelegenheit für ein vertrauliches Gespräch mit Jo, nachdem sie sich versichert hatte, dass die beiden allein auf dem Flur waren.

„Ich muss mal mit dir reden, Johanna", begann sie, trat in den Raum und schloss vorsichtshalber die Tür.

Jo sah vom Monitor auf.

„Weißt du eigentlich, wie Rosi hinter deinem Rücken über dich herzieht?" fragte die Kollegin.

Jo lächelte gequält.

„Ich ahne es", sagte sie. „Aber was soll ich dagegen machen?"

„Blöde Geschichte", stimmte die Kollegin zu. „Aber ich musste dich einfach ansprechen. Vor ein paar Tagen, als ich spät noch hier war, habe ich mitbekommen, wie Rosi bei dem Kollegen gegenüber über dich gelästert hat. Die haben irgendwelche Probleme und wollen dir was anhängen."

„Das haben sie schon getan", erzählte Jo. „Sie haben mich bei O'Chedder angeschwärzt."

„Was für eine Sauerei. Und was wirft man dir vor?"

Jo war dankbar, dass sie mal mit jemanden reden konnte, der die Situation annähernd kannte, aber sie wollte auch vorsichtig sein, denn sie konnte nicht abschätzen, wer Freund oder Feind war.

„Sie sagen, ich mache zu viele Fehler."

„Was für ein Unsinn. Denen passt deine Nase nicht. Die haben irgendein persönliches Problem mit dir", stieß die Kollegin hervor. „Ich habe schon überlegt, ob ich unseren Vorgesetzten ansprechen soll, aber ich möchte nichts tun, was dir schaden könnte."

„Schlecht wär's nicht. Wenn ich etwas sage, drehen sie mir sofort einen Fallstrick draus. Du hast einen besseren Draht zu ihm."

Irgendwie hatte Jo das Gefühl, dass sie der Kollegin vertrauen könnte. Jo wusste, dass Rosi diese Frau nicht leiden konnte, weil sie selbstbewusst war und sich von Rosi nicht ihre Arbeit vorschreiben ließ.

Jo sah auf die Uhr.

„Musst du raus?" fragte die Kollegin.

„Ja, ich komm an meine zehn Stunden", antwortete Jo. „Hat gut getan, mal mit jemanden reden zu können."

„Johanna, du kannst jederzeit zu mir kommen, wenn etwas ist", bot sie an, „und wenn wir nur reden. Aber lass dir das von den Weibern nicht gefallen. Ich helfe dir!"

Jo lächelte, als sie über den Flur zum Fahrstuhl ging.

14.00

New York, Büro Davenport.

Douglas Davenport saß an seinem Schreibtisch, hatte sich zum Fenster gewandt und sah aus dem 33. Stock hinunter auf den Central Park.

Das Telefon klingelte.

„Davenport."

„Mr. Davenport, hier ist Benjamin Waterman, ich glaube, ich habe etwas gefunden. Hätten sie kurz Zeit für mich?"

Douglas stutzte.

„Natürlich Ben, wo finde ich sie jetzt?"

„Siebzehnter Stock, gleich rechts neben den Fahrstühlen."

„Okay, bin gleich da."

116

Douglas sprang vom Stuhl hoch, warf sich sein Jackett über, zog im Gehen die Krawatte fest, die er gelockert hatte und machte sich auf den Weg durch das Gebäude.

Seine Schritte wurden immer schneller. Sollten sie wirklich innerhalb dieser doch recht kurzen Zeit ein ernsthaftes Problem entdeckt haben?

Er war am Fahrstuhl angekommen. Wie immer, ließ dieser auf sich warten und Douglas wurde nervös.

Endlich konnte er seinen Weg fortsetzen. Es ging ihm aber alles zu langsam.

Dann hatte er sein Ziel erreicht.

Douglas öffnete mit Schwung Benjamins Bürotür, stürmte herein und ging gleich zum Rechner, vor dem Ben saß und auf den Bildschirm starrte.

Ben stand sofort auf, um seinem Chef Platz zu machen.

Douglas setzte sich und starrte genauso gebannte wie Ben auf den Schirm.

„Was ist das?" fragte er den jungen Kollegen.

„Das kann ich nicht mit Sicherheit sagen, Mr. Davenport" gab Benjamin Waterman zu. „Aber es sieht auf den ersten Blick so aus, als wenn hier etwas manipuliert worden ist."

„Wie sind sie darauf gekommen, Waterman?"

„Es war purer Zufall. Ich hab einfach die falsche Taste gedrückt."

„Dann müssen wir jetzt herausfinden, was es damit auf sich hat. Bevor wir mit den anderen darüber reden. Ich möchte, dass sie das hier erst einmal für sich behalten, ehe wir geklärt haben, was es ist."

Douglas Davenport starrte wie gebannt auf den Bildschirm vor sich, obwohl er dort eigentlich nichts erkennen konnte. Es war nur eine Sammlung von alphanumerischen Zeichen und die waren mächtig durcheinander.

„Vielleicht hat Anderson so etwas schon einmal gesehen", bemerkte Ben. „Vielleicht sollten wir die Kollegin fragen."

Douglas nickte.

„Okay, holen wir sie dazu."

04.08.2005

„Ich muss mal mit ihnen reden, Chef", sagte die junge Frau. „Darf ich kurz reinkommen?"

Der großgewachsene Mitfünfziger stand von seinem Schreibtisch auf und bot ihr am Besuchertisch Platz an.

Das Büro dieses Herrn war deutlich größer, als die anderen. Man konnte es nur durch ein Vorzimmer betreten, in dem eigentlich noch zwei Sekretärinnen saßen. Dank der späten Stunden hatte die beiden aber schon Feierabend gemacht.

Von der Eingangstür sah man auf einen schweren Massivholz-Schreibtisch, der vom Fenster in einem langen Bogen durch den ganzen Raum zu gehen schien. Alles lag voller Papiere.

Gegenüber dem Schreibtisch stand ein Besprechungstisch mit sechs Stühlen. Kaffee- und Teekanne mit Geschirr darauf arrangiert.

„Natürlich", antwortete er mit diesem charmanten skandinavischen Akzent. „Was gibt's denn? Sie sehen sehr mitgenommen aus, private Probleme, Kollegin?"

Die junge Frau schloss die Tür.

„Nein", erwiderte sie, „aber mein Anliegen ist schon sehr vertraulich."

„Dann setzten sie sich erst einmal", meinte er väterlich. „Wie kann ich ihnen helfen?"

Sie zögerte.

„Chef, ich weiß nicht, ob ich jetzt einen Fehler mache, mit diesem Gespräch, aber ich kann nicht länger wegschauen..."

„Das hört sich ja spannend an. Ihre Worte bleiben hier im Raum. Sagen sie mir, was sie auf dem Herzen haben. Ich will versuchen, ihnen zu helfen."

Ihr Herz schlug bis zum Hals.

„Ich habe mitbekommen, dass die neue Kollegin, Frau Crin, von ihrem Team massiv gemobbt wird."

Nun war es raus.

Er sah sie mit ernstem Blick an.

„Wie kommen sie darauf?" fragte er.

„Vor ein paar Tagen habe ich abends spät ein Gespräch zwischen Frau Tromper und Herrn Zahn mitanhören müssen. Sie wähnten sich allein, und mein Büro liegt doch direkt gegenüber. Inhalt dieses Gespräches war Frau Trompers persönliche Abneigung gegen Frau Crin. Es fielen Sätze wie: Die Crin ist so dämlich, die merkt gar nicht, wie wir ihr die

Fehler unterschieben. Die glaubt tatsächlich, ich meine es gut mit ihr. So eine dumme Gans. Dabei brauchen wir sie nur, damit sich Chantal profilieren kann."

„Frau Krusche?"

„Ja. Ich mach mir große Sorgen um die Kollegin. Frau Crin sieht sehr schlecht aus. Offensichtlich hat sie schon mitbekommen, dass es niemand aus ihrem Team wirklich gut mit ihr meint, aber sie steht völlig allein dar. Und sie kann nichts beweisen, so wie ich auch, leider. Man hat sie sogar schon hinter ihrem Rücken bei O'Chedder angeschwärzt. Sie kennen ihn, der ist sofort drauf angesprungen."

„Ja, ich weiß, wie der O'Chedder ist", sagte ihr Vorgesetzter. „Aber machen sie sich mal keine Sorgen. Nehmen sie Frau Tromper nicht ernst. Die ist immer etwas aufbrausend und bis jetzt hat sich noch niemand ernsthaft über Frau Crin beschwert. Fehler macht jeder, das ist ganz normal. Das weiß auch O'Chedder."

„Aber Chef, das ist Mobbing, was die mir Frau Crin machen."

„Ich möchte das nicht verharmlosen, aber Mobbing ist ein schwerer Vorwurf. Dafür braucht man Beweise. Und nur weil jemand mal abfällig über eine Kollegin spricht, darf man das nicht gleich mit Mobbing gleichsetzten."

„Wie werden sie auf unser Gespräch reagieren?"

„Ich werde es als streng vertraulich behandeln und die Situation detailliert beobachten. Wenn es Anzeichen für Mobbing gibt, werde ich handeln."

Die Kollegin schluckte.

„Sie werden also nichts unternehmen?" fragte sie enttäuscht.

„Ich kann nicht", gab er zu. „So eine Anschuldigung muss bewiesen werden. Ohne Beweise sind mir die Hände gebunden. Aber ich werde ein Auge auf das Geschehen haben und wenn ich etwas mitbekomme, werde ich handeln, versprochen."

Sie schüttelte den Kopf und verstand die Welt nicht mehr. Für sie war die Situation eindeutig. Sie hätte sich mehr Unterstützung gewünscht.

Geknickt schlich sie zurück in ihr Büro.

Sicher, er hatte Recht. Ohne Beweise konnte man wenig unternehmen. Bloß woher bekam man die? Die Weiber passten schon auf, dass ihnen niemand an den Karren fahren konnte. Und die Kollegen, denen gegenüber man abfällig über Jo redete, taten das als Tratsch unter Kollegen ab.

08.08.2005
06.30

Neuer Tag, neues Glück.

Jo war heute geradezu aus dem Bett gesprungen. Obwohl es in Strömen regnete, quälten sie keinerlei Anzeichen von Rheumatismus. Sie fühlte sich großartig.

Schnell huschte sie unter die Dusche und erledigte ihre Morgentoilette. Was sollte sie anziehen? Jo entschied sich für den dunkelblauen Hosenanzug mit einem weißen T-Shirt. Jetzt, da sie so gut gebräunt war, machte dieses Outfit richtig was her. Schnell noch die kurzen Haare in Form gebracht, Zähneputzen mit der neuen High-Tech-Zahnbürste, das Kaschmirmäntelchen übergeworfen und ab ins Büro.

Während der Fahrt mit der Straßenbahn las sie morgens die FAZ. Heute beherrschten wieder einmal diverse Bilanzskandale die Schlagzeilen. Im Politikteil nahmen die Kriege dieser Zeit und der radikale Islamismus den meisten Raum ein. Jo verlor sich in einem seitenlangen Artikel darüber und hätte beinahe vergessen, auszusteigen, wäre ihr Ziel nicht die Endhaltestelle gewesen.

Schwungvoll legte sie den Weg durch die Tiefgarage bis zur Lobby von SASI Industries in neuer Bestzeit zurück. Sie trat durch die Drehtür, zückte die Ausweiskarte und warf den Damen am Empfang noch ein freundliches „Guten Morgen" zu, ehe sie durch die Sicherheitstür ins geheiligte Innere vordrang. Den Jungs vom Sicherheitsdienst winkte sie fröhlich zu und wie jeden Morgen, erwiderten sie den Gruß.

Jo checkte sich mit der Ausweiskarte elektronisch ein, ging ein paar Schritte weiter, um den Fahrstuhlknopf zu drücken und wartete geduldig, bis dieser kam.

Schnell die fünfzehnte Etage gewählt, ausgestiegen, ein kurzes „Guten Morgen" zu den beiden Sekretärinnen und nachgeschaut, ob Post im Fach lag. Nichts, wie meistens. Also über den langen Flur geschritten und in jedes Zimmer auf dem Weg bis ganz hinten freundlich „Moin, Moin" gerufen.

Wenn jemand da war, bekam sie eine Antwort, zu dieser Zeit waren aber die wenigsten Kolleginnen und Kollegen schon im Büro.

Umso erstaunter war Jo, als sie Rosi so früh an ihrem Arbeitsplatz sitzen sah. Das war doch sehr ungewöhnlich.

07.00

„Ich muss mit dir reden, Johanna", herrschte sie Rosi an und rauschte in Jos Zimmer, noch ehe sie etwas sagen konnte.

„ Ääärrr!"

Rosi war derart aufgebracht, dass sie sich beim ständigen Räuspern fast verschluckte.

„Sag mal, spinnst du jetzt völlig!" schrie Rosi ohne Vorwarnung los. „Gehst zum Chef und behauptest, du wirst von mir gemobbt!"

Jo konnte sich ein Grinsen nicht verkneifen.

„Guten Morgen, Rosi", sagte sie ruhig. „Ich war nicht beim Chef!"

„Der hat mich gestern Nachmittag zu sich zitiert", schrie sie weiter, „ich musste mich rechtfertigen. Aber du warst nicht bei ihm, hä? Dass ich nicht lache. Auch noch lügen. Woher sollte er das sonst haben?"

„Was weiß ich?" entgegnete Jo, „so wie du hier rum schreist, kann dich doch jeder hören. Da könnte jeder etwas gesagt haben, oder?"

Rosi bekam einen hochroten Kopf und Atemnot.

„Nee", sie kam wohl ins Schleudern. „Von denen würde mich keiner anschwärzen. Oder, vielleicht die.......?"

„Ich weiß es nicht", sagte Jo mit fester Stimme. „Ich war's jedenfalls nicht. Und ich habe ganz bestimmt niemanden gegenüber behauptet, du mobbst mich."

Auch wenn es stimmt, dachte sie bei sich.

„Na dann..." Rosi zog sich zurück.

Jo wunderte sich, dass es Rosi dabei beließ.

Rosi hingegen trampelte zurück in ihr Büro und ließ sich auf ihren Schreibtischstuhl fallen.

Sie war geladen.

Sollte die dumme Crin doch nicht diejenige gewesen sein, die sie angeschwärzt hatte?

Aber wer sonst.

Rosi räusperte sich ausgiebig.

Die Crin schien eben gerade ziemlich cool zu sein. Wenn ich Dreck am Stecken habe, bin ich aufgeregter, dachte sie bei sich. Dann kam eigentlich nur noch die besagte Kollegin in Frage. Aber sie hatte keine Beweise. Natürlich hätte sie fragen können, wer sie angeschwärzt hatte, aber hätte man diese Frage beantwortet? Mit etwas Feingefühl nicht unbedingt.

Rosi schwor Rache.

09.00

Hanna Böschelburger ging mit einem unguten Gefühl im Bauch in ein Gespräch mit ihrem Vorgesetzten, Hubertus Bohnstahl. Der hatte sie zu sich gebeten, weil sich Eleonore Schummelpfennig wieder einmal über sie beschwert hatte. Eleonores Vorwurf war, sie müsse dauernd Hannas Fehler ausbügeln, weil andere Kollegen an sie heran traten und darum baten. Auf Hanna sein schließlich kein Verlass, und sie, Eleonore hätte mit ihrer eigenen Arbeit genug zu tun, sie könne Hannas Aufgaben nicht auch noch übernehmen. Es sei denn, man böte ihr eine Gehaltserhöhung. Dann wäre sie bereit, darüber nachzudenken. Doch das hatte Bohnstahl abgelehnt. Also setzte Eleonore ihre Mobbing-Attacken gegen Hanna fort.

Mal qualmte sie abends Hannas ganzes Büro voll, so dass es morgens, wenn Hanna zur Arbeit kam, ganz erbärmlich nach kaltem Rauch stank. Dann organisierte sich Eleonore einen Schlüssel für die Wandschränke und versteckte Unterlagen. Kindisch, aber effektiv. Ein anderes Mal hatte sie im Telefon eine Rufumleitung zu Hubertus Bohnstahl eingegeben, weil Hanna zum Feierabend vergessen hatte, ihr Telefon mit dem persönlichen Code zu sichern.

Bis Hanna von der Rufumleitung Wind bekam, hatte es schon mächtig Ärger gegeben, weil sie fast den ganzen Vormittag nicht telefonisch erreichbar war.

Dafür war Eleonore ziemlich kreativ.

Hubertus Bohnstahl bot Hanna Platz und artig setzte sie sich auf einen der Stühle vor seinem Schreibtisch, ihm gegenüber.

„Ach Frau Böschelburger", begann Bohnstahl das Gespräch, „Keine Angst, ich reiße ihnen nicht den Kopf an. Sie wissen, warum ich sie her gebeten habe?"

Hanna nickte.

„Ich nehme an, meine Kollegin Schummelpfennig hat sich beschwert. Ist das richtig?"

„So ist es", stimmte er zu. „Nachdem es im Mai nicht geklappt hat, ihnen diese Liste abzunehmen, probiert sie nun die Masche, sie schaffen ihre Arbeit nicht. Wir wissen doch beide, was wir davon zu halten haben, oder."

„Herr Bohnstahl", sagte Hanna, „was will Frau Schummelpfennig erreichen? Was soll dieses ganze Theater?"

„Ich habe keine Ahnung", gab Bohnstahl zu.

„Die Frau schafft doch ihre eigene Arbeit kaum und will mir immer etwas wegnehmen", Fuhr Hanna fort. „Was passiert jetzt?"

„Ich habe mich entschieden, sie beide weit auseinander zu setzten", erklärte er. „Frau Schummelpfennig bekommt ein Büro ganz am anderen Ende des Flures. Darum habe ich sie auch zu diesem Gespräch gebeten. Ich möchte nur wissen, ob sie damit einverstanden sind."

Über Hannas Gesicht huschte ein Lächeln.

„Sofort", stimmte sie zu.

Bohnstahl wurde ernst.

„Wenn alles nichts nützt", sagte er, „denke ich darüber nach, Frau Schummelpfennig versetzten zu lassen."

Hanna schluckte.

13.08.2005
15.00

An diesem Samstagnachmittag war großes Kaffeetrinken bei Dorothee angesagt.

„Die Crin hat sie doch nicht mehr alle", entrüstete sich Dorothee Sundermann und sah mitfühlend zu Rosi. „Boh ey, was die sich nur denkt?"

„Die denkt wahrscheinlich gar nicht", meinte Chantal Krusche zum neuen Lieblingsthema der Zickenrunde. „Ist doch völlig unverschämt, zu behaupten du mobbst se. Und dann auch noch gleich zum obersten Chef zu laufen. Boh, dreist."

„Sie sacht, sie war's nicht", berichtete Rosi. „Ich hab sie mir gleich heute Morgen gegriffen. Scheint was dran zu sein. Die sah nicht aus als wenn sie lügt."

„Und wenn doch?" fragte Bianca Meinecke und sah mit einem Blick zu Rosi, den niemand so recht deuten konnte.

Bianca konnte sich tatsächlich nach Hannas Geburtstagsfeier und dem übermäßigen Sektgenuss an keine Einzelheiten erinnern und Jo und Hanna taten den Teufel, ihr auf die Sprünge zu helfen.

„Ach was", wiegelte Eleonore Schummelpfennig ab, die Dorothee unbedachterweise eingeladen hatte.

„Böschelburger und Crin sind viel zu blöd um ernsthaft zu lügen. Die sind naiv, Bauerntrampel halt, vom Dorfe eben und munter mit dem Klammerbeutel gepudert."

„Wer sollte das Dann sonst gewesen sein?" warf Dorothee ein. „Johanna mischt doch die ganze Abteilung auf und macht Ärger."

„Aber vielleicht hat sich jemand gefunden, der meint, ihr beistehen zu müssen", gab Bianca zu bedenken.

„Da gäbe es nur eine", befand Eleonore. „Könnte es nicht sein, dass sich die doch Böschelburger eingemischt hat? Die macht bei uns doch auch nur Ärger. Ich hab läuten gehört, dass die mich nicht leiden kann."

Ist auch kein Wunder, dachte Rosi.

„Die kennt unsern Chef doch gar nicht, oder?" überlegte Chantal.

„Das traut die sich doch gar nicht", sagte Rosi laut. „Die Böschelburger ist so ein stilles Mauerblümchen. Strebsam und dumm. Ach was, selbst wenn die mal drüber gesprochen haben, hat die überhaupt nicht den Mumm, was zu machen. Die hält schön still."

„Da wär' ich mir nicht so sicher", widersprach Eleonore. „Im Moment macht die mir ganz schön die Hölle heiß, weil sie meint, ich rauch' zu viel in ihrem Büro."

„Na ja", sagte Rosi, „das ist doch aber auch 'ne völlig andere Baustelle."

Eleonore fühlte sich mit einem Mal in dieser Runde nicht wirklich ernst genommen.

„Euch juckt das alles nicht, was?" raunte sie beleidigt.

„Och, bleib doch ruhig", beschwichtigte sie Dorothee. „Die Böschelburger kann dir doch nix."

Chantal brachte den Kuchen auf den Tisch, den sie gebacken hatte und Dorothee holte den Kaffee aus der Küche.

Während sich einige der Grazien schon mit Essen und Trinken vergnügten, hatte Rosi das dringende Bedürfnis auf der Terrasse eine Zigarette zu rauchen. Die Sundermanns waren Nichtraucher und dort wurde auch für Rosi keine Ausnahme gemacht. Außerdem war August und draußen war es warm.

Auf dem Rasen vor der Terrasse tollten fünf kleine, weiße, hysterische Westis und bellten sich die Lunge aus dem Leib.

Rosi ging also raus und stellte sich mit dem Aschenbecher etwas abseits. Sie wollte Ruhe. Diese Viecher raubten ihr den letzten Nerv. Hätte man die nicht zu Tante Erna nach nebenan geben können?

Da alle anderen beschäftigt waren, bekam niemand mit, wie Bianca hinter Rosi her ging.

„Jetzt habe ich dich endlich mal allein erwischt", sagte Bianca erfreut in die Stille.

Rosi zuckte zusammen und drehte sich um.

„Gott, hab ich mich erschreckt, Bianca", stieß Rosi hervor. „Was gibt's denn?"

Bianca hatte das Gefühl, dass es Rosi irgendwie unangenehm war, wenn sie sie allein erwischte.

„Sag mal, gehst du mir aus'm Weg?" fragte Bianca direkt.

„Wie kommst du darauf?" stellte Rosi die Gegenfrage.

„Glaubst du, ich bin blöd", fuhr Bianca sie an. „Meinst du, ich merke das nicht, weil ich noch so jung bin, oder was?"

Rosi wurde sichtlich nervös.

„Nicht so laut, bitte", bat sie. Rosi sah Bianca an. "Ich, ich geh dir nicht aus dem Weg, ich bin nur völlig gestresst, weil's nicht so läuft, wie's sollte, verstehst du das?"

Bianca ließ sich sehr schnell besänftigen. Sie senkte den Kopf.

„Ehrlich?" fragte sie zögernd.

„Ehrlich", wiederholte Rosi. „Was machst du nächstes Wochenende?"

Dieses ewige lautstarke Räuspern nervte Bianca schon sehr, doch die Aussicht auf ein ganzes Wochenende allein mit Rosi ließ sie strahlen.

Bianca küsste Rosi auf die Wange.

„Lass das", herrschte Rosi sie an. „Die andern dürfen das nicht mitkriegen, die brauchen wir noch!!"

In diesem Moment spürte Rosi etwas Warmes an ihrer rechten Wade herunterlaufen. Sie guckte auf ihr Bein.

Eins der kleinen Biester stand neben ihr, das Beinchen gehoben und pinkelte sie an.

„Verflucht!" schrie Rosi auf. „Dorothee, hol sofort dieses Biest hier weg. Jetzt pisst das mich auch noch an. Verdammte Scheiße."

Die Damen drinnen sprangen auf und stützten auf die Terrasse.

Das Bild, das sich ihnen bot, war göttlich.

Rosi, komplett gekleidet in tiefschwarz, mit treffend dazu hochrotem Kopf, die über die Terrasse hüpfte, während fünf kleine, weiße, hysterische Westis versuchten, sie in die Wade zu zwicken, oder wenigstens noch einmal anzupinkeln.

Rosi fluchte und wollte sich gar nicht wieder beruhigen.

Dorothee Sundermann, Bianca Meinecke, Chantal Krusche und Eleonore Schummelpfennig konnten sich vor Lachen kaum halten.

Dorothee fing sich als erste wieder. Sie rief ihre Hunde zusammen und brachte sie rüber zur Nachbarin, Tante Erna.

Bianca eilte ins Wohnzimmer und brachte Rosi zur Beruhigung einen Ouzo.

Chantal holte einen nassen Lappen aus dem Bad und wusch Rosis Hose aus.

Nur Eleonore beobachtete die ganze Szenerie aus einiger Entfernung.

18.00

Endlich Feierabend und Wochenende. Sören Svensson hatte die ganze Woche mit Meetings und Videokonferenzen verbracht und freute sich jetzt darauf, sich im Jogginganzug und mit einem guten Buch auf die Couch seines Einzimmer-Apartments zu legen.

Hätte er die Wahl gehabt, würde er jetzt lieber zu Haus in Schweden an einem Fjord sitzen und angeln oder einfach nur mit dem Boot umher fahren. Aber er war hier. Fernab von zu Haus, in diesem kleinen Appartement in Hannover.

Er warf seine Aktentasche in die Ecke, zog die Schuhe aus, lockerte die Krawatte und legte sich hin und kaum das er lag, schlief er auch schon ein.

Sören Svensson war als schwedischer Vorgesetzter nach der Umstrukturierung von SASI in die deutsche Niederlassung versetzt worden. Seine Familie war in Schweden geblieben. Sie besaßen dort ein Haus mit einem großen Waldgrundstück und einem See, ziemlich weit im Norden Schwedens. Die Kinder gingen dort zur Schule. Sowohl seine, als auch die Eltern seiner Frau und all ihre Freunde und Bekannten lebten dort. Er hatte sich hier in Hannover ein kleines Apartment gemietet und flog alle paar Wochen mal nach Haus um seine Familie zu besuchen. Eigentlich hatte er sich seine Karriere und sein Leben auch anders vorgestellt, aber das war nun mal sein Job und so hatte er sich damit abgefunden. Es hatte ihn auch niemand gefragt, ob er wollte. Sein Arbeitsvertrag sah vor, dass sie ihn weltweit einsetzten konnten und er sagte sich immer, es hätte auch schlimmer kommen können. Schließlich hatte er den Vertrag unterschrieben und er war froh, dass er nicht in Angola oder im Iran saß.

Sören Svensson war zwar eingeschlafen, weil er sehr erschöpft war, aber lange hielt dieser Zustand nicht an. Unruhe überkam ihn. Plötzlich fiel ihm das Gespräch mit seiner Mitarbeiterin wieder ein: Johanna Crin.

Svensson dachte nach.

Natürlich war ihm nicht entgangen, dass in O'Chedders Abteilung irgendetwas total schief lief. Und er wusste auch, dass mit Rosi Tromper oft nicht gut Kirschen essen war, schließlich kannte er sie lange genug. Aber was machte man als Vorgesetzter in einem solchen Fall?

Er hatte das Gespräch mit ihr gesucht, doch ohne Erfolg. Aus Rosis Sicht stellte sich die ganze Situation in einem völlig anderen Licht dar. Nach Rosis Worten war alles harmlos und maßlos übertrieben.

War es das wirklich?

Wer log hier und wer sagte sie Wahrheit?
Sören Svensson zweifelte plötzlich, ob das Gespräch mit Rosi
Tromper wirklich so eine gute Idee war. Hatte er einen Fehler
gemacht?
Er wusste es nicht.

14.08.2005
Saskia Brandtbergk, die Abteilungsleiterin der technische
Forschung und Entwicklung, war eine kleine, stämmige
Person mit energischem Auftreten, klassisch-griechisch
anmutenden Gesichtszügen und dicken, pechschwarzen,
schulterlangen Haaren.
Man konnte sie nicht wirklich als schön bezeichnen, aber sie
hatte eine gewisse Ausstrahlung.
Trotzdem sie nicht groß gewachsen war, schien ihre Figur
wohlproportioniert. Ihr Teint war immer etwas gebräunt. Sie
musste südländische Wurzeln haben.
Im Gegensatz zu manch anderen Damen des Unternehmens,
hatte Saskia Brandtbergk keine sichtbaren Problemzonen. Der
Bauch war flach, der Busen nicht groß, aber angemessen, der
Po apfelförmig und offenbar gefestigt. Saskia Brandtbergk trug
nur Designer-Hosenanzüge der besten Marken und war nicht
auf eine bestimmte Farbe festgelegt. Ihr Kleiderschrank war
bunt gemischt. Aber auch hier verstand sie es, im Gegensatz
zu anderen, die richtige Wahl zu treffen. Ihre teuren
Hosenanzüge kombinierte sie mit ebenso teuren, wie
exklusiven Blusen, bei denen immer ein Knopf mehr als nötig,
offen stand.
Man erzählte sich, Saskia hätte ihr Ingenieur-Studium
abgebrochen, um sich auf etwas kaufmännische zu
konzentrieren, sei dann jedoch durch ihren Job bei Luftikus
wieder zur Technik gekommen und hätte sogar promoviert.
Sie hatte kein Privatleben, so sagte man, sondern ging ganz
in ihrer Arbeit auf. Es war nichts Besonderes, das Saskia
Brandtbergk auch am Wochenende im Büro war, und so
wunderte sich weder Rezeptzionistin noch Wachpersonal,
dass Saskia am Sonntagmorgen zum Dienst erschien.
Niemand wusste genau, was Saskia so trieb, aber sie hatte
einen besonderen Status. Saskia war jemand im
Unternehmen. Wie Rosi, eine ganz große Nummer.

Saskia residierte im 17. Stock und war als Abteilungsleiterin der technischen Forschung und Entwicklung direkt der Unternehmensleitung unterstellt. Das ließ ihr zum einen sämtliche Freiheiten und niemand kontrollierte sie wirklich und zum zweiten bot es noch mehr Grund für Spekulationen.

Gerüchte besagten, Sandra leitete das neue Projekt, die Prototyp-Entwicklung. Alles war streng geheim.

Heute jedoch plante sie Größeres.

Nachdem ihr Rosi bei gutem Essen und üppigem Ouzofluß ihren Plan erläutert hatte, war Saskia ganz beseelt von der Idee, ihn umzusetzen.

Saskia hatte zudem, anders als Rosi, uneingeschränkten Zugriff auf das Firmennetzwerk und niemand traute sich zu fragen, ob das alles auch mit rechten Dingen zuging.

Gutgelaunt fuhr sie mit dem Fahrstuhl bis in ihre Etage und suchte ihr Büro auf.

Dort angekommen, holte sie ihr Kuchentütchen aus der Handtasche, zog sich aus dem Automaten einen Kaffee und ließ sich vor ihrem PC nieder.

Saskia hatte sich lange Gedanken gemacht, wie sie es anstellen sollte und heute war der Tag gekommen, es auszuprobieren. Rosis Plan konnte funktionieren, sensibel war nur die Umsetzung.

Sie durfte keinen Fehler machen. Aber das war kein Problem, sie war Perfektionistin. Und sie kannte das Firmensystem und das Unternehmen aus dem Effeff. Schließlich war sie lange genug dabei, hatte die entscheidenden Berechtigungen und Kenntnisse noch von der Systemeinführung, bei der sie mitgewirkt hatte. Man hatte dann nur versäumt, diese Systemberechtigungen wieder zu löschen. Daran erinnerte sich heute, zum Glück für sie, keiner mehr. Das war Jahre her.

Saskia schaute sich als Erstes an, welche Vorarbeit Rosi und Bianca Meinecke schon geleistet hatte. Sie war beeindruckt, das hätte sie Rosi gar nicht zugetraut. Aber nichts desto trotz wartete noch viel Arbeit auf sie.

Der Tag verging wie im Flug.

15.08.2005
09.30

„Morgen Rosi, hat du grad Zeit?"

„Bist du weitergekommen?"

„Kein Problem. Wir müssen uns aber mal kurz unterhalten."

„Okay, wann und wo?"

„Am Freitag, den 26.08. bei dir oder bei mir."

„Geht's nicht ein bisschen eher?"

„Leider nicht."

„Gut. Wann?"

„20.00 Uhr bei mir. Da sind wir ungestört."

„Okay, ich werde da sein."

Über Rosis Gesicht huschte ein Lächeln und ihre Laune stieg beträchtlich.

In diesem Moment erschien Chantal in der Tür.

„Guten Morgen Rosi", flötete sie zuckersüß und unterwürfig. „Bist du am Samstag gut nach Haus gekommen? Hier, ich hab dir einen Kaffee mitgebracht."

Chantal setzte einen vollen Kaffeebecher direkt vor Rosis Nase und hockte sich auf eine Schreibtischecke.

Rosi grinste.

„Natürlich, Schatz, und du?"

Chantal strahlte sie an.

„Wann haben wir denn mal wieder ein ganzes Wochenende für uns?" fragte sie zaghaft.

„Herzchen, ich bin grad sehr beschäftigt", antwortete Rosi sanft. „Bald, dann ist mein Mann wieder auf Tour, dann klappt's, aber jetzt, muss ich ein bisschen arbeiten, ich hab' Termine heute."

Chantal war enttäuscht, aber sie hatte Hoffnung.

Rosi wuselte in dem Stapel Papier vor sich und schickte sich an, weiter zu arbeiten.

„Was machst du gerade?" fragte Chantal neugierig.

„Nur Routinekram", antwortete Rosi.

Sie war kurz angebunden und Chantal zog es vor, sie nicht zu verärgern.

Chantal ging.

12.00

Eleonore Schummelpfennig traf sich mit Bianca Meinecke zum Mittagessen im firmeneigenen Restaurant.

SASI hatte sich mit dieser Kantine alle Mühe gegeben.

Der Übergang zur Lobby war durch Glastüren abgeteilt, die sich automatisch öffneten und schlossen. Es gab drei Eingänge. Neben jedem Eingang gab es eine kleine Bar. An der einen befand sich die Cafeteria mit den unterschiedlichsten Kaffeespezialitäten, an der zweiten das Kuchenbüffet mit selbstgebackenem Kuchen und Desserts und an der dritten Bar bekam man antialkoholische Getränke, vom normalen alkoholfreien Bier über Sekt bis zu Weizenbier und Cocktails.

SASI beschäftigte ein ganzes Heer von Köchen und Bäckern und Servicepersonal.

Von den Glastüren ging man entlang pflanzengesäumten Gängen zum Mittagsbuffet.

Das Buffet selbst wurde täglich neu im Wintergarten aufgebaut.

Man verwendete nur frische Zutaten. Bei SASI gab es kein Essen aus der Dose oder Tiefkühlkost. Ein oder zwei der Chefköche hatten schon Sterne bekommen.

Heute standen verschiedene Fleischvariationen auf der Speisekarte. Das bedeutete, neben drei verschiedenen Fleischsorten, Rind, Schwein und irgendein Geflügel gab es einen exotischen Curryauflauf, einen Nudelauflauf für die, die ungern etwas Neues probierten, einen Reisauflauf mit Safran, fünf verschiedene Gemüsesorten wie Bambussprossen, Sojakeimlinge, Blumenkohl, Erbsen und Möhren oder Mangold, und Kartoffeln in allen Varianten vom Pommes Frites über Knödel bis zu einfachen Salzkartoffeln. Eigentlich war jeden Tag für jeden etwas dabei.

Auch das Buffet wurde durch Pflanzen vom Sitzbereich abgetrennt.

Meist waren es Vierer- oder Sechser-Tische. Bei Bedarf wurde aber auch für eine größere Gruppe gedeckt. Manche Abteilungen, die geschlossen zum Mittag gingen, hatten ihre eigene lange Tafel.

Während Eleonore sich wie fast immer, von allem etwas genommen hatte und ihr Essen nur so in sich hineinschaufelte, stocherte Bianca auf ihrem Teller herum und schein etwas abwesend zu sein.

„Sag mal, was ist denn los mit dir?" fragte Eleonore mit vollem Mund.

„Och nix", seufzte Bianca.

„Haste Ärger zu Hause?"

„Nö."

„Machst du nix essen?"

„Nö."

„Dann gib her."

Eleonore zögerte nicht lange sondern griff über den Tisch auf Biancas Tablett und nahm sich den vollen Teller der Kollegin. Ruck zuck war auch dieser, wie der eigene, leer.

Bianca sah auf.

"Mein Gott, du frisst da heute für zwei. Biste schwanger?"

„Ich bin inne Wechseljahre. Ist vorbei damit."

„Womit?"

„Schwanger werden!"

„Ach so...."

Eleonore Schummelpfennig sah Bianca Meinecke lange prüfend an.

„Ich kriech noch raus, was mit dir ist", versprach sie.

Bianca reagierte gar nicht darauf. Sie war irgendwie gar nicht ganz da. Sie nahm zur Kenntnis, dass Eleonore aufgegessen hatte, stand auf, brachte ihre Tablett weg und verschwand in den Weiten des Hauses.

Eleonore begann, sich Sorgen zu machen.

25.08.2005

Abteilung Internes Audit, New York, einer der wöchentlichen Besprechungen stand an.

Douglas Davenport war unzufrieden. Nicht mit seinen Mitarbeitern, aber mit der Situation. Anfang August hatte Benjamin Waterman eine Entdeckung gemacht. Ben und Douglas hatten dann Jane Anderson, eine sehr versierte Kollegin zu Rate gezogen, doch auch die konnte sich auf diese undefinierbaren Zeichen keinen Reim machen.

Jetzt saßen sie in kleiner Runde, Douglas Davenport, Jane Anderson und Benjamin Waterman, zusammen und diskutierten.

„Jane, Ben, seid ihr irgendwie weiter gekommen?" fragte Douglas.

„Nicht wirklich, Mr. Davenport", gab Jane zu. „Das ist alles sehr merkwürdig. Eigentlich existiert diese Datei gar nicht. Ben hat Anfang des Monats eine Sicherungskopie dieser Daten gemacht, so dass wir sie auf CD-ROM haben. Aber die Datei selbst taucht nirgends mehr auf. Sie ist wie vom Erdboden verschwunden."

„Aber sie war da. Ich habe sie selbst gesehen", widersprach Davenport.

„Das ist richtig", pflichtete ihm Ben Waterman bei. „Ich denke ja, dass irgendjemand die Daten gelöscht hat. Die Frage ist nur wer und wo auf der Welt."

„Wissen wir denn, auf welchem Server diese Datei lag?" wollte Douglas wissen.

„Nein, Sir", sagte Ben.

„Wir können nur versuchen, unsere CD-ROM zu entschlüsseln, aber das kann Monate dauern", bemerkte Jane. „Wir wissen ja nicht einmal, wo wir mit der Suche ansetzten können. Und fragen sie mich bitte nicht, wie man das gemacht hat, aber die Datei hat weder einen Namen und taucht ein Dateipfad auf. Wir tappen völlig im Dunkeln."

„Da war jemand ziemlich clever, was", stellte Douglas fest. „Wir haben also rein gar nichts in der Hand, richtig?"

„So sieht es leider aus", antwortete Ben. „Was wir brauchen ist ganz viel Glück und ein Wunder."

„Oder jemanden, der mehr weiß als wir", seufzte Davenport. „Nur woher nehmen und nicht stehlen?"

„Haben wir nicht einen versierten Computerspezialisten unter uns?" fragte Jane.

Douglas grinste breit.

„Jane, Ben, sie beide sind die Besten, die wir haben. Darum sind sie hier. Keine Change", entmutigte sie Douglas.

„Das baut auf", flachste Ben. „Uns muss etwas einfallen. Wir brauchen Hilfe."

Plötzlich begann Jane zu lächeln.

„Mr. Davenport", sagte sie. „Sie werden mich sicher gleich für verrückt halten, aber ich habe eine ziemlich abgefahrene Idee!"

Douglas nickte aufmunternd.

„Raus damit Anderson, vielleicht ist es das!"

Sie sah die beiden Männer an.

„Wir brauchen jemanden, der clever genug ist, uns weiterzuhelfen. Er oder sie sollte ein Computerfreak sein oder zumindest Ahnung haben und um die Ecke denken können, richtig?"

„Machen sie's nicht so spannend", zischte Douglas, „also..."

„Wir basteln uns etwas, salopp gesagt", erklärte Jane. „Wir legen einen computertechnischen Köder aus, den jeder Mitarbeiter mit etwas Geschick in seiner täglichen Arbeit finden könnte. Aber nur der oder die Beste wird das Rätsel lösen."

„Die Idee ist wirklich sehr, nun, abgefahren", antwortete Douglas. „Auf der anderen Seite, was haben wir zu verlieren? Einen Versuch ist es sicher wert. Wir drei kommen hier nicht weiter. Probieren sie es aus."

Eine Stunde später saßen Jane Andersen und Benjamin Waterman ganz in Gedanken versunken in Janes Büro und bastelten vor sich her.

26.08.2005

Rosi war völlig außer Atem, als sie zu diesem langersehnten Termin erschien.

Saskia Brandtbergk begrüßte sie überschwänglich an der Haustür und führte den Gast ins Wohnzimmer.

Saskias Heim war nicht ganz so luxuriös wie Rosis, auch wenn Saskia deutlich mehr verdiente, als die Kollegin.

Saskia lebte in einem stinknormalen Bungalow in einem Neubaugebiet am Ortseingang von Leveste, einem kleinen Dorf zwischen Hannover und Barsinghausen. Kein großer Garten mit großem Grundstück, kein teurer Luxuswagen in der Garage, kein unnötiger Schnickschnack irgendwo.

Saskias Heim hatte fünf Zimmer, Wohn-, Schlaf-, Ess-, Arbeits- und Gästezimmer, einen geräumigen Flur mit Gäste-WC, eine normale Einbauküche ohne technische Highlights, ein Bad mit Whirlpool und Dusche, kein weiterer Luxus, der erahnen ließ, dass sie Geld hätte.

Einzig an der Einrichtung konnte man noch sehen, dass die Möbel nicht in einem SB-Markt gekauft wurden.

Rosi warf sich mit ihrem ganzen Gewicht auf die Couch, die unter der unerwarteten Last aufzustöhnen schien.

„Was möchtest du trinken?" fragte Saskia ziemlich schnell.

„Haben wir was zu feiern?" stellte Rosi die Gegenfrage.

„Ich denke schon", antwortete Saskia. „Aber wir stehen natürlich noch am Anfang."

Rosi sah sich um. Saskias Eigenheim war längst nicht so luxuriös und großzügig, wie ihr eigenes, aber ganz annehmbar.

Saskia holte zwei Sektgläser aus dem Schrank und gab Rosi eine Sektflasche zum Öffnen. Saskia schenke ein. Sie genehmigten sich erst einmal ein Schlückchen.

„Dan lass mal hören", begann Rosi das Gespräch.

Saskia fletzte sich in einen Sessel und nippte an ihrem Glas. Sie sah Rosi lange und eindringlich an.

„Wir beide werden zusammen in den Urlaub fahren", erklärte sie. „Ich hab uns da was richtig Schnuckliges raus gesucht. Cayman Islands."

„Ach Saskia", stöhnte Rosi, „ich hab ‚ne Sonnenallergie."

„In ‚ner Bank schein keine Sonne."

„So."

„Na ja, für uns schon. Wir fliegen auf die Cayman Islands und eröffnen ein Konto."

„Ist das nicht ‚nen bisschen zu einfach?"

„’nen Konto eröffnen ist immer einfach, besonders da, hab ich mir sagen lassen."

„Ne, ich meine, wegen der Spuren?"

„Blödsinn", wiegelte Saskia ab. „Wir überweisen ja nicht direkt da hin. Wir halten uns an deinen Plan. Aber alles läuft dann auf diesem Konto zusammen und die kleine Krusche und die naive Meinecke werden dann von dort bezahlt. So sind wir beide raus aus der Nummer."

„Hast du das alles hingekriegt?"

„Natürlich. Jetzt muss die Krusche nur noch ihre Firma gründen."

„Ist erledigt. Aber die geht mir tierisch auf den Keks. Die glaubt doch tatsächlich, ich will was von ihr."

„Hast du doch auch, oder?"

„Ach hör auf", fluchte Rosi. „Die Krusche, die hat meine Haschkekse gefressen und war dann völlig hin, da ist erst mal gar nix mehr gelaufen, erst, nachdem die wieder

einigermaßen durch war.   die konnte gar nicht mehr. Dafür
bin ich mit der Meinecke im Bett gelandet, Gott war mir
schlecht, am nächsten Tag, als ich das gemerkt habe."
„Hast wieder zuviel getrunken, was?"
„Das auch, sonst hätte ich das nicht überlebt."
„Und was ist mit der Sundermann?"
„Tja, noch so'ne naive, dumme, Kleine."
„Rosi, Rosi, die Frauen machen dich fertig, ja."
„Weißte, wenn man sie nicht brauchen würde, aber allein
schaffen wir das nicht."
„Stimmt leider", pflichtete Saskia Brandtbergk ihr bei.
Rosi räusperte sich minutenlang und steckte sich nebenbei
eine Zigarette an.
„Was mit dir?" fragte sie beiläufig.
„Was soll sein", entgegnete Saskia.
„Na privat", sagte Rosi.
„Nichts Neues", antwortete Saskia knapp. „Was willst du
hören?"
„Ob sich mal was getan hat, in deinen Liebesleben?" frotzelte
Rosi.
„Was soll sich tun, Rosi?"
„Mal was Neues!"
Saskia lachte auf.

29.08.2005
Chantal Krusche war von einem ziemlich anstrengenden
Arbeitstag nach Haus gekommen.
Erschöpft und müde parkte sie ihren alten Wagen vor dem
völlig verwahrlosten Wohnblock, in dem sie lebte. Das Haus
wirkte schon von außen ziemlich schäbig. Sie sah hinauf. Die
terracotta-farbenen Außenwände, von denen schon der Putz
bröckelte, brauchten auch mal wieder einen frischen Anstrich.
Alle Balkone gingen zur Straßenseite hin mit Blick auf den
Parkplatz. Die schmutzigen Fenster waren alle undicht.
Chantal war total geschafft und wollte eigentlich nur ihre Ruhe
haben.
Ihr Onkel, mit dem sie die Wohnung zwangsweise teilte, lag
angetrunken auf dem Sofa vor dem Fernseher und schlief
offensichtlich seinen Rausch aus.

In diesem Moment wünschte sich Chantal nichts sehnlicher, als allein zu sein. In ihr stieg Neid hoch. Neid auf Jo, die allein lebte, jedenfalls die Woche über. Chantal ahnte, dass Jo und Laura-Marie ein Paar waren und Chantal hasste Jo dafür, dass sie so lebte, wie sie, Chantal, es in diesem Moment gern getan hätte. Chantal hasste Jo immer mehr. Ganz besonders dafür, dass sie einfach anders war. Sie, Chantal, ergab sich den Zwängen, die man ihr auferlegt hatte. Sie wollte eine eigene Wohnung, aber ihre Eltern wollten sie weiterhin kontrollieren, also nahm sie diesen alten Kerl, der jetzt besoffen auf dem Sofa schnarchte, bei sich auf. Sie hatte ja auch eigentlich keine andere Wahl gehabt. Entweder eigene Wohnung mit Onkel Dieter, oder keine eigene Wohnung. Und was hatte sie bekommen? Ein unselbstständiges Kind, mehr als zwanzig Jahre älter als sie, dem sie fast noch den Hintern abputzen musste. Sie war nur froh, dass Onkel Dieter keine sexuellen Absichten hatte. Er soff zwar wie ein Loch und hatte ständig andere Wehwehchen, aber Gott sei Dank wollte er nichts von ihr.

Chantal hasste in diesem Moment ihr ganzes Leben.

Sie sah im Flur im Vorübergehen in den Spiegel. Beschissen sah sie aus, dachte sie bei sich. Die bunten Haare machten auch nichts wett. Bei den alten Klamotten, die sie tragen musste, hatte sie keine Chance, gut auszusehen.

Dabei war Chantal eigentlich gar nicht hässlich. Mit einer vernünftigen Frisur und einem ordentlichen Outfit wäre sie vielleicht sogar nett anzuschauen. Aber die Familie mit sächsischem Migrationshintergrund hatte ihre eigenen Vorstellungen von Chantals Leben.

Chantals und Dieters Mutter waren Schwestern. Die beiden hatten in der Familie das Sagen und was sie sagten, war Gesetzt. Niemand lehnte sich gegen Hildegard und Elfriede auf.

Tief in ihrem Innern war Chantal so unzufrieden und vergrätzt, dass sie manchmal einfach von allem die Schnauze voll hatte.

Was würde passieren, wenn sie jetzt einfach ginge und nie wiederkäme?

Sie kam nicht dazu, den Gedanken weiter zu spinnen.

„Schätzechen?" hörte sie aus dem Wohnzimmer.

Chantal reagierte nicht.

„Schaatz!"

Sein Schrei wurde lauter und aggressiver.

Sie ging zu ihm.

„Hol noch mal ,nen Bier", lallte er.

Chantal tat, wie befohlen. Sie brachte sich gleich eine Flasche mit. Sein Bier knallte sie auf den Tisch und beobachtete, wie er daran nippte und dann wieder einschlief.

Endlich Ruhe.

Chantal holte aus dem Barfach des Wohnzimmerschrankes eine Flasche Hochprozentiges. Noch bevor sie sich hinsetzte, nahm sie einen kräftigen Schluck. Der Alkohol betäubte sie nicht wirklich, weil sie daran gewöhnt war, aber er ließ sie ruhiger werden. Sie plumpste in ihren Lieblingssessel und schaltete den Fernseher ein.

Der nächste Schluck aus der Schnapsflasche machte das Leben etwas leichter. Sie nahm noch einen, und noch einen.....

Irgendwann torkelte sie ins Bett und ließ ihren Onkel betrunken auf der Couch liegen. Sollte er doch machen, was er wollte. Ihr war es egal.

30.08.2005

Eigentlich stand Chantal immer schon um fünf auf. Aber heute hatte sie einen mächtigen Kater. Sie schluckte erst einmal zwei Aspirin, als der Wecker klingelte und legte sich wieder hin. Der Schädel brummte jetzt nicht mehr ganz so schlimm, also machte sie sich auf den Weg zur Arbeit.

Sie war viel zu pflichtbesessen, um nicht zur Arbeit zu gehen, nur weil sie am Abend vorher gesoffen hatte. Dass sie eine mächtige Fahne vor sich hertrug, bemerkte sie gar nicht.

Sie schlurfte nur so durchs Gebäude bis in ihr Büro.

Jo saß schon an ihrem Schreibtisch und war an der Arbeit, als Chantal eintrat. Der Hass stieg in Chantal hoch.

„Was machst du denn da schon wieder", herrschte Chantal Jo an.

Jo blickte auf.

„Ablage. Guten Morgen Chantal", sagte Jo ganz ruhig.

„Haste letztens auch wieder falsch gemacht", knurrte Chantal.

„Ist besser, wenn ich erst mal gucke."

Jo war ein bisschen erstaunt, aber mittlerweile überraschte sie nichts mehr.

Als Chantal näher trat, konnte Jo ihre Alkoholfahne riechen, doch sie sagte nichts. Der Tag ging eh schon wieder gut los.

Jo riss sich zusammen, während Chantal alles was Jo mühsam vorsortiert hatte, wieder durcheinander warf.

„Kannst du noch mal machen", knurrte Chantal, „alles wieder Mist. Biste eigentlich zu blöd, das mal richtig zu machen?"

Chantal schrie fast und Jo hatte Mühe nicht zurück zu schreien. Aber es hätte keinen Sinn gehabt, Jo war überzeugt, dass Chantal einfach durchgeknallt war.

Kaum jedoch erschienen andere Kollegen auf dem Flur, war Chantal ihnen gegenüber wie umgewandelt. Sie grüßte freundlich, lächelte und nichts erinnerte mehr an die Furie von vor fünf Minuten.

Wahrscheinlich wurde unsere ostdeutsche Grazie mit sächsischem Migrationshintergrund langsam paranoid.

01.09.2005

Cocktail-Time.

Hanna und Jo trafen sie in ihrer Lieblingskneipe auf einen Cocktail.

„Na, wie waren die letzten Wochen?" fragte Hanna zur Begrüßung.

„Hör bloß auf", stieß Jo hervor. „Eine meiner Lieblingskolleginnen hat mir wieder das Leben schwergemacht. Besonders Dienstag. Die muss Montagabend dermaßen gesoffen haben, dass die Dienstagmorgen noch eine gewaltige Fahne hatte. Und dann ist sie wegen der Ablage völlig ausgerastet. Die war so in Rage, ich habe echt gedacht, die schlägt mich."

Hanna schüttelte den Kopf.

„Meine Lieblingskollegin macht sich ja große Sorgen um Bianca", erzählte sie. „Eleonore meint, Bianca ist seit Wochen neben der Spur und nicht mehr ganz bei sich."

„Na mal was Neues", antwortete Jo. „Und sonst?"

Hanna nippte an dem Cocktail, der mittlerweile gebracht wurde.

„Ich habe das Gefühl, irgendetwas geht im Hause vor. Und das ist nichts Gutes."

Jo nickte zustimmend.

„Das sage ich dir schon lange", bemerkte sie. „Ist dir mal aufgefallen, wie vertraut die Weiber miteinander umgehen. Da stinkt was ganz gewaltig."

„Womit wir wieder beim Thema wären", seufzte Hanna. „Aber wir haben keinen Anhaltspunkt. Nicht mal im Entferntesten. Wir haben nur eine Ahnung."

„Wahrscheinlich nicht mal das", widersprach Jo. „Wir haben nichts."

„Was für ein Mist", bemerkte Hanna.

„Egal", lächelte Jo. „Ich habe jetzt er mal drei Wochen Urlaub."

„Schön für dich", sagte Hanna gelangweilt. „Schade, dass wir nicht wirklich was aus Bianca raus gekriegt haben, an meinem Geburtstag."

„Ich glaube eher, es war ein kleiner Erfolg", widersprach Jo. „Ich bin ganz fest der Überzeugung, dass die was mit der Tromper hat. Aber ich glaube auch, dass sie nicht die Einzige ist. Die alle haben da was am Laufen."

„Trotzdem sind wir die Blöden, die von nichts wissen", brummte Hanna.

„Du hast Recht", stimmte ihr Jo zu. „Es müsste doch mit dem Teufel zugehen, wenn wir nicht mal Glück haben sollten. Was glaubst du, weiß wohl Eleonore?"

„Ich denke mal, dass die nur am Rande mitläuft", sagte Hanna. „Eleonore ist als Informationsquelle mit ihren Interna ganz nützlich, aber nichts als Verbündete oder Partnerin."

„Da wirst du Recht haben", seufzte Jo. „Die werden ihr keine Geheimnisse anvertrauen und sie auch nicht einweihen."

„Was sollen wir nur tun?"

15.09.2005

17.00

„Herr O'Chedder, ich muss sie mal sprechen", drohte Rosi, als sie das Büro ihres Vorgesetzten betrat.

O'Chedder sah erstaunt vom PC-Monitor auf und zog an seiner Zigarette.

„Frau Tromper", flötete er. „Was kann ich für sie tun?"

Sie baute sich vor seinem Schreibtisch auf und der schmächtige O'Chedder bekam Respekt vor dem Fleischklops in seiner Nähe.

„Ich nehme drei Wochen Urlaub", erklärte Rosi. „Vom 30. September bis 24. Oktober. Da können sie sich schon mal drauf einstellen."

Ihre Stimmlage duldete keinen Widerspruch.

Aber O'Chedder war mutig.

„Über den Monatsabschluss", wandte er ein. „Das geht nicht."

Rosi schüttelte den Kopf.

„Natürlich geht das. Den Abschluss mache ich vorher, so einfach ist Tennis", widersprach Rosi.

O'Chedder blickte ernst.

„Sie wollen mich hier wirklich allein lassen?" fragte er bestürzt.

Rosi lächelte mild.

„Ich muss hier einfach mal raus", sagte sie so sanft, dass O'Chedder angst und bange wurde. „Sie wissen doch, wie das ist, seit Jahren keine richtigen Ferien, und nun ist einfach mal Zeit."

„Ja, ich weiß", entgegnete O'Chedder, „ sie hatten schon lange keinen richtigen Urlaub mehr. Aber der Monatsabschluss...."

„Den mache ich vorher fertig", beschwichtigte ihn Rosi, „keine Sorge, ich lass sie doch nicht hängen."

O'Chedder gab sich geschlagen.

„Ich kann sie ja nicht festbinden", murrte er, „aber nehmen sie ihr Handy mit."

Rosi nickte und verschwand.

20.00

Ben Waterman und Jane Anderson bastelten in New York seit Wochen ein einem ausgeklügelten EDV-Test für sämtliche Mitarbeiter. Sie gaben sie alle Mühe, damit er nicht zu einfach wird, denn sie hatten die Hoffnung jemanden zu finden, der ihr Team ergänzen könnte. Sinn des Ganzen sollte sein, einen pfiffigen Kopf zu finden, der EDV-technisch bewandert war und mutig genug, sich auf ein Abenteuer einzulassen. Ob sie damit Erfolg haben würden, wussten sie nicht, aber wie Douglas Davenport schon gesagt hatte, einen Versuch war es wert.

Auch ihr Vorgesetzter war zu dieser Zeit noch im Büro und verfolgte den Gedanken, was geschehe sollte, wenn sich jemand fand.

Nebenbei ließ ihm diese ominöse Datei, von der niemand sagen konnte, woher sie kam und wohin sie verschwunden war, keine Ruhe.

Wer hatte einen Vorteil davon, sich ins Firmennetzwerk einzuhacken? Kriminelle? Terroristen? Heutzutage musste man ja mit allem rechnen. Aber es half alles nichts. Solange man nichts über die Datei erfuhr, konnte man auch nicht herausbekommen, welchem Zweck sie diente. Es gab überhaupt keine Anhaltspunkte. Und das machte ihn verdammt nervös. Das einzig Gute im Moment war, dass außer ihm, Ben und Jane niemand Bescheid wusste. Alle anderen Mitarbeiter seines Teams waren vollauf damit beschäftigt, das Unternehmen buchhalterisch und Controlling-technisch auf eventuelle Lücken zu prüfen. Von denen war noch niemand auf Ungereimtheiten gestoßen. Dort war alles im Lot.

Davenport stattete Jane und Ben noch einen Besuch ab und erkundigte sich nach dem Stand der Dinge, ehe er sich in den Feierabend verabschiedete.

Jane und Ben hingegen hatten schon so manche Nacht über ihrer Tüftelei verbracht und gingen darin auf.

24.09.2005

Rosi hatte noch viel zu tun in dieser Woche. Neben dem Monatsabschluss, der erledigt sein wollte, musste sie auch noch Chantal und Dorothee beibringen, dass sie die nächsten drei Wochen ohne sie auskommen mussten, weil Rosi Urlaub hatte.

Rosi hatte noch nie drei Wochen Urlaub genommen, solange sie sich alle kannten.

Sie machte sich aber auch keine Gedanken über die beiden anderen. Für Rosi gab es wichtigeres, als ihre Handlanger, die ihr mittlerweile mächtig auf die Nerven gingen. Sie konnte es die beiden nur nicht spüren lassen, weil sie sie noch brauchte. Und zwar bald mehr denn je.

Für diese Woche hatte sich Rosi einen Plan bereit gelegt.

Das frühe Aufstehen war noch nie ihr Fall gewesen, aber diese Woche quälte sie ihren massigen Körper jeden Morgen um sechs aus dem Bett, um spätestens um neun im Büro zu sein.

So geschwind es nur ging, mancher würde es ein Schneckentempo nennen, hüllte Rosi sodann nach dem Erwachen ihre Fettmassen in die ewig gleichen, schwarzen, weiten Sachen um schlanker zu erscheinen als sie war. Meist ohne sichtbaren Erfolg. Nur ein Korsett hätte den Schwabbelbauch noch halten können, doch Rosi ignorierte diese Tatsache jeden Tag auf's Neue. Nachdem dann die schwarz gefärbten grauen Haare frisiert waren, was man ihnen nicht ansah, besah sie sich im Spiel und fand sich schön. Gott sei Dank litt sie nicht unter mangelndem Selbstbewusstsein, sonst wäre ihr aufgefallen, dass ihr blasser Teint krank und alt aussah und nicht jugendlich-dynamisch und gesund.

26.09.2005
09.00

Jeder war erstaunt, Rosi schon so früh auf den Bürofluren zu sehen, nur Saskia Brandtbergk nicht, denn die wusste Bescheid über Rosis Urlaubspläne. Schließlich war sie mit der Partie.

Chantal und Dorothee hingegen waren sehr verwirrt.

„Guten Morgen Rosi", säuselte Dorothee, als sie die Kollegin erblickte. „Du bist aber früh dran heute. Ist was Besonderes?"

„Ich komm gleich mal rüber", antwortete Rosi, „hab euch nämlich was zu erzählen."

Und schon war Rosi in ihrem Büro verschwunden.

Kurze Zeit später schlug sie im Büro Krusche und Sundermann auf.

Wie immer zu solchen Gelegenheiten, hockte sich Rosi mit ihrem übergroßen, unförmigen Hinterteil auf eine Schreibtischecke und sah in die Runde.

Jo saß nebenan im Zimmer an ihrem Schreibtisch, stand auf, ging zur Tür und beobachtete die Vorstellung nebenan von fern mit Interesse.

„Ich fahr nächste Woche in Urlaub", verkündete Rosi stolz. „Drei Wochen."

Sie hatten vergessen, die Tür zu schließen, welch Glück. Jo horchte und passte auf, dass sie niemand dabei sah.

Chantal schluckte und verzog das Gesicht.

„Und das sagst du jetzt erst", maulte sie sofort.

Rosi tätschelte ihre Schulter.

„Ich komm doch wieder", lachte sie auf, „kommst doch auch mal ohne mich klar, was."

„Oh schön", flötete Dorothee, „wo fährst du denn hin?"

Und Rosi erzählte eine lustige Geschichte über ihre Urlaubspläne.

16.00

Sofort nachdem Rosi von ihren Plänen für die nächsten drei Wochen berichtet hatte, und das Büro wieder verließ, verabredeten sich Dorothee und Chantal für den Abend miteinander.

Sie diskutierten Rosis Geschichte in allen Einzelheiten und waren sich einig, dass da etwas nicht mit rechten Dingen zuging.

Dorothee hatte Chantal zu sich nach Haus eingeladen, weil die beiden von dort den kürzesten Weg hatten. Chantal wohnte in Stadthagen, zu weit weg für einen spontanen Besuch am Abend. Sie hatten verabredet, dass Chantal über Nacht blieb. Zum einen konnte es spät werden und zum zweiten wollte man sich ein Gläschen gönnen. Dorothees Gatte war gerade einmal wieder verreist und die Hunde störten nicht weiter. So hatte man Zeit für sich und die Diskussion.

Nach mehreren Gläsern Prosecco wurde die Zunge lockerer und man kam sich emotional auch etwas näher.

Dabei erzählte Chantal ausführlich davon, wie Rosi sie zur Gründung einer Firma gedrängt hatte, und ihr geholfen hatte, alles in die Tat umzusetzen.

Rosi hatte sich um alles gekümmert, Chantal brauchte nur noch zu unterschreiben. Rosi hatte alle notwendigen Pläne gemacht, war mit Chantal zum Ordnungsamt gegangen, hatte die Firma ins Register eintragen lassen und so weiter, und so weiter.

Und Rosi hatte auch Chantal dazu überredet, Onkel Dieters Unterschrift zu fälschen.

Onkel Dieter ahnte nämlich gar nicht, dass er mittlerweile Firmeninhaber war, und Chantal seine Geschäftsführerin. Der Notar, der die Gründungsurkunde ausgestellt hatte, wurde dafür recht großzügig entlohnt und stellte keine Fragen.

Über diese Scheinfirma unter Onkel Dieters Namen sollten Leistungsnachweise und Materialrechnungen für die Prototypen unrechtmäßig abgerechnet werden.

Mehr wusste Chantal auch nicht.

Dorothee, die, wie Rosi auch, bei der Wahl ihrer Bettgenossen nicht besonders wählerisch war, nutzte die Gunst der Stunde und nahm alles, was nicht schnell genug auf die Bäume kam, kurzerhand mit ins Bett.

In diesem Fall war das Chantal.

Ihre Probleme und Sorgen interessierten da wenig.

Chantal hingegen, die in Dorothee eher eine mütterliche Freundin gesehen hatte, löste das entstandene Gefühlschaos auf ihre Weise.

Sie betrank sich bis zur Besinnungslosigkeit und ließ es über sich ergehen.

27.09.2005

07.00

Dorothee Sundermann schlug die Augen auf.

Sie hatte richtig gut geschlafen. Kein Wunder, sie hatte auch kaum Alkohol getrunken und der Sex mit Chantal war gar nicht mal so schlecht gewesen.

Chantal lernte von Mal zu Mal dazu.

Aber trotzdem hatte Dorothee kein gutes Gefühl im Bauch, als sie an diesem Morgen aufwachte, denn Chantal lag nicht neben ihr im Bett, so wie es eigentlich sein sollte, wenn man die Nacht zusammen verbringt.

Geräusche aus dem angrenzenden Badezimmer verrieten, wo sie sich aufhielt und Dorothee machte sich auf, nach ihr zu sehen.

Sie fand Chantal nackt, mit dem Kopf über der Toilettenschüssel. Chantal übergab sich in einer Tour. Dorothee machte sich große Sorgen, aber sie ließ Chantal erst mal allein.

Gott sei Dank waren sie allein zu Haus. Der Gatte auf Dienstreise, zwei ganze Wochen lang, und die Hunde gut versorgt im eigens dafür eingerichteten Spielzimmer.

Dorothee ging in die Küche, um dem kranken Kind im Bad einen Tee für den Magen zu kochen. Sie sah aus dem Küchenfenster über die angrenzenden Felder und Wiesen, aus denen leichter Frühnebel aufstieg. Hatte sie es vielleicht übertrieben, indem sie mit Chantal im Bett gelandet war, fragte sie sich.

Schnell wischte sie die Zweifel und Skrupel wieder beiseite. Chantal war zwar jung, aber alt genug, selbst zu entscheiden, was sie tat. Außerdem hätte sie ja nicht zu Besuch kommen müssen, dann wäre nichts passiert.

Während Dorothee Sundermann in Gedanken verloren aus dem Küchenfenster starrte und nebenbei Magen- und Darmtee kochte, kotzte sich drei Türen weiter Chantal Krusche die Seele aus dem Leib, bis nur noch grüne Galle kam.

Dorothee dachte an ihr wunderschönes pastell-rosa gekacheltes Designerbad, das jetzt wohl geputzt werden musste. Ob Chantal dazu in der Lage war? Höchstwahrscheinlich nicht. Dann blieb die Reinigung wohl an Dorothee hängen.

In diesem Moment klingelte es an der Haustür.

Dorothee öffnete.

„Na Kind, hast du dich noch gar nicht zurecht gemacht?" fragte die freundliche ältere Dame.

„Ooch Morgen Tante Erna", antwortete Dorothee knapp.

„Wolltet ihr nicht wegfahren? Ich hab grade gar keine Zeit."

Dorothees Tante Erna stutzte.

„Wir fahren erst heute Nachmittag. Ist irgendetwas Besonderes?" hakte sie nach und stand schon fast im Flur.

Dorothee bugsierte sie vorsichtig zur Haustür zurück.

„Nee Tante Erna", beruhigte sie Dorothee, „ist nix. Ich komm nachher noch mal rüber zu euch. Bis Dann."

Damit warf Dorothee ihre Tante fast hinaus. Das war auch dringend nötig, denn kaum war die ältere Dame draußen und die Haustür wieder zu, kam Chantal nackt, wie sie über der Kloschüssel gehangen hatte, über den Flur geschlichen.

„Was'n los?" lallte Chantal betrunken.

„Oh Gott", seufzte Dorothee.

So konnte Chantal unmöglich ins Büro. Und sie konnte sie natürlich auch nicht allein lassen. Also, was tun?

Zwei Minuten später saß Dorothee vor ihrem Computer und schrieb George O'Chedder eine Mail mit einer lustigen, kleinen Geschichte, warum sie und Chantal heute nicht zum Dienst erscheinen konnten.

10.00

Büroalltag. Jo hatte ihren Rhythmus und kam trotz aller Schwierigkeiten einigermaßen klar. Sie hatte wohl mitgekommen, dass sich Dorothee und Chantal verabredet hatten, aber sich nicht weiter darum gekümmert. Sollten die doch machen, was sie wollten. Ohne sie.

Die erste, die Stress machte, war Rosi.

„Wo ist Chantal", herrschte sie Jo an. „Ist die noch nicht da?"

Jo blickte vom Rechner auf.

„Ich habe sie noch nicht gesehen, heute Morgen", antwortete Jo freundlich, aber bestimmt.

„Und Dorothee?" knurrte Rosi.

„Das tut mir Leid, Rosi, das kann ich dir nicht sagen."

„Boh, ey, was weißte eigentlich."

„Die beiden sind mir keine Rechenschaft schuldig."

„Werde noch frech, man kümmert sich wohl, um seine Kollegen."

Jo ignorierte den letzten Satz und widmete sich ihrer Arbeit.

Merkwürdig fand sie aber schon, dass sich keiner der beiden bei Rosi gemeldet hatte. Offensichtlich gab's Zoff.

Es dauerte nicht lange und George O'Chedder kam gereizt in Jo's Büro.

Auch er wollte wissen, wo die beiden Damen sind und ob sie sich schon gemeldet haben.

„Herr O'Chedder, bei mir hat sich niemand gemeldet", berichtete Jo wahrheitsgemäß.

„Das gibt's doch gar nicht", tobte er. „Die könnten doch wenigstens Bescheid sagen. Und dann alle beide nicht da."

Rosi kam dazu.

„Was'n los", fragte sie nach.

„Haben sich Frau Krusche oder Frau Sundermann bei ihnen gemeldet", brummte O'Chedder.

„Ne, " raunte Rosi, „Ich weiß auch nix."

O'Chedder fluchte und verschwand.

„Habt ihr euch gestritten?" fragte Jo vorsichtig.

„Geht dich nix an."

Auch Rosi war weg.

Jo konnte sich denken, dass Rosis Urlaubspläne nicht gerade gut bei den beiden Zicken angekommen waren. Ob die jetzt aus Protest nicht zur Arbeit kamen?

11.00

„Sundermann und Krusche haben mir ‚ne Mail geschrieben", erzählte O'Chedder Rosi. „Die waren wohl gestern essen und haben sich beide den Magen verdorben. Haben Fisch gegessen."

Rosi nahm die Erklärung zur Kenntnis.

„Sind die morgen wieder da?" fragte sie.

„Ja, sieht so aus", antwortete O'Chedder und war auch schon wieder weg.

Keine Viertelstunde später lief er schon wieder bei Rosi auf.

Rosi sah ihn skeptisch an.

„Na?" fragte sie.

„Krusche und Sundermann haben ‚ne Lebensmittelvergiftung, schreiben sie", berichtete er. „Die fallen beide die ganze Woche aus."

„Ach du Scheiße , auch das noch."

Rosi hätte kotzen können, aber sie nahm sich zusammen.

„Dann wird wohl nichts aus ihrem Urlaub, Frau Tromper", setzte O'Chedder an.

„Nix da", knurrte Rosi ziemlich böse. „Ich hab gebucht, ich kann jetzt nicht mehr stornieren, das kostet richtig Geld."

O'Chedder verzog das Gesicht.

„Sie können nicht in Urlaub gehen, wenn wegen so einer unvorhergesehen Sache zwei Mitarbeiter ausfallen", herrschte er sie an.

Jo sperrte in ihrem Büro die Ohren auf und zum Glück wurde es sehr laut.

„Sie haben mein Urlaubsantrag unterschrieben", brüllte Rosi schon fast, „ich kann nicht absagen, ich fahre!"

Damit war das Thema für Rosi eigentlich beendet. Nicht so jedoch für O'Chedder. Er wollte endlich einmal die Oberhand behalten und sich gegen Rosi durchsetzten.

O'Chedder zeterte und grummelte vor sich her. Seine Laune fiel augenblicklich in den Keller.

Er stürmte in Jos Büro.

„Schöne Scheiße", knurrte er undeutlich in seinem irischen Akzent. „Und sie kriegen das allein ja auch nicht hin, Frau Crin. Bäh, da hab ich mir was eingebrockt, mit Ihnen."

Jo sah ihm fest in die Augen.

„Jetzt reicht's aber!" entfuhr es ihr lauter als gewöhnlich.

O'Chedder murmelte noch etwas Unverständliches und verschwand.

13.00

Sören Svensson hatte das Streitgespräch zwischen Rosi Tromper und George O'Chedder mitgekommen. Das heißt, man hatte es ihm zugetragen. Daraufhin bat er die beiden in sein Büro zum Gespräch.

Während Rosi sehr eindringlich darauf bestand, ihren Urlaub anzutreten, ging O'Chedder nicht im Geringsten von seinem Standpunkt ab, man könne nicht auf sie verzichten, wenn zwei Mitarbeiter plötzlich ausfallen.

Die beiden redeten sich gegenseitig in Rage.

„Schluss jetzt", rief Svensson mit einem Mal aus. „Sie benehmen sich ja wie ungezogene Kinder."

Er sah beide eindringlich an.

„Montag sind die beiden Mitarbeiter hoffentlich wieder da und bis dahin steht ja auch noch Frau Crin zu Verfügung. Sie, Frau Tromper, treten am Montag wie abgesprochen ihren Urlaub an. Damit ist dieses Thema beendet", entschied Svensson.

Rosi und O'Chedder zuckten zusammen und stimmten wie aus einem Munde zu.

Mit hängenden Schultern schlurften sie gemeinsam zurück in ihre Büros.

Für diesen Tag war Ruhe.

Jo hingegen, die das Meiste dieser Gespräche mehr oder weniger freiwillig mitbekommen hatte, machte sich ihre Gedanken. Schade, dass sie nichts Näheres in Erfahrung bringen konnte. Es wäre doch interessant gewesen, zu wissen, was da abging, zwischen den drei Grazien.

Jo überlegte angestrengt.

Gab es nicht irgendeinen Weg, hinter das Geheimnis zu kommen?

Kannte sie nicht irgendjemanden, der ihr hier weiterhelfen konnte?

Fieberhaft ging sie alle Freunde und Bekannten durch.

Laura-Marie hatte vielleicht durch ihr Studium einige brauchbare Kontakte?

Nein, zu abwegig, entschied Jo. Für sie waren das fremde Menschen und bis jetzt waren alles ja nur Vermutungen. Wenn sie da irgendwelche großen Wellen schlug, ging der ganze Kram vielleicht nach hinten los und dann hatte sie im Ganzen verloren.

So gab es vielleicht noch irgendwo eine Chance.

Also nichts tun.

30.09.2005

Jane Anderson und Ben Waterman erschienen freudestrahlend im Büro ihres Vorgesetzten, Douglas Davenport.

„Wir haben's geschafft", verkündete Ben stolz.

„Wir haben einen Super-Test entwickelt", stimmte Jane zu.

Douglas nickte anerkennend.

„Dann legen wir den Köder mal aus", schlug er vor. „Können wir das von hier machen?"

Jane lachte.

„Wir haben doch alles dabei, Mr. Davenport."

Douglas überließ ihr seinen Computer und sah mit Bewunderung zu, wie Ben und Jane verschiedene Programme in das Firmennetzwerk einspielten. Dank seiner Position in der Unternehmenshierarchie hatte er einen Handlungsspielraum, der ihm gewisse Freiheiten ließ.

„Jetzt müssen wir abwarten", erklärte Ben eine halbe Stunde später. „Es ist alles für unser neues Superhirn vorbereitet."

„Ich hoffe nur, dass wir Erfolg damit haben", sagte Douglas.

01.10.2005

Saskia Brandtbergk und Rosi Tromper trafen sich morgens am Flughafen Hannover-Langenhagen und flogen über Frankfurt am Main auf die Cayman-Islands.

Der Tag fing schon gut an, fand Rosi.

Das Treffen bei Saskia Brandtbergk zu Haus und die Anfahrt zum Flughafen in diesem alten vorsintflutlichen VW Bus war eine echte Herausforderung, aber alles klappte.

Rosemarie Tromper brauchte ja wenig Garderobe, man sah ihr eh nicht an, dass sie ihre Kleidung wechselte.

Beschwerlicher wurde die Reise dann in Frankfurt, als beide Damen, in Urlaubsdingen doch sehr unerfahren, ziel- und planlos durch die weitläufigen Hallen schlurften und fast ihren Anschlussflug nach Grand Cayman verpasst hätten.

Endlich im Hotel in George Town angekommen, hatten beide Damen wenig Sinn für die Schönheit der Umgebung. Sie gönnten sie sich zu allererst neben einem opulenten Mal mit allem, was das Buffet hergab auch einen ausgiebigen Besuch der Hotelbar. Man hatte schließlich nach dem langen Flug Hunger und vor allem Durst.

Übermütig und in der Lage, die größten Bäume auszureißen, die sich ihnen in den Weg stellten, entschieden sie sich vor dem Besuch einer Bank doch erst einmal dafür, ausgiebig zu schlafen.

Ausgeruht und wieder nüchtern machten sie sich auf den Weg zur ersten Bank am Platz und eröffneten dort ein Konto auf ihrer beider Namen. Sie mussten nur anreisen, um das Konto persönlich zu eröffnen. Alle anderen Bankgeschäfte konnten sie bequem von zu Hause aus am PC erledigen. Das war genau das, was sie wollten. Was sie hierher gezogen hatte, war die Diskretion, die man hier seinen Kontoinhabern gewährte. Früher war diese Diskretion auch bei Schweizer Nummernkonten gegeben, doch diese Zeiten näherten sich ihrem Ende. Also kam nur noch ein Konto auf den Cayman Islands für ihre Zwecke in Frage.

Nachdem sie das Geschäftliche recht zügig erledigt hatten, musste der Erfolg mit einem Gläschen Champagner gefeiert werden. Und das erneut ausgiebig. Nebenbei erzählten sie sich immer wieder, wie genial sie doch waren, diesen Plan ausgeheckt und umgesetzt zu haben.

Am Ende dieses aufregenden Tages fielen beide volltrunken in ihre Betten und erwachten am nächsten Morgen mit einem höllischen Kater.

04.10.2005
07.30

Hanna Böschelburger war viel unterwegs gewesen. Somit hatte sich wenig Gelegenheit ergeben, sich mit Jo zu treffen. Der letzte Cocktail-Abend musste Wochen her sein.

Es passte im Moment auch einfach nicht. Hanna hatte so viel Arbeit auf ihrem Schreibtisch liegen, dass sie kaum Zeit zum Luftholen hatte.

Und Eleonore Schummelpfennig nutze jede Gelegenheit aus, den Berg an Arbeit anwachsen zu lassen.

Umso verwunderter war Hanna, als Eleonore um diese Uhrzeit im Büro erschien und mit zuckersüßer Stimme flötete: „Guten Morgen Hanna."

Hanna ahnte nichts Gutes.

„Was ist denn mit dir los?" fragte Hanna erstaunt. „Bist du aus dem Bett gefallen?"

Eleonore sah schlecht aus an diesem Morgen, noch schlechter als sonst.

Sie stöhnte ausgiebig auf.

„Ach wenn du wüsstest", seufzte sie vor sich her. „Sei froh, dass du alleine bist."

Hanna wandte sich der Kollegin zu.

„Ist was passiert?"

„Mein derzeitiger Lebensabschnittsgefährte ist gestern ziemlich spät nach Haus gekommen", sprudelte es aus Eleonore hervor. „Und vorgestern auch, und letzte Woche...."

„Ja, und?" Hanna war beeindruckt, welche Worte Eleonore kannte. Das hätte sie ihr gar nicht zugetraut.

„Heute Morgen hat er mir gestanden, dass er da jemanden kennen gelernt hat. In der Disko. Wie findest du das?"

Hanna zog die Stirn kraus.

„Warum schmeißt du den nicht endlich raus?" wolle sie wissen „Was ist eigentlich mit deinem Mann?"

„Ach, das sagst du so einfach. Bist eben nicht verliebt.... Mein Mann lebt mit seiner neuen Geliebten in wohl gerade auf Mallorca."

Es folgte ein langer Monolog von Eleonore s Seite.

Hanna hingegen fehlte das Verständnis.

Dieser Typ, den Eleonore mal gerade drei Monate kannte, und der sofort bei ihr eingezogen war, poppte ständig mit anderen Weibern durch die Gegend, wie man auf neudeutsch sagte, und Eleonore jammerte nur rum, anstatt zu handeln. Nebenbei hatte sie sich durch seine Eskapaden mal wieder einen Scheidenpilz eingefangen, den sie nun, am frühen Morgen, in allen Einzelheiten schilderte.

Hanna wurde ein bisschen schlecht bei den Schilderungen, aber hatte zu tun. Sie interessierte sich nicht für Eleonores Ausfluss. Weder für Farbe, noch Geruch, noch sonst irgendwas.

Doch plötzlich hielt Hanna inne und lauschte Eleonore gebannt.

„Was hast du gesagt?" fragte Hanna nach, weil sie eigentlich gar nicht zugehört hatte.

„Ich habe gesagt", wiederholte Eleonore, „dass es letzte Woche unten in der Forschung und Entwicklung mächtig Ärger gegeben hat, weil Rosi Urlaub haben wollte und Chantal und Dorothee sich krank gemeldet haben."

„Was ist denn daran so schlimm, dass es Ärger gibt."

„Och, du kriegst auch nix mit, was. Na ist Monatsabschluss und Chantal und Dorothee, beide krank für länger als eine Woche. Ist doch komisch oder? Und die Crin ganz alleine."

„Find ich nicht."

„Ich schon. Und Bianca ist auch so merkwürdig drauf."

„Ach ja? Und was ist mit der Crin?" hakte Hanna nach.

„Ach ja. Seit Wochen schon. Und ich weiß immer noch nicht, was mit der los ist. Weißt du was?"

„Eleonore", woher sollte ich denn was erfahren haben? Ich war doch kaum hier. Was ist mit der Crin?" wiederholte Hanna.

„Aber du kennst doch Johanna ganz gut. Die weiß doch bestimmt was."

„Die hab ich seit Wochen nicht gesehen oder gehört. Also, was ist unten los?"

Und das war insofern nicht mal gelogen, als sich Hanna und Jo wirklich Wochen nicht getroffen hatten. Was mit Bianca los war, wusste Hanna indessen ganz genau. Es war die ominöse Affäre mit einer Frau. Die Frage war nur, wer die fremde Frau war. Rosi?

Eleonore Schummelpfennig kramte einen Aschenbecher aus einer Schublade hervor und hockte sich auf einen der Beistellschränke Hanna gegenüber.

„Darf ich?" fragte sie recht höflich.

Hanna nickte widerwillig.

„Nur, wenn du mir erzählst, was unten abgeht", entgegnete sie.

Eleonore zündete ihre Zigarette an und nahm einen tiefen Zug.

„Also", begann sie zögerlich, „man erzählt sich, dass die Crin und Rosi und Chantal und Dorothee nicht so gut miteinander können."

Das war für Hanna nichts Neues. Jetzt nur am Ball bleiben, dachte sie bei sich.

„Du Eleonore", antwortete Hanna, „ich sag dir jetzt mal etwas im Vertrauen. Aber das bleibt unter uns, versprochen?"

„Klar", grinste Eleonore.

„Ich hab eigentlich seit meinem Geburtstag überhaupt keinen Kontakt mehr zu der Crin. Das hat sich irgendwie totgelaufen."

„Ach nee, ich dachte, ihr wärt so dicke, " staunte Eleonore.

„Nee, das waren wir nie", log Hanna.

„Und ich hab wirklich immer gedacht..." sprudelte es aus Eleonore hervor. „Na Dann kann ich dir ja alles erzählen. Sagst es auch nicht weiter, ne."

„Ich bin verschwiegen, wie ein Grab, versprochen."

„Also, was ich schon gesagt habe. Die mögen sich nicht, die da unten. Die Crin soll wohl ziemlich anstrengend sein. Chantal ist manchmal richtig fertig mit den Nerven. Und den O'Chedder passt das wohl auch nicht so alles. Letztens soll wohl einer die Rosi beim Chef angeschwärzt haben, wegen Mobbing. Hat mir wer erzählt. Mehr weiß ich auch nicht. Die erzählen mir ja auch nicht alles. Schade eigentlich."

Hanna nickte zustimmend.

Das war nichts, was sie nicht schon wusste.

„Na ja", fuhr Eleonore fort. „Jetzt will die Rosi für drei Wochen in Urlaub. Und Chantal und Dorothee sind ziemlich sauer, weil die den nix erzählt hat, von ihre Pläne."

Eleonore schüttelte mitfühlend den Kopf.

„Ich weiß ja auch nicht, was da so los ist. Unten inne FE. Als ich letztes Mal bei Dorothee zum Kaffee war..."

Hanna horchte auf.

„... da waren die eigentlich alle ganz normal."

Eleonore schüttelte erneut den Kopf.

„Na ich will dich nicht länger von der Arbeit abhalten", sagte sie, drückte ihre Zigarette abrupt aus und war auch schon weg.

Hanna sah aus dem Fenster.

Wirklich aufschlussreich war dieses Gespräch nicht gewesen.

08.00

George O'Chedder saß zu Haus am Frühstücktisch seiner Frau gegenüber und las in der Zeitung.

„Na George, wie geht's denn so im Büro?" fragte Christa O'Chedder ihren Mann.

„Es geht so", antwortete er sehr einsilbig.

„Wolltest du nicht mal diese Rosi Tromper zum Essen einladen?" bohrte Christa weiter.

„Die ist im Urlaub."

„Aber eigentlich solltest du sie doch schon vor Monaten einladen, oder."

„Ich weiß."

Christa nahm ihrem George die Zeitung weg.

„Schau mich mal an, wenn wir uns unterhalten", wies sie ich zurecht. „Was macht die neue Kollegin?"

„Alles beim Alten."

„Du bist aber nicht sehr gesprächig heute Morgen."

„Ich hab auch andere Sorgen."

„Welche?"

„Ach Christa, bitte...."

" George, was ist denn los?"

„Mensch, mir sind zwei Mitarbeiter ausgefallen, die Tromper ist im Urlaub, und wenn die beiden heute nicht wieder da sind, bin ich mit der Crin ganz allein."

„Meinst du, die frisst dich?"

„Hör schon auf..."

George O'Chedder ließ seinen Kaffee stehen und machte sich auf den Weg ins Büro.

Erleichtert stellte er dort fest, dass sowohl Chantal Krusche, als auch Dorothee Sundermann wieder einsatzfähig waren.

George O'Chedder fiel ein Stein vom Herzen.

05.10.2005

Jo wunderte sich eigentlich über nichts mehr in diesem Unternehmen. Nachdem Chantal und Dorothee beide letzte

Woche krank waren, angeblich hatten sie eine Lebensmittelvergiftung von einem verdorbenen Fischessen, erschienen sie gestern beide ziemlich zerknirscht und waren recht wortkarg.

Jo fragte nicht, sondern beobachtete nur.

Chantal und Dorothee schienen nicht gut aufeinander zu sprechen zu sein, das war ungewöhnlich. Eigentlich hingen sie aneinander wie die Kletten.

Dafür hatten sich aber beide gleichzeitig verschworen, ihre schlechte Laune an Jo auszulassen.

„Mach mal die Bestellungen fertig", herrschte Dorothee Jo an. „Müssen heute raus."

Jo nickte.

„Vorher machst du noch die Tabelle", befahl Chantal und reichte Jo verschiedene lose Zettel. „Die braucht O'Chedder gleich!"

Jo schüttelte den Kopf.

„Was ist?" herrschte sie Dorothee an. „Kannst du's nicht?"

„Vielleicht solltet ihr mir erst einmal sagen, was das für eine Tabelle sein soll und was das hier für Zettel sind", bat Jo noch freundlich.

„Boh ey, biste zu blöd, was", raunte Chantal, „siehste doch!"

Jo hatte irgendwie die Schnauze voll. Kaum waren die beiden da, hatten sie wieder nur Grund zum Meckern.

In dem Moment kam O'Chedder vorbei.

„Frau Krusche, Frau Sundermann", grüßte er. „Ist Frau Tromper noch nicht da?"

Chantal und Dorothee sahen sich an.

„Die hat Urlaub die nächsten drei Wochen", knurrte Chantal.

O'Chedder grinste.

„Schlecht geschlafen?" fragte er.

„Gar nicht", brummte Chantal.

Und während die drei nett vor sich her plauderten, schrieb Jo Hanna eine E-Mail und bat um ein Treffen.

06.10.2005

Hanna und Jo trafen sich heute nicht auf einen Cocktail in ihrer Lieblingskneipe, sondern bei Hanna zu Haus. Hanna hatte zwei Tiefkühl-Pizzas in den Ofen geschoben und Jo hatte eine Flasche Wein mitgebracht.

Nun saßen sie beim Essen im Wohnzimmer.

„Meine Lieblingskollegin ist ziemlich merkwürdig drauf", begann Hanna. „Und wie läuft's bei dir?"

Jo blickte auf.

„Meine beiden sind wie gestochen", berichtete sie. „Letzte Wochen waren beide die ganze Woche krank. Angeblich eine Lebensmittelvergiftung von einem verdorbenen Fisch. Und seit Montag hat unser Rosi drei Wochen Urlaub. Aber mir sagt ja keiner was. Habe ich letztens so mitbekommen. Die Weiber hatten vergessen, die Tür zuzumachen."

„Du hast gelauscht?"

Jo grinste.

„Die Change war günstig", gab sie zu.

„Ich hatte die Tage eine nette Unterhaltung mit unserer Eleonore Schummelpfennig", erzählte Hanna. Die hat mir im Vertrauen alles zugetragen, was wir sowieso schon wissen."

„Also nichts Neues?"

„Nein. Aber die Rosi hatte doch noch nie so lange frei, um auf's Thema zurückzukommen", stimmte Hanna zu. „Sollte da vielleicht doch ein Zusammenhang mit meiner Kollegin sein?"

„Das ist offensichtlich", meinte Jo. „Die ziehen irgendwas ab und wir wissen immer noch nicht was. Aber ich habe so ein Gefühl und das trügt mich eigentlich nicht. Wir müssen das rauskriegen. Da stink was ganz gewaltig."

„Aber was hat Eleonore damit zu tun? Die macht sich ja mächtig Gedanken, dass Bianca ihr nichts von ihren Sorgen erzählt."

„Wahrscheinlich stört Eleonore nur. Hast du mal gesehen, wie schlecht Bianca aussieht? Die wird immer fetter, meinst du, ihre verhängnisvolle Affäre nimmt sie so mit?"

„Die frisst offensichtlich aus Frust. Die Frage ist nur, was frustet sie so. Ist das wirklich nur diese unglückliche Liebschaft?"

„Meinst du, die hat Ärger im Job?"

„Nein, die ist doch ganz dick mit dem Brömmel. Da hat die Narrenfreiheit und der steht hinter ihr."

„Ehekrise?"

„Die lebt doch schon so lange getrennt, dass das nicht mehr wahr ist. Das ist 'ne Dauerkrise in ihrer Ehe. Außerdem soll ihr

Mann doch auch ein ganz Netter sein. Ich glaub nicht, dass der ihr Ärger macht."

„Ich hab den nur mal kurz gesehen. Eigentlich kann ich das gar nicht beurteilen, der liebt die wohl immer noch innig. Ist mehr so'n Bäuerlein vom Lande. Wahrscheinlich ein ganz lieber Kerl."

„Und wenn Bianca wirklich mehrmals fremdgegangen ist? Wenn diese Affäre Ausmaße annimmt?"

„Das wäre eine Möglichkeit. Die Frage wäre dann, wer steckt dahinter? Hat sie wirklich allen Ernstes was mit Rosi angefangen?"

„Es ist schade, dass Bianca nichts weiter erzählen will. Mich hätte das sehr interessiert."

„Mich interessiert vor allem, was die Rosi im Urlaub so treibt."

„Ist sie weg gefahren?"

„Keine Ahnung. Ich bekomme von meinen Kolleginnen nur noch die nötigsten Informationen und die auch nur widerwillig. Gerüchteweise habe ich mitgekommen, dass sie wohl eine Reise machen soll. Ob das stimmt, weiß ich nicht."

Hanna und Jo sahen sich an.

Weißt du, was wir jetzt machen?" fragte Jo.

„Nein", antwortete Hanna zögerlich.

„Dann pass mal gut auf!"

Jo griff nach ihrem Handy.

Bevor sie die Nummer wählte, schaltete sie erst einmal die Rufnummerunterdrückung ein. Es sollte doch keiner merken, dass sie es war, die anrief.

Dann wartete sie ab.

Es klingelte. Einmal, zweimal, fünfmal...

„Leg auf", forderte Hanna sie auf. „Woher hast du überhaupt die Nummer?"

In diesem Moment wurde am anderen Ende abgenommen.

„Markforschung, Bayer, guten Tag", log Jo und ihre Stimme zitterte ein bisschen.

„Tromper, hallo", antwortete die männliche Stimme am anderen Ende. „Was kann ich für sie tun Frau Bayer?"

„Haben sie einen Moment Zeit für ein paar Fragen zum Thema Urlaub, Herr Tromper", säuselte Jo zuckersüß.

Tromper kam etwas genervt rüber.

„Shitthema", sagte er recht barsch. „Meine Frau ist mit ‚ner Freundin gerade für zwei Wochen auf die Cayman Inseln geflogen und hat nicht mal gefragt, ob ich mit will. Und ich Trottel habe mir extra drei Wochen Urlaub genommen."

„Oh, das tut mir leid, Herr Tromper", entgegnete Jo. „Entschuldigen sie meinen unsensiblen Anruf."

„Sie können ja nix dafür. Tschüss."

Er legte einfach auf.

„Was hat er gesagt?" fragte Hanna aufgeregt.

Jo berichtete brühwarm.

„Sieh einer an", staunte Hanna. „Fliegt mit einer Freundin in die Karibik und lässt ihren Ollen einfach zu Hause sitzen."

„Die Caymans sind ja so ein Steuerparadies", erklärte Jo. „Nun stellt sich die Frage, was will Rosi da und wer ist die Freundin?"

„Wahrscheinlich Geld anlegen", antwortete Hanna, „sie verdient doch genug. Ihr Mann hat sicher keine Ahnung."

„Aber er war recht aufgeschlossen, ein netter Mensch."

Jo dachte nach.

„Das SASI-Gehalt dort anzulegen ist Blödsinn", überlegte sie. „Wer auf den Caymans ein Konto eröffnet, der arbeitet mit größeren Beträgen. Woher sollten Rosi und ihre Weiber größere Geldbeträge bekommen?"

„Von SASI", gab Hanna zu bedenken.

„Da könnte was dran sein. Aber wie machen die das?" fragte Jo.

„Irgendeine illegale Schweinerei", stellte Hanna fest.

„Du hast aber gute Ideen", bemerkte Jo. „Vielleicht sollten wir diese Spur mal weiter verfolgen. Ob die Weiber wirklich was Illegales am Laufen haben?"

„Zutrauen würde ich denen alles", stimmte Hanna zu.

07.10.2005

Bianca Meinecke hatte von Eleonore Schummelpfennig erfahren, dass Rosi drei Wochen Urlaub hatte. Geknickt hockte sie hinter ihrem Schreibtisch und wollte eigentlich nur nach Haus.

Es war schon merkwürdig.

Die gemeinsame Nacht war schön, fand Bianca, auch wenn sie sich eher nicht für Frauen interessierte.

Sie konnte sich nur nicht erklären, warum Rosi sie seitdem links liegen ließ. Sie hatte ihr doch nichts getan. Oder bildete sie sich das nur ein und eigentlich war alles in Ordnung? War sie zu empfindlich? Bianca konnte sich keinen Reim darauf machen. Es tat aber ein bisschen weh, dass Rosi ihr nicht einmal Bescheid gesagt hatte, dass sie im Urlaub war. Bianca hätte gern die Change genutzt und die Nacht wiederholt.

Es nervte, dass Eleonore nicht aufgab, den Grund für Biancas Veränderung ergründen zu wollen. Bianca konnte und wollte nicht mit Eleonore darüber reden, denn wusste es Eleonore, wusste es die ganze Firma. Und dass würde ihrer Karriere mit Sicherheit schaden.

Manchmal dachte Bianca darüber nach, ob sie bei Hannas Geburtstag Andeutungen gemacht hatte, aber sie verdrängte den Gedanken schnell wieder. Schließlich hatte sie sich im Griff und brauchte sich darüber nun wirklich keine Sorgen zu machen. Sie wischte diese Überlegungen beiseite.

08.10.2005

Samstagmorgen bei Sundermanns zu Haus.

Bernd, Dorothees Ehemann, hatte sich das Wochenende schon wieder eine Auszeit genommen um mit seinen Kumpels Motorrad zu fahren. Er war erst gestern von einer Dienstreise zurückgekommen und nun war er schon wieder bis Sonntag unterwegs und so saß Dorothee allein am Frühstückstisch und hing ihren Gedanken nach. Die große Frage für sie war nun, was fing man mit der vielen Freizeit an. Shoppen? Nicht schon wieder. Oder doch? Sie hatte zwar ein kleines bisschen Langeweile, aber im Großen und Ganzen machte es ihr wenig aus, den Mann nur ab und zu um sich zu haben. Sie hatte ja immer noch ihre Hunde.

Scheiße.

Kinder wären ihr lieber gewesen, doch das war unmöglich. Wie viele Hormontherapien hatte sie über sich ergehen lassen, damals, vor vielen, vielen Jahren. Und was war das Ergebnis gewesen? Irgendwann fielen ihr von den ganzen Medikamenten ihre Haare aus und ihr Mann fand sie auch nicht mehr attraktiv.

Sie ahnte, dass er seinen Spaß mit anderen Frauen suchte und fand. Es war nicht normal, dass er ständig unterwegs war.

Aber sie ertrug es. Richtig Lust auf ihn hatte auch sie schon lange nicht mehr. Sie lebten halt so vor sich her und jeder machte sein eigenes Ding. Vielleicht sollte man sich einfach scheiden lassen? Und dann? Das war für sie keine Alternative. Von ihrem Gehalt allein konnte sie nicht leben. Dazu war sie viel zu sehr an Luxus gewöhnt.

In diesem Moment klingelte das Telefon und riss sie aus ihren trüben Gedanken.

Dorothee nahm ab.

„Kann ich mal mit dir reden?" fragte Bianca Meinecke am anderen Ende.

Dorothee war erstaunt.

„Och, hallo Bianca, was ist denn los?" erkundigte sie sich.

„Wenn du magst, kannst du ja vorbei kommen. Bin eh ganz allein zu Haus."

Bianca Meinecke hatte auf dieses Angebot gehofft und kaum eine Stunde später parkte sie ihren neongrünen BMW Z3 vor Dorothees Luxusvilla.

Dorothee hatte schnell noch etwas aufgeräumt und ein obligatorisches Fläschchen Prosecco hervorgekramt. Es ging zwar erst auf Mittag zu, aber Prosecco-Zeit war eigentlich immer.

Als sie Bianca einparken sah, lief sie freudestrahlend zu Haustür hinaus und hieß den Gast willkommen.

„Schön, dass wenigstens du mich mal besuchst", rief Dorothee aus.

Bianca quälte ihre Leibesfülle aus dem Ledersitz, verschloss ihren grellgrünen BMW mit der Fernbedienung, als sie es endlich geschafft hatte und umarmte Dorothee zur Begrüßung.

„Ich muss mal dringend mit jemanden reden", sagte sie sofort.

„Dir geht's nicht so gut, was?" fragte Dorothee. „Was'n los?"

Bianca war sich nicht mehr sicher, ob sie Dorothee tatsächlich den wahren Grund ihrer Sorgen nennen sollte, entschied sich dann aber doch dafür.

Dorothee führte Bianca ins Wohnzimmer, schenkte ihr immer wieder nach, auch wenn das Glas noch gar nicht leer war, und lauschte der Beichte der Kollegin.

„Nee, ist nicht wahr", stieß Dorothee mit einem Mal hervor. „Warst du mit Rosi in der Kiste und nu spricht die nicht mehr mit dir?"

„Nee, so ist es auch nicht", widersprach Bianca. „Se spricht schon noch mit mir, aber sie geht mir auch aus dem Weg."

Für Dorothee war diese Geständnis von Bianca, dass sie sich hatte von Rosi verführen lassen, nicht wirklich etwas Neues. Dorothee und Rosi kannten sich schließlich schon Jahre, hatten hin und wieder Sex miteinander, und ab und an hatte Rosi Affären mit jungen Mädchen, die dann schnell wieder abgelegt wurden. Es hatte sich über die Zeit so eingebürgert, dass Dorothee dann erste Hilfe leistete. Erst bei Chantal und nun eben bei Bianca, wie bei einigen davor und wahrscheinlich auch danach.

„Pass mal auf Schatz", besänftigte Dorothee Bianca. „Die Rosi ist eben so. Die mach dich ganz gern, aber sie hat auch viel um die Ohren. Jetzt ist sie erst mal in Urlaub und wenn sie wiederkommt, ist sie wieder ganz zahm. Was ich dir sage."

„Meinst du?" fragte Bianca.

„Bestimmt."

Dorothee witterte die Gelegenheit, sich den Tag doch noch mit etwas Zweisamkeit zu versüßen. Vergessen waren die Gedanken an Chantal, und die Skrupel.

„Haste dein Mann was davon gesagt?" wollte Dorothee wissen.

„Biste verrück", rief Bianca aus. „Der ist doch sowieso immer nicht da. Wir leben schon seit einem Jahr getrennt. Der kriegt doch nix mit. Gott sei Dank."

„Dann lass das auch mal so", ermutigte sie Dorothee. „Weißte was, wir machen jetzt noch en Pülliken auf und Dann bleibst du hier."

Bianca hatte keine Lust zu wiedersprechen und ein bisschen Zärtlichkeit tat ihr jetzt auch ganz gut.

12.10.2005

Jo und Hanna hatten durch großes Glück erfahren, wohin Rosi gereist war und dass sie mit einer Freundin unterwegs war. Beide überlegten jetzt, wie man heraus bekam, wer diese ominöse Freundin war. Da kam ihnen erneut der Zufall zu Hilfe.

162

Hanna arbeitete gerade an einer Anlagenaufstellung für die technische Planung, als sich diverse Fragen aufwarfen. Da ihr Vorgesetzter Hubertus Bohnstahl auch keinen Rat wusste, wies er Hanna an, Saskia Brandtbergk zu Rate zu ziehen. Die Dame leitete schließlich das Projekt Prototyp und musste wissen, welche Produktionsmaschinen der Fertigung zugeordnet werden sollten. Also wählte Hanna kurzentschlossen Saskias Büronummer und war völlig erstaunt, als die Kollegin Sabine Scholz abnahm. Mit der hatte Hanna schon öfter Probleme.

„Ja bitte", eröffnete Sabine barsch das Telefonat.

„Böschelburger, guten Tag. Ich möchte Frau Brandtbergk sprechen."

„Hallo, hier ist Sabine Scholz. Frau Brandtbergk ist im Urlaub. Die kommt erst am vierundzwanzigsten wieder."

„Oh, das ist Pech", antwortete Hanna. „Sabine, ich habe hier ein Problem mit der Planungsaufstellung. Wer könnte mir denn auf die Schnelle weiterhelfen?"

„Ich nicht", wiegelte Sabine Scholz ab. „Frag mal meinen Chef, Hanna."

Und damit legte sie einfach auf.

Hanna war über diese Geste der Unfreundlichkeit nicht verwundert, aber die Information, dass auch Saskia Brandtbergk zur gleichen Zeit wie Rosi Tromper Urlaub hatte, hatte doch schon etwas für sich.

Noch für denselben Abend verabredete sich Hanna mit Jo und berichtete von den Neuigkeiten, die sie erfahren hatte.

13.10.2005

Jane Anderson und Ben Waterman waren inzwischen die beiden engsten Mitarbeiter von Douglas Davenport. Auch wenn sie immer noch keinen Schritt weiter gekommen waren. Bis jetzt hatte sich noch niemand für das Team qualifiziert. Fünf Wochen waren ins Land gegangen und Douglas zweifelte, ob sich überhaupt noch etwas tun würde.

Heute sollte die Teambesprechung mit allen Teammitgliedern stattfinden. Dafür hatte Douglas den Besprechungsraum im 37. Stock herrichten lassen. Wenn alle anwesend waren, waren sie immerhin fast dreißig Leute.

Es standen Getränke und Canapes bereit.

Gegen 10.00 Uhr trudelten die ersten Mitarbeiter ein. Es war etwas wuselig, während sich jeder einen Platz suchte. Aber bald konnten sie beginnen.

Jeder erörterte seinen Bericht und Neuigkeiten waren rar. Nach diesen Aussagen lief alles wie am Schnürchen.

Douglas Sorgen wurden immer größer. Er hatte keine Ahnung wie er die Problemdatei in den Griff bekommen sollte, ohne ganz große Wellen zu schlagen. Aber was sollte er seinen Vorgesetzten erzählen? Ich hab da was gefunden, aber ich weiß nicht was und ich weiß auch nicht woher. Jetzt ist es verschwunden, leider weiß ich aber auch nicht wohin?

Tief in Douglas kam das Gefühl hoch, dass er die Schnauze voll hatte. Er durfte es nur nicht laut sagen.

Also hörte er sich gefrustet an, was jeder zu berichten hatte, lobte hier und da, motivierte seine Leute so gut es ging und wollte sich schon in sein Büro zurückziehen, als ein ganz unscheinbares Kerlchen auf ihn zutrat.

„Mr. Davenport?"

Douglas musterte ihn von oben bis unten.

Der junge Mann sah schlecht aus. Mager war er, richtig dürr, und blass. Hatte wohl kaum Sonne gesehen. Seine Jeans waren zu weit, saßen schlecht, oder trug man das jetzt so? Auch sein T-Shirt schien zu groß. Offensichtlich war er einfach dürr.

„Ja", antwortete Douglas.

„Sir, darf ich sie mal kurz sprechen. Vielleicht in ihrem Büro?"

Der Junge machte keinen selbstbewussten Eindruck, aber Douglas wollte sich davon nicht täuschen lassen.

„Natürlich", sagte Douglas. „Verraten sie mir ihren Namen."

„Mike, Sir, Mike Creak, alle sagen Freak zu mir."

Douglas konnte spüren, dass dieser Junge, Mann konnte man wohl nicht sagen, Angst vor ihm hatte. Aber er war mutig genug, ihn anzusprechen und das imponierte Douglas.

„Mike, kommen sie bitte mit."

Douglas führte diesen schüchternen Jungen in sein Büro und bot ihm Platz an.

Mike traute sich nicht, sich hinzusetzten.

„Bitte Mike, setzten sie sich einfach", sagte Douglas in einem sehr netten Tonfall. „Sie brauchen keine Angst vor mir zu haben. Ich bin nur ihr Chef."

„Ich weiß, Sir", antwortete Mike und setzte sich artig auf einen Stuhl.

Natürlich wusste Douglas, dass er in der Hierarchie etliche Stufen über Mike stand, aber das sollte doch hier kein Problem sein.

„Mike", begann Douglas, „stellen sie sich einfach vor, sie treffen sich mit Freunden. Keine Angst, ich werde sie nicht fressen."

Dieser junge Mann, der bestimmt Anfang dreißig sein musste, zitterte wie Espenlaub.

„Entschuldigung, Sir", flüsterte er.

Douglas hatte schon einiges erlebt, einen solchen jungen Mann allerdings noch nicht.

Er setzte sich Mike gegenüber an den Besprechungstisch in seinem Büro.

„Möchten sie ein Wasser, Mike? Was kann ich für sie tun."

Mike begann zu lächeln.

„Sir", sagte er stolz, „ich habe etwas gefunden."

„Dann erzählen sie mal", forderte Douglas ihn auf.

Und Mike begann aufzuleben.

„Sir, ich habe an meinem Computer gearbeitet", fuhr Mike fort, „und habe verschiedene Daten überprüft, wochenlang. Es war alles in Ordnung. Es war aber auch etwas langweilig. Also habe ich ein bisschen um mich herum geschaut, sozusagen über den Tellerrand. Und dann habe ich dieses gefunden."

Mike gab Douglas einen Screenshot.

„Was ist das?" fragte Douglas.

„Das Sir, ist eine Systemmanipulation."

„Wissen sie, woher sie ist?"

„Noch nicht mit Gewissheit, aber aus Amerika oder Europa. So weit kann ich mich einschränken."

Douglas besah das Stück Papier. Auf den ersten Blick wirkte es, wie die verlorene ominöse Datei, die er seit Monaten suchte.

Er sah Mike mit großen Augen an.

„Mike, wem sind sie zugeteilt?" fragte Douglas.

„Ich arbeite im Moment im Bereich Payables, Sir."

„Können sie mit Gewissheit sagen, welches Unternehmen des Konzerns betroffen ist?"

„Nein, Sir."

„Das macht nichts Mike", entgegnete Douglas. „Sie haben einen ganz großartigen Job gemacht. Wo kann ich sie finden, wenn ich sie brauche?"

„Sie finden mich im 12. Stock. Fragen sie einfach nach dem Freak."

Douglas Herz hüpfte, als Mike ging.

Sollte das der Durchbruch sein?

16.10.2006

Rosi seufzte beim Aufstehen laut auf. Der letzte Tag auf den Cayman Islands. Morgen sollte der Flug zurück nach Haus gehen.

Von der Insel selbst und der malerischen Hauptstadt hatte sie nicht viel mitgekommen. Wohl aber von der Hotelbar und dem außergewöhnlich umfangreichen Angebot an alkoholischen Getränken.

Saskia Brandtbergk war nicht gerade begeistert von Rosis Freizeitgestaltung, aber sie hatte keine Wahl. Ohne Rosi kein Geld und ohne Geld kein schöneres Leben. Also nahm sie diese Unannehmlichkeiten in Kauf.

Saskia hingegen hatte sich schöne Tage bereitet.

Nachdem sie umgehend nach ihrer Ankunft ein Konto für ihre Machenschaften eröffnet hatten und diese ausgiebig gefeiert wurde, machte sie sich am nächsten Tag trotz Kopfschmerzen auf, die Umgebung zu erkunden.

Saskia war froh, dass der EU-Bürger für die Einreise auf die Caymans nur einen Reisepass und kein Visum benötigte. Ein Visum hätte viel zu lange gedauert, aber auch so hatte es noch reichliche Probleme gegeben. Ein Reisepass musste noch sechs Monate gültig sein, und da beide Damen bis jetzt noch nie im Urlaub waren, hatten sie zwar zu Haus einen Pass liegen, die große Frage aber war, war dieser gültig. Natürlich nicht, stellten beide mit Schrecken fest. Weil aber Saskia nicht nur in der Firma hervorragende Kontakte hatte, sondern auch in der Gemeindeverwaltung ihrer Heimatstadt, dauerte die Verlängerung von zwei Reisepässen keine vier bis sechs Wochen, sondern ging quasi über Nacht.

Nachdem somit der ersten großen Reise keine Formalitäten mehr im Weg standen, machten sich beide auf, die kleine Welt der Grand Cayman zu erobern.

Rosi kannte schon nach wenigen Tagen die Hotelbar und die Lobby wie ihre Westentasche, vorausgesetzt, sie war nüchtern. Saskia hingegen wollte mehr. Sie machte sich allein auf, die Insel und ihre Sehenswürdigkeiten zu entdecken. Besonders George Town hatte es ihr angetan.

Saskia gefiel diese Mischung aus britischem und karibischem Flair, von der Rosi allerdings kaum etwas mitbekam. Saskia fühlte sich wie in einer englischen Kleinstadt unter tropischer Sonne. Sie hatte gelesen, dass auf den Caymans eine sehr geringe Kriminalität herrschte, weil das Bildungsniveau sehr hoch war. Das ermutigte sie zusätzlich, auch allein unterwegs zu sein. Außerdem wollte sie ja etwas von der Welt sehen, nicht nur die Hotelbar.

Saskia erkundete sämtliche Museen, die sie finden konnte, und das waren einige, schon allein in George Town.

Das Cayman Maritime and Treasure Museum war für sie zu durcheinander, aber im McKee's Museum blühte sie auf. Hier gab es Exponate aus alten Wracks zu bestaunen und Saskia fühlte sich wie eine Piratin mit ihrer Beute.

An einem anderen Tag überwand die kleine stämmige Deutsche ihre Höhenangst und begab sich auf den Glockenturm. Hübsch gekleidet in einem trägerlosen Top mit riesigen Blumenmuster zu Shorts, die sehr gut ihre kräftigen Ober- und Unterschenkel zur Geltung brachten. Dazu einen lustigen Strohhut mit überdimensionaler Sonnenbrille, wie ein Hollywood-Star.

Saskia genoss den Urlaub in vollen Zügen, doch dann wurde ihr die Stadt zu klein. Also musste ein Mietwagen her. Damit ging es zum Northwest Point, auf eine Schildkrötenfarm. Eigentlich mochte Saskia die Tiere nicht wirklich, aber wenn sie schon einmal hier war, wollte sie sich den Anblick einer grünen Schildkröte nicht entgehen lassen. Die sollte es dort geben. Und Saskia war begeistert. Weil all das aber immer noch nicht reichte, es war der erste richtige Urlaub in ihrem

Leben, buchte sie einen Rundflug über Little Cayman. Hier gab es einen riesigen Steingarten, in dem man vom Flugzeug aus Kormorane und Pelikane beobachten konnte. Außerdem hatte man vom Flugzeug aus einen phantastischen Blick auf die Korallenriffe. Saskias neue Digitalkamera verschwand kaum noch in der Tasche. Und während sie sich aus der Luft einen Überblick verschaffte, überlegte sie ernsthaft, ob sie es nicht einmal mit Tauchen probieren sollte. Sie entschied sich dann allerdings doch dagegen und machte stattdessen eine Fahrt mit einem Glasboden-Boot. Wenn sie abends von ihren Expeditionen ins Hotel zurückkehrte, war das einzige, was Rosi von der karibischen Atmosphäre mitbekommen hatte, Rumkuchen. Hauptsache etwas mit Alkohol. Saskia ließ sich von Rosi jedoch die Laune nicht verderben und zog weiterhin um die Häuser.

Dann brauchte Saskia etwas Entspannung.

In den folgenden Tagen lag sie am Pool, was Rosi wegen ihrer Sonnenallergie nicht konnte, schlemmte am großzügigen Buffet und genehmigte sich auch den ein oder anderen exotischen Drink.

Alle in allem aber war Saskia mit dem Alkohol recht zurückhaltend, im Gegensatz zu Rosi.

Zum Abschluss dieser herrlichen Geschäfts- und Ferienreise absolvierte Saskia einen Shopping-Marathon und kaufte alles ein, was gut und teuer war und von dem sie glaubte, sie brauchte es.

Besonders angetan hatten es ihr die schwarzen Korallen. Davon musste sie etwas haben. Und eine kleine, aber feine Kette mit schwarzen Korallen gönnte sie sich einfach.

17.10.2006

Rosi Tromper und Saskia Brandtbergk waren wieder wohlbehalten und auch nüchtern in Hannover-Langenhagen gelandet. Nachdem sie in Frankfurt umsteigen mussten, hatten sie in Hannover ihr Gepäck fast als letzte bekommen, und waren nun mit Saskias vollbeladenem VW Bus auf dem Rückweg nach Barsinghausen.

Rosi war schon während des Fluges entgegen ihrer Natur recht ruhig gewesen.

„Musst du morgen wieder arbeiten?" fragte Saskia beiläufig.

„Nee, erst nächste Woche " antwortete Rosi sparsam.

„Ich auch", sagte Saskia, „wollen wir nicht nachher noch ‚nen Absacker trinken gehen?"

„Nee, ich muss noch Dorothee und Chantal anrufen", erklärte Rosi, „wir waren uns nicht ganz grün, als ich weg bin, muss ich wieder gradebiegen."

Saskia sah sie von der Seite an.

„Rosi, wir brauchen die beiden, ist dir das klar!" entgegnete sie ernst.

„Ich weiß", stimmte Rosi zu. „Darum muss ich ja auch mit den beiden reden."

Saskia nickte zustimmend.

„Mit der Meinecke auch. Die muss schließlich noch ein paar Daten für uns erfassen."

Rosi grinste.

„Ist gut", murrte sie. „Ich bring das wieder in Ordnung."

18.10.2005

Chantal Krusche war recht ungehalten am Telefon.

„Ach biste auch wieder da", hörte Jo sie sagen.

Dorothee am Schreibtisch gegenüber blickte auf.

„Was? Heute?" schrie Chantal fast. „Nee, hab ich keine Zeit."

Chantal drehte den Kopf zu Dorothee.

„Wer ist es?" fragte die.

Ein Zeichen, dass Jo nicht zu deuten wusste, signalisierte Dorothee, dass es Rosi war. Jo ahnte jedoch, dass nur Rosi es sein konnte.

„Sag zu", entschied Dorothee.

Chantal wurde ziemlich kleinlaut und ließ sich auf das Treffen ein.

24.10.2005

09.30

Eleonore Schummelpfennig konnte fühlen, dass etwas nicht in Ordnung war. Sie hatte ein untrügliches Gefühl für solche Dinge. Aber niemand vertraute sich ihr an. Also musste sie aktiv werden.

Aus Bianca war kein Wort herauszuholen.

Also entschied sich Eleonore, Hanna einmal mehr von der Arbeit abzuhalten.

Sie schlurfte über den Flur in Hannas Büro und machte es sich Hanna gegenüber gemütlich.

Eleonore hockte auf einem leeren Schreibtisch, Hanna Böschelburger ihr gegenüber, und Eleonore blickte gedankenverloren aus dem Fenster auf die Hauptverkehrsstraße.

Während Hanna mit ihrer Arbeit beschäftigt war, befasste sich Eleonore mit Wichtigerem.

„Hanna?" fragte sie plötzlich, während sie sich eine Zigarette anzündete. „Weißt du, was unten in der Forschung und Entwicklung los ist?"

Hanna sah vom Computer auf.

„Rauch bitte in deinem Büro! Keine Ahnung", antwortete sie. „Ich hab jetzt auch wenig Zeit. Muss das hier noch fertig machen."

Eleonore ließ nicht locker und ließ sich auch nicht vom Rauchen abhalten.

„Irgendwas ist da im Busch", fuhr sie fort. „Hast du Rosi gesehen?"

„Nein."

Hanna wurde etwas gereizt.

„Eleonore, bitte", sagte sie ruhig. „Ich bin in Zeitdruck. Aber ich weiß eh nichts."

„Aber du bist doch mit Johanna befreundet. Hat die nichts erzählt?"

„Ich hab Johanna schon lange nicht mehr gesehen, habe ich dir doch schon neulich gesagt. Wir haben keinen Kontakt mehr. Wir sehen uns höchstens mal in der Schlange beim Mittagessen."

„Ach so."

Hanna bemerkte Eleonore s gesteigertes Interesse du wollte die Change nutzen.

„Was gibt's denn unten?" fragte Hanna beiläufig.

„Ach", seufzte Eleonore, „ich glaube, Bianca geht mir aus dem Weg. Und ich weiß nicht warum. Hab ihr doch nichts getan."

Hanna grinste insgeheim.

„Habt ihr euch gestritten", wollte sie wissen.

„Nee."

„Und was hat die Forschung und Entwicklung damit zu tun."

„Ich weiß auch nicht."

Keine Change. Hanna gab auf und widmete sich wieder ihrer Arbeit. Aber es war gut zu wissen, dass sich der Grazien-Club nicht ganz grün war.

„Rosi hat ja wohl Urlaub", setzte Eleonore erneut an.

„Schön für sie," bemerkte Hanna. „Was macht dein Freund?"

Eleonore zog tief an ihrer Zigarette.

„Der ist jetzt für'n paar Tage zu dieser Disko-Tussi", berichtete sie freimütig.

Hanna erinnerte sich, der Typ hatte ja mal wieder eine Affäre.

„Aber das interessiert mich nicht", sagte Eleonore. „Ich kriege raus, was da unten im Busche ist."

Hanna hoffte, dass Eleonore jetzt endlich Ruhe gab.

Sie hatte einige wichtige Terminsachen für die Fertigung der Prototypen zu erledigen und brauchte eigentlich jede Minute ihrer Zeit für die Arbeit.

Eleonore kümmerte die Arbeit recht wenig. Außerdem hatte sie einen solch guten Draht zur technischen Forschung und Entwicklung, dass all ihre Fehler gern vertuscht wurden. Eleonore konnte da voll und ganz auf Sabine Scholz vertrauen.

Hanna hingegen überlegte, ob Lieblingskollegin Eleonore langsam aber sicher unter Alzheimer oder sonstigen Krankheiten litt. Sie hatte doch schließlich kundgetan, dass Rosi im Urlaub sei und was sonst noch so in der Abteilung Forschung und Entwicklung abging.

10.00

Rosi Tromper hatte nach ihrem außergewöhnlichen Urlaub ihren Dienst wieder aufgenommen. Ihr erster Weg führte sie an diesem Arbeitstag in das Büro Sundermann und Krusche.

Jo saß schon seit sieben Uhr im Zimmer nebenan und war voll auf beschäftigt, während Dorothee und Chantal in ihrem Büro scheinbar ein Problem hatten. Aber zum einen sprachen sie nicht in Jos Gegenwart miteinander und zum Zweien schlossen sie wieder öfter die Tür und Jo war außen vor.

Auch Jo hatte, wie Eleonore Schummelpfennig, dieses untrügliche Gefühl, dass irgendetwas am Laufen war. Nur was, das war kaum heraus zu bekommen, vermutete sie.

Jo starrte auf den Bildschirm und dachte nach. Am einfachsten wäre es, wenn man die Weiber abhören könnte, überlegte sie. Aber so etwas war natürlich illegal und sie, Jo, hätte auch keine Möglichkeit an solches Equipment zu kommen. Außer übers Internet. Jo verwarf den Gedanken sofort wieder, denn würde sie erwischt, was wahrscheinlich wäre, würde sie sich nur selber schaden. Abhören kam also nicht in Frage. Aber was dann? Jo entwickelte viele wilde Ideen, um hinter das Geheimnis der Grazien zu kommen, aber keine davon war in der Realität umsetzbar. Guter Rat war in dieser Situation wirklich teuer.

Am einfachsten wäre es, wenn irgendwie ein Wunder geschähe. Doch daran glaubte Jo in diesem Moment selber nicht. Wenn man die Weiber wenigstens wegen des Mobbings angehen könnte. Keine Change. Sie passten so auf, dass niemand etwas mitbekam und selbst wenn, niemand fiel ihnen in den Rücken.

Jo war oft dicht dran, einfach alles hinzuwerfen, die Einzige, die sie davon abhielt, war Laura-Marie. Laura-Marie glaubte felsenfest daran, dass sich alles zum Guten wenden würde. Jo aber kam sich vor wie in einem Alptraum, der nicht enden wollte. Manchmal wünschte sie sich, einfach aufzuwachen und alles war vorbei. Das passierte aber nicht.

27.10.2005

Auch in New York plätscherte alles so vor sich her. Stunde um Stunde, Tag um Tag, Woche um Woche verging und nichts brachte sie wirklich nach vorn.

Douglas Davenport war ähnlich verzweifelt, wie Jo. Seine Vorgesetzten verlangten Berichte und Arbeitsergebnisse. Er konnte ihnen aber kaum etwas bieten. Auf der einen Seite war das auch gut so, denn das Management mochte es gern, wenn scheinbar alles in Ordnung war. Nur er, Douglas, wusste dass der Eindruck täuschte.

Vor zwei Wochen hatte ihn Mike Creak, einer seiner Teammitglieder aus dem Bereich Lieferantenabrechnung, angesprochen und ihm von seiner Entdeckung berichtet. Es gab eine Systemmanipulation, das war sicher. Und das was Mike gefunden hatte, sah verdammt noch mal identisch aus, mit dem, was Jane Anderson und Ben Waterman schon vor

Monaten aufgetan hatten. Aber alle Spuren führten ins Leere. Mehr, als dass die Manipulation aus den USA oder Europa durchgeführt wurden, hatten sie bis jetzt immer noch nicht in Erfahrung bringen können. Douglas war sich sicher, dass er etwas unternehmen musste. Die Frage, die sich auch ihm stellte, war jedoch, was.

Während er seine Zweifel und Fragen für sich behielt, lief die wöchentliche Teambesprechung ohne nennenswerte Höhen und Tiefen ab, wie immer.

28.10.2005

Rosi Tromper hatte sich besonders angestrengt, das kleine Missverständnis mit Bianca Meinecke auf ihre Weise aus der Welt zu schaffen. Nachdem sie sich nun mehrere Monate abgeschottet hatte und nach dem erholsamen Urlaub, an der Hotelbar, sah sich Rosi in der Lage, die Konfrontation mit Bianca zu suchen.

Kurzerhand wurde die kleine naive Landpomeranze in die Trompersche Villa zum romantischen Tete-á-tete eingeladen.

Bianca schwebte auf rosaroten Wolken und Eleonore hatte im Vorfeld wieder dieses untrügerische Gefühl.

Gegen achtzehn Uhr parkte Bianca ihren grellgrünen Sportwagen in Rosis Einfahrt und schwang sich behände hinaus. So viel Elan hätte man ihr gar nicht zugetraut, wenn man mitbekommen hatte, wie sie sich die letzte Zeit gebärdete.

Rosi empfing den Gast noch in der Einfahrt mit Küsschen, legte den Arm um Biancas Schultern und führte sie ins Wohnzimmer.

„Setz dich erst mal", flötete Rosi. „Wir nehmen erst mal ‚nen Schlückchen. Ich fahr mal dein Auto inne Garage. Soll doch keiner mitkriegen."

Bianca lächelte.

Rosi war ziemlich schnell wieder bei ihr.

„Ich hab echt gedacht, du sprichst nicht mehr mit mir", sprudelte sie los.

„Och Unsinn", wiegelte Rosi ab. „Ich hatte so viel zu tun. Weißte doch selber, wie das ist, nee."

Bianca strahlte.

„Jau", sagte sie verständnisvoll. „Und Jetzt haste wieder mehr Zeit?"

Rosi grinste.

„Heute hab ich ganz viel Zeit für dich", versprach sie.

Nach dem dritten Gläschen Prosecco zog Bianca ihre Schuhe aus und lümmelte sich mit angezogenen Beinen auf dem Sofa.

Rosi nutzte die Gelegenheit, setzte sich neben sie und legte ihre Hand auf Biancas. Biancas Augen weiteten sich, als Rosi sie zärtlich auf den Mund küsste.

„Ich brauch deine Hilfe", sagte Rosi ziemlich abrupt.

„Alles, was du willst", seufzte Bianca, „mach das noch mal!"

„Später", lächelte Rosi, „Jetzt erst mal geschäftlich!"

Bianca war ganz in Rosis Bann.

„Sag", forderte sie.

„Pass auf", setzte Rosi an, „willst du mal richtig reich werden?"

Sie konnte vor Aufregung kaum sprechen.

„Klar, wer will das nicht", gab Bianca freimütig zu.

„Dann musste mir noch mal helfen", fuhr Rosi fort.

Sie schenkte Bianca Prosecco nach und gebot zu trinken.

Bianca war Wachs in Rosis Händen und bereit, alles für diese Frau zu tun.

„Ich weiß ja einen Weg", erklärte Rosi ihren Plan, „wie wir alle, Ich, du, und noch ein paar andere, an richtig großes Geld rankommen! Hab ich dir ja schon mal vor na Weile gesagt, was?""

„Und wo ist das Problem?" fragte Bianca neugierig.

„Du kommst doch an die Daten ran, von den Lieferanten, und so?"

„Sicher."

„Kannst du auch noch mal ‚ne Bankverbindung ändern?"

„Klar. Ich kann alle Daten ändern, oder auch was anlegen."

Das wusste Rosi allerdings schon längst, sie wollte es nur noch einmal von Bianca bestätigt haben.

„Chantal, hat jetzt wohl vor ‚ner Zeit ‚ne Firma gegründet, die machen Arbeiten für uns", fuhr Rosi fort. „Da muss ‚nen Stammsatz angelegt werden."

„Kann ich machen. Warum schickste mir nicht ‚ne Email mit den Daten?"

„Soll doch keiner wissen."

„Ach so."

„Haste nicht auch ,nen Internetzugang zu SASI?"

„Hab ich."

„Kannst du auch von hier aus ins Netzwerk?"

„Kann ich."

Bianca wurde schwindelig, bei dem Gedanken, noch einmal etwas irgendetwas Verbotenes zu tun, aber sie wollte in ihrer Naivität Rosi gefallen.

„Guck mal", sagte Rosi, "hier ist alles, was du brauchst, Computer steht da hinten..."

„Aber man kann doch sehen, wer das angelegt hat", gab Bianca zu bedenken.

Bei ihrer ersten Manipulation vor einigen Monaten hatte sie sich diese Gedanken scheinbar nicht gemacht und Rosi wurde leicht gereizt, weil Bianca herum zickte.

„Hier nicht", beruhigte sie Rosi, „der Computer ist präpariert."

Bianca überlegte nicht. Sie stand auf, ging zum Arbeitsplatz im Wohnzimmer, setzte sich an den Schreibtisch, machten den Computer an und kaum, dass die Internetverbindung stand, loggte sich ins Firmennetzwerk von SASI ein, um die falsche Firma in den Lieferantenstamm einzufügen.

Rosi war sehr zufrieden mit Biancas Ergebenheit und zur Belohnung wurde es für Bianca ein richtig nettes Wochenende voller Zärtlichkeiten und Sex.

Rosi übertraf sich selbst, sogar die Bettwäsche hatte sie gewechselt.

Auch Bianca war sehr zufrieden mit sich und der Welt, als sie Sonntagabend wieder nach Haus fuhr.

30.10.2005

Kaum das Bianca Meinecke die Trompersche Villa verlassen hatte, hing Rosi am Telefon und rief Saskia Brandtbergk an.

„Wir können ,nen Probelauf starten", rief sie erfreut in den Hörer.

„Hat Bianca den Stammsatz angelegt", fragte Saskia.

„Hat se. Und sie hat auch geglaubt, dass keiner merkt, dass sie das war", lachte Rosi.

„Na super", stimmte Saskia zu. „Dann kann ich mich ja morgen um den Transfer kümmern. Wenn da einer hinter kommt, denk jeder, die Meinecke will das Geld für sich."

„Du bist ein Aas", stellte Rosi fest.

„Du aber auch", antwortete Saskia. „Das Schöne daran ist, das jeder denkt, die Krusche und die Meinecke stecken dahinter und wir sind fein raus."

„Super gelaufen, was!"

„Und vor allen Dingen", gab Saskia zu bedenken, „wenn keiner sucht, wird auch keiner darauf kommen."

31.10.2005
06.00

Hanna Böschelburger wähnte sich allein in der 17. Etage des SASI-Towers in Hannover-Bemerode. Doch weit gefehlt. Kaum das sie aus dem Fahrstuhl gestiegen war und nach links zu ihrem Büro abbog, sah sie im Eckzimmer Bianca Meinecke vor ihrem PC sitzen. Die Tür war wie immer offen.

„Guten Morgen Bianca", sagte Hanna freundlich. „Du schon hier?"

Bianca sah von ihrer Arbeit auf.

„Bin auch grad gekommen, Morgen Hanna", antwortete sie. „Magst ‚nen Kaffee mit mir trinken?"

Hanna stimmte zu.

Während Bianca zur Teeküche schlenderte und zwei Milchkaffee aus dem Automaten zog, warf Hanna Böschelburger einen Blick auf die Papiere, die offen auf Biancas Schreibtisch lagen. Aber es war nichts Verdächtiges oder Ungewöhnliches in Sicht.

„Was hat dich so früh aus dem Bett getrieben?" fragte Hanna, als Bianca wieder in der Tür erschien.

„Ich bin so aufgeregt", erzählte sie bereitwillig. „An Wochenende hab ich mich mit ‚ner alten Schulfreundin getroffen. Wir hatten so viel Spaß und nun mach ich gerne wieder arbeiten."

Hanna stutzte.

Ging die Affäre immer noch? Scheinbar hatte das Wochenende Bianca ja einen richtigen Motivationskick gegeben. Wer wohl dahinter steckte. Für Hanna war ganz klar, dass diese ominöse Frau der Grund für Biancas aufgekratztes Verhalten war. Wenn sie sich doch nur mal verplappern würde.

„Das ist ja schön", stimmte Hanna zu. „Dann habt ihr bestimmt in alten Erinnerungen geschwelgt."

„Was?" fragte Bianca.

„Wenn du eine alte Schulfreundin getroffen hast, habt ihr bestimmt über eure Schulzeit geredet, oder?" erklärte Hanna.

„Äh, ja", antwortete Bianca abwesend. „Du tut mir leid, ich muss weitermachen."

Sie wendete sich ab.

Hanna stutze, nahm aber ihren Kaffeebecher und ging in ihr Büro.

10.00

Saskia Brandtbergk schlug im Büro auf. Ihr erster Weg führte sie zum PC. Sie kontrollierte sofort, ob Bianca Meinecke auch wirklich einen neuen Lieferantenstammsatz angelegt hatte. Tatsächlich, das dumme Mädchen hatte ganze Arbeit geleistet. Und direkt in der ersten Maske sah man ihre Kennung, die darauf hindeutete, wer hier am Werke gewesen war.

Saskia achtete peinlich genau darauf, wer in ihrer Umgebung zugegen war, doch sie hatte keine Skrupel neben ihrer alltäglichen Arbeit schnellstens Rosis Makro in den Datensatz einzufügen, das dafür sorgte, dass Zahlungen über Chantals Firmenkonto an eine Bankverbindung in Kabul und direkt weiter auf ihr Konto auf den Cayman Islands geleitet wurden.

Perfekt!

Saskia war mit sich und der Welt zufrieden.

Die Idee mit dem afghanischen Konto in Kabul, war ihre gewesen. Es hatte sich alles über das Internet organisieren lassen, welch ein Glück, denn in das krisengeschüttelte Afghanistan hätte sie beim besten Willen nicht reisen mögen.

So war sichergestellt, dass niemand nachvollziehen konnte, wohin die Zahlungen tatsächlich flossen.

17.11.2005

Mike Creak hatte Douglas Davenport über sein Mobiltelefon angerufen. Der hatte noch während der Fahrt zum Büro Ben Waterman und Jane Anderson benachrichtigt und sofort zum Meeting gebeten.

Jetzt trafen sie sich und waren erstaunt, was Mike zu berichten hatte.

Sie saßen um Douglas PC-Monitor herum und starrten gebannt auf dem Bildschirm.

„Sehen sie das?" fragte Mike Creak und deutete auf eine kleine, unscheinbare Zeichenfolge.

„Was ist das?" erwiderte Douglas.

„Das könnte ein Code sein", antwortete Jane.

„Es ist ein Code", erklärte Mike, „Er kommt aus Europa, soweit bin ich schon."

„Kann man das Land eingrenzen?" fragte Douglas.

„Nein", gab Mike zu, „aber der Verdacht erhärtet sich, dass hier wirklich Daten manipuliert werden. Zumindest kann ich jetzt ausschließen, dass die Manipulation aus den USA kommt. Der Ursprung liegt irgendwo in Europa."

„Und wie kommst du darauf?" wollte Ben Waterman wissen.

„Schau..."

Mike Creak hatte einen Vergleichstest gemacht, der Wochen dauerte, doch jetzt war das Resultat auf dem Schirm in Douglas Büro.

„Ich habe alle zur Verfügung stehenden Codes miteinander und gegeneinander abgeglichen und nirgends auf der ganzen Welt taucht diese Zeichenfolge so auf." „Nur in Europa", sagte Douglas.

„Richtig", stimmte Mike zu. „Aber wir haben wer-weiß-nicht-wie-viele Niederlassungen in Europa. Den Ursprung zu ergründen kann noch mal Wochen und Monate dauern."

Ben Waterman verzog das Gesicht.

„Es muss doch möglich sein, herauszufinden, woher das Ding kommt", raunte er ungeduldig.

„Es gibt Hunderte beinahe-identischer Codes", widersprach Mike Creak, „sie sind nicht länderspezifisch oder gar niederlassungsspezifisch. Dieser hier kann von überall in Europa kommen."

„Vielleicht sollte man vertrauenswürdige Spezialisten aus Europa zu Rate ziehen?" überlegte Douglas.

„Können wir das denn, ohne ganz große Wellen zu schlagen?" gab Jane Anderson zu bedenken.

Douglas Davenport, der in den dreien mittlerweile seine engsten und vertrautesten Mitarbeiter gefunden hatte, stöhnte auf.

„Leute, ich habe keine Ahnung", gab er zu. „Aber wir müssen es versuchen. Schließlich war auch dein Köder, Jane, sehr unkonventionell und mit Mike haben wir doch wirklich einen guten Fang gemacht."

„Das stimmt", pflichtete Jane bei. „Wen haben wir denn im Angebot?"

01.12.2005

Mittagessen im SASI-Restaurant.

Hanna war heute etwas später dran, weil Eleonore ihr mal wieder Steine in den Weg gelegt hatte. Diese ständigen nervenaufreibenden Diskussionen mit Eleonore, Saskia Brandtbergk und Hubertus Bohnstahl gingen ihr langsam gewaltig auf den Geist.

Es war ein Kreuz. Einmal tat Eleonore freundlich, und im nächsten Moment würgte sie ihr wieder irgendetwas hinein. Hanna war äußerst vorsichtig im Umgang mit der Kollegin, aber manchmal konnte man einfach nicht so dumm denken.

Und so bemerkte Hanna gar nicht, dass sie direkt am Tisch hinter dem Club der Grazien Platz nahm.

Hanna saß mit dem Rücken zu ihnen und die Weiber waren so ins Gespräch vertieft, dass sie nichts mitbekamen. Hanna jedoch erkannte auf Anhieb Rosis markante Stimme mit dem ewigen Räuspern.

Leider bekam sie nur Gesprächsfetzen mit, doch es war offensichtlich, dass da etwas an Eleonore vorbei zog. Denn als Eleonore am Tisch erschien, wechselten sie urplötzlich das Thema und lamentierten über Diäten. So laut, dass Hanna am Nebentisch fast jedes Wort verstehen konnte.

Kaum wieder im Büro, schrieb Hanna Jo eine SMS und bat schnellstens um ein Treffen.

02.12.2005

Was sie sich zu erzählen hatten, ging niemanden etwas an und darum hatte Jo dieses Mal zum Treffen im Gartenhaus am Stadtrand gebeten.

Es war Freitag und Laura-Marie war auch schon da.

Jo hatte gekocht. Nichts Ernstes, ein paar Nudeln mit köstlicher Basilikum-Soße. Hanna war nicht gleich mitgekommen, als Laura-Marie Jo vom Büro abholte. Hanna hatte aus Sicherheitsgründen erst einmal die Bahn genommen und wurde an einer Haltestelle auf dem Weg von den beiden Freundinnen aufgelesen.

Sie mussten den Schein wahren, dass sie seit Monaten keinen Kontakt mehr hatten.

Laura-Marie holte Jo eigentlich jeden Freitag ab, denn wenn sie über den Schnellweg aus Richtung Lehrte-Burgdorf kam, kam sie praktisch an Bemerode am Kronsberg vorbei und musste nur noch einen kleinen Abstecher machen.

Hanna hatte einfach so eine Flasche Wein mitgebracht und fuhr später mit einem Taxi zurück nach Haus. Es war ja nicht weit.

Jetzt jedoch saßen die drei erst einmal um den Tisch herum und während Laura-Marie den Tisch deckte, machte Jo den Wein auf. Hanna schenke ein und Jo brachte anschließend das Essen.

„Wie ist es dir denn so ergangen?" fragte Laura-Marie an Hanna gewandt. „Wir haben uns ja auch schon lange nicht mehr gesehen."

Hanna zwang sich zu einem Lächeln.

„Es geht so", antwortete sie resigniert. „Meine Lieblingskollegin hat scheinbar neuen Elan geschöpft und scheint schlimmer, als vorher."

„Was ist passiert", wollte Jo wissen. „Der Bohnstahl hat uns ja weit auseinander gesetzt, aber jeden Tag läuft die in meinem Büro auf und erzählt mir ihren Mist. Hat die sich mit deinen Grazien verkracht?"

Jo schüttelte den Kopf.

„Keine Ahnung", gab sie zu. „Warum?"

Hanna erzählte die Geschichte vom Mittagessen am Vortag.

„Ja und als meine Lieblingskollegin zum Tisch kamen, haben die scheinbar abrupt das Thema gewechselt."

„Konntest du hören, um was es ging?" fragte Laura-Marie.

„Nicht wirklich", sagte Hanna, „es muss was mit Geld zu tun haben. Es fiel öfter der Begriff Konto. Aber um was es tatsächlich ging, wäre reine Spekulation. Und bei dir, Jo."

Jo seufzte.

„Die machen mir das Leben zur Hölle", berichtete sie. „Jeden Tag ist irgendwo irgendwas, aus dem sie mir einen Strick drehen. Und alle drei haben seit Monaten schlechte Laune. Das kotzt mich so an. Wenn ich den Job nicht brauchen würde, hätte ich schon lange alles hingeschmissen. Jeden Tag Theater. Und O'Chedder scheint Spaß dran zu haben, zu beobachten, wie die mich mobben. Das ist Mobbing, was die mit mir treiben!"

„Aber du kannst es nicht beweisen", sagte Hanna.

„Du doch auch nicht", antwortete Jo. „Deine Kollegin macht doch mit dir nichts anderes, oder."

„Ich versuch jetzt mal, euch aufzuheitern", mischte sich Laura-Marie ein. „Hanna, hab ich dir schon erzählt, dass ich meine Bilder ausstelle? Und dass ich schon drei von den ganz Großen verkauft habe."

Hanna war sichtlich beeindruckt. Sie wusste, dass Laura-Marie, seit sie pensioniert war, Aquarelle malte, doch dass sie jetzt auch mit Acryl arbeitete und ihre Werke seit Monaten in einem Hotel in der Heide hingen, das wusste sie noch nicht.

„Toll", lobte sie. „Kann man sich die Bilder da auch ansehen?"

Jo hatte ein bisschen ein schlechtes Gewissen, denn in dem ganzen Trubel war Laura-Maries Ausstellung komplett untergegangen. Einmal waren sie dort gewesen und hatten sich die Ausstellung angesehen. Das war Monate her. Laura-Marie fuhr regelmäßig einmal die Woche mit ihrer Mutter ins Hotel, um nach dem Rechten zu sehen. Das war aber auch schon alles.

„Vielleicht sollte man die Weiber mal durch einen Privatdetektiv checken lassen", sagte Laura-Marie plötzlich.

„Weißt du, was das kostet!" wandte Jo ein.

„So viel wären sie mir nicht wert", widersprach auch Hanna.

„Ja stimmt", gab Laura-Marie zu. „ich würde die Grazien zu gern mal kennen lernen."

„Privat will ich nichts mit denen zu tun haben", widersprach Jo. „Die reichen mir schon jeden Tag im Büro. Was macht eigentlich der Prototyp?"

Hanna schluckte schnell einen Bissen herunter.

„Geht so", berichtete sie. „Die Brandtbergk leitet ja tatsächlich das Projekt von der technischen Seite. Nur die Kosten sind noch völlig offen. Mal abgesehen davon, ob sich so was auch wirklich verkaufen lässt."

„Kennen wir nicht jemanden aus dem Verkauf oder dem Marketing?" hinterfragte Laura-Marie. „Auf der anderen Seite, würde SASI etwas entwickeln, von dem sie sich keinen Profit versprechen?"

Jo schüttelte den Kopf.

„Nein, sicherlich nicht", sagte sie. „Wer macht eigentlich bei uns im Haus die Kostenplanung für das Projekt?"

Hanna sah von ihrem Teller auf.

„Das dürfte eure Abteilung sein", bemerkte sie. „Ich gehe davon aus, dass Sören Svensson die Kostenplanung leitet."

„Und der könnte den Job an Rosi delegiert haben. O'Chedder kommt, glaub ich, nicht in Betracht", stellte Jo fest. „Das hieße dann, dass Rosi das gesamte Projekt von der Kostenseite her abwickelt und damit auch Lieferanten auswählt, die das Material günstig anbieten."

„Meinst du nicht, das die Brandtbergk das Material für ihr Baby selbst aussucht?" widersprach Hanna.

„Kann sein, muss aber nicht", bemerkte Laura-Marie. „Was macht eigentlich diese Bianca ganz genau bei euch?"

„Sie ist die Assistentin der Geschäftsleitung", sagte Hanna. „Im Moment unterstützt sie den Geschäftsführer Dr. Brömmel bei seinem Job. Der ist eigentlich nach außen hin verantwortlich für die Entwicklung des Prototypen."

„Was ist das eigentlich genau, dieser Prototyp?" fragte Laura-Marie.

„Das ist eine ganz interessante Geschichte", erklärte Jo. „Meyer, Müller, Schulze, dieser Fahrradhersteller aus Hannover und Luftikus, ein deutscher Hersteller von Kleinstflugzeugen aus Buchholz in der Nordheide, sind beide von SASI aufgekauft worden, mit dem Ziel, ein Leichtbauflugzeug mit Pedalantrieb zu entwickeln, das dann ein Verkaufsschlager werden soll, wenn es überhaupt jemand kauft. Richtig interessant dabei ist, die Kraft des Pedalantriebes mit Hilfe der Übersetzung so zu steuern, dass sich das Ding tatsächlich in der Luft hält und auch fliegt. Wenn das funktioniert, wäre das eine Revolution in der Luftfahrt. Fliegen ohne Kerosin oder einem anderen Treibstoff. Nur mit Muskelkraft. Die Idee halte ich für genial. Aber die Umsetzung mit solchen Gestalten wie der Brandtbergk und der Tromper, die halte ich für ein Wagnis. Mal abgesehen davon, dass ich der Brandtbergk nicht so viel technisches Wissen zutraue, dass sie das wirklich hinbekommt. Wenn es wider Erwarten doch klappt, dann gehört die Frau zu den ganz Großen in der Branche."

Laura-Marie zeigte sich beeindruckt.

„Woher weißt du das denn alles so genau?" sagten Hanna und Laura-Marie wie aus einem Munde.

„Ich hab einen ganz guten Draht zu Konrad Klaasen, das ist einer der Projektingenieure. Konrad hat mir ein paar seiner Entwürfe für den Antrieb gezeigt. Der Mann ist ein Genie auf seinem Gebiet. Nur die Weiber mögen ihn nicht und reden ziemlich schlecht über ihn", klärte sie Jo auf.

„Klaasen, kenn ich nicht", murmelte Hanna.

„Wenn du ihn siehst bestimmt", antwortete Jo. „Das ist dieser verschrobene ältere Herr, der morgens immer mit seiner uralten Ente in die Tiefgarage fährt. Er liebt das Teil."

„Du meinst diesen Kollegen, der von weitem aussieht wie Albert Einstein, nur das sein Haar nicht weiß, sondern noch braun ist?" fragte Hanna.

„Genau den", stimmte Jo zu. „Und von Konrad weiß ich auch genau, wie das Ding fliegen soll. Konrad hat das schon alles ganz genau in seinem Kopf."

„Jetzt sind wir ein bisschen vom Thema abgekommen", mischte sich Laura-Marie ein.

„Stimmt", gab Hanna zu. „Wir sollten mal vorsichtig hinterfragen, was Saskia Brandtbergk so entwickelt."

14.12.2005

„Wo ist denn die Crin heute?" fluchte Chantal lautstark, noch ehe sie Jacke und Tasche abgelegt hatte.

„Guten Morgen Chantal", begrüßte Dorothee Sundermann die Kollegin. „Die hat doch Urlaub, die Tage. Hat doch Geburtstag heute, weißte doch."

Chantal Krusche war äußerst übel gelaunt, als sie zur Arbeit erschien.

„So'ne Scheiße", brummte sie vor sich her. „Und wer soll dann die ganze Arbeit machen? Die Ziege hat seit Tagen nicht aufgeräumt, die ganze Ablage liegt noch rum. Dann bleibt wieder alles an mir hängen."

Dorothee stand auf und schloss die Tür.

„Ma keine Panik", sagte sie beruhigend. „Bald ist Weihnachten und dann kannst du von dem Geld schön in Urlaub fahren."

„Zusammen mit mein Onkel, was?" wandte Chantal ein. „Schön in Mittelmeer segeln und immer den Onkel vor Augen. Boh ey, wie ich das hasse."

Dorothee grinste.

„Wart mal ab", widersprach sie, „wenn de mehr Geld auf dem Konto hast, kannst du auch den Onkel abhängen. Was ich dir sage."

Chantal nickte zustimmend.

„Wird auch Zeit", antwortete sie, „der geht mir so was von auf den Senkel. Wird jeden Tag schlimmer, glaub ich."

Dorothee lachte laut auf.

Was hatte sie doch mit ihrem Gatten für einen Glücksgriff getan. Nicht dass sie ihn wirklich immer noch so sehr liebte, aber er hatte diese angenehme Eigenschaft ständig unterwegs zu sein. Entweder beruflich auf Reisen oder eben mit seinen Motorrad-Kumpels unterwegs. Manchmal gefiel ihr das ausgesprochen gut, tun und lassen zu können, was sie wollte.

Er genoss diese vermeintliche Freiheit und sie hatte Handlungsspielraum für ihre persönlichen Aktivitäten. Vor allem für ihre zahlreichen außerehelichen Affären. Er würde wohl auch keinen Trübsal blasen, da war sich Dorothee sicher.

Sie freute sich auf die Zeit zwischen den Jahren.

Die Kinder hatten Schulferien und dass hieß in ihrem Fall, dass der Gatte mit den Kumpels Skifahren war und sie verbrachte die Tage gemeinsam mit Rosi in deren Luxusvilla. Die Hunde kamen halt mal wieder zu Tante Erna nach nebenan.

Chantal hatte es nicht ganz so gut getroffen, aber das war Dorothee eigentlich recht egal. Hauptsache, ihr ging es gut, andere interessierten sie nicht sonderlich.

16.12.2005
14.00
Krisensitzung in New York.
„Wird es Probleme mit dem Jahresabschluss geben?" fragte Douglas Davenport in die Runde seiner engsten Mitarbeiter.
Mike Creak, Jane Anderson und Ben Waterman sahen sich an.
„Ich denke nicht", beruhigte ihn Jane. „Es weiß ja niemand von der mysteriösen Datei, außer uns."
„Haben wir denn schon irgendwelche Neuigkeiten?" hakte Douglas nach.
„Es geht sehr schleppend voran", berichtete Mike. „Nachdem ich den Code grob lokalisieren konnte, hänge ich gerade wieder."
„Ist ihnen schon ein Ansprechpartner in Übersee eingefallen, Douglas?" fragte Ben Waterman.
„Die Einzige, die mir in den Sinn käme, wäre Alicia Bloomberg", antwortete der. „Aber ich glaube, es ist noch ein bisschen zu früh, die Dame einzuschalten. Wir brauchen mehr Details. Oder handfeste Beweise."
„Und die haben wir nicht", stellte Jane Anderson fest.
„So ist es. Es wäre recht leichtsinnig, Wellen zu schlagen, wenn wir nichts Konkretes in der Hand haben", stimmte Ben zu. „Wenn wir wenigstens den Ursprung hundertprozentig lokalisieren könnten."
17.00
Die Abteilung Forschung und Entwicklung hatte für die alljährliche Weihnachtsfeier im ganz großen Rahmen Räumlichkeiten in einem Vorort von Hannover gebucht.
Ein tolles Hotel mit gutem Essen und hübschem Ambiente.
Jo graute ein bisschen davor. Sie hatte sich aber entschieden, an der Feier teilzunehmen.
Nun war es also soweit.
Mit ihrem kleinen roten italienischen Sportwagen, einem Fiat Cinquecento, war sie zum Veranstaltungsort gekommen.
Entgegen aller Befürchtungen gab es mehrere lange Tische und nicht nur einen Einzigen.
Während Rosi, Dorothee und Chantal ihre Plätze sofort so auswählten, dass es für Jo nicht mehr reichte, winkte eine

Kollegin Jo zu und bot ihr an, am Tisch mit den Forschung und Entwicklungs-Ingenieuren Platz zu nehmen.

Jo konnte im Laufe des Abends beobachten, wie die Zicken sie argwöhnisch anstarrten, von Zeit zu Zeit, und überhaupt nicht einverstanden waren, dass Jo Spaß hatte. In diesem Falle aber, konnten die Weiber nichts dagegen unternehmen.

George O'Chedder war nur froh, dass die vier nicht zusammen saßen und eine vielleicht noch Streit anfing.

23.12.2005

14.00

„Feierabend für dieses Jahr in Lieben", flötete Rosi Tromper und schneite in voller Breite ins das Büro Sundermann – Krusche.

Sie stellte schnell fest, dass Chantal gar nicht anwesend war.

„Wo ist sie?" fragte Rosi an Dorothee gewandt.

„Bei O'Chedder", gab die Auskunft.

„Was'n los?"

„Geht wohl um einen Vertrag für sie", erklärte Dorothee. „Wird ja auch mal Zeit, dass Chantal bei SASI unterkommt, oder."

Rosi grinste breit.

„Und was machen wir zwei Hübschen noch?"

„Ich pack ,nen paar Sachen ein und Dann komm ich nachher zu dir", sagte Dorothee. „Bin eh ganz allein zu Haus. Kommt Saskia Brandtbergk auch?"

„Saskia kommt nachher mal kurz vorbei", antwortete Rosi. „Wir müssen noch ein paar Sachen besprechen. Geht schnell, ist aber wichtig."

20.00

Dorothee Sundermann war etwas enttäuscht, als sie vorhin bei Rosi Tromper eintraf. Es herrschte nicht ein Funken von Weihnachtsstimmung in diesem Haus, Rosi hatte nicht mal einen Baum im Wohnzimmer stehen. Ohne sich überhaupt irgendwie niederzulassen, beschloss Dorothee kurzerhand, etwas an diesem Zustand zu ändern. Sie fragte nicht lang, sondern machte auf dem Absatz kehrt, fuhr los und kam mit einem Weihnachtsbaum zurück. Rosi konnte zetern, was sie wollte, Dorothee gab erst Ruhe nachdem der Baum aufgestellt und geschmückt war. Rosi stimmte es sehr missmutig, dass Dorothee ihren Willen durchsetzten musste, aber Dorothee war es nicht anders gewohnt. Niemand leistete ihr lange Widerstand.

Als gegen acht Uhr abends Saskia Brandtbergk in der Tür stand, war diese einigermaßen überrascht, Rosis Villa weihnachtlich aufbereitet vorzufinden.

„Was ist denn bei dir los, Rosi?" fragte die Kollegin und Freundin mit einem Augenzwinkern.

„Dorothee ist da, sieht man doch, " erklärte Rosi, „ich mach doch so'n Kram nicht."

Rosi führte den Gast ins Wohnzimmer und wartete bis Dorothee den Punsch mit reichlich Alkohol brachte.

Saskia setzte sich einen Ohrensessel, der irgendwie gar nicht ins Ambiente passte, den beiden gegenüber.

„Wo sind eure Männer?" begann Saskia die Unterhaltung.

„Wilfried ist auf Tour im Ausland", berichtete Rosi, „der kann nicht über Weihnachten her kommen."

„Und meiner ist Skifahren" mischte Dorothee mit. „Was mit dir?"

Saskia seufzte auf.

„Ich habe gar keinen", erwiderte sie.

Sie sahen sich an.

„Was'n los?" fragte Rosi in die entstandene Stille.

„Nix Ernstes", brummte Saskia, „ich wollt nur nicht allein zu Haus sein. Außerdem haben wir was zu feiern."

„Was denn?" wollte Dorothee wissen. „Haben wir die erste Million zusammen?"

„Noch nicht ganz", erzählte Saskia Brandtbergk, „aber wir sind auf dem besten Weg dahin."

Sie machte eine Pause und erhob ihr Glas.

„Auf die ersten Hunderttausend", fuhr sie stolz fort. „Ich hatte gestern den ersten Kontoauszug in meiner Mailbox. Wir haben tatsächlich hunderttausend US-Dollar auf unserem Konto."

Dorothee schluckte hörbar.

„Dann kann ich mir ja endlich den tollen Audi Quattro kaufen, was", rief sie entzückt aus. „In knallrot, boh, super."

„Du kannst dir bald viel mehr kaufen als das", lachte Saskia. „Es läuft wirklich gut, mit dem neuen Service-Center in Osteuropa."

„Die Sache ist idiotensicher", erklärte Rosi, „kein Mensch wird je drauf kommen, dass wir dahinter stecken."

„Und was ist mit Bianca und Chantal?" fragte Dorothee.

„Die kriegen ja auch was ab", beschwichtigte sie Rosi. „Nur eben nicht so viel, wie wir. Haste eigentlich die Bestellungen noch alle fertig gemacht?"

Dorothee grinste über das ganze Gesicht.

„Die hab ich der Crin gegeben", berichtete sie stolz.

„Biste bescheuert!" fluchte Rosi.

„Bleib locker", entgegnete Saskia, „da kann gar nichts passieren. Ich hab euch doch die Kontierungen für das neue Projekt gegeben. Es kann gar nicht auffallen."

Rosi bekam hektische rote Flecken im Gesicht.

„Ich trau der nicht", stieß sie hervor. „Aber hast Recht, die Crin ist dumm, die kommt da eh nicht drauf."

„Du machst dir viel zu viel Sorgen", wischte Dorothee alle Bedenken zur Seite. „Die Crin hat die Bestellungen auf ‚ne ganz saubere Kontierung angelecht. Ich hab das hinterher auf das neue Projekt umgeschrieben. Hat die nicht gemerkt."

Sie füllte die Punschgläser auf und stieß einen Toast aus.

24.12.2005

Jo verbrachte die Feiertage gemeinsam mit Laura-Maries bei deren Eltern auf dem Land. Sie war ganz froh darüber, jetzt so etwas wie eine Familie zu haben und freute sich auf das Miteinander. Am Meisten allerdings freute sie sich auf die Geschenke, die es hoffentlich gab. Jo liebte Geschenke, wer tat das nicht, doch für Jo waren Geschenke, die sie bekam, etwas ganz Besonderes.

Hanna Böschelburger verbrachte das Weihnachtsfest im Kreise der Familie fernab von Hannover, irgendwo an der Küste.

Gelegentlich telefonierten sie miteinander, aber in diesen Tagen tat sich eh nichts Wesentliches im Büro.

Es war ruhig und Jo sowohl als auch Hanna tat die Ruhe im Kreis von lieben Menschen ganz gut. Endlich mal keinen Stress mit nervigen Kolleginnen und kein Ärger am Hals. In Ruhe schlafen können, in Ruhe den Tag verbringen, und entspannen. Nur entspannen.

Jetzt ging es Jo gut.

Leider kamen immer wieder Gedanken an den ersten Arbeitstag im Neuen Jahr in ihr hoch und die vermiesten ihr den ganzen Urlaub.

Die ostdeutsche Grazie mit sächsischem Migrationshintergrund, Chantal Krusche hatte nicht so viel Glück, wie Jo und Hanna, oder Rosi, Dorothee und Saskia.

Chantal Krusche absolvierte das Feiertagsfestprogramm in Familie und Verwandtschaft. Dieses Jahr hatte sie alle zu Besuch.

Das bedeutete für Chantal kochen, putzen und alle bedienen.

Ihr Onkel zog es vor, seine Machoallüren herauszustellen und zu kommandieren.

Wie sehnte sie sich danach, endlich genug Geld zu haben und diesen ganzen Ballast abzuwerfen. Chantal hasste den Rummel, besonders zu Weihnachten, wie die Pest.

Bianca Meinecke hingegen genoss die Feiertage in familiärer Umgebung. Als jüngstes der Kinder wurde sie nach wie vor verwöhnt, und während die älteren Brüder die Arbeit taten, hatte sie das Vergnügen. Was wollte sie mehr.

Bei O'Chedders daheim herrschte Gewitterstimmung.

Es war Heilig Abend, ein Samstag, und schon mittags, George musste noch den Baum besorgen und schmücken, die Kinder und die ganze Verwandtschaft kamen um sechs zum Essen und Christa O'Chedder, seine Angetraute, wusste im Moment nicht so recht, wo ihr der Kopf stand. Allein die Tatsache, dass der Gänsebraten gelingen würde, hob ihre Laune.

So zogen die Festtage einigermaßen friedlich dahin.

Nur nicht bei Eleonore Schummelpfennig.

Denn nach einem äußerst lautstarken Beziehungsstreit, dessen Grund die unzähligen Aktivitäten ihres Freundes in der letzten Zeit waren, entschloss sie sich, ihn am Heiligen Abend endgültig vor die Tür zu setzten.

Er hatte sich angeschickt, ein paar Kleidungsstücke zum Wechseln zu holen und Eleonore stellte ihm seine Koffer vor die Tür.

Auch als er vor der Haustür schrie und tobte, ließ sie sich nicht erweichen. Eleonore öffnete nicht.

Sie ließ ihn einfach stehen und scherte sich nicht darum. Sollte er doch machen was er wollte. Als Putzfrau war sie sich endlich zu schade geworden.

03.01.2006

Jo hatte im Urlaub eine Idee.

Sie dachte darüber nach, dass sie am letzten Arbeitstag im alten Jahr noch Bestellungen für Dorothee anlegen musste. Alles scheinbar ganz harmlos.

Kurz bevor sie Feierabend machte und damit ihren Urlaub antrat, hatte sie noch einmal im System nachgesehen, ob alles noch so war, wie sie es eingegeben hatte.

Jo hatte schon lange den Verdacht, dass irgendetwas nicht mit rechten Dingen zuging und so hatte sie angefangen, von allen Eingaben, die sie tätigte, Bildschirmkopien zu machen.

Heute Morgen nutzte sie die Gunst der Stunde.

Sie wusste, dass niemand außer ihr im Büro war.

Also loggte sie sich ins System ein, rief ihre Eingaben auf und war sichtlich enttäuscht, dass auf den ersten Blick noch alles so war, wie es sein sollte.

Nichts, aber auch gar nichts, schien anders zu sein.

Jo öffnete den Bildschirmschoner und holte sich aus dem Automaten in der Teeküche einen Cappuccino.

Während sie diesen Schluck für Schluck trank, prüfte sie die Daten noch einmal Zeile für Zeile.

Jo kannte das System sehr gut, und trotzdem war sie ratlos.

Sollten die Weiber vielleicht dabei gegangen sein, und im Hintergrund irgendetwas laufen lassen? Wenn dem so war, kam sie nicht dran, denn Jo hatte keine Administratorenrechte. Auf der anderen Seite war sie doch nicht dumm. Wer sagte denn, dass sie sich die nicht besorgen könnte.

Jos Herz schlug bis zum Hals.

Sie brauchte eine Administrator-Kennung und das entsprechende Passwort, dann käme sie von jedem Internetcafé ins SASI-Netzwerk und brauchte nicht mal Angst zu haben, dass man entdecken könnte, von welchem PC aus sie operiert.

04.01.2006

Im New Yorker Büro von Douglas Davenport herrschte Euphorie.

Sie waren endlich den langersehnten Schritt weiter gekommen und wussten, dass die wundersame Makro-Datei aus Deutschland kam. Das war zwar immer noch kein präsentierbares Ergebnis, aber ein kleiner Schritt in die richtige Richtung, hofften alle.

Jane Anderson war felsenfest davon überzeug, dass hier jemand sehr geschickt alle Sicherheitsvorkehrungen des Systems ausgeschaltet hatte und sich unrechtmäßig an SASI-Geldern bereicherte. Sie hatte zwar keine Beweise, noch nicht, wie sie immer wieder betonte, aber sie dachte Tag und Nacht darüber nach, wie sie diese bekommen könnte. Sicher war aber auf jeden Fall, dass hier jemand mit Lieferantendaten arbeitete.

„Können wir denn hundertprozentig sicher sein, dass der Ursprung der Datei in Deutschland liegt?" fragte Douglas Davenport seinen vertrauten Kreis, „oder besteht die Möglichkeit, dass jemand aus dem Service-Center in Osteuropa dahinter steckt?"

Jane Anderson und Ben Waterman schüttelten synchron den Kopf.

„Nein", widersprach Mike Creak, „der Ursprung ist eindeutig deutsch."

Jane und Ben nickten.

„Die Anordnung des Codes wäre äußerst untypisch für Osteuropa", sagten beide wie aus einem Munde.

„Außerdem haben die in diesem kleinen tschechischen Dorf keine EDV-Spezialisten, soweit ich weiß", gab Ben zu bedenken.

„Das muss ja noch nichts heißen", überlegte Douglas. „Ich glaube nicht, dass hier ein versierter EDV-Mensch dahinter steckt. Das wird jemand sein, der mit Lieferanten zu tun hat, vielleicht ein Sachbearbeiter, und der sich schlecht bezahlt fühlt, oder etwas in der Richtung."

„Können wir eingrenzen, wie viele verdächtige Personen das sind?" fragte Mike.

„Das wird schwer", antwortete Douglas. „Ich weiß nicht einmal genau, wie viele Niederlassungen wir allein in Deutschland haben."

„Es müsste ja auch jemand sein, der relativ großzügigen Zugang zum System hat", bemerkte Mike. „Jemand, der vielleicht sogar über Internet aktiv werden könnte."

„Da ist etwas dran", stimmte Jane zu. „denn eine solche Manipulation macht du nicht eben im Büro nebenbei, wo jederzeit jemand stören könnte. Diese Ursprungsdatei haben der oder die Täter zu Haus in Ruhe ausgearbeitet und dann ins Firmensystem eingeschleust."

„So könnte es gewesen sein", überlegte Douglas. „Die Frage, die sich uns jetzt stellt, lautet: Wie grenzen wir den Kreis der verdächtigen Personen ein?"

„Können wir nicht alle Mitarbeiter einem Sicherheitsheck unterziehen?" fragte Ben Waterman.

„Wir können nicht jeden Einzelnen überprüfen", erklärte Douglas. „Deutsche Arbeitnehmer genießen durch verschiedene Gesetzte bestimmte Rechte. Außerdem hätte der Betriebsrat auch ein Wörtchen mitzureden. Und wir haben schließlich noch lange keinen konkreten Verdacht. Aber selbst wenn wir einen konkreten Verdacht hätten, dürften wir nicht überwachen wen und wo wir wollten."

„Und wenn wir nicht lange fragen?" schlug Jane vor.

„Jane", rief Douglas aus. „Das ist in Deutschland illegal."

„Aber vielleicht unsere einzige Change", raunte Mike.

„Wir können keine illegalen Aktionen durchziehen", widersprach Douglas. „Außerdem wären Tausende von Mitarbeitern betroffen. Nein, unser vorrangiges Ziel muss es jetzt sein, den Kreis der Personen einzuschränken, vielleicht sogar soweit, dass wir eine Niederlassung lokalisieren können. Lasst uns daran arbeiten."

Während Ben, Jane und Mike zurück an ihren Computer gingen, lehnte sich Douglas Davenport in seinem Schreibtischsessel zurück und sah durch die Glasfront seines Büros runter auf New York und den nahen Central Park.

Es hatte geschneit. Die Bäume und Sträucher im Central Park waren wie mit Puderzucker weiß überzogen. Erwachsene zogen Kinder auf Schlitten umher. Nicht, das er wirklich von hier oben jemanden erkennen konnte, er stellte es sich vor.

Er dachte über die Möglichkeit eines internen Audits nach, verwarf die Idee aber sofort wieder. Zum einen bekam ein Revisor nur die Informationen, die er bekommen sollte und zum Zweiten hatte ein Revisor keinen uneingeschränkten Zugang zum System, das war nicht üblich.

Was Douglas jetzt brauchte, war ein Wunder.

09.01.2006

06.30

Hanna Böschelburger hatte Urlaub.

Heute war ihr erster Arbeitstag im Jahr 2006.

Voller Elan und guten Mutes war sie schon um fünf Uhr aus dem Bett gesprungen, hatte sich zurecht gemacht und gefrühstückt und saß zu dieser unchristlichen Zeit an einem kalten Januar Montagmorgen im Büro am Schreibtisch, als wie von der Tarantel gestochen, Lieblingskollegin Eleonore Schummelpfennig dort auftauchte.

Eleonore sparte sich das Guten Morgen und prustete gleich los: „Ich hab ihn endlich rausgeschmissen!"

Hanna war völlig verwirrt und wusste gar nicht um was es ging.

„Was ist los?" fragte sie ungläubig. „Guten Morgen, Eleonore, überhaupt erst mal."

„Ach ja", knurrte die und fletzte sich auf eine Schreibtischecke. „Heilig Abend habe ich meinen Kerl endlich rausgeschmissen", wiederholte sie gutgelaunt. „Man, hat mir das gut getan."

„Das wurde aber auch Zeit", stellte Hanna fest. „Und jetzt? Lässt du dich scheiden?"

Eleonore schüttelte den Kopf.

„Nee, wir waren ja nicht verheiratet, Gott sein Dank" sagte sie kleinlaut. „Ma gucken."

Hanna ahnte, dass Eleonore den Rausschmiss schon wieder bereute, aber was sollte man zu so viel Dummheit sagen. Alle guten Ratschläge waren in ihrem Fall eh vergeblich.

„Immerhin hast du schon mal den ersten, wichtigen Schritt getan", ermunterte Hanna Eleonore und sah sie an. „Wie soll's denn jetzt weitergehen?"

„Na ja", Eleonore seufzte, "wie gesagt. Erst mal gucken. Und dann muss ich überlegen, was ich mit dem Haus mache. Ist meins. Ist aber zu groß für mich alleine."

Irgendwie tat sie Hanna doch leid, auch wenn sie eine üble Intrigantin war. Wer wusste schon, warum sie so geworden war.

Hannas Handy zeigte eine eingegangene SMS an. Schnell schaute sie nach.

Treffen – dringend – J. las sie.

Heute 17.00 bei mir, schrieb sie zurück.

17.00

Jo erschien pünktlich bei Hanna und erzählte von ihrem Plan.

„Bist du verrück", rief Hanna aus. „Du kannst dich doch nicht mit einem falschen Passwort ins Firmennetzwerk hacken."

„Und warum nicht?" fragte Jo gereizt. „Ich bin mir mittlerweile ziemlich sicher, dass die Weiber da ein ganz faules Ding am Laufen haben. Wenn ich wissen will, was die treiben, muss ich nachsehen. Und das geht nur, wenn ich mit einer Administrator-Kennung reingehe. Zum einen brauche ich diese Berechtigungen und zum anderen soll doch niemand merken, dass ich da rum schnüffle, oder?"

Hanna war außer sich.

„Du spinnst", wies sie Jo zurecht, „das kannst du nicht bringen, auch wenn uns das vielleicht enorm weiter bringen könnte."

„Hast du Angst, Ex-Chefin?" erwiderte Jo.

„Ein bisschen schon, Ex-PA", gab Hanna zu. „Aber wäre es nicht besser, wir hätten die Kennung der Brandtbergk?"

Jo lächelte.

„Das wäre wie ein kleines Wunder", pflichtete sie bei.

„Ich kümmere mich drum", versprach Hanna.

„Kein Wort zu Laura-Marie", bat Jo. „Die macht sich sonst nur unnötig Sorgen."

„Versprochen."

18.01.2006

Der Tag hatte für Jo schon gut angefangen.

Chantal Krusche kam Punkt acht Uhr noch in Hut und Mantel in Jos Büro geschossen, knallte einen Stapel Papiere auf den Tisch und fing sofort an zu streiten.

„Biste eigentlich nur doof", schrie sie hysterisch. „Ich gebe dir die Ablage, damit du sie a b l e c h s t", sie zog das Wort dermaßen in die Länge, „und was machst du? Packst alles in den Schrank und ich such mich tot. Und die Bestellungen von Dorothee von vor Weihnachten konnte ich auch alle noch mal machen. Boh ey, du kotzt mich so an."

Jo konnte sich ein Grinsen nicht verkneifen, auch wenn ihr eigentlich schon wieder zum Heulen zumute war.

„Grins noch so blöd", zickte Chantal weiter, „Ich hab so die Schnauze voll von dir!"

In diesem Moment erschien eine Kollegin in der Tür.

„Was ist denn hier los?" fragte sie überrascht und sah von einer zur anderen.

„Frag sie", herrschte Chantal die Frau an.

Chantal stieß den Stapel Papier auf Jos Schreibtisch um und zog von dannen.

Jo atmete hörbar auf.

„Da bin ich gerade rechtzeitig gekommen, was?" sagte die Kollegin sanft zu Jo. „Was hatte die denn so früh am Morgen schon für Probleme?"

„Die spinnt ganz einfach", stellte Jo fest. „Ich tippe mal auf einen hysterischen Anfall."

Die Kollegin lachte auf.

„Das scheint bei ihr ein Dauerzustand zu werden", stimmte sie zu. „Machen dich deine Kolleginnen immer noch so fertig?"

„Entschuldigung", lächelte Jo frustriert, „wie sah das gerade aus?"

„Hast Recht", sagte die Kollegin. „Das ist doch wirklich Mobbing, verdammt noch mal."

„Und ich kann nichts dagegen tun", resignierte Jo, „die machen mich bei jeder Gelegenheit an, manchmal werden sie sogar richtig ausfallen, aber ich habe keinerlei Beweise und nichts gegen sie in der Hand."

Kaum war die Kollegin draußen, rauschte Rosi hinein.

„Was haste denn mit Chantal schon wieder?" wollte sie wissen.

Rosi war sehr aufgebracht.

„Das übliche", antwortete Jo.

Sie hatte keine Lust, sich auf diese immer wiederkehrenden, nutzlosen Diskussionen einzulassen.

„Mädchen, Mädchen", seufzte Rosi verständnisvoll, „was soll ich nur mit euch machen?"

Jo stutzte.

Rosi schrie sie nicht ebenso hysterisch wie Chantal an, sondern machte auf verständnisvoll. Was sollte das denn?

Die Antwort kam in Form von George O'Chedder um die Ecke und bat Jo in sein Büro.

„Frau Crin", begann er väterlich, „setzten sie sich, ich muss mit ihnen reden."

Jo wurde langsam etwas cooler bei diesen Gesprächen, auch wenn es ihr immer noch sehr nahe ging. Sie setzte sich ihm gegenüber, wie immer.

„Ich habe langsam keine Lust mehr, ständig nur angefeindet zu werden", platzte es aus ihr heraus. „Es ist immer der gleiche Ablauf: Die Damen geben mir eine Arbeit mit genauen Anweisungen, ich führe sie genauso aus und dann erscheint die zweite oder dritte Kollegin und behauptet, ich hätte Fehler gemacht. Wenn ich dann richtig stellen will, dass ich nur deren Anweisungen ausgeführt habe, heißt es, ich hätte das halt falsch verstanden, ich hätte eben nicht richtig aufgepasst!"

Jo war auf hundertachtzig und mächtig gereizt und aggressiv. Sie musste sich zusammen reißen.

„Die Tatsachen sprechen für sich", sagte O'Chedder, „ihre Fehlerquote liegt deutlich über der der Kolleginnen."

Er hielt ihr einen langen Vortrag über sorgfältiges Arbeiten.

„Herr O'Chedder", herrschte ihn Jo an, „ich lasse mir nicht nachsagen, dass ich schlampig arbeite. Nicht von ihnen und schon gar nicht von meinen Kolleginnen. Auch die machen schließlich Fehler. Die werden dann nur nicht so hoch gespielt."

„Das ist doch nicht wahr", widersprach O'Chedder, „die Fehler der anderen rüge ich genauso wie ihre. Die anderen machen nur nicht so viele."

Jo sah ihm ganz tief und mit festem Blick in die Augen.

O'Chedder wich ihrem Blick aus.

„Wenn sie so unzufrieden mit mir sind", sagte sie mit fester Stimme. „Dann werfen sie mich doch raus! Sie wissen ja, dass mein Vertrag jederzeit kurzfristig kündbar ist!"

Mit diesen Worten stand Jo auf und wandte sich zur Tür.

Bevor sie ging, drehte sie sich noch einmal um.

„Ich betrachte diese Diskussion hiermit für beendet", erklärte sie. „Wenn sie mir weiterhin ungenügende Leistung unterstellen, möchte ich dafür bitte detaillierte Beweise sehen und keine vagen Anschuldigungen meiner Kolleginnen."

O'Chedder stand auf, kam zu ihr und berührte sie väterlich am Arm.

„Bitte setzten sie sich wieder, Frau Crin", bat er ruhig. „Ich habe einen Vorschlag."

Jo ließ sich beruhigen und nahm wieder Platz.

„Ein Agreement nur zwischen ihnen und mir", erklärte er.

Jo sollte eine Liste mit den Aktionen führen, bei denen sie unsicher war. Er, O'Chedder, wollte sich regelmäßig Zeit für sie nehmen und diese Sachen mit ihr durchsprechen. Sie sollte ebenfalls festhalten, welche Fehler ihr tatsächlich unterlaufen wären und welche sie vermeiden konnte.

Jo entschied, sich darauf einzulassen.

Als sie wieder an ihrem Schreibtisch saß, überlegte sie, was diese Aktion wohl sollte.

Ihre Zweifel wurden nicht wirklich weniger.

24.01.2006
14.00

Hanna hatte Spaß bei der Arbeit, ironisch ausgedrückt.

Saskia Brandtbergk hatte sich die Ehre gegeben und einmal mehr zu einem Meeting wegen der Materialplanungs-Liste gebeten.

Heute hatte sie extra einen Besprechungsraum in der Konferenzzone gebucht, denn an diesem Treffen sollten neben ihr und Hanna, Eleonore Schummelpfennig, Hubertus Bohnstahl, Sören Svensson, George O'Chedder und Konrad Klaasen auch Rosi Tromper und Chantal Krusche teilnehmen.

Zu Hannas Überraschung hatte sich auch Dorothee Sundermann eingeklinkt. Das war Hanna nur recht, denn so konnte sie die drei Weiber auf einen Schlag in Augenschein nehmen und wusste, wer ihre Gegenspieler waren.

Aber außer vielen Worten und endlosen Diskussionen brachte auch diese Unterredung keinerlei Ergebnisse.

Eleonore bekam den Job nicht.

Hanna war beruhig.

Der einzige Lichtblick und ganz große Zufall, der sich hier auftat, war, dass Saskia Brandtbergk ihre Präsentation mit dem PC über den Beamer an die Leinwand warf und Hanna, weil sie sehr gut aufpasste, erspähen konnte, mit welchem Passwort sich Saskia Brandtbergk einloggte.

Es geschahen noch Wunder.

Was Hanna jedoch nicht ahnte, es handelte sich hierbei um ein Master-Passwort. Mehr Glück konnte man auf einen Schlag nicht haben.

19.00

Hanna war kaum zu Haus, da rief sie als Erstes bei Jo an und gab ihr das Codewort durch.

„Super", rief Jo aus. "Jetzt musst du mir nur noch mal bei Gelegenheit zeigen, wie du dich ins Netzwerk einloggst. Ich hab noch nie über Internet mit der Company gearbeitet."

Hanna stöhnte auf.

„Mach ich", sagte sie, „aber nicht mehr heute. Ich bin völlig fertig nach diesem Besprechungsmarathon. Bis um halb sieben haben die geredet und immer ohne nennenswertes Ergebnis."

„Und was macht Eleonore?" fragte Jo.

Hanna lachte am anderen Ende der Leitung laut auf.

„Montag morgens klag sie mir ihr Leid", berichtete Hanna, „sie hat übrigens Heilig Abend ihren Typen rausgeworfen, und Dienstags haut sie mich erneut in die Pfanne. Ich glaub, die wird langsam genauso paranoid, wie deine Kolleginnen. Und bei dir?"

Jo begnügte sich mit der Kurzfassung der letzten Ereignisse.

28.01.2006

17.00

Madame Sundermann hatte zum gemütlichen Beisammensein geladen.

Nachdem Rosi sich nach ihrem Urlaub im Oktober zeitnah mit allen Zicken wieder gutgestellt hatte, feierte man heute im großen Kreis: Rosi, Saskia, Chantal, Dorothee und Bianca, alle waren der Einladung gefolgt. Nur Eleonore hatte man wohlweislich vergessen.

Bei Sundermanns war ja, wie so oft, außer Dorothee niemand zu Haus.

Der Gatte war dieses Mal auf Kegeltour.

Dorothee hatte also sturmfrei.

Es war zwar Ende Januar und frostig, aber trocken.

Dorothee hatte auf der Terrasse den Grill angeworfen, Chantal übernahm diese Tätigkeit. Bianca deckte den Esstisch und Dorothee kümmerte sich um das obligatorische Fläschchen, das es zu leeren gab.

Zur Feier des Tages hatte Saskia Brandtbergk einen Kasten Champagner mitgebracht. Da anschließend wohl keine der Grazien mehr fahrtüchtig sein würde, hatte Dorothee Schlafgelegenheiten vorbereitet, zwei im Schlafzimmer, zwei im Gästezimmer und ein Bett im Spielzimmer der kleinen hysterischen Tölen. Es war für alles gesorgt.

Rosi hatte sich dazu herabgelassen, Kekse mitzubringen, Bianca hatte für Steaks gesorgt, Chantal brachte die Würstchen mit.

Besser konnte es ihnen gar nicht gehen, fanden alle fünf.

„Essen ist fertig", verkündete Chantal ziemlich barsch.

Dorothee bat zu Tisch.

„Was'n schon wieder mit dir, Schätzchen?" fragte sie liebevoll.

„Wie immer", wiegelte Chantal ab. „Wer schläft denn wo?"

„Mach dir mal keine Gedanken", antwortete Rosi und brachte ihren massigen Körper zum Tisch.

Sie ließ sich Chantal gegenüber nieder und sah die junge Kollegin ernst, aber besorgt an.

„Schätzchen, lass jetzt mal das Rumzicken weg", befahl Rosi. „Heute wollen wir feiern!"

Chantal kniff die Augen zusammen und ließ sie böse funkeln.

„Wenn du das sagst", gab sie zurück. „Ich schlaf jedenfalls nicht in Hundezimmer, das das klar ist."

„Mädels, bleibt ruhig", beschwichtigte Bianca die beiden, „ich schlaf wohl auch in Spielzimmer."

„Brauchst du nicht", mischte sich Saskia Brandtbergk ein. „Das Einzelzimmer ist für mich reserviert!"

Sie duldete keinen Widerspruch.

Einstweilen friedlich stopften sie sich die Münder voll und spülten mit Champagner nach. Der Tisch schien vor Speisen zu bersten, so viel hatten sie gemeinsam eingekauft, aber wenn man manche Figur der Grazien sah, wusste man, sie würden es schaffen.

„Ich war letztens im Schlosshotel Erika Schön, in der Heide", begann Saskia ein Gespräch. „Interessiert sich jemand von euch für Malerei?"

„Wieso?" fragte Rosi.

„Die machen in diesem Hotel immer mal wieder Ausstellungen von unbekannten Künstlern", berichtete Saskia, „seit einiger Zeit läuft da eine Ausstellung von einer Malerin hier aus der Gegend. Ich kenn sie zwar noch nicht, aber ihre Bilder sind wirklich sehr ansprechend."

"Was sind das für Sachen?" wollte Dorothee wissen. „So was Modernes?"

„Auch", fuhr Saskia fort, „hauptsächliche Acryl-Arbeiten. Aber auch Aquarelle. Manche sehr modern, andere recht gegenständlich, ziemlich vielseitig, die Dame."

„Weißte, wie die heißt?" meldete sich Bianca zu Wort.

„Ich glaub' Ajo, oder so ähnlich", antwortete Saskia, „auf jeden Fall ein sehr kurzer Name. Die hat tolle Bilder gemacht. Manchmal wünschte ich mir, ich könnte so etwas auch."

„Sag mal, Bianca", sagte Chantal, "ist das nicht die Guste, mit der die Crin immer rum hängt?"

„Dann sind wir ja wieder beim Thema", merkte Dorothee an.

„Kann ich nix für", wiegelte Chantal ab. „Frau Brandtbergk hat angefangen."

„Nun sag endlich mal du zu mir", forderte Saskia Chantal auf. „Ich heiße Saskia."

„Wenn du meinst."

Saskia ergriff ihr Champagnerglas und bot Chantal an, Brüderschaft zu trinken.

Chantal nahm das Angebot inklusive eines Küsschens an.

„Jetzt werdet ihr mal ein bisschen lockerer", schmunzelte Dorothee. „Wurde aber auch Zeit, was! Woher weißte denn, wie die Guste von der Crin ihre Bilder unterschreibt?"

„Das hat sie mir mal erzählt", verriet Bianca. „Letztes Jahr habe ich die beim Geburtstag von der Böschelburger getroffen."

Rosi grunzte, sie war satt.

„Ich brauch ‚nen Schnaps", stieß sie hervor.

Bianca sprang auf und holte ohne Zögern die Flasche Ouzo, die sie auf dem Sideboard entdeckt hatte, an den Tisch.

„Kannst du nicht fragen", knurrte Dorothee sie an.

„Bäh", bluffte Bianca zurück. „ist doch für Rosi, oder seit wann trinkst du so harte Sachen?"

„Stimmt ja", lenkte Dorothee ein. „Hab ich extra für dich gekauft. Damit du dich wohl fühlst in Casa Sundermann."

Chantal sah in die Runde.

„Wollt ihr noch was essen?" fragte sie mit bäuerlichem Charme. „Sonst räum ich ab."

„Lass das mal sein und setz dich wieder hin", befahl Dorothee, „sollst doch hier nicht arbeiten, ist hier wie Urlaub!"

Chantal gehorchte.

„Muss ich raus, zum Rauchen?" fragte Rosi.

Dorothee verzog das Gesicht.

„Nee, lass gut sein, heute könnt ihr hier drinnen rauchen", erlaubte sie. „Nicht dass sich Saskia und du noch den Hintern abfriert, was."

Rosi lächelte.

„Weißte doch, Räucherware hält sich länger", gab sie zum Besten.

Rosemarie Tromper und Saskia Brandtbergk setzten sich zurück auf die Couch, zündeten sich ihre Zigaretten an und beobachteten das Treiben, ehe sich auch die drei anderen um den Couchtisch scharrten.

„Jetzt aber mal Klartext", griff Saskia das Gespräch wieder auf. „Wir waren mit unserer Aktion äußerst erfolgreich. Mittlerweile haben wir unseren Kontostand deutlich erhöht."

„Was heißt das genau?" wollte Chantal wissen.

„Dass du in den nächsten Tagen mit einem größeren Geldbetrag rechnen kannst", erklärte Saskia. „Du auch Bianca. Vorausgesetzt natürlich, ihr schafft es, umgehend ein Girokonto zu eröffnen."

„Aber ich hab doch eins", widersprach Chantal.

„Schätzchen", belehrte sie Saskia, „du willst doch nicht, dass dein Onkel Dieter Wind von unserem Treiben bekommt, oder? Und außerdem sollte dieses Geld nicht auf das Konto gehen, auf dem auch dein Gehalt verbucht wird. Du verstehst?"

„Nö", gab Chantal zu.

„Macht nix", sagte Rosi. „Mach einfach, was wir dir sagen, und mach bei ,ner anderen Bank ein Konto auf. So einfach ist Tennis."

„Was für ein blöder Spruch", bemerkte Saskia.

„Und wie viel kommt da so?" hakte Bianca nach.

„Ich denke mal um die zehntausend Euro für jede", antwortete Saskia.

Chantal war zutiefst beeindruckt.

Für Chantal waren zehntausend Euro auf einen Schlag wie ein Sechser im Lotto, Bianca allerdings jonglierte öfter mit diesen Summen. Ihr grünes Sport Coupé hatte ein Vielfaches davon gekostet. Aber immerhin, sagte sie sich.

Die nächste Flasche Champagner musste dran glauben.

„Was treibt eigentlich Kollegin Crin so?" erkundigte sich Saskia nach dieser erfreulichen Nachricht.

„Das Biest ist zäher, als ich dachte", gab Rosi zu. „Eigentlich wollte ich die schon lange raus haben, Chantal soll den Posten kriegen, aber die Crin hält sich irgendwie."

„Und euer Chef", fragte Saskia an alle gewandt.

„Der scheint irgendwie Skrupel zu kriegen", berichtete Dorothee. „Neulich hat er sich erst Chantal gegriffen. Wollte wohl vermitteln. Aber doch nicht mit uns. Die Crin machen wir fertig. Die muss weg."

„Könnte es nicht sein, dass euch die Crin gewachsen ist?" gab Saskia zu bedenken. „Ich kenn die noch aus der Buchhaltung. Da hat sie immer einen sehr guten Job gemacht. Und das jahrelang. So dumm kann die nicht sein."

„Ach", wiegelte Chantal ab", die hat nur Glück gehabt. Strohdoof ist die, dass merkt doch jeder!"

„Vielleicht solltet ihr sie nicht unterschätzen", setzte Saskia erneut an, „die Crin hatte sich ziemlich hochgearbeitet, bevor sie von euch niedergemacht wurde. Gut, sie kann uns nicht schaden, weil sie nirgends ran kommt, aber ihr solltet etwas vorsichtiger mit ihr umgehen."

Rosi grinste Saskia Brandtbergk ins Gesicht.

„Keine Sorge", beruhigte sie die Verbündete, „Johanna Crin, kann uns nicht gefährlich werden. Die hat doch überhaupt nicht das Format, und mittlerweile auch kein Selbstbewusstsein mehr! Los, jetzt an die Kekse!"

Damit war für Rosi dieses Thema erledigt.

Saskia hoffte inständig, dass sich Rosi da nicht täuschte.

„Was hat Johanna jetzt eigentlich mit dieser Malerin zu tun?" wollte Dorothee wissen und knabberte genüsslich an dem Keks, den sie sich sofort nach Rosis Aufforderung genommen hatte.

Bianca grinste verräterisch über das ganze Gesicht.

„Die Crin ist eine Lesbe, ich weiß das ganz genau. Und mit dieser kranken Malerin poppt die", gab sie zum Besten.

„Woher willst du denn das wissen?" bemerkte Chantal.

„Och Gott", sagte Bianca, „man sieht der das an und Dann war ich ja letztes Jahr bei der Böschelburger zum Geburtstag eingeladen, was. Hab ich doch eben schon mal gesagt."

„Und da haben die gepoppt?"

Dorothee brach in schallendes Gelächter aus. Offensichtlich wirkte Rosis Haschkeks.

„Da hast du heute aber ein bisschen viel rein getan", stellte Saskia fest und nahm sich auch einen Keks.

Bianca und Chantal taten es ihr gleich.

Rosi zögerte noch etwas, griff dann aber doch auch beherzt zu.

Kaum waren die Kekse gegessen, mit Champagner nachgespült und verdaut, da glitt die Stimmung im Hase Sundermann abrupt in eine äußerst lächerlich anmutende Orgie ab.

Hauptdarstellerinnen: der Zicken-Club.

20.00

Während die Weiber fernab der Stadt auf dem Lande eine wilde Orgie mit hochdosierten Haschkeksen und exklusivem Champagner feierten, saß Jo mutterseelen allein in einem Internetcafé am Schwarzen Bären und grübelte darüber nach, wo sie wohl ansetzen musste, um wenigstens einen kleinen Schritt weiterzukommen.

Hanna hatte ihr gezeigt, wie man sich richtig ins Firmennetzwerk einloggte, ohne Probleme zu bekommen. Und Jo war gelehrig.

Aber dieses Café war nicht besonders gemütlich.

Kahle Wände mit verblichenen Postern schmückten den Raum. Eingerichtet mit uraltem und sehr spärlichem Mobiliar. Aber zum Glück modernste Technologie, schnelle Rechner und Hochgeschwindigkeits-DSL-Verbindung.

Jo quälte sich.

Niemand durfte mitbekommen, was sie hier trieb. Aber hier kümmerte sich sowieso jeder um sich selbst.

Vielleicht sollte sie jemanden fragen, der sich mit so etwas auskannte, schoss es ihr durch den Kopf.

Natürlich nicht, keine Change.

Irgendwann gegen Acht gab sie für heute auf.

Gott sei Dank hatte sie ein freies Wochenende. Laura-Marie war zu einer Freundin gefahren. Jo hatte also Zeit. Aber nun auch erst einmal die Nase voll.

Sie loggte sich bei SASI aus, fuhr den Rechner runter und setzte sich an die Bar in der Mitte des Raumes, um noch ein kühles Bier zu trinken und sich dann auf den Heimweg zu machen.

Ihr Handy klingelte.

Laura-Marie sagte schon Gute Nacht für heute.

Dann rief Hanna an.

Jo gab einen kurzen Bericht und fuhr anschließend nach Haus.

Zu Haus angekommen, schaltete sie den Fernseher an und zog sich, während sie im Internet nach nützlichen Tipps zum Thema suchte, diverse Comedys rein.

Was für eine Scheiße, aber hoffentlich hatte wenigstens Laura-Marie Spaß.

12.02.2006

„Was bist du denn so fahrig, George?" fragte Christa O'Chedder ihren Mann beim Mittagessen.

Der schien sie gar nicht zu hören.

„George!" rief Christa aus, „hörst du mir gar nicht zu?"

O'Chedder zuckte zusammen und sah seine Gattin verwirrt an.

„Ach Christa", seufzte er vor sich her, „wenn du wüsstest."
„Immer noch dieser Aufruhr bei euch in der Abteilung?" fragte sie sanftmütig nach.
„Schlimmer denn je", berichtete er. „Die Krusche und die Tromper werden jeden Tag hysterischer und die Crin macht mir langsam echt Sorgen. Es wird wirklich Zeit, dass die bei uns verschwindet. Aber eine Kündigung kommt nicht in Frage, dafür fehlen mir die Argumente. Und ihr Vertrag läuft noch bis Ende des Jahres. Da stehen mit noch zehneinhalb Monate Ärger bevor."
Christa O'Chedder zuckte mit den Achseln.
„Ich weiß ja nur, was du mir erzählst, George", sagte sie. „Aber ich glaube langsam nicht mehr, dass dieser ganze Unfriede mit rechten Dingen zugeht. Meiner Meinung nach helfen diese sonderbare Frau Tromper und diese ungehobelte Frau Krusche dort ganz gewaltig nach."
„Weißt du Christa", fuhr George fort, „ich weiß langsam ganz und gar nicht mehr, auf wen ich mich noch verlassen soll, aber auf die Tromper muss ich mich verlassen. Sie ist mein bester Mann. Und die Tromper kann sich ganz sicher auf die Krusche verlassen, noch dazu wo die beiden mit der Sundermann ein wirklich sehr gut eingespieltes Team sind."
„Aber meinst du nicht auch, dass da Methode hinter steckt", gab Christa zu bedenken. „Die brauchten unbedingt Verstärkung, haben dir diese Frau aufgeschwatzt und dann haben sie gemerkt, dass die vielleicht mehr kann, als sie sollte. Vielleicht wollen sie diese Frau Crin loswerden, weil sie doch nicht so dumm ist, wie sie zuerst dachten."
„Ich weiß es nicht", knurrte George, „ich habe keine Ahnung."
„Kümmere dich darum, dass ich Frau Tromper endlich kennen lernen kann. Ich will mir mal selbst ein Bild von dieser Person machen", ordnete Christa O'Chedder an.
George nickte nur beiläufig.
16.02.2006
Wöchendliches Meeting in New York.
Längst trafen sich zu diesen Besprechungen nur noch vier Personen regelmäßig, nämlich Douglas Davenport, Ben Waterman, Jane Anderson und Mike Creak.

Wie immer stand Kaffee in großen Kannen auf dem Tisch, Sandwichs lagen zum Verzehr bereit.

Mike Creak, der dürre Computer-Experte, langte wie jeden Donnerstag, kräftig zu, und obwohl er an manchen Tagen solche Mengen an Nahrung zu sich nahm, dass drei normale Personen satt geworden wären und auch um Fastfood keinen Bogen machte, nahm dieses Kerlchen kein Gramm zu.

„Gibt es etwas Neues?" fragte Douglas in die Runde und dachte bei sich, warum frage ich überhaupt noch.

„Ja", sagte Jane Anderson kaum hörbar und auch Douglas nahm dieses Wörtchen im ersten Moment nicht gleich wahr.

„Wie bitte", hakte er nach. „Was?"

Jane strahlte übers ganze Gesicht und ihre Augen blitzen lustig auf.

„Wir haben den Ursprung der Datei lokalisiert", berichtete sie stolz.

„Wie?" fragte Douglas.

„Das wollen sie nicht wirklich wissen, Douglas", schmunzelte Mike. „Sie möchten keine Kenntnis davon haben, dass wir uns nächtelang im Internet in Hacker-Foren herum getrieben haben, um Hintergrundinformationen zu verschiedenen Möglichkeiten von Makro-Manipulationen zu bekommen, oder?"

„Juhu!" stieß Douglas hervor. „Was habt ihr rausgefunden? Erzählt mir alles!"

Lange schon hatte ihn niemand mehr so aufgekratzt erlebt.

Die drei jugendlich-dynamischen Mitarbeiter zogen sich Stühle heran und bildeten vor Douglas einen Halbkreis.

„Also", begann Ben Waterman und machte es ziemlich spannend, „das hat uns natürlich auch keine Ruhe gelassen, dass wir als hochbezahlte IT-Spezialisten hier scheitern sollten. Also haben wir uns in einer Bar auf einen Drink getroffen und unter Einsatz von Leib und Leben bei verschiedensten Cocktails und Longdrinks Brainstorming betrieben."

„Dann sind wir darauf gekommen," fuhr Jane Anderson fort, „dass das Internet doch eigentlich unendliche Möglichkeiten bietet, an Informationen der verschiedensten Art, auch mehr oder weniger nicht ganz legaler Art, zu kommen, um es vorsichtig auszudrücken."

„Wir haben also Informationsmanagement im weitesten Sinne betrieben", griff Mike Creak den Faden auf, „und wurden schließlich nach nächtelanger Suche fündig. Bei der Datei, die wir hier im SASI-System gefunden haben, handelt es sich um ein Makro, dass Stammdaten manipuliert. Und zwar so im Hintergrund, im Customizing, dass das vordergründig gar nicht auffallen kann. Zum Ersten sucht ja niemand bewusst nach solch einer Manipulation und zum Zweiten läuft das so unauffällig ab, dass es schon mit dem Teufel zugehen müsste, wenn das hochkommt."

„Wir gehen davon aus", erklärte Ben weiter, „dass es sich um eine Gruppe von Tätern handelt. Einer allein kann so etwas kaum umsetzten und wird hoffentlich im Haus SASI auch nicht so weitreichenden EDV-Zugriff haben. Der Ursprung dieser Datei liegt mit hoher Wahrscheinlichkeit in Norddeutschland, eventuell in der SASI-Hauptverwaltung in Hannover. Das wäre am Wahrscheinlichsten, weil man von dort den besten Zugriff auf angrenzende Systeme hätte. Aber das können wir noch nicht mit Sicherheit sagen, dazu müssen wir noch weitere Test und Checks durchführen. Außerdem werden in Hannover diverse Außenbetriebe verwaltet, die auch in Frage kommen könnten."

„Wir gehen des Weiteren davon aus", übernahm Jane wieder, "dass diese Manipulation dazu dient, sich unrechtmäßig zu bereichern. Das bedeutet, dass sich hier eine Tätergruppe Zugriff auf Firmengelder verschafft hat. Diese Informationen sind aber bis jetzt erst einmal nur Spekulation. Es könnte, rein theoretisch, auch etwas ganz anderes dahinter stecken. Doch das bekommen wir noch raus."

„Ich könnte euch umarmen! Ihr seid Klasse!" rief Douglas aus. „Aber wie gehen wir weiter vor?"

„Da waren sie wieder, unsere drei Probleme", grinste Mike.

„Nein, Spaß beiseite", sagte Ben, „wir brauchen Gewissheit, bevor wir den nächsten Schritt unternehmen. Wenn wir mit Sicherheit sagen können, um welchen Ort es sich handelt, dann müssen wir schnellstens abklären, wer unsere Zielgruppe sein könnte."

„Das wird nicht ganz einfach sein", merkte Douglas an, „aber das war die ganze Angelegenheit bis hierhin auch nicht. Lasst uns Feierabend machen und irgendwo was trinken gehen. Ich gebe einen aus, zur Feier des Tages."

21.02.2006

Schon wieder einmal Dienstag. Die Zeit verging wie im Flug. Jo beobachtete das Treiben der Kolleginnen immer mehr mit Argus-Augen. Die drei waren seit einer geraumen Weile merkwürdig gut drauf. Das konnte natürlich daran liegen, dass Dorothee morgens jetzt immer mit ihrem schicken neuen roten Audi Quattro vorfuhr, oder dass Rosi plötzlich offensichtlich eine Kosmetikerin wegen ihrer Hautprobleme zu Rate gezogen hatte, oder dass Chantal nur noch von dem kleinen aber feinen Segelboot schwärmte, dass sie am Steinhuder Meer liegen hatte, aber Jo fiel auf, dass die drei auch sonst irgendwie anders waren.

Nicht, dass sie sich freundlicher oder kollegialer Jo gegenüber verhielten. Nein, das ganz und gar nicht. Sie hatten offensichtlich in allen möglichen Schnickschnack investiert, aber nicht in gutes Benehmen. Da haperte es nach wie vor ganz gewaltig, bei allen dreien.

Und trotzdem spürte Jo Veränderungen.

Wahrscheinlich war es mal wieder an der Zeit für ein Wellness-Wochenende in diesem teuren Hotel in Göttingen, dachte Jo und kurzer Hand schickte sie Hanna und gleich auch Laura-Marie eine SMS mit dem Vorschlag.

Laura-Marie versprach, sich um alles zu kümmern.

22.02.2006

Douglas Davenport überlegte nicht lange.

Der Verdacht, dass die ominöse Datei aus Hannover kam, hatte sich erhärtet.

Er musste handeln.

Douglas sah auf die Uhr.

In Hamburg, in Deutschland, musste es jetzt um die Mittagszeit sein. Vielleicht hatte er Glück. Er griff zum schnurlosen Telefon und wählte die lange, deutsche Telefonnummer. Er wartete.

Vielleicht war man gerade zu Tisch, dachte er bei sich, da wurde am anderen Ende auch schon abgenommen und eine energische Frauenstimme meldete sich mit diesem netten hanseatischen Akzent, den Douglas so sympathisch fand.

Sie wusste sofort, wer er war. Man kannte sich noch nicht persönlich, aber es war nichts Außergewöhnliches in der SASI-Welt, dass Vorgesetzte aus den USA von Zeit zu Zeit Besuche in den Niederlassungen in der Weltgeschichte machten und somit war sie auch nicht erstaunt, dass er seinen persönlichen Besuch ankündigte.

Was sie überraschte, war die Tatsache, dass er nicht in das Firmengebäude in der Hamburger Innenstadt kommen wollte, sondern um ein Treffen im kleinen Kreis, sprich unter vier Augen, abseits des Geschäftsalltages, bat.

„Das ist selbstverständlich kein Problem, Mr. Davenport", stimmte sie sofort zu. „Meine Assistentin wird sich um alles kümmern."

„Nennen sie mich bitte einfach Douglas", bot er ihr schnell an.

„Bei uns hier ist es so üblich. Und geben sie mir bitte per Email Bescheid, wenn unser Termin steht. Es ist sehr dringend. Die Details erkläre ich ihnen dann bei unserem persönlichen Meeting."

Mit diesen Worten legte er auf.

Innerhalb der nächsten halben Stunde hatte er die E-Mail mit den Informationen zu seiner Reise auf dem Bildschirm.

24.02.2006

Laura-Marie war durchaus eine Frau der schnellen Entschlüsse. Zwar nicht beim Kleidungskauf und Schuh-Shopping, aber wenn es darum ging, eben mal kurz zu verreisen, machte sie das Unmögliche möglich.

Und so begab es sich, dass sich Hanna, Jo und Laura-Marie, kaum dass Jo den Wunsch geäußert hatte, in dem teuren kleinen Wellnesshotel in Göttingen wieder fanden.

Freitag bis Sonntag nur Sauna, Massagen und Wohlfühlen.

Laura-Marie war die perfekte Managerin für solche Aktionen und einen Rabatt hatte sie auch noch heraus gehandelt.

Während Jo und Laura-Marie schon zeitig in Hannover losgefahren waren, kam Hanna etwas später dazu. Der Grund war, wie so oft, Lieblingskollegin Eleonore Schummelpfennig.

Hanna war sichtlich genervt, als sie in der Hotellobby auftauchte.

„Gott, war das ein Tag", seufzte sie laut. „Hattet ihr schon Anwendungen?"

Laura-Marie fuhr mit dem Rollstuhl zu ihr heran und umarmte sie erst einmal sehr fest aber freundschaftlich.

„Ich hab dir einen flexiblen Massagetermin gemacht", erklärte sie Hanna. „Lass dich erst einmal auflockern. Um dein Gepäck kümmern wir uns."

Über Hannas Gesicht huschte ein Lächeln.

„Ihr seid schon zwei Gute", lobte sie. „Ja, dann geh ich mal."

Und weg war sie.

Ein Hotelpage brachte Hannas Gepäck aufs Zimmer.

Jo und Laura-Marie setzten sich in das kleine Café und tranken einen Cappuccino miteinander.

„Sie sieht schlecht aus", sagte Laura-Marie.

Jo nickte.

„Irgendwie ist auch im ganzen Unternehmen der Wurm drin", stimmte sie zu. „Ich bin nur froh, dass das hier so schnell geklappt hat. Aber um Hanna mache ich mir auch Sorgen. Dieser ewige Streit mit dieser Eleonore Schummelpfennig zieht sie völlig runter. Ich würd ihr gern helfen, aber ich kann es nicht."

Laura-Marie sah Jo mit diesem ganz besonders liebevollen Blick an.

„Lieber Schatz", flüsterte sie, „ich liebe dich so."

„Ich dich auch", antwortete Jo und ihre Stimme war ganz warm und weich.

Jo griff nach Laura-Maries Hand, die wie immer ziemlich kalt war, und wärmte sie ganz nebenbei.

Eine knappe Stunde später war auch Hanna wieder da und gönnte sich einen schönen heißen Tee.

„Das tat so gut", schwärmte sie von ihrer Massage. „Das war genau das, was ich brauchte."

„Jetzt siehst auch gleich wieder besser aus", scherzte Laura-Marie. „Wie ist es dir denn so ergangen, seit unserem letzten gemeinsamen Treffen?"

„Das willst du nicht wirklich wissen", antwortete sie missmutig.

„Doch."

Laura-Marie bestand auf eine Antwort.

„Nun gut", gab Hanna nach und berichtete ausführlich von den kleinen Schweinereien ihrer Kollegin, die sie in der letzten Zeit so erlebt hatte.

„Am besten aber war", fuhr Hanna fort, „dieses Meeting, das die Brandtbergk angesetzt hatte. Die hatte doch tatsächlich fast die ganze Forschung und Entwicklung auflaufen lassen, einschließlich Sören Svensson. Und ich hatte endlich mal die Change, deine drei Kolleginnen auf einen Schlag kennen zu lernen. Mein Gott, was ist die Krusche doch für eine Zicke."

Jo grinste.

„Jetzt weißt du, was ich meine", bemerkte sie.

Laura-Marie wurde traurig, manchmal musste sie einfach so weinen. Jo konnte das in ihrem Gesicht sehen, wenn sie sich so mit der Zunge über die Lippen fuhr und die Augen dann ganz feucht wurden.

Jo rückte ihren Stuhl näher an den Rollstuhl und legte behutsam den Arm um Laura-Maries Schultern.

Hanna, die Freundin, kannte diese Situationen. Sie sprach einfach weiter und das war gut so, denn Laura-Marie wäre umso trauriger geworden, wenn sie hätte spüren können, dass ihr plötzlicher Tränenausbruch das Gespräch störte. Aber da brauchte sie keine Sorge zu haben. Hanna akzeptierte sowohl das Paar Jo und Laura-Marie, als auch Laura-Maries Krankheit mit allen Facetten.

So schnell, wie die Tränen gekommen waren, waren sie auch wieder verschwunden. Laura-Marie putzte sich noch schnell das Näschen und dann war alles wieder gut.

Die Cappuccino- und Teetassen waren auch leer.

„Lasst uns essen gehen, ich habe Hunger", regte Jo an.

„Ist ja nix Neues", frotzelte Laura-Marie schon wieder.

„Du liebst mich", wandte Jo ein, „ du willst nicht wirklich, dass ich verhungere, oder."

Laura-Marie zog die Augenbrauen hoch.

„Nie nicht", gab sie zur Antwort.

Hanna lachte.

Die beiden passten zusammen wie Arsch auf Eimer. Jo und Laura-Marie hatten sich gesucht und gefunden. Manchmal, in stillen Stunden, war Hanna richtig neidisch, aber sie gönnte ihnen ihr Glück.

Im Restaurant im Tiefgeschoss angekommen, bestellte Jo sich ein schönes Kristallweizenbier und Laura-Marie wählte Pina-Colada.

„Wie habt ihr euch Eigentlich kennen gelernt?" fragte Hanna während alle in den Speisekarten stöberten.

Bei Jo wirkte der Alkohol auf nüchternen Magen schon ein bisschen.

„Das ist eine lange Geschichte", sagte sie.

„Gar nicht", widersprach Laura-Marie. „Willst du das wirklich wissen?"

Hanna nickte fordernd.

„Na gut", stimmte Laura-Marie zu. „Du hast es so gewollt."

Und dann begann sie mit ihrer Erzählung im Jahr 1996 in einem kleinen Dorf bei Kassel, in dem sie sich das erste Mal trafen, als beide dort zur Kur waren.

„Also, das war so", fuhr Laura-Marie fort, „ich war 1996 zur Kur, und Jo auch. Und die hatten in der Klinik, in der Jo war, eine Cafeteria, wo alle immer hingegangen sind. Und da haben wir uns das erste Mal gesehen. Aber wirklich nur gesehen, nichts weiter. Na ja, vielleicht mal unterhalten, aber mehr wirklich nicht. Nach der Kur haben wir uns aus den Augen verloren, obwohl wir aus der gleichen Gegend kamen. Und dann 1999 haben wir uns mitten in Hannover wiedergetroffen. Wir sind einen Kaffee trinken gegangen, Jo hat mich zu sich eingeladen und dann... Den Rest kennst du ja."

Dieses war die Kurzfassung der Geschichte. Die ausführliche Version behielten Jo und Laura-Marie doch lieber für sich.

Das Essen wurde schnell serviert. Jetzt, gegen achtzehn Uhr, waren die drei die ersten Gäste, die zum Essen ins Restaurant kamen. Es stellte sich heraus, dass Jo nicht die Einzige war, die großen Hunger hatte. Auch die beiden anderen aßen mit gutem Appetit.

„Gibt es schon irgendetwas Neues?" fragte Hanna nach den ersten Bissen.

Jo schüttelte den Kopf.

„Ich bin zwar drinnen gewesen", berichtete sie, „aber ich habe noch nichts Handfestes entdecken können. Die Weiber gehen scheinbar verdammt gerissen vor. Vielleicht sollten wir uns mal zusammen daran setzen."

Laura-Marie sah fragend auf.

„Was plant ihr", hakte sie nach. „Habt ihr eine Spur?"

Jo legte Messer und Gabel beiseite, wischte sich kurz mit der Serviette über den Mund und nahm einen kräftigen Schluck aus dem Weizenbierglas.

„Reg dich nicht auf, mein Herz", setzte Jo an, „ich, das heißt wir, sind durch äußerst glückliche Umstände an ein Passwort gekommen, will ich mal sagen, und ich habe mich ins System von SASI gehackt."

Laura-Marie warf fast ihr Glas um.

„Spinnst du völlig!" rief sie aufgebracht aus, „wenn da jemand hinter kommt. Dann machen die dich erst recht fertig!"

„Mach dir keine Sorgen, Liebes", entgegnete Jo. „Zum Einen mache ich nichts von meinem eigenen PC oder im Büro und zum Zweiten halten mich die Weiber für so dumm und einfältig, dass die im Traum nicht darauf kommen würden, dass ich was damit zu tun hätte."

Jo tätschelte Laura-Maries Arm, aber die schob ich beiseite.

„Ich hab dich doch so lieb", flüsterte Laura-Marie und war den Tränen nahe, „wenn die dir was tun, was mache ich dann ohne dich?"

Jo rutschte näher zu ihr und umarmte die Geliebte.

„Ich pass schon auf mich auf, versprochen", beschwichtigte sie sie.

Hanna aß still weiter.

"Laura-Marie hat Recht, sagte Hanna plötzlich. „Was ist, wenn die Grazien dahinter kommen, dass du dich eingemischt hast?"

„Ach Unsinn", wiegelte Jo ab. „Die denken nicht mal an solch eine Möglichkeit."

Damit war für sie dieses Thema beendet.

01.03.2006

Sie trafen sich an einem Mittwochabend in einem noblen Landgasthaus mit angeschlossenem Hotel in der Heide. Schlosshotel Erika Schön, nannte sich dieses Etablissement.

Die Assistentin der Hamburger Dame hatte zwei Einzelzimmer für eine Nacht gebucht. Länger sollte dieses erste Treffen nicht dauern.

Es war nach sechs.

Er saß im Restaurant und wartete, während er seinen zweiten Whiskey trank. Sie kam zu spät, dachte er bei sich. War das typisch Frau oder typisch Managerin? Er verfolgte den Gedanken nicht weiter.

Wer ihn sah, nahm an, er hätte ein Rendezvous und wartete auf seine Geliebte, doch dieses Treffen war weitaus wichtiger. Für ihn und für sie.

Er, das war Douglas Davenport, der Chef des Spezialteams für interne Angelegenheiten aus New York, zur Zeit betraut mit der Überprüfung des gesamten Rechnungswesens einschließlich des Zahlungsverkehres von SASI World Wide, sie war Dr. Alicia Bloomberg, Deutschlandchefin des Internal Audits mit Geschäftssitz in der Hamburger Zentrale.

Douglas war extra aus New York angereist, denn diese Sache duldete keinen Aufschub. Niemand um ihn herum hatte eine Erklärung, wie so etwas überhaupt passieren konnte. SASI tat alles, um es zu verhindern. Offensichtlich war das aber nicht genug gewesen, jemand hatte das Sicherheitssystem überlistet.

Douglas blickte erneut auf seine Uhr. 18.20 Uhr, wo blieb sie nur?

Er sah zur Tür.

Dort, das musste sie sein, endlich.

Die gutgekleidete Mitvierzigerin ging zielstrebig auf den Tisch mit dem einzelnen Herrn zu.

„Sie müssen Douglas sein", sagte sie und stellte sich vor: „ich bin Alicia."

Er erhob sich zur Begrüßung.

„Guten Abend, Alicia", antwortete er. „Lassen sie uns beim Vornamen bleiben. Darf ich ihnen etwas zu trinken bestellen?"

„Gern, ich nehme einen Scotch auf Eis."

Douglas winkte nach der Bedienung, bestellte das Getränk für die Dame und schickte sich an, ihren Mantel aufzuhängen.

„Sind sie gerade erst angekommen, Alicia?" fragte er.

„Ja, ich war noch nicht einmal auf meinem Zimmer."

Sie ließ sich auf den Stuhl sinken.

„Ich würde vorschlagen, wir essen jetzt eine Kleinigkeit und sie erklären mir, was eigentlich passiert ist", sagte sie.

„Alicia, die ganze Angelegenheit ist äußerst vertraulich und hochsensibel zu behandeln. Darum treffen wir uns auch hier und nicht in den Geschäftsräumen?"

Douglas sah sie an. Alicia war beeindruckt von seinen Deutschkenntnissen.

„Sagen sie jetzt nicht, es fehlt ein großer Betrag aus der Firmenkasse und niemand kann sich erklären, wie das möglich ist?" frotzelte Alicia.

„So ähnlich", fuhr Douglas fort. „Offensichtlich hat sich jemand hier in Deutschland ins Firmennetzwerk gehackt und Daten manipuliert. Das wäre die Herausforderung, vor der wir stehen. Was jetzt aber immens wichtig ist, wir brauchen jemanden, der genug Einblick und EDV-Kenntnisse hat und uns intern weiterhelfen kann. Hätten sie auf Anhieb jemanden im Sinn, der uns weiterhelfen könnte?"

Alicia schüttelte den Kopf.

„Das überrascht mich doch sehr, bei den ganzen Sicherheitsvorkehrungen, die SASI betreibt", antwortete sie sichtlich nervös. „Ich habe im Moment überhaupt keine Ahnung, wer uns hier weiterhelfen könnte. Wie sie schon sagen, wir brauchen jemanden, der tief genug in der Materie drin steckt, damit ihm überhaupt etwas auffallen könnte."

„Wir müssen unsere Vertrauensperson sehr sorgfältig auswählen", stimmte Douglas zu. „Die ganze Angelegenheit ist äußerst sensibel zu behandeln."

„Haben sie schon einen Verdacht?"

„Ich habe noch keine Ahnung", grinste er verschmitzt bei dem Zitat ihrer Worte, wurde aber gleich wieder ernst. „Wir wissen bis jetzt nur, dass die Aktion schon länger gehen muss, und der Ursprung in Deutschland zu finden ist."

„Was ist passiert, dass es aufgefallen ist?" wollte Alicia wissen.

„Es war ein reiner Zufall", erklärte Douglas. „Mehr möchte ich im Augenblick nicht dazu sagen, aber wir müssen schauen, dass wir schnellstens heraus bekommen, wer dahinter steckt.

Nur so viel: Es kann nicht einer allein geschafft haben. Das ist ein Gemeinschaftsprojekt."

„Es besteht also der Verdacht, dass nicht nur eine Person, sondern eine Gruppe beteiligt ist", stellte Alicia fest.

„So ist es!"

„Uih!" stieß Alicia hervor und nahm einen Schluck von ihrem Drink. „Da ist das Wort Herausforderung wohl etwas untertrieben. Wie viele Mitarbeiter sind in die Problematik eingeweiht?"

„Nur drei, außer mir", erklärte Douglas, „meine engsten Mitarbeiter, allesamt IT-Experten."

„Das heißt, nur wie fünf wissen jetzt von den Vorkommnissen?" fragte Alicia noch einmal nach.

„Ja."

„Ich werde mich gleich nach meiner Rückkehr der Sache annehmen", versprach sie.

Bei einem guten Essen und einigen Drinks ließen sie den Tag ausklingen.

02.03.2006
14.00

Dr. Alicia Bloomberg war kaum zurück in ihrem Hamburger Büro, da wurde sie auch schon mächtig aktiv.

„Micha, holen sie mir bitte sofort Kai Mellenstedt ans Telefon", bat sie über die Sprechanlage ihre Assistentin.

Michaela Fuchs hörte schon am Tonfall, dass ihre Chefin weder Widerspruch noch unnötige Verzögerung duldete.

„Sofort Alicia", sagte sie darum auch schnell und tat wie geheißen.

Keine drei Minuten später hatte sie den gewünschten Gesprächspartner in der Leitung.

„Gott zum Gruße", tönte die tiefe, kräftige Stimme von Kai Mellenstedt aus der Hörmuschel. „Was verschafft mir denn die Ehre?"

Kai Mellenstedt, Jo und Hannas ehemaliger Vorgesetzter, arbeitete zwar seit geraumer Zeit im Projektteam zur Entwicklung des Prototypen von MMS, gehörte aber auch schon seit vielen Jahren inoffiziell zum Audit-Team um Dr. Bloomberg. Man könnte ihn Schläfer bezeichnen, jedoch mit dem Hinweis, dass er keinerlei terroristischen Ambitionen

216

nachging. Mellenstedt war nicht nur ein brillanter Zweiradmechaniker sondern auch EDV-Spezialist und sah, neben seinem normalen Job, im Verborgenen nach, ob auch alle Transaktionen rechtens waren.

Weil niemand etwas von seiner geheimen Tätigkeit mitbekommen durfte, hatte Alicia anonym ohne Rufnummernübertragung bei ihm angerufen und er hatte wohlweislich keinen Namen genannt, als er die Anruferin begrüßte.

Ihm war noch nichts Ungewöhnliches aufgefallen. Das ging auch gar nicht, denn bis jetzt gab es keinerlei Verdacht in Hannover und so suchte auch niemand.

„Ich muss dich dringend sprechen Kai", sagte Alicia ohne Umschweife, „aber nicht am Telefon. Wir planen eine Besprechung außerhalb des Büros. Es ist alles noch top secret."

Mellenstedt war überrascht, ließ es sich aber nicht anmerken.

„Na, Probleme?" fragte sein Kollege vom gegenüberliegenden Schreibtisch neugierig.

„Nee", raunte Kai, „nur eine private Verabredung."

„Ich lasse meine Assistentin alles vorbereiten und wir treffen uns so schnell wie möglich", ordnete Alicia an. „Am besten noch heute oder gleich morgen."

„Ich bin einverstanden", antwortete Kai. „Gib mir einfach Bescheid."

Er beendete das kurze Gespräch und stand auf, um sich aus der Teeküche einen Kaffee zu holen. Sein Weg war weit, denn sein Arbeitsplatz lag im letzten Büro auf dem langen Gang.

Zeit genug um nachzudenken. Und Mellenstedts Gedanken kreisten.

Was war passiert, dass Dr. Alicia Bloomberg sich genötigt sah, ihn zu aktivieren?

Unterwegs vor der Teeküche traf er ein paar klönende Kollegen, die ihn ablenkten.

14.30

Jo saß am Schreibtisch im 15. Stock und sah gedankenverloren aus dem Fenster auf die Stadt während sie die Ablage sortierte. Tief in ihrem Inneren beschäftigte sie sich mit ganz anderen Sachen als diesem Kleinkram.

Wenn sie doch nur endlich mal Glück hätte und auf etwas stoßen würde, was sie weiter bringen würde. Endlich das langersehnte Wunder.

Sie war frustriert und genervt von der ganzen Situation, in der sie sich befand.

Die drei zickigen Weiber, die eigentlich nette Kolleginnen sein sollten, hatten sich wieder gefangen und setzten ihren Psychoterror fort.

Wirklich jeden Tag war etwas anderes, das sie zu bemängeln hatten.

Mal war es Jo, die Rechnungen verlegt hatte, die Chantal dringend brauchte, dann war die Ablage angeblich nicht sortiert, obwohl Jo den ganzen Tag nichts anders machte, dann unterstellten sie ihr, Jo hätte dringende Post verschlampt oder einen wichtigen Brief nicht abgeschickt, und so weiter, und so weiter.

Die Krönung war ein Morgen, an dem sich Chantal beschwerte, weil Jo im Nachbarbüro vom schönen Friedhelm das Fenster geöffnet hatte.

Jo und Friedhelm hatten sich abgesprochen, dass Jo morgens die Fenster öffnete, weil sich über Nacht immer ein stickiger Geruch breit machte. Wahrscheinlich von der Klimaanlage, aber egal. Und weil Friedhelm gern später kam, passte ihm die Gefälligkeit ganz gut. Chantal nun wies Jo zurecht, man hätte sich beschwert. Jo fragte, wer denn etwas gesagt hätte, bekam aber keine Antwort. Also nahm Jo die Aussage so hin und ließ am nächsten Morgen das Fenster zu. Als sie auf Friedhelm traf, machte dieser einen nett gemeinten Spruch, Jo hätte ihn wohl vergessen. Jo sagte ihm ins Gesicht, jemand aus dem Raum hätte sich beschwert und da sie keinen Ärger haben wollte, hätte sie davon abgesehen, das Fenster zu öffnen. Friedhelm verstand die Welt nicht mehr und sprach Chantal auf den Vorfall an. Chantal stritt alles ab, rauschte wutentbrannt in Jos Büro und schrie sie an, sie solle keine Gerüchte in die Welt setzten, wenn Jo sie, Chantal, falsch verstanden hätte. Da wurde es Jo zu viel. Sie griff sich Chantal mit Worten und zwang sie regelrecht, sie in Friedhelms Büro zu begleiten. Dort stellte Jo sachlich aber bestimmt die Situation aus ihrer Sicht klar. Friedhelm sagte seinen Teil dazu und Chantal musste klein beigeben.

Jo stumpfte langsam ab und ließ sie toben, es war ihr irgendwann egal geworden, ob sie sich aufregte oder nicht.

Aber trotzdem nagte es an ihrem Selbstwertgefühl und Jo war sich sicher, dass die Weiber jeden anderen schon in den Selbstmord getrieben hätten.

Nebenan im Büro Sundermann –Krusche wurde es laut.

Jo lauschte.

Man schloss die Tür.

Plötzlich hatte Jo die Idee mit der Klimaanlage. Das hatte sie mal in Fernsehen gesehen. Jo sah viel fern, wenn sie Zeit hatte und sie war überzeug, dass Fernsehen bildet. Da musste man doch etwas draus machen können?

Jo überlegte.

Vor einiger Zeit, als sie das Büro noch mit Dorothee und Chantal teilte, hatte Jo bemerkt, dass man vom Gespräch im Nebenzimmer beinahe jedes Wort verstehen konnte, wenn man die Klimaanlage geschickt aufdrehte. Jetzt, da die Weiber sie ignorieren, hatte Jo einen Raum ganz für sich allein. Im Normalfall ein Privileg, in ihrem Fall sollte es aber wohl eher eine Bestrafung sein. Egal, das konnte funktionieren.

Jo stand schnell auf und schloss die Tür.

Dann drehte sie die Klimaanlage hoch, so dass ihr fast ein bisschen kalt wurde. Aber das Ergebnis ließ zu wünschen übrig.

So einfach war das nicht. Das wäre auch zu schön gewesen. Aber Jo ließ sich nicht entmutigen. Sie blieb länger im Büro, bis alle weg waren und prüfte die Einstellungen der Klimaanlage im Büro von Chantal und Dorothee. Hier funktionierte das Abhören, das wusste sie mit Gewissheit. Sie musste heraus finden, wo das Häkchen war, dass man setzten musste und Jo war erfolgreich.

Sofort huschte sie zurück in ihr Zimmer und änderte die Einstellung.

Geschafft.

03.03.2006
15.30
Kai Mellenstedt zögerte nicht, dem Ruf seiner inoffiziellen Chefin zu folgen, und erschien auf die Minute pünktlich zum Termin.

Dr. Alicia Bloomberg kam ohne lange Vorrede zum Punkt und schilderte das Problem.

Kai schüttelte sichtlich erstaunt den Kopf.

„Alicia, ich kann mir einfach nicht vorstellen, dass jemand in der Lage ist, das komplette Sicherheitssystem zu überlisten und sich von außen in das System einzuschleusen", widersprach er energisch.

„Das glauben wir auch nicht", erwiderte Alicia und zog die Augenbrauen hoch. „Da hat sich jemand von innen Zugang verschafft. Es muss eine Gruppe sein, die intern agiert und manipuliert. Von außen kommt da keiner ran. Da stimme ich dir zu."

„Und jetzt suchst du jemanden, der diskret mal nach dem Rechten schaut?" fragte er.

„Wer, wenn nicht du", antwortete sie.

„Bei MMS wäre das kein Problem", stellte Kai Mellenstedt fest, „aber bei SASI sind mir die Hände gebunden."

„Kennst du nicht jemanden persönlich?"

„Niemand, dem ich diese heikle Angelegenheit anvertrauen würde. Mein Vorschlag: Verschaff mir Systemzugriff bei SASI und ich versuche mein Glück."

Alicia fiel ein kleiner Felsbrocken vom Herzen. Das waren genau die Worte, die sie von ihm hören wollte.

„Also kann ich auf dich zählen, Kai?"

„Natürlich", brummte er.

„Ich kümmere mich um die Berechtigungen", versprach sie.

Die beiden plauderten noch etwas über dies und das, ehe sich Alicia verabschiedete und sich auf den Heimweg machte.

16.00
Rosi Tromper rauschte wie eine Furie in das Büro ihres Vorgesetzten George O'Chedder und wählte als Sitzgelegenheit wieder einmal den Stuhl mit den Armlehnen.

O'Chedders erster Gedanke war Sorge, ob sie ihren Hintern dort je wieder heraus bekäme wenn sie ging.

„Frau Tromper, was kann ich für sie tun?" fragte O'Chedder und kaute an seiner Unterlippe.

Das Erscheinen dieser Dame roch nach Ärger.

„Herr O'Chedder", sagte sie mit einem Unterton, der nichts Gutes verhieß, „sie müssen langsam etwas unternehmen, wegen der Kollegin Crin, so geht das nicht mehr lange weiter!"

Rosi war aufgebracht und aggressiv.

„Beruhigen sie sich dort erst einmal", antwortete er und verzog das Gesicht. „Was ist denn schon wieder vorgefallen?"

Rosi holte eine Packung Zigaretten aus der Tasche ihres schwarzen Blazers und bot ihm eine davon an.

„Danke", sagte er. „Ich rauch lieber meine eigenen."

Rosi zündete sich eine Zigarette an und legte die Packung auf den Tisch.

Sie nahm einen tiefen Zug.

„Chantal Krusche, ist mit den Nerven am Ende. Wenn sie nicht bald die richtige Entscheidung fällen, klappt die uns noch zusammen!"

O'Chedders Augen funkelten. Er sah Rosi nicht an, sondern wandte sich zum Fenster und starrte hinaus.

„Was soll ich ihrer Meinung nach tun?" fragte er gereizt.

„Werfen sie die Crin raus!" forderte Rosi.

„Verdammt", fluchte er. „Wieso jetzt auf einmal. Das geht nicht so einfach. Erstens hat sie einen Vertrag, der noch bis Ende des Jahres geht. Was sollte ich als Begründung für eine vorzeitige Kündigung vorbringen, hä? Und Zweitens, wenn sich Frau Krusche auf Kosten dieser Dame profilieren soll, dann brauchen wir die Zeit, die uns noch bis zum Jahresende bleibt. Wir müssen nachweisen, dass wir alles Menschenmögliche getan haben, um Frau Crin zu unterstützen. Ohne unsere Bemühungen diesbezüglich können wir keine Anstellung von Frau Krusche rechtfertigen."

Rosi atmete schwer aus.

„Verdammte Scheiße", fluchte sie. „Es müsste aber doch irgendeinen Weg geben!"

„Es geht nicht anders", erklärte O'Chedder. „Wollen sie sich vielleicht auf Ärger mit Svensson oder dem Betriebsrat einlassen?"

Rosi schluckte. Sie war froh, dass sich O'Chedder überhaupt auf diese Aktion eingelassen hatte, wenn sie jetzt noch begann, ihn unter Druck zu setzten, konnte er ganz schnell wieder abspringen.

„Nee, natürlich nicht", gab sie kleinlaut bei.

„Wir haben schon alles getan, was wir konnten", fuhr O'Chedder fort. „Wir haben ihr verantwortungsvolle Aufgaben entzogen und lassen sie nur noch Hilfstätigkeiten machen, wir haben sie in ein Einzelbüro gesetzt, was wollen sie mehr?"

Seine Laune war auf einen Tiefpunkt gesunken. Diese Diskussion hatte ihm heute noch gefehlt.

Rosi gab endgültig nach.

„Sie haben ja recht", sagte sie und fing sich wieder.

„Gehen sie neuerdings zu einer Kosmetikerin?" fragte O'Chedder plötzlich.

„Wieso?"

„Ihre Haut sieht viel besser, ja gesünder aus."

„Ich lasse meine Haut mit Laser behandeln."

„Das soll ja nicht billig sein."

„Ist es auch nicht, aber das bin ich mir wert."

Sie erhob sich, stand auf und verschwand.

O'Chedder blickte ihr nach. Erleichtert nahm er zur Kenntnis, dass der Stuhl, auf dem sie gesessen hatte, noch da war.

06.03.2006

Kai Mellenstedt hatte sich nach Rücksprache mit seinem Vorgesetzten, zu dem er ein sehr gutes, beinahe freundschaftliches Verhältnis pflegte, kurzerhand eine Woche Urlaub genommen.

Gemeinsam mit Dr. Alicia Bloomberg sollte er nach New York zu fliegen.

Douglas Davenport wollte ihn kennen lernen, und ihm die Makro-Datei zu zeigen.

Nach reiflicher Überlegung hatte sich Douglas entscheiden, die beiden ins Hauptquartier von SASI einzuladen.

Alicia und Kai trafen sich erst Montagmorgen im Hotel beim gemeinsamen Frühstück und fuhren anschließend mit einem Taxi zum Firmengebäude.

Dort angekommen, erwartete Douglas die Gäste bereits in der Lobby.

Wie auch in Hannover, bekamen sie einen Besucherausweis ans Revers gesteckt und hatten erst damit Zugang ins geheiligte Innere des Wolkenkratzers.

Douglas führte sie in sein luxuriöses Büro im 33. Stock.

„Welche angenehme Arbeitsatmosphäre", staunte Alicia.

„Danke", antwortete Douglas in einwandfreiem Deutsch. „Bitte setzten sie sich."

Eine Sekretärin brachte Kaffee und Gebäck.

Kai war erleichtert, dass dieser Mensch Deutsch sprach. Er hatte sich schon ausgemalt, wie er mit seinen Englischkenntnissen kläglich scheiterte.

Sein Blick schweifte umher.

Die breite Fensterfront, die den Blick auf New York freigab, zog sich über die ganze Außenseite des Büros.

Kai Mellenstedt pfiff durch die Zähne.

„Nicht schlecht", stimmte er zu.

Mellenstedt war eher der bodenständige Typ. Sehr groß gewachsen, mit breiten Schultern, dichtem Haar und Vollbart und sehr sportlich. Sein Gesichtsausdruck ließ vermuten, er sei verärgert, aber das täuschte. Er schaute immer so grimmig drein.

Da Douglas kein Freund von überflüssigen Worten war, kam er sehr schnell zum eigentlichen Thema und präsentierte auf dem Bildschirm an seinem Schreibtisch die besagte Datei.

„Wow", entfuhr es Kai Mellenstedt, „wer denkt sich denn so etwas aus?"

Douglas erklärte in allen Einzelheiten, was sie bis jetzt wussten.

„Aber etwas Richtiges, Handfestes haben wir bis jetzt nicht, oder?" fragte Alicia noch einmal nach.

„Das Einzige, was wir mit Sicherheit wissen, ist, dass der Ursprung der Datei in Hannover liegt", bestätigte Douglas. „Alles andere sind Spekulationen."

„Na Prost Mahlzeit", sagte Kai.

„Was bedeutet das?" wollte Douglas wissen.

„Das sagt man so bei uns, wenn etwas auf den ersten Blick recht kompliziert oder aussichtslos erscheint", erklärte Alicia. „Ein Spruch."

Douglas lächelte.

„So gut ist mein Deutsch dann auch wieder nicht", gab er zu. „Diesen Ausspruch kannte ich noch nicht."

Nachdem sie die Datei in Augenschein genommen hatten, holte Douglas Ben Waterman, Jane Anderson und Mike Creak dazu und stellte sie dem Besuch aus Übersee vor.

Sie diskutierten lange und ausgiebig und zogen alle Eventualitäten in Betracht.

Wirklich voran kamen sie hier in New York jedoch trotz allen guten Willens nicht.

09.03.2006

Cocktail-Time in der Lieblingskneipe.

Jo und Hanna saßen an einem kleinen Bistrotisch in Fensternähe und nippten an ihren Getränken.

„Bist du weiter gekommen?" erkundigte sich Hanna.

„Nicht mit dem EDV-System, aber mit meinen Recherchen", berichtete Jo.

„Weißt du eigentlich, dass man beinahe jedes Wort im Nebenzimmer verstehen kann, wenn man die Klimaanlage präpariert?"

Hanna sah sie erstaunt an.

„Sag mal, hast du deinen Job gewechselt?" grinste sie. „Bist du jetzt unter die Privatermittler gegangen?"

„Nee", widersprach Jo, „ich hab mir nur im Fernsehen ein paar Anregungen geholt."

„Du siehst eindeutig zuviel fern", lachte Hanna und schüttelte den Kopf. „Und was gibt es Neues?"

„Wenn du wüsstest!"

Jo konnte sich das Grinsen nicht verkneifen.

„Die Tromper hat tatsächlich eine Affäre mit Bianca, wenn man das so nennen will, aber nebenbei auch noch mit Chantal und Dorothee. Die poppt sich munter durch die Belegschaft, bei jeder Gelegenheit", berichtete Jo. „Sie spricht aber nur mit Dorothee offen darüber. Und das ganz gerne im Büro. Wie idiotisch. Meinecke und Krusche ahnen offensichtlich nichts von dem Spiel."

„Das ist aber nichts, was uns weiter bringt", seufzte Hanna enttäuscht.

„Stimmt", gab Jo zu, „aber immerhin etwas. Außerdem ist unsere Rosi eine brillante Bäckerin, hab ich erfahren. Die backt in ihrer Freizeit Haschkekse!"

Hanna musste laut auflachen.

„Was?" rief sie entsetzt aus. „Die backt Haschkekse? Sag mal, geht's noch?"

Auch Jo konnte sich vor Lachen kaum halten.

„Schade, dass du mich nicht mal im Büro besuchen kannst", brachte Jo hervor. „Du lachst dich wirklich schlapp, wenn du denen zuhörst. Und Dorothee muss immer die Mädels trösten, die sich von Rosi vernachlässigt fühlen. Meist endet das damit, dass Dorothee auch mit denen in der Kiste landet."

„Die poppen kreuz und quer miteinander?"

Hanna konnte es kaum glauben.

„Was ich dir sage."

Der Abend wurde bei einigen Cocktails noch richtig feucht-fröhlich und aufregend. Hanna konnte von Jos Bürogeschichten aus dem Nachbarzimmer gar nicht genug bekommen.

Leider waren außer den lustigen Anekdoten des Zickenclubs wenig handfeste Beweise für krumme Geschäfte dabei.

24.03.2006

Der Landgasthof Schloss Erika Schön in der Heide, Donnerstagnachmittag.

Douglas hatte sich entschieden, dass es besser sei, wenn er nach Deutschland reiste, anstatt Alicia einfliegen zu lassen.

Hier waren sie einfach näher am Geschehen.

„Guten Tag Alicia, schön sie wieder zu sehen", begrüßte er sie.

„Guten Tag Douglas, ich würde gern auf dem Zimmer essen, wenn sie nichts dagegen haben."

Douglas organisierte ein kleines, aber feines Abendessen in seinem Zimmer.

Mittlerweile waren sie im Umgang miteinander recht vertraut und zogen Unterredungen in Privatsphäre vor.

Wie schon bei ihrem letzten Aufenthalt, hatte er auf die beiden benachbarten Einzelzimmer bestanden. Das ermöglichte ihnen, sich zu treffen, ohne groß von anderen Gästen gesehen zu werden. Es verschaffte ihnen eine gewisse Intimität.

Douglas schätzte diese Diskretion und auch Alicia war ganz angetan, als sie von diesem Treffpunkt hörte.

Selbstverständlich bot dieses Haus seinen exklusiven Gästen auch alle anderen Annehmlichkeiten der gehobenen Art.

So gab es einen äußerst großzügigen Wellnessbereich mit mehreren Saunen und Pools drinnen und draußen, einem Massagesalon, ein Kosmetikstudio, Maniküre, Pediküre, Friseur, Fitnessstudio und rundherum um die ganze Anlage einen weitläufigen Parkt mit vielen Büschen, Bäumen und Blumen, der allerdings etwas wild wirkte.

Das verwilderte Aussehen des Parks war gewollt. Büsche und Bäume verbargen Überwachungskameras, Sicherheitszäune und schützten das Hotel vor Blicken von draußen.

Alicia verschloss ihre Zimmertür um wirklich sicher zu sein, dass sie nicht gestört wurden. Sie zog die Vorhänge zu und ließ die Außenjalousien etwas herunter.

Mit geübtem Blick suchte sie den Raum nach Kameras und Mikrofonen ab. Sie fand jedoch nichts. Offensichtlich war es abwegig, davon auszugehen, dass sie hier ausspioniert wurden, aber sicher war sicher. Seitdem sie an diesem Fall arbeitete, war sie vorsichtig geworden. Wer im Stande war, ein solches Makro zu programmieren, dem sollte man auch andere Sachen zutrauen, befand sie.

Douglas hatte sich etwas Freizeit erbeten.

Er wollte gern nach dem langen Flug ein wenig im hauseigenen Fitnessstudio entspannen und einen Saunagang absolvieren, ehe er sich wieder der Arbeit widmete.

Alicia war selbstverständlich einverstanden.

Nur zu gut wusste sie aus eigener Erfahrung, wie wichtig es war, neben dem stressigen Job Ausgleich zu schaffen.

Da sie noch etwas Zeit hatte, ehe Douglas vom Training kam, setzte sie sich an den Schreibtisch und sah gedankenverloren aus dem Fenster in den Park.

Das Ambiente war recht geschmackvoll.

Gleich neben der Tür, die nur mit einer Chip-Karte und Schlüssel zu öffnen war, befand sich ein geräumiges Bad mit Wanne und Dusche, dessen Kacheln in einem frischen Blau erstrahlten. Nicht dieses übliche Hotel-weiß. Alicia war recht angetan.

Man hatte sich sogar die Mühe gemacht und auf die entsprechende Dekoration geachtet. An der Badezimmerdecke war ein Fischernetz gespannt, in dem verschiedene Muscheln und Seesterne hingen. Auch die Möbel aus massivem Kiefernholz vermittelten einen behaglichen Eindruck.

Das Zimmer selbst hatte eine eher moderne Einrichtung.

Helle Massivholzmöbel, kombiniert mit südlich anmutenden, terracotta-orange farbenen Wänden, dazu Acrylgemälde in metallenen Rahmen, von einer Künstlerin, von der Alicia noch nie gehört hatte: Ajo.

Alicia fand, dass diese Malerin sehr talentiert war und sie überlegte, ob Ajos Bilder nicht auch in ihrem Zuhause einen Platz finden sollten.

Sie nahm sich vor, an der Rezeption nachzufragen, ob man Ajos Bilder im Hotel kaufen konnte.

Alicia war begeistert, dieses Bild in ihrem Zimmer musste sie einfach haben.

Sie betrachtete es ausgiebig.

Nein, man konnte nicht sagen, was es darstellte. Es war nichts Konkretes, ein kleiner Keilrahmen, in einem sehr dunklen rot lackiert, mit einem orange-gelb-rotem Rechteck, das wie Feuer schien. Auch so plastisch. Darin waren Kugeln aus dem gleichen Dunkelrot wie der Rahmen und auch kleine Feuerbälle.

Noch während sie sich in diese wunderschöne, abstrakte Werk Ajos verliebte, klopfte es an der Tür.

Alicia öffnete.

Douglas, im sportlichen Freizeitanzug, trat ein und setzte sich leger auf die Couch.

„Ich hoffe, sie bestehen nicht auf Anzug und Krawatte", witzelte er. „Wir sind ja hier unter uns."

Alicia lächelte.

„Kein Problem", antwortete sie. „Möchten sie etwas trinken, Douglas?"

„Gern."

Alicia schlenderte zur Minibar.

„Was darf ich ihnen anbieten? Hier ist so ziemlich alles vorhanden."

„Am liebsten einen trockenen roten französischen Wein."

„Öffnen sie bitte die Flasche?"

Während sich Douglas dem Öffnen der Weinflasche widmete, schlüpfe Alicia aus ihren Pumps in bequemere Hausschuhe.

„Sie gestatten ebenfalls", grinste sie.

„Kein Problem", sagte er.

Alicia lümmelte sich ihm gegenüber in den Sessel.

„Dann kommen wir mal zu Geschäft", begann Douglas und füllte zwei Weingläser, von denen er ihr eins herüber reichte. „Haben sie jemanden gefunden, der das Team Mellenstedt ergänzen könnte?"

„Ich denke ja", entgegnete sie. „Ich habe hoffentlich das perfekte Team für diesen Job gefunden. Sie sind bestens eingespielt, das ist sicher. Sie haben schon vor SASI ein paar Jahre zusammen gearbeitet. Beide hoch qualifiziert und hochgelobt. Auf den ersten Blick perfekt für uns."

„Wer sind die beiden?"

Alicia lächelte und nippte an ihrem Weinglas.

„Bevor ich ihnen das verrate, noch kurz zu den organisatorischen Details: Das Management in New York ist informiert und haben völlig freie Hand?"

Auch Douglas lächelte.

„Wichtig ist für unsere Bosse, dass wir diesen Subjekten das Handwerk legen, wie wir das tun, ist unsere Sache."

„Haben sie denn schon einen konkreten Plan, Douglas?"

„Nicht wirklich. Oberstes Gebot ist aber nach wie vor Diskretion. Wer sind die beiden denn nun?"

„Ich denke, in Frage kommen nur Rosemarie Tromper und Saskia Brandtbergk. Frau Tromper arbeitet zurzeit in der kaufmännischen Forschung und Entwicklung und ist mit der Planung der Projektkosten für die Prototypen befasst, Frau Brandtbergk leitet als verantwortliche Ingenieurin die technische Planung und Entwicklung des Projektes. Beide haben die Erfahrungen und das Fachwissen, um uns in dieser Sache zu unterstützen."

„Kennen sie die Damen?"

„Nicht persönlich, aber ich habe schon viel von ihnen gehört."

„Und wie sind sie dann auf die Beiden gekommen?"
„Sagen wir mal, man hat sie mir empfohlen."
„Ich bin sehr gespannt!"
„Das dürfen sie sein! Beide haben im Unternehmen einen ausgezeichneten Ruf."
„Ist Kai informiert?"
„Noch nicht", gab Alicia zu. „Ich habe mir erlaubt, bezüglich der Teammitglieder eine Vorauswahl zu treffen. Bevor wir die beiden Damen allerdings tatsächlich mit der Sonderaufgabe betrauen, werden sie erst einmal auf Herz und Nieren überprüft, wie wir hier zu sagen pflegen. Auch wenn ihr Ruf im Unternehmen hervorragend ist, möchte ich doch keine Überraschungen erleben."

27.03.2006
Kai Mellenstedt konnte nachempfinden, wie sich die New Yorker Kollegen fühlen mussten.
Douglas Davenport hatte ihm ein Laptop zukommen lassen, so dass er nach seiner allgemeinen Bürotätigkeit von zu Haus aus recherchieren konnte, doch in den ganzen vier Wochen, die er jetzt suchte, hatte er nichts, aber auch gar nichts Konkretes gefunden. Und er suchte jeden Tag mehrere Stunden.
Außer den Erkenntnissen, die sie schon hatten, gab es nicht die kleinste Neuigkeit.
Es war zum Verzweifeln.
Doch Kai war nicht der Typ, der einfach aufgab.
Da sich systemtechnisch einfach nichts herausfinden lassen wollte, besann er sich auf seine weichen Talente und pflegte interne Kontakte. Kai kannte fast jeden im Haus und jeder kannte Kai. Und wenn New York schon einen Verdacht äußerte, sollte es doch mit dem Teufel zugehen, wenn er, Kai, nicht irgendetwas heraus bekommen könnte.
So begab es sich, dass Kai von den Schwierigkeiten hörte, die Hanna und Jo schon eine geraume Weile plagten.
Kai Mellenstedt hatte schon öfter Gerüchte mitbekommen, die besagten, dass im Unternehmen gemobbt wurde. Bis jetzt wurden aber nie Namen genannt. Das war etwas völlig Neues. Ihm tat es leid, dass es ausgerechnet Hanna und Jo getroffen hatte. Auf Hanna hatte er während ihrer ganzen

Zusammenarbeit, die sich über mehrere Jahre erstreckte, immer große Stücke gehalten und Jo, die als Praktikantin bei ihm anfing, hatte sich als echter Glücksfall entpuppt.

Und jetzt so etwas.

Vielleicht sollte er Hanna einfach einmal anrufen, überlegte er, um sich zu erkundigen, wie es ihr wirklich ging. Ja, dachte er bei sich. Sie sah schlecht aus, wenn sie ihm beim Mittagessen über den Weg lief, aber er hatte das immer auf ihren anstrengenden Job geschoben. Er konnte ja nicht ahnen, dass Mobbing dahinter steckte.

Was könnte er tun, um den beiden zu helfen? Fragte er sich.

Hatte er überhaupt Möglichkeiten?

Vielleicht wusste Alicia Rat.

28.03.2006

Es war wieder mal spät geworden für Jo. Sie gab sich alle Mühe, nicht mehr unangenehm durch Fehler aufzufallen und blieb öfter länger im Büro. Doch außer Magenschmerzen und Angst vorm nächsten Arbeitstag brachte ihr das gar nichts.

Sie hatte einfach keine Change, dachte sie.

Wie mies hatte sie sich heute Morgen gefühlt, als der Wecker klingelte und ihr klar wurde, dass sie wieder ins Büro musste. Schon der Gedanke bereitete ihr Kopf- und Magenschmerzen, manchmal wurde ihr richtig schlecht von der Vorstellung

Jeden Tag gab es mindestens eine Situation, in der irgendeine der drei ihr die Hölle heiß machte wegen Kleinigkeiten, die sie untereinander nicht mal zu Kenntnis nahmen.

Schwierig war auch, zu erahnen, welche Laune Chantal und Rosi hatten. Die beiden sahen es mittlerweile als selbstverständlich an, Jo bei jeder Gelegenheit mit diversen abfälligen Sprüchen zu bedenken. Und manchmal glaubte Jo, dass sich die anderen Kollegen auch über sie lustig machten, denn Jo konnte sich ja nicht wehren.

Rosis Vorgehen war zum Teil so fein abgestimmt, dass manchmal nicht einmal Jo als Betroffene wirklich über das Wort Mobbing nachdachte. Rosi suggerierte ihr immer wieder mit allen Mitteln, dass sie nur Jos Bestes wolle, und da müsse sie sie eben auch kritisieren. Manchmal wäre sie eben etwas barsch. Das sei so ihre Art. Sie solle doch nicht jede Kritik zu ernst nehmen, nein, ernst nehmen solle sie die Kritik natürlich, aber eben nicht zu ernst. Rosi verstand es, Jo derart zu verwirren, dass Jo manchmal fast nicht mehr weiter wusste. Immer, wenn Jo am Boden zerstört war, fing sie Rosi auf, redete lange mit ihr und versicherte, dass sie sich keine Sorgen machen müsse. Alles würde gut.

Nebenbei manipulierte Rosi George O'Chedder, ihren direkten Vorgesetzen. Der war ihr nämlich schon so zugetan, dass er gar nicht mitbekam, wie er zu ihrem Werkzeug degradiert wurde.

Chantal, Dorothee und Rosi spielten mit der Zeit ein ziemlich unfaires, aber für sie höchst amüsantes, Spiel.

Das Einzige, was Jo immer wieder aufbaute, waren diese netten Gespräche von nebenan. Leider ging es nach wie vor nur um Privatangelegenheiten, dafür aber bis ins kleinste Detail.

Allein diese Abhöraktion zog Jo jeden Tag aufs Neue ins Büro.

Rosi hingegen war für Jo einfach nur ein charakterschwaches, arrogantes und selbstgefälliges Arschloch. Nicht mehr und nicht weniger.

Plötzlich wurde Jo trotz der späten Stunde putzmunter.

Was machte man mit solch einer Information? Jo traute ihren Augen kaum. Sie starrte regelrecht auf den Bildschirm. Durch Zufall war sie in diesem Programm gelandet. Sie hatte sich einfach vertippt. So einfach war das. Der Urheber hatte scheinbar vergessen, einen Sicherungscode einzugeben. Was für ein Glücksfall. So dumm war Jo allerdings nicht. Sie nutzte diese günstige Gelegenheit und sicherte ihren Fund mit einem Passwort.

War das die Change, auf die sie monatelang gewartet hatte?

Jos Büro lang am Ende eines langen Ganges. Auf dem Weg zur Toilette versicherte sie sich, dass sie allein dort war. Alle anderen Räume waren verwaist. Noch mal Glück gehabt.

Um ihre Entdeckung nutzen zu können, musste sie in Erfahrung bringen, wer da am System manipuliert hatte, und zu welchem Zweck.

Sie tippte auf Rosi und Konsorten, aber sie brauchte Beweise.

Wie sie das anstellen sollte, wusste sie noch nicht, aber kam Zeit, kam Rat hätte ihre Großmutter gesagt.

Jo sicherte erst einmal den Fund, indem sie die manipulierten Dateien auf einen USB-Stick kopierte. Sie wusste, dass man das eigentlich nicht durfte, doch hier ging es um etwas und schließlich wollte sie weder der Firma schaden, noch sonst Unsinn betreiben.

Sie dachte nach.

Sollte sie mit diesem Fund zu O'Chedder gehen? Bestimmt nicht, vielleicht hing der sogar mit drin. Was hatte sie eigentlich gefunden? Sie war nicht mal sicher.

Ob die Svensson ansprechen sollte? Der würde sie wahrscheinlich für verrückt erklären. Nein, das kam alles nicht in Frage. Betriebsrat? Auf keinen Fall, was hatten die damit zu tun. Oder Hanna fragen? Auch das nicht. Erst einmal musste sie in Erfahrung bringen, was es mit diesem Fund auf sich hatte. Und was Hanna nicht wusste, konnte sie auch nicht beunruhigen, genauso wie Laura-Marie.

Jo intensivierte ihre Gedankengänge.

Sie machte sich schnell ein paar Notizen, damit sie später im Internetcafé auch noch wusste, wie sie hierhin gelangt war. Aber zuerst musste sie sich diese Datei in aller Ruhe ansehen.

29.03.2006

Alicias Telefon in ihrem Hamburger Büro klingelte nur einmal. Sie nahm sofort ab.

„Guten Tag", ertönte Douglas Stimme von sehr weit weg. „Wir haben einen Treffer gelandet. Du wirst es nicht glauben, aber nach Monaten hat jemand in Hannover unseren Köder geknackt."

Alicia reagierte seltsam verwirrt.

„Wovon sprichst du, Douglas?" fragte sie erstaunt.

Douglas zögerte.

„Ach ja," seufzte er und berichtete stolz von dem recht unkonventionellen Vorschlag Jane Andersons vor einigen Monaten, durch den sie auch auf Mike Creak aufmerksam geworden waren.

„Ich wusste, dass es funktioniert", triumphierte er. „Wer auch immer diesen Köder geknackt hat, ist richtig pfiffig und hat das nötige Knowhow. Dann kann's jetzt weitergehen. Wir sollten schauen, dass wir so schnell wie möglich heraus bekommen, wer da so intelligent war und dann müssen ihn oder sie in unseren Auftrag einweihen."

„Wie willst du das anstellen?" stutzte Alicia. „Wir waren uns einig, dass wir ein Team einsetzen. Wir haben zwei Damen ins Auge gefasst. Saskia Brandtbergk und Rosemarie Tromper. Beide kennen sich exzellent mit der EDV und der Computertechnik und sind auch über firmenhistorischen Zusammenhänge und Interna aus dem Effeff im Bilde. Was wollen wir mehr?"

„Hast du die beiden denn schon überprüfen lassen?" fragte Douglas.

„Die Überprüfung läuft noch, aber sobald dieses abgeschlossen ist, sollten wir uns schnellstens mit den beiden in Verbindung setzen, damit sie informiert werden", berichtete sie ihm.

„Gut", stimmte er zu. „Ich bin gerade in Houston, könntest du das übernehmen, Alicia? Aber trotzdem möchte ich, dass du dich informierst, wer diesen Köder gefunden hat."

„Ich kümmere mich darum. Wann kannst du wieder hier sein?"

„Wahrscheinlich erst Mitte Mai. Dann sollte die Aktion aber schon angelaufen sein. Wir brauchen eh einige Zeit."

„Ich informiere dich, sowie es etwas Neues gibt, versprochen."

„Ich warte auf deinen Anruf", sagte er zum Ende des Telefonates. „Ach ja, und gib Kai Mellenstedt eine Info."

Alicia versprach, auch dieses zu übernehmen.

31.03.2006

Jo hatte beschlossen, erst einmal nichts zu unternehmen. Sie hatte die Dateien mit einem Passwort gesichert, das nur ihr Zugang gewährte. Sie wollte abwarten, ob sich etwas Auffälliges tat. Dann würde sie weitersehen. Bis dahin hatte sie ein Geheimnis zu bewahren. Sie würde mit niemand, nicht einmal Laura-Marie oder Hanna darüber sprechen um die beiden nicht zu beunruhigen.

Jo sah auf die Uhr. Freitagnachmittag fünf Uhr durch, Zeit nach Haus zu gehen.

Eigentlich war sie verrückt, trotz des ganzen Zoffs immer noch zu versuchen, dass die Kolleginnen mit ihr zufrieden waren. Irgendwie war da der Wurm drin.

Chantal machte aus ihrer Abneigung Jo gegenüber mittlerweile keinen Hehl mehr. Teilweise maß sie sich an, einfach loszuschreien, wenn ihr ein Pup quer saß. Sie hatte weder Respekt noch Achtung vor Jo und kanzelte sie manchmal ab, wie ein kleines Kind. Jo hatte oft wirklich Angst, wenn Chantal mal wieder schlecht gelaunt über den Flur schrie, denn die meisten Vorwürfe oder Fehler waren einfach an den Haaren herbei gezogen, doch Chantal hatte die Unterstützung von Rosi und Dorothee und O'Chedder zweifelte nicht im geringsten an der Richtigkeit ihrer Aussagen. Für ihn waren die drei loyal, zuverlässig und vertrauenswürdig.

O'Chedder bat sie jetzt auf Anraten von Rosi im Abstand von wenigen Tagen zum Gespräch unter vier Augen und jedes Mal holte er einen von Rosis Plänen raus, nach denen Jo noch weniger Tätigkeiten ausführen durfte.

Jeden Morgen bei seiner Begrüßungsrunde wies ihn Dorothee darauf hin, dass Jo einfach nicht zu gebrauchen sei.

Stück für Stück brachten sie Jo dahin, dass sie von Kollegen schon schief angesehen wurde, dass man sie gar nicht mehr um Hilfe bat, weil sie es ja sowieso nicht könne und stetig hatten sie ihr jegliche Verantwortung genommen mit der Begründung, sie mache zu viele Fehler. Details sagte ihr nach wie vor niemand.

03.04.2006

Kai Mellenstedt stand noch unter der Dusche, als er sein Handy klingeln hörte.

Schnell stellte er das Wasser ab, warf sich ein Handtuch über die Hüften und suchte nach dem kleinen Gerät.

Gerade noch rechtzeitig konnte er das Gespräch annehmen.

„Mellenstedt", knurrte er in die Sprechmuschel.

„Bloomberg", hörte er Alicias Stimme. „Kai wir müssen uns treffen, es gibt Neuigkeiten."

Kai war mächtig überrascht, schon montagmorgens um sechs angerufen zu werden. Das musste ja wichtig sein.

„Okay", sagte er schnell. „Heute Nachmittag um halb fünf im Café?"

Alicia war sofort einverstanden.

Eigentlich war es Kai sogar ganz recht, sich schnellstens zu treffen. Die Mobbinggerüchte um Hanna und Jo gingen ihm nicht mehr aus dem Kopf, auch wenn er selbst keinerlei Möglichkeiten hatte, ihnen zu helfen.

Sein Tag verlief ohne große Höhen und Tiefen. Er war abgelenkt und dachte nicht allzu oft an das nachmittägliche Treffen mit Alicia. Bis er im Café saß und auf sie wartete.

Sie trafen sich im Hannoverschen Hof gegenüber dem Hauptbahnhof. Eigentlich war es ein Speiselokal, aber selbstverständlich wurde hier tagsüber auch Kaffee und Kuchen serviert.

Das Lokal bot den Vorteil, dass man im Keller sitzen konnte, wo man oftmals, gerade tagsüber, relativ ungestört war, weil sich keine anderen Gäste hierher verirrten.

Diese Räumlichkeit war ein großflächiges, altes Kellergewölbe mit naturbelassenen Wänden und rustikalem Mobiliar.

Kai und Alicia saßen etwas verborgen in einer Nische und unterhielten sich angeregt.

„Wir haben uns einmal Gedanken gemacht, wen wir dir als Unterstützung im Hause SASI anbieten können", erzählte Alicia beiläufig. „Kennst du die Damen Tromper und Brandtbergk?"

Kai nahm einen Schluck von seinem Kaffee und sah sie an.

„Ja", antwortete er, „zumindest Frau Brandtbergk kenne ich auch persönlich."

„Na fein", lächelte Alicia. „Was hältst du von ihr?"

Kai legte die Stirn in Falten und zog die Augenbrauen hoch.

„Die Dame soll ja ein sehr großes Kommunikationstalent haben, um es einmal vorsichtig auszudrücken", berichtete er. „Ich habe mir die Freiheit genommen und mich in der letzten Zeit mal ein bisschen umgehört. Mir ist zu Ohren gekommen, dass bei SASI offensichtlich gemobbt wird..."

Alicia horchte auf.

„Kann das jemand bestätigen?" fragte sie besorgt.

„Können sicher", fuhr Kai Mellenstedt fort, „aber das wird niemand tun, da bin ich mir sicher. Der Ton ist rauer geworden bei SASI. Und es scheint kein Einzelfall zu sein."

„Und wahrscheinlich gibt es keine Beweise, oder?" merkte Alicia an.

„Natürlich nicht", stellte Kai fest. „Wenn die Opfer Beweise hätten, könnten sie sich ja dagegen zur Wehr setzten."

„Kennst du einen oder eine Betroffene?" wollte sie wissen.

Er schüttelte den Kopf.

„Dazu kann ich im Moment noch nichts sagen", erklärte er. „Aber was ich mit Sicherheit heraus bekommen habe, ist, dass die Gerüchteküche brodelt. Offensichtlich unterhält man sich schon im Fahrstuhl über das Thema. Ob da allerdings ein Zusammenhang mit unserer Problematik besteht, wage ich zu bezweifeln."

Alicia hustete und räusperte sich.

„Verfolg das doch bitte weiter", bat sie, „vielleicht können wir so ganz nebenbei etwas tun, um das zu beenden. Aber kommen wir zum eigentlichen Grund, warum ich dich um dieses Treffen gebeten haben..."

Sie berichtete detailliert von ihrem Gespräch mit Douglas Davenport und den neuen Erkenntnissen.

Kai Mellenstedts Augen begannen zu funkeln.

„Seit ihr sicher?" fragte er ungläubig. „Jemand hier in Hannover hat diese Datei geknackt?"

„Ganz sicher", bestätigte Alicia. „Douglas meint, es wird nicht schwer sein, heraus zu bekommen, wer es gewesen ist. Das ist so eingebaut. Jane Anderson und die Jungs sind schon bei der Suche und schicken dir dann die Informationen nach Haus. Es wäre gut, wenn du uns dann schnell mitteilen könntest, was du von der Person weißt."

„Kein Problem", stimmte Kai zu. „Wenn ich weiß, wer es war, weiß ich ziemlich schnell auch eine Menge anderer Dinge über diesen Menschen."

„Gut", sagte Alicia. „Dann kommen wir noch einmal auf die beiden Damen zurück, die dich unterstützen sollen."

„Brandtbergk und Tromper?"

„Ja."

„Wie gesagt, Brandtbergk kenne ich persönlich aus meiner Zeit als Referatsleiter bei SASI. Sehr kommunikationsfreudig. Man sagt über sie, wie wäre ein typischer Workaholic. Kennt keinen Feierabend und kein Wochenende. Manchmal sitzt sie sogar sonntags an ihrem Schreibtisch und arbeitet. Im Moment ist sie Abteilungsleiterin der technischen Forschung und Entwicklung, eine ganz große Nummer, sagt man."

„Und Rosemarie Tromper?"

„Die Dame ist mir persönlich nicht bekannt, aber Gerüchten zu folge soll sie nicht ganz einfach sein. Böse Zungen halten sie gar für charakterlich nicht sonderlich gefestigt. Glaubt ihr wirklich, dass diese beiden Frauen die Richtigen für diesen Job sind?"

Alicia zuckte mit den Schultern.

„Meinen Informationen nach haben die beiden einen ausgezeichneten Ruf und haben sich auch schon in der Zeit vor SASI als Team bewährt. Auf den ersten Blick schienen sie ideal, aber ich lasse beide natürlich überprüfen, bevor ich irgendetwas unternehme."

„Ich glaube, da tust du auch sehr gut daran", bemerkte Kai. „Lass uns abwarten, was bei einer Überprüfung heraus kommt und dann sehen wir weiter. Bis dahin werde ich mich um unseren IT-Profi kümmern."

„Aber vergiss bitte diese Mobbing-Geschichte nicht", mahnte Alicia.

04.04.2006

Ironischer Weise freute Jo sich auf diese beiden Tage Seminar in Lüneburg.

Forschung und Entwicklung in Theorie und Praxis stand auf dem Programm.

Leider waren auch Chantal und Dorothee mit von der Partie, Gott sei Dank aber nicht Rosi.

Voller Elan machte sich Jo mit der Straßenbahn auf den Weg zum Bahnhof, wo sie sich für die Fahrt mit Kollegin Gertrud verabredet hatte.

Jo hatte nur wenig Gepäck dabei. Es war ja auch nur eine Übernachtung in dem Seminarhotel geplant. Sie fand, dass zusätzlich zu den Sachen die sie trug, eine Jeans, ein Pullover und Unterwäsche und Socken für eine Nacht reichen mussten. Selbstverständlich hatte sie auch Toilettenartikel wie Duschöl oder Shampoo dabei und die elektrische Zahnbürste. Seit Jo vor einigen Jahren von Laura-Marie eine elektrische Zahnbürste zu Weihnachten bekommen hatte, wollte sie nichts anders mehr zum Zähneputzen.

Die Anreise mit dem Zug in Begleitung von Gertrud war recht kurzweilig. Jo wollte eigentlich lieber in Ruhe Zeitung lesen, aber Gertrud hatte so viel zu erzählen, dass das unmöglich war.

Vor dem Hotel angekommen, sah Jo, wie Dorothee und Chantal fast gleichzeitig mit neuen Autos vorfuhren. Das Dorothee seit einer geraumen Weile diesen neuen Audi hatte, war allgemein bekannt, und auch keine Besonderheit. Dorothees Mann verdiente wohl ganz gut auf Montage und mit dem Außendienst. Aber Chantal in diesem schicken, kleinen Sportwagen zu sehen, überraschte Jo doch sehr. Hatte sie sich nicht erst ein Segelboot am Steinhuder Meer gekauft?

Im Hotel selbst wurden dann als erstes die Zimmer verteilt.

Jo bekam mit, dass Dorothee und Chantal ein Zimmer teilten. Wenn da nicht noch was ging, dachte Jo bei sich. Alle anderen hatten Einzelzimmer

Aus den Gesprächen, die sie nun regelmäßig aus dem Nebenbüro verfolgen konnte, wusste sie, dass Dorothee und Chantal auch ganz gern miteinander kuschelten. Was Jo stutzig machte, war dieser plötzliche Reichtum, den Chantal so offen zur Schau stellte. Darüber sprachen sie im Büro nicht.

Aber außer Jo schien das aber niemandem wirklich aufzufallen.

Dann begannen die Vorträge.

Die beiden Kolleginnen Sundermann und Krusche wählten Plätze in der letzten Reihe, und zwar die beiden einzigen, die noch frei waren.

Jo war das egal. Sie wollte etwas mitbekommen und setzte sich in die erste Reihe.

Das Seminar empfand Jo als sehr informativ. Sie erfuhr viele Details über die Forschung und Entwicklung speziell im Hause SASI, sowie die Technik, mit der sie arbeitete und Jo interessierte sich für fast alles, was mit Technik zu tun hatte.

Während der Dozent vorn an der Tafel sein Wissen zum Besten gab, störte Dorothee und Chantals fortwährende private Unterhaltung den Unterricht erheblich. Mehrmals wurden sie schon am ersten Tag vom Dozenten zurecht gewiesen.

Die beiden ließ das relativ kalt.

In der Pause lümmelten sie sich Kaffeetrinkend in einer Ecke und lästerten über die anderen Teilnehmer.

Während des gemeinsamen Mittagessens wählten Dorothee und Chantal einen Zweiertisch, alle anderen nahmen an der großen Tafel Platz, die extra für das Seminar hergerichtet wurde.

Jo saß neben Gertrud.

"Na deine Kolleginnen wollen wohl nix mit dir zu tun haben", bemerkte diese schnell.

„Mit dir doch auch nicht", gab Jo mit einem feinen Grinsen zurück.

„Ich hab ja nix weiter mit denen zu tun", sagte Gertrud, „und da bin ich auch ganz froh drüber."

Gertrud nutzte die Gelegenheit und erzählte Jo von all den kleinen Gemeinheiten, die Dorothee mit ihr schon vor Jahren abgezogen hatte, als man noch sehr eng zusammen arbeiten musste.

Die Mittagspause zog sich etwas hin.

Der Nachmittag sollte dann aber ebenso schnell verfliegen, wie auch der Vormittag.

Nach den Vorträgen hatte jeder etwas Freizeit, ehe gegen neunzehn Uhr gemeinsam gegessen werden sollte. Jo nutze die Möglichkeit und bummelte ein bisschen durch die Stadt. Vielleicht fand sie eine Kleinigkeit, die sie Laura-Marie mitbringen konnte.

Kaum, dass sie das Hotel verlassen hatte, klingelte ihr Handy. Laura-Marie.

„Du lieber Schatz", sagte diese. „Wie ist es dir heute ergangen. War dein Tag interessant?"

„Selber Schatz", antwortete Jo mit zärtlicher Stimme und erstattete Bericht.

Nach dem Abendessen, das beide Grazien wieder abseits der Gruppe einnahmen, traf man sich noch in der Hotelbar.

Hier zogen es die Weiber jedoch vor, inmitten einer Gruppe älterer Herren reichlich alkoholische Getränke zu sich zu nehmen. Dorothee nutze ihr attraktives Äußeres schamlos aus und die Herren fuhren darauf ab. Manch einem schien schon der Sabber aus dem Mund zu laufen, wenn sich die Blondine in ihrem knappen Röckchen bückte. Dorothee wusste um ihre Wirkung auf Männer. Offensichtlich bekam Chantal eine kostenlose Nachhilfestunde in Sachen Aufreizen.

Jo selbst saß allein am Tresen bei einem Gin Tonic und beobachtete das Treiben.

Recht zeitig zogen sich Dorothee und Chantal, sichtlich angetrunken, auf ihr Zimmer zurück.

Fast alle Herren am Tisch verabschiedeten sich mit Küsschen von den beiden. Einer wurde sogar richtig dreist und steckte Chantal seine Zunge tief in den Hals. Chantal lachte nur betrunken. Sie bekam gar nicht mehr mit, wie sie sich hier zum Affen machte.

„Mensch Jochen", hörte Jo einen sagen, „die Kleine haste ja richtig geil gemacht."

Die Blonde war doch auch nicht von schlechten Eltern", gab Jochen zurück. „Wenn die noch geblieben wären, hätten wir die noch in die Kiste gekriegt."

Die Kerle lachten über ihren vermeintlich verpassten Erfolg.

Jo vermutete, dass sie Recht hatten.

Sie trank ihren Gin Tonic aus und ging schlafen.

06.04.2006

Die New Yorker Kollegen hatten ziemlich schnell herausgefunden, wer die Köder-Datei geknackt hatte und schickten die Information sofort Kai Mellenstedt aufs Handy.

Der saß in seinem Büro und war völlig erstaunt.

Mit allem hätte er gerechnet, aber nicht damit, dass Jo dahinter steckte. Jeder andere, aber nicht sie. Obwohl, dachte er bei sich, wer sonst.

Jo hatte sich ja schon früher mit ihren PC-Kenntnissen hervor getan. Und sie hatte das zugehörige Fachwissen.

Er benachrichtigte Dr. Alicia Bloomberg und bat um ein Treffen.

Alicia kam noch am selben Tag in das Café am Bahnhof gegenüber in Hannover.

„Vergiss Tromper und Brandtbergk", waren Kais erste Worte.
„Ich habe eine viel bessere Idee!"

Alicia lächelte während sie ihren Mantel auszog und über den Stuhl hängte.

„Du bist ja völlig aufgeregt Kai", antwortete sie. „Erzähl mir davon."

Kai rutschte unruhig auf seinem Stuhl hin und her.

„Wir wissen jetzt, dass Johanna Crin diese Datei geknackt hat", berichtete er. „Sie hat mal in meiner Abteilung gearbeitet und ist wirklich sehr zuverlässig. Hat als Praktikantin bei uns angefangen. Vielleicht sollten wir sie für diesen Job nehmen. Und weil wir ein Team benötigen, nehmen wir Hanna Böschelburger dazu."

„Wer ist das denn?" fragte Alicia.

„Hanna war im Rechnungswesen bei SASI meine rechte Hand", erklärte Kai. „Hanna und Johanna haben sehr eng zusammen gearbeitet und waren ein tolles Team. Soweit ich weiß, haben die beiden immer noch Kontakt und sind sogar befreundet. Ich bin überzeugt, dass diese Beiden perfekt für den Job sind."

„Tja", stimmte Alicia zu. „Dann lass ich die beiden einmal überprüfen, oder."

„Tu das", entgegnete Kai. „Ist eigentlich bei dem Check Tromper – Brandtbergk schon etwas heraus gekommen?"

„Na ja", setzte Alicia an. „Die Charakterschwäche der Dame Tromper scheint nicht ganz aus der Luft gegriffen zu sein. Wir haben einen Privatermittler auf sie angesetzt. Auf die Brandtbergk natürlich auch. Und dabei hat sich ergeben, dass die Damen merkwürdig enge Kontakte zu drei anderen Kolleginnen pflegen."

„In wie fern?" wollte Kai wissen.

„Sie treffen sich unregelmäßig am Wochenende", erzählte Alicia. „Dann verbringen sie oft die ganzen freien Tage miteinander. Diese Treffen scheinen regelmäßig in Orgien auszuarten, bei denen nicht nur übermäßig Alkohol, meistens Champagner, konsumiert wird, sondern man sich auch an anderen Substanzen berauscht. Außerdem scheint die Dame Tromper äußerst ausschweifend ihren homosexuellen Neigungen nachzugehen."

„Das ist ja nicht verboten", bemerkte Kai. „Und soweit ich weiß, hat SASI in seinen Verhaltensregeln zum Umgang miteinander auch einen Passus, der besagt das, neben vielen anderen Dingen auch, niemand wegen seiner sexuellen Orientierung benachteiligt werden darf."

„Das ist richtig", pflichtete ihn Alicia bei. „Aber die Dame ist zum Einen verheiratet und zum Zweiten bevorzugt sie sehr viel jüngere Frauen, die offensichtlich immer erst betrunken gemacht werden müssen, ehe sie sich mit ihnen einlässt. Ich glaube eher, Frau Rosemarie Tromper ist nicht ganz koscher."

„Meinst du, die hat Dreck am Stecken?" fragte Kai direkt.

„Möglich wäre es", sagte Alicia. „Merkwürdig ist auch, dass Saskia Brandtbergk ab und zu bei diesen Treffen dabei ist."

Kai Mellenstedt verzog das Gesicht.

„Dir ist schon klar, dass niemals heraus kommen darf, dass wir die Beiden durch einen Privatdetektiv ausspioniert haben", betonte er.

„Wenn es danach geht, dürfte man gar nichts", wiegelte Alicia ab. „Wir müssen halt sehr verschwiegen sein. Was soll's."

Kai lächelte verhalten und schüttelte den Kopf.

18.04.2006
15.00

Zwei Wochen später war es soweit.

Dr. Alicia Bloomberg und Kai Mellenstedt hatten auch Jo und Hanna durch einen Privatermittler überprüfen lassen. Da die beiden kein ausschweifendes Lotterleben führte, hatte man schnell ein positives Ergebnis.

Die Beiden sollten es sein.

Wieder neigte sich so ein langweiliger Arbeitstag seinem Ende zu.

Den ganzen Vormittag hatte Jo mit Ablage verbracht. Hier ein Blättchen in den Ordner geheftet, dort einen Stapel Papier gelocht und einsortiert, ach wie sie das hasste.

Erst ein gutes Jahr war es her, dass sie eine angesehene Mitarbeiterin des Rechnungswesens war und jetzt hatte man sie zur Hilfskraft in der Forschung und Entwicklung abgestempelt.

Sie dachte ernsthaft darüber nach, den ganzen Kram hinzuschmeißen und sich einen neuen Job zu suchen. Aber das hatte Vor- und Nachteile und ein großer Nachteil war nun mal das gute Gehalt, das man nicht überall bekam.

Und außerdem ging es Hanna mit ihrer neidischen Kollegin auch nicht wirklich besser. Vielleicht war das der Preis, den man zahlen musste.

Tja, irgendwie war die ganze Company ziemlich runtergekommen, so zwischenmenschlich.

Früher, in alten Zeiten, hätte man sich nie getraut, jemanden hinter seinem Rücken derart in Verruf zu bringen. Da hätte sich sofort der Betriebsrat eingeschaltet, die hatten damals noch Rückgrat.

Heute war der Ton rauer geworden und jemand wie Rosi, mit ihren alten Seilschaften, hatte Narrenfreiheit.

Jo hätte kotzen können, doch was konnte sie dagegen tun? Die drei waren sich einig, hatten O'Chedder auf ihrer Seite und sie Jo, stand eben wie der Depp da.

Keine Change, Scheiße!

Plötzlich klingelte das Telefon.

Jo zuckte erschrocken zusammen. Seitdem sie diesen neuen Job hatte, rief man sie kaum noch an. Sämtliche Gespräche liefen über Chantal, weil Jo Chantals Meinung nach zu dumm war, ein Telefonat zu führen. Außerdem telefonierte Jo für Chantals Geschmack zu laut. Nächster Minuspunkt. Das führte dann dazu, dass Jo auf Anweisung von O'Chedder keine Telefonate mehr zu führen hatte.

Und nun ein solcher Schreck, ein klingelndes Telefon.

Jo zitterte ein bisschen, als sie den Hörer abnahm.

„Frau Crin, hier Bloomberg", meldete sich eine weibliche Stimme. „Bitte sagen sie nur ja oder nein. Ich erkläre ihnen alles später."

Wie mysteriös, befand Jo, aber nun gut, endlich passierte mal was.

„Kennen sie meinen Namen?" fragte die fremde Frau.

„Nein, eigentlich nicht", gab Jo zu. „Was kann ich für sie tun?" Jo hatte den Namen Bloomberg vor langer Zeit mal im Zusammenhang mit einem internen Audit gehört, aber was wollte die von ihr?

„Ich müsste sie dringend sprechen. Aber nicht im Büro", erwiderte die Stimme. „Können wir uns nachher in Hannover treffen? Irgendwo, wo wir in Ruhe reden können?"

„Natürlich", stimmte Jo zu. „Wann und wo?"

„Irgendwo, ab von diesen Touristenorten wie Kröpke oder Bahnhof, und nicht in der Nähe der Firma."

Jo überlegte eine Weile.

„Ich habe eine Idee", sagte sie und tippte auf der Tastatur ihres Rechners rum.

„Okay, bis dann", antwortete Alicia Bloomberg.

15.30

Hanna Böschelburger verzog gereizt das Gesicht, als ihr Handy klingelte. Sie wollte eigentlich Feierabend machen und nicht noch Probleme wälzen. Doch dann erschrak auch sie. Eine Hamburger Nummer im Display, um diese Zeit? Das konnte nichts Gutes bedeuten.

„Böschelburger", rief sie ins Mikrofon.

„Bloomberg", bekam sie zur Antwort.

„Was kann ich für das interne Audit tun?" fragte Hanna verblüfft.

„Oh, sie kennen mich?" fragte Alicia zurück.

„Wir hatten schon einmal vor ein paar Jahren miteinander zu tun", erklärte Hanna, „vielleicht erinnern sie sich."

„Ja?"

Alicia stutzte, aber dann fiel es ihr tatsächlich wieder ein, sie hatte beinahe sogar ein Gesicht vor Augen.

In Kürze bat Alicia Hanna, sich dem Treffen mit Jo anzuschließen.

Hanna musste sorgfältig abwägen, sie war noch zwischen verschiedenen Außenstellen unterwegs, ob sie es rechtzeitig schaffen könnte, sagte dann aber zu, mit der Option, gegebenenfalls etwas später dort zu sein.

Alicia bemerkte, dass eine Verspätung das geringste Problem darstellen würde, machte aber keinerlei Anstalten zu erklären um was es eigentlich ginge. Hanna fand die ganze Situation etwas merkwürdig, dachte sich jedoch nichts dabei, denn die vom Audit waren eben manchmal merkwürdig.

Also packte Hanna, wie beabsichtigt ihre Sachen zusammen, lud alles in ihren Wagen und machte sich auf den Weg aus der Provinz zurück nach Hannover.

19.00

Dr. Alicia Bloomberg, Kai Mellenstedt, Johanna Crin und Hanna Böschelburger trafen sich an diesem Montagabend in einer völlig unscheinbaren Studentenkneipe in Hannover-Linden. Niemand, der sie kannte, hätte Alicia dort vermutet und genauso sollte es sein.

Diese Studentenkneipe lag in einer Seitengasse der Limmerstraße, sie war spartanisch möbliert, schlichte Holzmöbel und diffuses Licht.

Alicia hatte sich für dieses Treffen extra umgezogen, sie wollte nicht auffallen und auch Jo trug hier lieber Jeans, als einen Hosenanzug.

Die Vier setzen sich um einen kleinen Tisch und sahen sich an.

„Mich würde mal interessieren, um was es eigentlich geht", durchbrach Jo die Stille.

„Das würde ich auch gern wissen" stimmte Hanna zu. „Sie machen's ja sehr spannend. Und was hast du damit zu tun, Kai?"

Alicia schüttete den Kopf.

„Ich werde ihnen nur wenige Details nennen können", erwiderte sie. „Sagt ihnen der Name Davenport etwas?"

„Besondere interne Angelegenheiten", entfuhr es Hanna. „Ja, habe ich schon mal gehört."

„Ich nicht", antwortete Jo. „Wer ist das?"

„Douglas Davenport ist der oberste Auditor für besondere interne Angelegenheiten", erklärte Alicia. „Wenn Davenport ins Spiel kommt, haben sich irgendwo auf der Welt Mitarbeiter etwas zu Schulden kommen lassen. Und vor solch einer Herausforderung stehen wir hier in Hannover."

Hanna und Jo sahen sich einen Moment lang fragend an.

„Keine Sorge", unterbrach Alicia ihre Gedanken, „ wir wollen ihnen nichts anhängen, wir brauchen ihre Hilfe. Aber wie gesagt, die Details wird ihnen Davenport selbst mitteilen."

„Wieso gerade wir?" fragte Jo.

„Weil sie beide die einzigen sind, die in Frage kommen", sagte Alicia. „Sie haben sich schon vor geraumer Zeit als Team etabliert, sie ergänzen sich perfekt, sie haben das entsprechende Wissen, sie sind genau die beiden Mitarbeiterinnen, die wir brauchen."

Jo schluckte.

„Ob das so eine gute Idee ist?" fragte sie.

„Frau Crin, ich habe von ihren Schwierigkeiten in der Abteilung Forschung und Entwicklung gehört, glauben sie mir, dieser Job ist genau das richtige für sie und Frau Böschelburger," ermutigte sie Alicia Bloomberg.

„Man spricht also auch schon in Hamburg über mich?" fragte Jo ungläubig.

„Es geht das Gerücht um, sie seien einer gewissen Dame nicht unterwürfig genug", grinste Alicia. „Also für uns genau die Richtige."

Jo versuchte zu lächeln.

„Da hab ich mir einen Ruf erarbeitet?"

„Das haben sie, genauso wie Frau Böschelburger", fuhr Alicia fort. „Ihnen sagt man ja nach, dass sie niemals aufgeben. Außerdem haben sie außerordentliche Kenntnisse über sämtliche innerbetrieblichen Zusammenhänge und Verknüpfungen."

„Tja, ob meine Kenntnisse nun so außerordentlich sind, ich weiß nicht", zweifelte Hanna.

„Frau Böschelburger, natürlich sind sie das!" widersprach Alicia.

„Hanna", mischte sich Kai Mellenstedt ein, „wir haben sehr lange überlegt und euch wirklich ganz bewusst ausgesucht. Ich habe überhaupt keine Zweifel an Euch."

Ein junges Mädchen brachte die Karte und fragte nach Getränkewünschen.

Jo atmete schwer aus.

„Ich brauche erst mal einen Schnaps", stieß sie hervor. „Was richtig Hartes."

„Ich glaub ich auch", stellte Hanna fest. „Einen Cognac, bitte."

„Und einen Scotch auf Eis", sagte Jo.

Mellenstedt sah Alicia an.

„Möchtest du auch einen Scotch?" fragte er sie.

„Gern."

Sie schwiegen sich an, bis die Drinks gebracht wurden.

Kaum hatte Jo einen kräftigen Schluck genommen, fing sie sich wieder.

„Wie sind sie denn überhaupt auf uns gekommen?" wollte sie wissen.

Kai Mellenstedt machte dieses unnachahmlich böse Gesicht und sah Jo an.

„Haben sie nicht vor einiger Zeit eine Entdeckung gemacht, Frau Crin?" fragte er streng.

Jo zuckte zusammen. Sofort hatte sie ein schlechtes Gewissen und das Gefühl feuerrot zu werden.

Er konnte gar nichts von der mysteriösen Datei wissen, die sie aufgetan hatte, sagte sie sich.

„Wieso?" fragte sie nervös.

Kai Mellenstedt runzelte die Stirn und sah ihr tief in die Augen.

Jetzt bekam Jo doch etwas Angst vor ihm.

„Mal nicht so ängstlich", beschwichtigte Kai Jo und legte väterlich den Arm um sie. „IT-Experten in New York haben diese Datei, die sie aufgetan haben, schon vor Monaten entwickelt. Diese Datei sollte als Köder dienen, weil wir dringend jemanden mit Spezial-Knowhow brauchten und keinen fanden. Also hat sich das Interne Audit entschlossen, sehr unkonventionell nach begabten Mitarbeitern zu suchen, die in der Lage sind, auch komplexe Problematiken zu lösen. Indem sie die Datei knackten, haben sie sich qualifiziert."

„Du hast was?" rief Hanna ungläubig aus.

„Ich wollte dich nicht beunruhigen", gab Jo kleinlaut zu. „Du hättest dich doch nur aufgeregt, wenn ich dir davon erzählt hätte."

„Das glaub ich ja nicht", stieß Hanna hervor. „Weiß Laura-Marie davon?"

"Gott bewahre!" antwortete Jo. „Die macht sich doch nur unnötig Sorgen."

Mellenstedt und Bloomberg lachten, aber Kai wurde sofort wieder ernst.

„Das heißt also, dass niemand außer uns weiß, dass sie recherchieren?" fragte er nach.

„Na ja", setzte Jo an. „Wenn wir einmal dabei sind, meine Lebensgefährtin, Laura-Marie Ajonas, ist natürlich grob eingeweiht. Hanna und ich haben schon länger den Verdacht, dass irgendetwas im Hause SASI nicht in Ordnung ist..."

Und Hanna und Jo erzählten gemeinsam, was sie bis jetzt herausgefunden hatten.

Besonders Hanna kannte Kai Mellenstedt lange und gut genug, um ihm zu vertrauen.

Dr. Alicia Bloomberg und Kai Mellenstedt hatten Hanna und Jo zwar durch einen Privatermittler überprüfen lassen, aber was die beiden hier beim Drink berichteten, hatte auch der Detektiv nicht herausfinden können.

„Wissen sie, dass sie ein hohes Potential an krimineller Energie an den Tag legen, Frau Crin", bemerkte Kai Mellenstedt mit einem Augenzwinkern. „Und du auch Hanna. Klaust einfach ein Passwort. Und dann noch ein Masterpasswort!"

Hanna schluckte.

„Ich habe das Passwort der Brandtbergk nicht geklaut", widersprach sie. „Die hat mir das quasi zugeworfen. Aber wieso Masterpasswort?"

„Außerdem wollen wir uns nicht persönlich bereichern", unterstützte Jo die Freundin, „sondern nachweisen, dass die Weiber Dreck am Stecken haben. Ich glaube felsenfest daran, dass wir etwas finden, wenn wir nur lange genug und an den richtigen Stellen suchen!"

Kai lachte auf.

„Damals, als sich SASI Luftikus und MMS einverleibt haben", erklärte er, „hat die Brandtbergk an der EDV-Zusammenführung mitgemischt. Und damals hat man der Brandtbergk ein Masterpasswort zugeteilt, mit dem sie überall ran kommt. Die hat quasi uneingeschränkten Zugriff auf alles. Ihr wisst gar nicht, was für ein Glück ihr hattet. Dieses Passwort läuft offensichtlich nicht ab. Eine ziemliche Sicherheitslücke, aber für uns ein Sechser im Lotto."

„Aber könnte es nicht sein", merkte Alicia an, „dass ihre Antipathie den Damen gegenüber mittlerweile so hoch ist, dass sie sich da in etwas verrennen?"

Jo schüttelte energisch den Kopf.

„Ich glaube nicht", widersprach sie mit fester Stimme. „Frau Dr. Bloomberg, ist es nicht merkwürdig, wenn eine junge Frau, die kaum tausend Euro im Monat netto verdient, mit einem arbeitslosen Onkel zusammenlebt und wo ein Erbe oder Lottogewinn nicht in Sicht ist, plötzlich ein Segelboot kauft und mit einem Sportwagen vorfährt?"

„Lassen sie uns Du sagen", schlug Alicia vor, „wir werden in der nächsten Zeit sehr eng zusammen arbeiten müssen. Johanna, könnten das nicht alles Zufälle sein?"

„Einverstanden", antworteten Hanna und Jo wie aus einem Munde.

„Ich schließe mich dem an", stimmte Mellenstedt zu.

„Dann nennen sie mich bitte Jo", bat diese.

„Gut Jo", griff Alicia noch einmal ihren Faden auf. „Könnte das nicht alles auch ganz harmlos sein?"

„Mittlerweile glaube ich auch eher, dass Jo Recht hat", antwortete Hanna auf die Frage. „Das sind zu viele Zufälle auf einmal."

Sie diskutierten bis spät in die Nacht und kaum hatte Jo die eigene Haustür aufgeschlossen, rief sie sofort Laura-Marie an und erzählte, was sich Aufregendes ergeben hatte. Damit sie sich keine Sorgen machte, hatte ihr Jo allerdings schon im Laufe des Abends eine SMS geschrieben.

19.04.2006

Büro Meinecke, 17. Stock.

Bianca saß an diesem frühlingshaften Morgen schon sehr zeitig an ihrem Schreibtisch, als auch Eleonore Schummelpfennig über den Flur zu ihrem Büro schlurfte.

„Hey Eleonore", rief Bianca ihr durch die offene Tür zu. „Was machst du denn schon hier?"

Eleonore warf ihre strähnigen Haare in den Nacken und steuerte Biancas Zimmer an.

„Och, Moin", antwortete sie zurück. „Dachte nicht, dass schon wer da ist. Bist du auch schon so früh hier?"

„Siehste doch," erwiderte Bianca. „Machst du ‚nen Kaffee?"

Eleonore hockte sich mit ihrem dicken Hintern auf eine Ecke von Biancas Schreibtisch und wartete ab, bis die Kollegin mit zwei Kaffeebechern aus der Teeküche zurückkam.

„Wie läuft's Dann bei dir?" fragte Eleonore neugierig, während sie einen Schluck Kaffee aus dem Becher nahm.

„Och", stöhnte Bianca, „Eigentlich wieder ganz gut. Und bei dir?"

Eleonore erzählte vom Rauswurf ihres Lebensabschnittsgefährten in allen Einzelheiten.

„Aber dir geht's doch auch wieder besser, oder?" setzte Eleonore erneut an. „Was war denn mit dir los?"

Eleonore hoffte, dass Bianca mehr Privates erzählen würde, wenn sie, Eleonore, etwas von sich preisgab. Doch das war ein Trugschluss. Bianca blieb verschwiegen.

„Bei mir ist immer alles in Ordnung", wies sie Bianca ab. „Hatte wohl bloß ‚nen bisschen viel Stress hier. Was macht eigentlich Hanna?"

Bianca legte leger die Füße auf den Tisch und lehnte sich in ihrem Stuhl zurück.

„Der Bohnstahl hat uns doch auseinander gesetzt", erzählte Eleonore freimütig. „Hanna hat sich immer beschwert, dass ich zu viel rauche."

„Tust du doch auch", bemerkte Bianca.

„Ja", sagte Eleonore, „aber trotzdem muss der mich doch nicht gleich in ein Einzelzimmer am hintersten Ende von Flur setzen. Ich krieg gar nix mehr mit."

Bianca lachte auf.

„Und was macht die Arbeit?" hakte sie nach.

„Na ja", knurrte Eleonore missmutig. „Ich will so gern diese Materialplanungs-Liste von Hanna haben, aber nicht mal Saskia Brandtbergk hat das bis jetzt geschafft. Der Bohnstahl ist voll von der Hanna eingenommen..."

Biancas Gesicht verzog sich zu einem Grinsen.

„Dann unternimm was!" schlug sie vor. „Du musst deinem Chef klarmachen, dass Hanna unfähig ist. Dann geht der Rest wie von selbst."

Eleonore sah sie ungläubig an.

„Meinste?" fragte sie.

„Das mein ich", antwortete Bianca. „Lass dir was Gutes einfallen. Wenn du keine Idee hast, frag Rosi."

Eleonores Gehirn begann zu arbeiten.

21.04.2006
10.00
Zwei Tage später rauschte Saskia Brandtbergk wie von der Tarantel gestochen in Hubertus Bohnstahl Büro.
„Herr Bohnstahl", raunte sie ihn an. „Es muss unbedingt etwas passieren. So geht das mit Frau Böschelburger nicht weiter."
Bohnstahl blickte überrascht von seiner Arbeit auf.
„Was meinen sie, Frau Brandtbergk", fragte er gereizt.
„Ich meine", stieß Saskia hervor und warf sich auf einen Stuhl im gegenüber, „dass Frau Böschelburger endlich Resultate vorlegen muss. Wir haben diese Angelegenheit jetzt schon so oft diskutiert und nichts tut sich. Wenn die Dame nicht innerhalb einer Woche ein Ergebnis bringt, werde ich dafür sorgen, dass Frau Schummelpfennig diese Liste übernimmt. Das ist mein letztes Wort."
Hubertus Bohnstahl spürte, wie seine Halsschlagader anschwoll.
„Frau Brandtbergk", fuhr er sie an. „Mein Entschluss steht fest. Frau Böschelburger arbeitet nach wie vor an dem Projekt. Sie braucht so lange dafür, wie sie eben braucht. Die Problematik ist komplex und kann nicht ad hoc abgearbeitet werden. Frau Schummelpfennig hat ihren eigenen Aufgabenbereich und ist damit voll und ganz ausgelastet. Keine Diskussionen mehr!"
Saskias Augen funkelten ihn an.
„Das werden wir noch sehen", zischte sie und verschwand.
Hubertus Bohnstahl rief Hanna zu sich und berichtete von dem Vorfall mit Saskia Brandtbergk.
„Sagen sie mal, Frau Böschelburger", sagte er, als Hanna bei ihm war. „Was hat diese Dame eigentlich gegen sie?"
Hanna war zum Heulen zumute, aber sie riss sich zusammen.
„Ich weiß es nicht einmal", gab sie wahrheitsgemäß zu.
Eleonore Schummelpfennig, die ein wenig gelauscht hatte, zog zufrieden an ihrer Zigarette.
15.30
Rosemarie Tromper und Saskia Brandtbergk trafen sich heute bei Brandtbergks daheim.
„Wie ist es heute mit Bohnstahl gelaufen?" fragte Rosi als Erstes.
Saskia grinste.

„Das wird schon", berichtete sie. „Der will zwar noch nicht ganz, aber ich werde der Böschelburger jetzt mal was unterschieben und dann muss er. Und bei dir?"

Rosi seufzte.

„Boh, die Krusche und die Meinecke hängen mir ständig an Rockzipfel, das nervt so", erzählte Rosi. „Und mit der Crin sind wir auch noch nicht weiter. Die ist ja vielleicht zäh. O'Chedder traut sich nix."

Saskia lächelte.

„Vielleicht sollte man Crin und Böschelburger gleich gemeinsam ausschalten?" überlegte sie.

„Und wie?" fragte Rosi.

„Lass uns mal nachdenken", schlug Saskia vor.

24.04.2006

Kai Mellenstedt kam wie zufällig über den hinteren Fahrstuhl zu Jos Büro. Niemand bemerkte etwas Außergewöhnliches.

„Hallo Jo, könntest du mal bitte in mein Büro kommen", bat er.

„In ein paar Minuten."

„Ich bin gleich bei dir", versprach Jo. „Es soll doch keiner Böses denken."

„Diskretion", flüsterte er schelmisch. „Bis gleich."

Jo wartete eine Weile. Dann machte sie sich zum Schein auf zur Toilette, um auf dem Rückweg mit dem Fahrstuhl in die erste Etage zufahren und in Mellenstedts Zimmer vorbei zu schauen.

Sein Kollege, mit dem er das Büro teilte, hatte schon lange Feierabend gemacht. Niemand beobachtete sie, wie sie eintrat und die Tür schloss.

„Schön dass du da bist", empfing sie Kai. „Ich habe mir etwas überlegt."

Er bat sie, am Besprechungstisch Platz zu nehmen.

„Also, hier mein Plan. Ich schicke dir privat mit der Post ein Laptop, mit dem du dich nach Feierabend in das SASI-Netzwerk einloggen kannst. Ich möchte, dass du Dienst nach Vorschrift machst, das heißt, hier im Büro deinen täglichen Aufgaben nachgehst, pünktlich nach sieben Stunden ausccheckst und möglichst ein, zwei Stunden von daheim aus arbeitest. Kannst du das hin bekommen?"

„Das ist kein Problem", stimmte Jo zu, „aber ich bin mir nur nicht sicher, wie O'Chedder auf meinen reduzierten Arbeitseifer reagiert."

„Den überlass mal mir, keine Sorge. Versuch, so schnell wie möglich herauszufinden, welche Dateien manipuliert werden. Offensichtlich hat sich tatsächlich jemand, wie du schon vermutet hast, in das Customizing rein gehackt und lässt nun Zahlungen auf unergründliche Weise verschwinden. Es geht wahrscheinlich um richtige Summe, nicht nur um tausend Euro. Wir brauchen Beweise und wir müssen den oder die Urheber dingfest machen."

Jo sah in an.

„Wie seid ihr eigentlich drauf gekommen, dass da was nicht stimmt?" fragte sie ihn.

„Gute Frage", antwortete er. „Wie du auf die New Yorker Testdatei, purer Zufall. Aber nichts desto trotz. Wir müssen uns ein bisschen beeilen. Uns läuft die Zeit davon."

„Haben die Kollegen in New York schon irgendwelche weiteren Erkenntnisse?" hakte Jo nach.

„Nein", gab Kai zu. „Das ist ja eines unserer Probleme. Hast du in den letzten Tagen mal mit Hanna gesprochen?"

„Nein", antwortete Jo. „Ich hab aber aus dem Nebenraum mitbekommen, dass da irgendetwas im Busche ist."

Kai schüttelte den Kopf.

„Das ist alles Wahnsinn", murmelte er vor sich her.

29.05.2006
09.00

Die letzten vier Wochen waren für Jo ohne größere Höhen und Tiefen vergangen. O'Chedder maulte zwar von Zeit zu Zeit, dass sie keine Überstunden machte und auch den Kolleginnen stieß das sauer auf, aber Jo hatte schließlich keine Aufgaben zu erledigen, die sie nicht in der vorgegebenen Arbeitszeit schaffen konnte. Die Ablage und andere Hilfstätigkeiten schaffte sie recht flott. Also was sollte es.

Hanna hingegen wurde nach wie vor recht subtil von Eleonore Schummelpfennig gemobbt.

Eleonore tat recht freundlich ihr gegenüber und hetzte von hinten herum Saskia Brandtbergk auf sie, um sie fertig zu machen. Bis jetzt allerdings mit mäßigem Erfolg. Und das freute weder Eleonore noch Saskia.

Endlich Urlaub. Jo war glücklich.

Zwar nur eine Woche, aber es waren sieben Tage ohne den Zickenclub, und das zählte wie sechs Wochen Sommerfrische.

Laura-Marie hatte ein wunderschönes kleines Hotel am Starnberger See gebucht. Sie hatte einen Tipp bekommen, dass es in dieser Gegend einen Arzt gab, der ihr vielleicht helfen konnte. Er behandelte recht ungewöhnlich und alternativ, doch einen Versuch war es wert. Natürlich konnte auch dieser Doktor keine Multiple Sklerose heilen, aber wenn auch nur eine Verbesserung oder ein Stillstand eintrat, so war es die Mühe doch wert.

Da es die ganze Woche regnete, war Jo froh, den Laptop mitgenommen zu haben.

Laura-Marie hatte drei Sitzungen bei dem Wunderdoktor belegt. Während sie sich behandeln ließ, blieb Jo im Wagen sitzen und loggte sich bei SASI ein. Dank modernster Technik war so etwas heutzutage überhaupt kein Problem mehr.

Leider war es etwas frustrierend. Jo kam nicht weiter. Nach einer Stunde Versuch wäre sie fast soweit gewesen aufzugeben. Glücklicherweise kam in diesem Moment Laura-Marie zurück.

„Na mein Schatz, Erfolg gehabt?" fragte sie gutgelaunt.

Jo lächelte.

„Wie ist es dir ergangen" wollte sie wissen.

„Ich könnte Bäume ausreißen", antwortete Laura-Marie. „Komm, lieber Schatz, lass uns essen gehen."

„Ja lieber Schatz, Essen macht glücklich", stimmte Jo zu.

Sie fanden ein kleines italienisches Lokal in einer Einkaufspassage und ließen sich dort nieder.

„Wir sollten unbedingt auf die Zugspitze fahren", schlug Laura-Marie vor, während sie die Speisekarte studierte. „Warst du schon mal da?"

„Nee, weißt du schon was du nimmst?" stellte Jo eine Gegenfrage.

„Da geht von ganz unten eine Seilbahn rauf", erzählte Laura-Marie weiter. „Ich liebe Seilbahn fahren."

„Hm, ich glaube, ich nehme 'ne Pizza und du."

„Hörst du mir überhaupt zu?"

„Dass du mich nach all den Jahren immer noch testen musst", grummelte Jo. „Natürlich habe ich dir zugehört. Du willst auf die Zugspitze, mit der Seilbahn, ja, okay. Wann?"

Laura-Marie verzog lustig das Gesicht.

„Ist wohl heute nicht so gut gelaufen, was?" fragte sie vorsichtig.

„Überhaupt nicht", gab Jo zu. „So eine verdammte Scheiße. Ich finde einfach keinen Anhaltspunkt."

„Du hast es doch erst eine Stunde versucht", ermutigte sie Laura-Marie, „warte ab. Das ist ein komplexes System. Wenn das so einfach ginge, hätten sie dich und Hanna nicht darauf ansetzen müssen, oder."

„Du hast ja recht", gab Jo nach. „Aber das macht mich ganz wahnsinnig. Ich würde lieber ganz schnell was finden."

„Ach Schätzchen, ich habe dir für morgen einen Termin für eine Entspannungsbehandlung gemacht. Das habe ich einfach mal so über deinen Kopf hinweg entschieden. Du brauchst ein bisschen Erholung, sonst arbeitest du dich noch zu Tode."

Jo freute sich über die unerwartete Überraschung.

„Wenn ich dich nicht hätte, ich liebe dich."

10.00

O'Chedder hatte sein Dream-Team zu einer Besprechung im kleinen Kreis eingeladen. Während Jo mit Laura-Marie die Zugspitze erklomm, ließ sich O'Chedder vom Chantal Unterlagen aus dem EDV-System ziehen, anhand derer er Jo fehlerhaftes Arbeiten nachweisen wollte. Chantal war gerne behilflich und gab sich alle erdenkliche Mühe. Sie stieß aber nur auf vier nichtssagende Flüchtigkeitsfehler, die irgendwie recht dürftig erschienen, als die Ausdrucke auf O'Chedders Schreibtisch vor ihnen lagen.

„Ist das alles, was wir haben?" blaffte er mürrisch in die Runde. „Kinder, Kinder, das reicht doch nicht mal für 'ne Abmahnung aus. Wie oft soll ich das noch sagen. Wir brauchen was Richtiges. Was soll ich damit machen."

„Mein Gott", fuhr ihn Rosi an. „Frau Krusche hat getan, was sie konnte. Sie hat ja auch noch ein paar andere Kleinigkeiten zu erledigen."

„Sie rauchen zu viel Frau Tromper", stellte O'Chedder fest. „Dieses ewige Räuspern ist ja nicht mehr zu Aushalten.

„Lass man, Rosi", sagte Chantal kleinlaut. „Ich setz mich noch mal ran. Vielleicht finde ich noch mehr."

„Das wäre nicht schlecht, Frau Krusche", pflichtete ihr O'Chedder bei. „Wir brauchen viel mehr, wenn sie verstehen, was ich meine."

„Dorothee, hast du nicht noch etwas beizutragen?" fragte Rosi zu ihr gewandt.

„Nee, nicht wirklich", Dorothee seufzte auf. „Ich hab ja nicht viel mit ihr zu tun."

„Das ist mehr als mager", wetterte O'Chedder. „Da kann ich nur bluffen."

„Das können sie doch besonders gut, Chef", nahm ihn Rosi hoch.

O'Chedder wurde wütend.

„Wenn sie mir mehr Input geben würden, Frau Tromper, müsste ich das nicht!" wies er sie zurecht.

„Wenn sie ihre Arbeit selber machen würden, Herr O'Chedder, könnten wir uns um die wichtigen Sachen kümmern!" zickte Rosi zurück.

„Ja, ja, ist ja gut", beschwichtigte er sie. „Lassen sie uns wieder an die Arbeit gehen und versuchen wir, noch etwas Besseres zu finden."

12.00

Rosi, Dorothee und Chantal saßen beim Essen.

Es war Currywursttag. Dorothee hatte einen Halbtagsjob, aber wenn es Currywurst gab, blieb sie zum Essen und ging mit Chantal und Dorothee runter ins Restaurant.

Bianca hatte sich angeschlossen.

„Na Rosi, welche Laus ist dir denn über die Leber gelaufen", witzelte sie, während sie ein Pommes-Stäbchen zu ertränken versuchte.

„Boh, wir haben gerade bei O'Chedder gesessen", fluchte sie. „Der hat doch'n Arsch offen."

Nicht so laut", herrschte sie Chantal an. „Erzähl doch der Reihe nach."

Rosi schnaubte und fluchte.

Dorothee übernahm die Berichterstattung.

„Na Mädels, wenn ihr wollt, schau ich mal, was ich finden kann" bot Bianca an.

„Wär toll, wenn du uns aus der Patsche helfen würdest", säuselten Rosi, Dorothee und Chantal.

„Du hast doch ganz andere Möglichkeiten als Chantal."

„Klar doch. Für euch tue ich fast alles."

30.05.2006

16.00

Hanna hatte die Ellenbogen auf dem Schreibtisch aufgestützt, und hielt ihren Kopf mit beiden Händen. Sie starrte auf ihren Monitor. Es war zum Verzweifeln.

Sie war den Tränen nahe.

Eleonore Schummelpfennig, diese falsche Schlange, hatte ihre Hilfe angeboten, weil Hanna nicht mehr wusste, wo ihr der Kopf stand. Es war Monatsabschluss und diese Plandaten mussten unbedingt bis morgen früh noch ins System, sonst stimmte die ganze Materialplanung für die Prototypen nicht. Wo auch immer diese Datei jetzt noch herkam, morgen musste sie gebucht sein. Wenn sie nicht verbotener Weise bis in die Nacht arbeiten wollte, musste schon ein Wunder geschehen.

Eleonore hatte das mitbekommen und ihr das unmoralische Angebot gemacht, wenn sie eine Woche in Hannas Büro rauchen dürfe, wie sie wolle, würde sie sie ohne zu Zögern sofort unterstützen. Sie hätte zwar auch viel zu tun, aber unter Kolleginnen hilft man sich schließlich, das wäre doch selbstverständlich. Hanna würde das für sie doch auch tun, trotz aller Reibungspunkte.

Hanna hätte sich in den Hintern beißen können, dass sie auf Eleonore reingefallen war. Wie oft hatte sie sie schon gelinkt und Hanna hatte ihr immer wieder vertraut.

Wenn diese Belege so gebucht würden, stünde eine mittlere Katastrophe ins Haus. Das konnte Hanna den Job kosten. Sie hatte keine Ahnung, was sie machen sollte.

Die einzige Change, die sie noch hatte, war Jo.

Mist, die war ja im Urlaub. Egal, eine andere Möglichkeit hatte sie nicht.

17.00

„Schätzchen, dein Handy klingelt", rief Laura-Marie aus dem Bad. „Geh mal ran."

Jo legte den Laptop beiseite und griff nach dem Telefon.

Schon beim Blick auf das Display wusste sie, dass es Hanna war.

„Hey, schön dich zu hören Hanna", begrüßte Jo die Freundin. „Wie geht's bei dir?"

„Beschissen", sagte Hanna, „Ex-PA ich hab' ein Riesenproblem."

Hanna schluckte die Tränen herunter, die in ihr aufstiegen.

„Wir kriegen das schon hin", beruhigte sie Jo. „Was ist denn so Schlimmes passiert."

Hanna erzählte die Kurzfassung, während Laura-Marie aus dem Bad kam und wissen wollte, der dran ist. Laura-Marie entschied kurzerhand, dass sie erst einmal an die Bar ging. Jo war ihr sehr dankbar, nun konnte sie sich ganz auf Hanna konzentrieren.

„Okay Chefin, beruhig dich", befahl Jo. „Putz dir die Nase und sag mir, wie viel Zeit wir noch haben."

„Bis morgen früh um sechs", antwortete Hanna. „Aber jetzt ist es schon 17.00 Uhr und um acht muss ich raus. Scheiße, scheiße, scheiße. Ich krieg das nicht mehr hin."

„Von wegen", widersprach Jo, „den Triumph gönnen wir der nicht. Ich komme von hier auch ins Netzwerk. Schick mir per Mail die Dokumentennummer, so schnell ich kann, komplettiere ich sie und du kannst die Belege dann mit deiner Systemkennung freigeben. Außerdem kommst du doch auch von Zuhause ins EDV-System der Company. Dann kannst du die Anwesenheitszeit umgehen. Lass uns sofort anfangen!"

Hanna atmete auf.

„Das ist die Lösung", rief sie aus. „Die Belegnummern sind unterwegs. Wir können alles elektronisch gerade ziehen. Bereite schon mal alles vor, ich arbeite die Dokumente dann von hier aus ab. Wenn wir uns beeilen, sind wir bis um acht fertig."

Jo lächelte vor sich hin.

„Die ersten sind schon wieder bei dir Chefin, schau sie dir an und sag mir, ob das so in Ordnung ist."

Hanna rief die erste Ziffernfolge auf.

„Super! Danke persönliche Assistentin! Der Anruf geht übrigens auf Firmenkosten", erklärte sie. „Wenn das für dich okay ist, dann bleib am Telefon."

„Geht klar", sagte Jo. „Ich muss nur schnell das Headset anschließen, damit ich die Hände frei habe. Wie viele Problemfälle haben wir denn?"

„Willst du das wirklich wissen?"

„Es würde mich schon interessieren."

„Ungefähr fünfzig......"

„Oh! Aber es sind schon ein paar weniger."

Jos Finger flogen über die Tastatur, sie wechselte zwischen Email-Programm und Firmensystem hin und her. Mit der Kopierfunktion konnte sie in Windeseile die Dokumentennummer in die elektronische Vorlage integrieren. Ruckzuck waren die ersten zehn Buchungen erfolgreich korrigiert. Hanna brauchte in Hannover nur noch jeden Beleg aufrufen und mit ihrem Passwort freigeben.

Um 19.00 Uhr hatten sie gemeinsam das Chaos beseitigt.

Hanna fiel ein Felsbrocken vom Herzen.

„Fertig! Mach dir einen schönen Feierabend Chefin."

Jo lehnte sich zufrieden zurück

„Wow, du hast mir, glaub ich, echt gerade den Hals gerettet, " Hanna konnte es noch nicht wirklich fassen. „Das kann ich nie wieder gut machen. Ich stehe tief in deiner Schuld."

„Genieße morgen früh das Gesicht deiner Lieblingskollegin", trug ihr Jo auf, „wenn sie feststellt, dass ihre Intrige danebengegangen ist. Und schick mir ein Foto davon rüber."

„Danke Jo."

„Keine Ursache."

Jo nahm schaltete das Handy aus und nahm den Knopf vom Headset aus dem Ohr. Sie fuhr den Laptop runter und folgte Laura-Marie an die Bar. Dort bestellte sie sich einen doppelten Bourbon auf Eis und berichtete Laura-Marie von dem Vorfall.

31.05.2006
06.00
Hanna war Punkt sechs Uhr im Büro.

Fünf Minuten später schlug Eleonore auf.

„Du bist aber früh unterwegs heute", bemerkte Hanna. „Das ist doch sonst nicht deine Zeit."

Eleonore machte einen nervösen Eindruck, folgte aber Hanna in ihr Büro.

„Oh ich konnte nicht mehr schlafen", log sie, „Da hab ich mir gedacht, ich könnte auch zur Arbeit fahren."

Du falsche Schlange, dachte Hanna und lächelte Eleonore an.

„Danke noch mal für deine Hilfe gestern."

„Hab ich doch gern gemacht."

Das glaube ich dir sogar, hätte auch klappen können, ging es Hanna durch den Kopf.

„Hast du gestern Abend noch lange gemacht?" fragte Eleonore, und fuhr Hannas Rechner hoch.

Die wunderte sich, was so viel Hilfsbereitschaft und Entgegenkommen am frühen Morgen bezwecken sollte.

„Nö, um sieben war ich raus", sagte Hanna beiläufig.

„Da bist du aber doch noch schnell fertig geworden", Eleonore hielt inne.

„Nachdem du mir geholfen hast, ging der Rest ziemlich schnell." Hanna ging auf Eleonores Bemerkung nicht ein.

„Na dann wollen wir mal wieder."

Eleonore schien, kaum dass sie ihren Arbeitstag begonnen hatte, schon wieder mit irgendwem zu per SMS zu kommunizieren. Ob sie wohl schon angefangen hatte, von ihrem vermeintlichen Erfolg zu berichten. Hanna konnte sich ein Grinsen nicht verkneifen.

09.00

9.00 Uhr morgens und Eleonore machte gerade die zehnte Zigarette aus, als Bohnstahl ins Zimmer stürzte.

„Meine Güte", brummte er. „Die Luft hier kann man ja schneiden. Was machen sie überhaupt in diesem Büro, Frau Schummelpfennig?"

Eleonore lächelte falsch.

„Ich hab ihr die Tage geholfen", berichtete sie stolz.

„Oh, die eigene Arbeit schon fertig?" zog Bohnstahl sie auf.

„Denken sie bitte dran, dass die Büroinhaberin Nichtraucherin ist, Frau Schummelpfennig."

„Jo, sie hat es mir aber erlaubt", raunte Eleonore ihren Vorgesetzten an.

„Das kann ich mir nicht vorstellen", gab der zurück. „Wo ist ihre Kollegin überhaupt? Ich müsste sie mal kurz sprechen."

„Was wollen sie denn von ihr?" fragte Eleonore neugierig, „soll ich ihr was ausrichten?"

„Nicht nötig", bekam sie zur Antwort. „Ah Guten Morgen Frau Böschelburger."

Bohnstahl drehte sich zu Hanna um, die gerade zur Minute den Raum betrat.

„Chef", entfuhr es ihr. „Sie sind auch schon auf den Beinen. Ist irgendetwas passiert?"

„Ganz im Gegenteil." Bohnstahl grinste über das ganze Gesicht. „Ich hatte heute Morgen schon einen Anruf aus Turin. Ich wollt's ihnen unbedingt persönlich sagen, Marcello hat angerufen und sie in den höchsten Tönen gelobt."

Eleonores Kinnlade fiel runter.

„Marcello ist dieser neue Super-Controller", erklärte Bohnstahl, „der jetzt die Sonderbuchungsvorgänge bearbeitet. Sie haben ihm gestern Abend noch einen Stapel Arbeit rübergeschickt, der unbedingt bis heute bei uns durch sein musste, erinnern sie sich."

„Ja, ja, natürlich", freute sich Hanna.

Sie hätte die ganze Welt umarmen können, dass das gutgegangen war. Eleonores Fratze gerade eben, war die Mühe wert gewesen.

„Marcello sagte", fuhr Bohnstahl fort, „seit Monaten hat er nicht mehr so viele fehlerfreie Buchungsdokumente auf einen Schlag gesehen. Er hat quasi angeordnet, dass ich ihnen das sofort sage und sie ausdrücklich lobe in seinem Namen. Der Mann war richtig glücklich. Ich weiß nicht, wie sie das gemacht haben, aber Marcello lässt ihnen ausrichten, wenn sie mal in Turin sind, möchte er sie unbedingt persönlich kennen lernen. Sie müssen diesen Menschen außerordentlich beeindruckt haben."

Mit diesen Worten rauschte er aus dem Zimmer, zurück an seinen Arbeitsplatz.

„Was war das denn?" zischte Eleonore voller Neid. „Das kann doch gar nicht sein......"

Hanna tat, als wenn sie nichts gehört hätte. Eleonores Ausbruch war ihr aber ganz und gar nicht entgangen. Nun hatte sie Gewissheit. Geahnt hatte sie es ja schon lange. Eleonore wollte ihr an den Karren fahren. Jetzt hatte sie es quasi zugegeben.

05.06.2006

George O'Chedder wollte Jo eigentlich gleich am ersten Arbeitstag nach dem Urlaub mit den erneuten Vorwürfen konfrontieren. Seine Frau hatte ihm das jedoch nachdrücklich ausgeredet. Christa O'Chedder bestand darauf, vor einer weiteren übereilten Aktion erst einmal die ominöse Frau Tromper kennen zu lernen. Sie überredete ihren Gatten, nun endlich das gemeinsamen Essen in die Tat umzusetzen.

Rosi passte O'Chedders Kursänderung allerdings überhaupt nicht in den Kram. Sobald sich die Gelegenheit ergab, rauschte sie in sein Büro, schloss die Tür, und nahm ihn sich lautstark zur Brust.

„Frau Tromper", O'Chedder war erstaunt. „Was haben sie denn auf dem Herzen."

Sie konnte vor Aufregung kaum atmen, „ Ääärrr."

„Mein Gott, was ist denn mit ihnen los?" rief O'Chedder hysterisch, „brauchen sie einen Arzt."

„ Nein, es geht schon", stieß Rosi hervor als sie wieder Luft bekam.

„Setzen sie sich erst einmal hin, beruhigen sie sich, Frau Tromper! Alles in Ordnung?"

Als Rosi auf den Stuhl nieder plumpste, befürchtete O'Chedder, der Stuhl könnte unter ihrem Gewicht zusammen brechen.

„Es geht schon wieder", brachte sie einigermaßen verständlich hervor.

Er reichte ihr ein Glas Wasser. Sie trank einen Schluck.

Sie sah ihn mit versteinerter Miene an.

„Haben sie unsere Besprechung vergessen", raunte sie mir einem gefährlich klingenden Unterton in der Stimme.

„Natürlich nicht", antwortete O'Chedder, „aber ich habe noch einmal darüber nachgedacht. Frau Tromper, bevor wie die nächste Aktion durchführen, möchte ich sie gern mit ihrem Mann zum Essen einladen. Wir sollten uns unbedingt noch detaillierter absprechen. Ich würde das ungern hier im Büro machen. Hier ist nicht der geeignete Ort für diese Art von Gesprächen. Bitte, machen sie mir die Freude und nehme meine Einladung an."

Rosi brauchte einen Augenblick, um nachzudenken.

„Gut", stimmte sie völlig ruhig zu. „Wann und wo?"

„Freitagabend bei mir zu Haus. Meine Frau möchte gern etwas kochen. Haben sie einen besonderen Wunsch?"

Ein Lächeln huschte über Rosis Gesicht.

„Nö, nur nichts mit Nüssen. Sie wissen ja, meine Allergie."

09.06.2006

Rosemarie Tromper blieb nichts anders übrig, als die Einladung O'Chedders anzunehmen. Gemeinsam mit ihrem Gatten Wilfried, der zufällig einmal über das Wochenende anwesend war, erschien sie pünktlich um neunzehn Uhr bei ihrem Vorgesetzten.

George O'Chedder und seine Frau Christa begrüßten die Gäste und führten sie ins Esszimmer an den gedeckten Tisch. Christa O'Chedder war eine perfekte Gastgeberin, die nichts dem Zufall überließ. Und heute schon gar nicht. Sie war ziemlich gespannt auf die Dame Tromper.

„Sie sind also die engste Mitarbeiterin meines Georges", begann Christa das Gespräch. „Ich freue mich wirklich sehr, sie einmal persönlich kennen zu lernen."

Rosi hüstelte erst einmal ausgiebig.

„Ich freue mich auch sehr, sie kennen zu lernen", erwiderte sie und spähte nach der Vorspeise.

Christa servierte eine Hochzeitssuppe mit selbstgemachtem Eicherstich.

Rosi langte schon hier kräftig zu. So seht, dass es ihrem Gatten fast peinlich war.

„Vielen Dank für die Einladung", sagte er freundlich. „Das ist eine sehr nette Geste."

„Darf ich fragen, was sie beruflich machen", erkundigte sich Christa bei ihm.

Er erzählte einige Anekdoten aus seinem Alltag als Fernfahrer.

Gemeinsam mit Christa O'Chedder schaffte Wilfried Tromper schnell eine relativ entspannte Atmosphäre. Man konnte aber spüren, dass Rosi das gar nicht passte.

„Kommen wir doch einfach zum Anlass dieser Einladung", unterbrach sie schnell. „Herr O'Chedder, haben sie mal nachgedacht, über eine Möglichkeit, die Situation im Büro zu entschärfen?"

Dieses ständige Räuspern störte Christa sofort.

„Haben sie sich erkältet?" fragte Christa an Rosi gewandt.

„Wieso?" fragte die zurück.

„Nein, sie raucht nur zuviel", erklärte Wilfried freimütig. „Ich sage ihr schon lange, dass sie das doch etwas einschränken möge."

„Ja, ja, dieses Laster", stimmte Christa zu. „George raucht ja auch sehr viel in letzter Zeit. Habt ihr denn solche Schwierigkeiten auf der Arbeit?"

Rosi sah von O'Chedder zu Wilfried und dann zu Christa.

„Nee, eigentlich nicht", wiegelte sie ab.

„Eigentlich doch", widersprach George O'Chedder und erntete einen überaus bösen Blick von Rosi. „Meine Frau weiß selbstverständlich in groben Zügen Bescheid."

Wilfried Tromper blickte auf.

„Was ist denn los?" fragte er nach.

„Hat ihnen ihre Frau nichts erzählte", hakte Christa nach. „Es gibt doch im Büro sehr große Schwierigkeiten mit einer Mitarbeiterin."

Wilfried sah Rosi an.

„Du hast nichts gesagt", bemerkte er. „Was ist denn los?"

Christa klärte ihn auf, soweit ihr das möglich war.

Wilfried schüttelte den Kopf.

„Warum sprichst du nicht mit mir, wenn du solche Sorgen hast", wies er Rosi zurecht.

Die zuckte mit den Schultern.

„Wilfried, du hast so viel Sachen um die Ohren, soll ich dich da auch noch mit meinen Sorgen belasteten?"

Rosi wurde zunehmend hektischer, aber Christa O'Chedder verstand es, sie richtig in die Mangel zu nehmen. Ziemlich schnell war Christa überzeugt, dass die Dame Tromper nicht nur ein persönliches Motiv hatte, die Kollegin Crin zu mobben, sondern dass es sich scheinbar wirklich um einen äußerst üblen Fall von Mobbing handelte. Christa kam nur nicht richtig dahinter, warum sich ihr George für die Sache einspannen ließ. Sollte sie sich so in ihm getäuscht haben?

Sobald der Besuch verschwunden war, nahm sich Christa ihren Gatten zur Brust und las ihm die Leviten.

„Sag mal, George", fuhr sie ihn an, „merkst du gar nicht, wie dich diese Frau für ihre Zwecke einspannt? Warum stehst du so hinter ihr? Die Tromper mobbt diese Kollegin."

George O'Chedder setzte ein verlegenes Lächeln auf.

„Dafür gibt es doch überhaupt keine Beweise", knurrte er aggressiv. „Die Tromper ist eine äußerst versierte und angesehene Kollegin. Warum sollte die so was machen?"

„Du weißt doch warum!" herrschte ihn Christa an. „Du steckst doch in der Sache mit drinnen."

„Ach Quatsch", wiegelte er ab. „Es gibt kein Mobbing in meiner Abteilung. Ende der Diskussion."

„Wenn du wolltest und nicht so voreingenommen wärst", fuhr Christa fort, „würdest du die Aussage dieser Frau Crin etwas genauer unter die Lupe nehmen und dann würdest du auch merken, dass da etwas dran ist. Diese Tromper ist ja dermaßen von sich eingenommen, das ist ja schon nicht mehr feierlich. George, du musst was unternehmen!"

Er schüttelte den Kopf.

„Gar nichts werde ich", blockte er. „Es gibt keine Beweise. Ich habe nichts in der Hand."

„Weil du nicht willst, du alter Sturkopf", knurrte Christa böse. „Das ist doch offensichtlich, dass diese Tromper nicht ehrlich ist."

Christa war sich sicher. Ihre Menschenkenntnis hatte sie noch nie im Stich gelassen. Aber George schaltete auf Stur und so überlegte Christa, welche Möglichkeiten sie hatte, hier einzugreifen.

10.06.2006

Am Wochenende saß Jo manchmal stundenlang vorm Laptop und surfte durch das SASI-Netzwerk. Heute war einmal wieder so ein Tag.

Es war nur gut, dass Saskia Brandtbergks Masterpasswort wirklich nicht abzulaufen schien, denn sonst hätten sie vor der nächsten Herausforderung gestanden.

In Jos Wohnzimmer sah es mittlerweile aus, wie in einem Büro. Der Schreibtisch lag voller Unterlagen, überall hingen Notizzettel und standen Ordner herum.

In den letzten zwei Monaten hatte Jo jede Menge Daten gesammelt, sie hatte fast das gesamte SASI-System umgekrempelt, doch richtig voran kam sie nicht.

Heute hatte ihr Jane Anderson aus New York die Makro-Datei rüber gemailt.

Jo nahm die Datei Zeile für Zeile auseinander und kombinierte ihre Erkenntnisse mit denen der New Yorker Kollegen. So kam sie dahinter, dass die Datei über einen rumänischen Server lief. Jo überlegte, wie sie wohl an diesen Server heran kommen könnte, entschied sich dann aber dafür, Ben Waterman und Mike Creak um Hilfe zu bitten.

11.06.2006

Christa O'Chedder hatte ein unruhiges Wochenende hinter sich.

Nach mehrmaligen Diskussionsversuchen, die ihr Gatte immer wieder zurück wies, war sie sich sicher, dass in seiner Abteilung mit seinem Wissen und vielleicht auch mit seiner Hilfe gemobbt wurde.

Christa hatte sich diese Rosemarie Tromper sehr genau angesehen und zwischen den Zeilen gelesen. Auf sie machte Frau Tromper einen recht selbstverliebten, arroganten und unseriösen Eindruck.

Wenn George nichts unternahm, musste sie etwas tun.

Man konnte diese arme Johanna Crin doch nicht in ihr Unglück rennen lassen. Es konnte doch nicht angehen, dass jeder wusste, dass sie gemobbt wurde und keiner hatte das Rückgrat, ihr zu helfen.

In Christa O'Chedder reifte ein Plan.

Sie war eine recht mütterliche Person, die wusste, wie es sich anfühlt, wenn man glaubt, man steht ganz allein vor seinen Problemen. Geboren wurde sie 1951 in einem Schweizer Bergdorf. Sie lebte dort mit ihren Eltern und ihr drei Brüdern, bis ihre Mutter 1960 nach langer, schwerer Krankheit starb.

Der Vater entschied sich, das Mädchen zu den Großeltern nach Kassel zu geben, weil er schon mit den drei Jungs genug zu tun hatte. Die konnten wenigstens in der Landwirtschaft helfen. Das Mädchen war zu zierlich und schwach.

Erst viele Jahre später, nachdem sie sich im Studium und im Beruf behauptet hatte, durfte sie wieder zu Besuch kommen, so wollte es ihr Vater. Zu ihren Brüdern hatte sie immer ein gutes Verhältnis aber ihren Vater hatte sie dafür gehasst, dass er sie weggegeben hatte.

Das Gute daran war, dass sie gelernt hatte, zu kämpfen und sich durch zu setzten.

Und wenn sie etwas auf den Tod nicht ausstehen konnte, dann war es die Ungerechtigkeit, die sie im Fall Crin spürte.

Gegen Mittag tat Christa O'Chedder etwas, dass ihr Mann auf keinen Fall gutgeheißen hätte, aber sie fragte ihn erst gar nicht.

Sie fuhr nach Hannover zum SASI-Tower.

Dort angekommen, meldete sie sich an der Rezeption, ließ sich einen Besucherausweis geben und verschaffte sich mit der Notlüge, sie werde von ihrem Mann erwartet und kenne sich aus, Zutritt zum Allerheiligsten.

Christa O'Chedder nahm all ihren Mut zusammen.

Mutterseelen allein streifte sie durch die Lobby zum Fahrstuhl und fuhr in die 15.Etage. Da sie ungefähr aus Erzählungen ihres Gatten ahnte, wo sein Büro war, machte sie sich auf, und erkundete die verschiedenen Gänge. Sie fand sein Büro ziemlich schnell, klopfte beherzt an und trat ein.

„Christa", rief George aus, „was machst du denn hier?"

Er wirkte überrumpelt, aber das war ihr egal.

George O'Chedder saß rauchend hinter seinem Schreibtisch und vor ihm saßen vier Damen verschieden Alters.

„Darf ich vorstellen, meine Frau", knurrte er, „Frau Tromper, ihr kennt euch, Frau Sundermann, Frau Krusche..."

„Und sie müssen Frau Crin sein", unterbrach ihn Christa.

Sie reichte Jo als Einziger die Hand.

Jo blickte verwirrt auf.

„Stimmt", antwortete sie zögerlich.

„Holst du mir bitte einen Stuhl?" fragte Christa an ihren Gatten gewandt.

„Wir sind sowieso fertig mit unserer Besprechung", erwiderte dieser. „Was kann ich für dich tun?"

Die Frauen standen auf, verließen den Raum und Jo als Letzte schloss die Tür.

„Bist du übergeschnappt?" herrschte George O'Chedder seine Frau an, als sie allein waren. „Was willst du hier?"

Christas Blick war eisig.

„Na, schon wieder einer dieser endlos Diskussionen mit der armen Frau Crin?" fragte sie schnippisch. „Kommst du dir nicht langsam ziemlich blöd vor, bei diesem Mobbing mit zu machen?"

Er starrte aus dem Fenster.

„Ich versuche, ihr zu helfen", log er.

„Einen Scheißt tust du!"

„Christa!"

Sie stand auf, trat zu ihm und sah ihm ganz fest in die Augen.

„George", sagte sie mit fester Stimme, „es gibt zwei Möglichkeiten: Entweder du zeigst endlich Rückgrat und setzt dich für diese gemobbte Frau ein oder ich werde etwas unternehmen. Und das was ich tun werde, wird dir noch weniger gefallen, als mein Erscheinen hier. Ist das klar!"

„Ja", antwortete George O'Chedder kleinlaut.

Christa drehte sich um und ließ ihn wortlos stehen.

„Was war das denn?" fragte Rosi Tromper, die sofort wieder da war, nachdem Christa gegangen war.

„Ich weiß es nicht", gab George zu. „Sie will, dass wir die Crin in Ruhe lassen."

„Sie sind doch kein Pantoffelheld, oder?" lachte Rosi auf.

George O'Chedder war nicht wirklich wohl in seiner Haut.

„Halten sie doch endlich die Klappe, Frau Tromper", zischte er genervt. „Raus!"

12.06.2006

Zwei Tage später hatten die beiden New Yorker Jungs den Server geknackt und Jo konnte die Querverbindung von Rumänien nach Hannover herstellen. Gemeinsam mit Hanna saß Jo Montagabend vor dem Rechner und rollte den Weg zurück vom Server zum SASI-Netzwerk auf.

Hanna war beeindruckt.

„Siehst du hier", erklärte Jo der Kollegin, „diese Zeichenfolge bewirkt, dass die Makro-Datei auf das Netzwerk zugreift und etwas umlenkt."

Hanna starrte auf den Bildschirm.

„Ich erkenne da gar nichts", gab sie zu.

„Macht nix", sagte Jo. „ich probiere jetzt mal etwas aus."

Mit schnellen Fingern veränderte Jo die Zeichenfolge.

Sichtlich zufrieden lehnte sie sich zurück.

„Was hast du gemacht?" fragte Hanna wissbegierig.

„Warte mal ab", entgegnete Jo.

Wenige Minuten später ertönte ein Signal aus dem Laptop.

Auf dem Bildschirm ging ein Fenster auf.

Alphanumerische Zeichen, Hanna konnte daraus gar nichts ersehen. Jo aber war hellwach geworden, obwohl sie eigentlich schon sehr müde war.

„Das ist gerade eine Transaktion gelaufen", bemerkte sie. „Wollen doch mal sehen, ob wir mehr Informationen darüber bekommen können."

Hanna schrie auf.

„Heute ist Zahllauf", rief sie aus. „Der läuft abends nach Feierabend im Hintergrund. Wenn dieses Makro ins System eingreift, zweigt da jemand Geld ab."

Jo sah sie an.

„Dann lass und das noch mal prüfen, vielleicht kriegen wir auch noch raus, von welchem Konto da was abgerufen wird."

Hanna nickte.

Noch einmal gingen sie Zeile für Zeile der Makro-Datei durch. Jedes einzelne Zeichen wurde erneut überprüft. Plötzlich schrie Jo auf.

„Guck mal hier", rief sie. „Hier ist eine kodierte Kontonummer!"

Hanna lachte laut.

„Diese Entdeckung bringt uns doch einen großen Schritt nach vorn", bemerkte sie. „Wer immer da manipuliert hat, zapft den Zahlungsverkehr an. Gibt es irgendwo eine Kennung, dass man sehen könnte, wer da eventuell...?"

Jo schüttelte den Kopf.

„Nein, nichts", sagte sie enttäuscht. „Alles anonym."

„Trotzdem sollten wir Alicia und Kai die Informationen so schnell wie möglich mitteilen, damit die beiden heraus bekommen können, wem dieses Konto gehört", erklärte Hanna.

Jo griff zum Handy und berichtete Kai Mellenstedt von ihrem Fund.

13.06.2006

Nach dem Auftritt von Christa O'Chedder am Montag waren die Grazien merkwürdig angespannt, bemerkte Jo.

Sie gab diskret eine Info an Kai.

Kaum das Rosi an diesem Morgen gegen zehn erschienen war, verschanzte man sich bei geschlossener Tür im Zimmer Sundermann –Krusche.

Jo drehte sie Klimaanlage hoch und nahm am Gespräch teil.

„Ich war Freitag mit meinem Ollen bei O'Chedder eingeladen", hörte sie Rosi berichten. „seine Frau macht ihm Druck."

Rosi konnte vor lauter Räuspern fast gar nicht sprechen.

„Wieso?" fragte Dorothee. „Was hat die denn damit zu tun?"

„Der hat sich ausgeheult, bei ihr", berichtete Rosi, „er hat ja so'n Ärger hier!"

Chantal schüttelte den Kopf.

„Hat er doch selber schuld", pflichtete sie bei. „Hätte er doch schon lange ändern können."

Rosi und Dorothee nickten.

„Wird Zeit, dass wir ihm mal Druck machen", stieß Rosi hervor.

Jo war gespannt, was sie sich jetzt einfallen lassen würden.

15.06.2006

Cocktail-Time.

Jo und Hanna trafen sich mit Kai Mellenstedt in einem Restaurant in der Innenstadt zum Essen und um die neusten Erkenntnisse zu besprechen.

Hanna berichtete von Eleonore s Attacken und Jo vom neusten Plan der Grazien.

„Frau O'Chedder war am Montag in Büro und hat ihren Mann wohl ordentlich zusammen gefaltet", erzählte sie. „Anschließend war Rosi bei ihm drin und plant jetzt, richtig Druck auf ihn auszuüben. Sie haben sich aber nicht darüber ausgelassen, was sie damit bezwecken wollen."

„Ihr solltet auf jeden Fall vorsichtig sein", ermahnte sie Kai.
„Ich will nicht, dass euch wirklich was passiert."
Jo lachte.
„Die Weiber wissen doch noch gar nicht, dass wir ihnen auf
den Fersen sind", widersprach sie.
„Wenn die in der Lage sind, solch ein Makro zu basteln",
antwortete Kai Mellenstedt, „dann traue ich denen eine ganze
Menge zu. Wie weit sind wir denn überhaupt damit?"
„Alicia lässt die Kontonummer überprüfen, die ich entdeckt
habe" berichtete Jo. „Ich habe ein Infosystem ins Makro
gebaut und bekomme jetzt bei jeder Transaktion, die läuft,
eine Mitteilung. Leider kann ich noch keine Details nennen."
Hanna nickte.
„Ich bin dabei und überprüfe den Lieferantenstamm auf
Auffälligkeiten, hab aber noch nichts gefunden", bemerkte
Hanna. „Irgendwo musst es da eine Verbindung zu einem
Lieferanten geben, denn einfach so kannst du keine
Zahlungen beeinflussen. Das wäre zu einfach..."
„Und auch zu auffällig", stimmte Jo zu.
„Da ist etwas Wahres dran", sagte Kai Mellenstedt. „Aber wie
stellen wir es an und beweisen unseren Verdacht?"
„Ich habe noch keine Ahnung", gab Jo zu. „Vielleicht finden wir
zu der Kontonummer einen Namen oder irgendwo eine IP-
Adresse. Dann könnte man heraus bekommen, mit welchem
Rechner gearbeitet wird..."
„Könnte man nicht einfach einen Privatdetektiv auf die Damen
ansetzten?" fragte Hanna.
Kai lächelte.
„Haben wir schon", gab er zu. „Ist aber nichts bei raus
gekommen, was ihr nicht auch erfahren habt."
„Mich würde mal interessieren, wo die dieses Makro
herhaben", wandte Jo ein. „Ich kann mir nicht vorstellen, dass
die sich das ausgedacht haben. Dafür ist es viel zu komplex.
Da war ein Fachmann beteiligt."
„O'Chedder?" dachte Hanna laut.
„Der Mann ist Ingenieur", bemerkte Kai. „Möglich wäre das.
Glaubt ihr wirklich, dass der da mit drin steckt?"
„Der hat doch viel zu viel Schiss", antwortete Jo. „Außerdem
ist der so mies drauf wie immer. Nee, dem O'Chedder traue

ich das nicht zu. Außerdem, hast du den mal am Computer beobachtet?"

„Aber du könntest dich täuschen", widersprach Hanna. „Möglich wäre das!"

„Wir sollten den O'Chedder mal beschatten lassen", schlug Jo vor. „Vielleicht bringt uns das weiter."

Kai Mellenstedt stimmte zu.

17.06.2006

Zickentreffen in der Villa Tromper.

An diesem Wochenende sollte es einmal wieder richtig rund gehen, hatten sie beschlossen. Das Wetter war sonnig, die Stimmung auch und kaum war die erste Flasche Champagner geleert und der erste Teller Haschkekse verzehrt, beschlossen die Zicken, mächtig aktiv zu werden.

„Montagmorgen ist sie fällig", raunte Rosi, „wenn der O'Chedder se nicht packt, mach ich das!"

„Richtig", stimmte Dorothee begeistert zu. „Von diesem kleinen Irren lassen wir uns unseren schönen Plan nicht kaputt machen."

„Hat der wohl was gemerkt?" fragte Saskia besorgt.

„Ach wo, der merkt gar nix", entgegnete Rosi. „Chantal, hast du genug Sachen aus'm Computer gekriegt, die wir ihr um die Ohren hauen können?"

„Ich habe ein bisschen nachgeholfen", berichtete Bianca stolz. „Da kommt genug zusammen."

„Na geht doch."

Rosi war sichtlich zufrieden.

„Was'n mit Eleonore?" fragte Bianca. „Kriegt die jetzt die Liste von der Böschelburger?"

„Nee", erzählte Saskia. „Die Schummelpfennig hat sich so doof angestellt. Da konnte ich nichts machen. Die hat ja nicht mal ihre eigenen Sachen im Griff und will dann noch zusätzliche Aufgaben. Außerdem steht der Bohnstahl hinter der Böschelburger. Keine Change."

„Können wir der nicht ein paar Klopfer reintun?" fragte Rosi.

„Wie willst du denn das machen?" fragte Bianca zurück. „Dann musste schon inne Anlagenbuchhaltung was machen. Und da sitzt doch die Sabine Scholz drauf."

„Da kommen wir nicht so einfach ran", bestätigte auch Saskia.
„Es sei denn..."
Sie dachte nach.
„Vielleicht ist ja die Scholz hilfsbereit, wenn wir ihr ein kleines
Geschenk anbieten?" überlegte Bianca.
„Kenn wir die denn so gut?" gab Rosi zu bedenken.
„Wir kennen jemanden, der sie kennt", berichtete Saskia
Brandtbergk. „Lasst mich mal machen..."
Kaum hatte sie den Satz ausgesprochen, zückte sie ihr Handy
und ging zum Telefonieren nach draußen. Wenige Minuten
später kam sie zurück.
„Die Sache läuft", sagte Saskia stolz.
19.06.2006
Dieser Tag stand unter keinem guten Stern. Weder für Jo
noch für Hanna.
George O'Chedder hatte sich über die Meinung seiner Gattin
hinweg gesetzt und war bereit, Jo mit den gesammelten
Vorwürfen zu konfrontieren.
Kaum dass er seine morgendliche Begrüßungsrunde
absolviert hatte, bat er sie recht barsch in sein Büro und
knallte einige Computerausdrucke auf den Schreibtisch.
Jo war völlig überrumpelt und wusste gar nicht, was sie sagen
sollte. Sie hatte doch kaum am System gearbeitet.
„Und, was sagen sie dazu, Frau Crin", herrschte O'Chedder
Jo mit einem fiesen Grinsen an.
Jo versuchte ruhig zu bleiben.
„Was ist das überhaupt?" fragte sie ahnungslos.
„Ach das wissen sie nicht?" bluffte er sie weiter an. „Das sind
einige ihrer Eingaben der letzten Monate. Denken sie
eigentlich noch bei der Arbeit."
Jo kniff die Augen zusammen und sah in direkt an.
„Würden sie mir bitte mal sagen, wo sie das her haben?" bat
sie ruhig.
„Ich habe Frau Krusche gebeten, mir einige Beispiele zu ihren
Fehlern heraus zu suchen", gab er zu. „Und das ist das
Ergebnis!"
Jo schluckte.
„Sie haben was?" stieß sie hervor.
Er wiederholte seine Antwort.

„Das glaube ich doch nicht", rief Jo aus. „Sie können doch nicht meine Kollegin anweisen, ihnen angebliche Fehler aufzuzeigen. Was ist das denn für eine Art und Weise!"
George O'Chedder lächelte gequält und fingerte an seiner Krawatte herum.
„Und ob ich kann", stellte er fest. „Also, was haben sie dazu zu sagen."
„Gar nichts", antwortete Jo. „Ich nehme Stellung zu ihren Vorwürfen, aber nicht jetzt. Sie hören von mir."
Mit diesen Worten stand sie auf und ging geknickt zurück in ihr Büro.
Um vierzehn Uhr hatte sie einen Termin beim Betriebsrat.
Jo nahm kein Blatt vor den Mund und erzählte aufgebracht von allen Details, die ihr gerade einfielen.
„Das ist Mobbing", stellte auch die Kollegin vom Betriebsrat fest.
Sie schlug vor, sich gemeinsam mit allen drei Kolleginnen zu einem Gespräch zusammen zu setzten und die Angelegenheit zu klären.
Hanna erging es nicht besser, aber sie hatte mehr Glück. Und Unterstützung.
Man hatte Hubertus Bohnstahl, ihrem Vorgesetzten, mit der Hauspost Computerausdrucke von fehlerhaften Buchungsbelegen zukommen lassen.
Bohnstahl bat Hanna zum Gespräch unter vier Augen und legte ihr die Belege vor.
Immerhin war er bereit, sich objektiv auch Hannas Version der Geschichte anzuhören.
„Schauen sie mal, Frau Böschelburger", sagte Bohnstahl. „Das habe ich heute mit Hauspost bekommen."
Er reichte Hanna einige DIN A4-Zettel über den Schreibtisch.
Hanna betrachte ungläubig die Blätter.
„Wo kommen die denn her?" fragte sie entsetzt.
Sie hielt fehlerhafte Buchungsbelege in den Händen, die auf den ersten Blick von ihr zu stammen schienen.
„Diese Fehler habe ich nicht gemacht", sagte Hanna und hatte Tränen in den Augen.
„Das glaube ich auch nicht", erwiderte Bohnstahl. „Aber wer macht so etwas?"

Hanna riss sich zusammen, so gut sie konnte.

„Da will mir jemand an den Karren pinkeln", stieß sie hervor, bevor die Augen feucht wurden.

Bohnstahl sah sie ernst an.

„Machen sie sich mal keine Gedanken, Frau Böschelburger", beruhigte er sie. „Das sind doch einige der Belege, die nach Turin gegangen sind. Laut Aussage dieses neuen Controllers waren die hundertprozentig in Ordnung. Wir bekommen heraus, wer uns hier linken wollte."

Wer auch immer diese Unterlagen geschickt hatte, hatte einen entscheidenden Fehler gemacht. Und trotzdem hatte Hanna ein ganz ungutes Gefühl im Bauch. Offensichtlich begann jetzt eine Schlacht mit allen Mitteln.

Wie ein geprügelter Hund schlich Hanna zurück in ihr Büro.

Nicht unbemerkt.

Eleonore Schummelpfennig hatte ein Auge auf sie. Diese war auch sofort da, um sich zu erkundigen, was denn gerade passiert sei.

Hanna berichtete, behielt aber die entscheidenden Tatsachen für sich.

Eleonore triumphierte innerlich.

Hanna bekam es mit.

Am Abend trafen sich Jo, Hanna und Kai Mellenstedt, um die neusten Geschehnisse auszutauschen.

„Was war denn los?" fragte Kai sofort, als er sah, wie bescheiden die beiden dreinschauten.

„Ich war heute beim Betriebsrat", erzählte Jo ohne Umschweife. „War vielleicht nicht ganz richtig, aber der O'Chedder lässt sich jetzt von der Krusche meine angeblichen Dateneingaben aus dem System ziehen, um mir dann meine angeblichen Fehler zu präsentieren. Ich hab so die Schnauze voll."

Hanna berichtete von den Vorkommnissen in ihrer Abteilung.

„Ob die was gemerkt haben?" überlegte Mellenstedt.

„Nein, ich denke nicht", widersprach Hanna. „Die wollen uns einfach nur fertig machen. Hat Alicia schon etwas heraus bekommen?"

Kai schüttelte den Kopf.

„Passt bloß auf euch auf", riet er. „Was hat sich beim Betriebsrat ergeben, Jo?"

„Nichts. Die können oder wollen mir nicht helfen. Keine Beweise. Die anderen vier sind sich einig und ich bin die Dumme. Alles, was ich gesagt habe, haben sie entweder widerlegt oder verdreht. Ich habe keine Change."

24.06.2006

Am Wochenende saßen Jo und Hanna wieder stundenlang am PC. Laura-Marie war ab und zu schon ein bisschen genervt, aber sie hielt sich zurück. Gegen Mittag kam eine E-Mail von Alicia aus Hamburg an. Sie teilte ihnen mit, dass es sich bei der Kontonummer um eine Bankverbindung in Kabul handelte, konnte aber noch keinen Kontoinhaber nennen.

Ben Waterman und Mike Creak wollten sich in den Bankrechner hacken und selbst nachsehen, wer zu der Nummer gehörte. Auskunft bekam man dort in Kabul nicht ohne weiteres.

Hanna und Jo checkten weiterhin den Lieferantenstamm.

Gegen Abend fiel ihnen ein Datensatz in die Hände, der ihnen sehr mysteriös erschien. Als Bankverbindung war die Bank of America in Frankfurt angegeben, Bankleitzahl und Kontonummer passten aber überhaupt nicht.

Jo stutzte.

„Guck mal Hanna", sagte Jo, „fällt dir irgendwas auf?"

Hanna besah sich den Datensatz.

„Was ist denn das?" fragte sie und schaute genauer hin.

„Guck mal hier, Jo. Hier werden Zahlungen an diese Firma zurück auf ein SASI-Konto geleitet. Was soll denn der Blödsinn?"

„Könnte das vielleicht das Konto sein, von dem dann durch die Makro-Datei auf dem rumänischen Server an das Konto in Kabul weiter gebucht wird?" überlegte Jo.

„Die Möglichkeit besteht", antwortete Hanna.

Sie schickte eine E-Mail nach New York und bat um Überprüfung.

28.06.2006

„Weißt du, wo wir am Wochenende eingeladen sind?" fragte Jo Laura-Marie am Telefon.

„Nee, aber du wirst es mir doch gleich sagen, oder? Lieber Schatz…"

„Ich denke, ich sollte dich überraschen, du auch Schatz…"

„Sag schon", forderte Laura-Marie.

„Nein en", widersprach Jo.

„Oh bitte."

„Du weißt doch, dass das nicht klappt. Nur so viel: wenn du am Wochenende nach Hannover kommst, dann stell dich bitte darauf ein, dass wir von Freitag auf Samstag nicht bei mir sind. Wir verbringen eine Nacht in einem Hotel. Dieser Auditor aus New York, Davenport, und Alicia Bloomberg haben uns eingeladen. Kai Mellenstedt kommt wohl auch."

„Ach Arbeit", seufzte Laura-Marie.

„Du hast mir ja zugeredet, das hast du nun davon."

„Ich weiß ja."

30.06.2006

Schloss Erika Schön in der Heide.

Laura-Marie war mächtig überrascht, als sie mitbekam, wohin die Fahrt ging, aber nachdem Jo gehört hatte, wie angetan Alicia von den Bildern dieser ihr unbekannten Malerin war, die gerade im Hotel ausstellte, hatte Jo Alicia berichtet, dass sie die Dame kannte, die diese beeindruckenden Bilder malte.

Alicia war sofort einverstanden, als Jo anbot, Laura-Marie persönlich vorzustellen. Sie war allerdings auch ein bisschen verwundert, dass der Detektiv, den sie auf Jo und Hanna angesetzt hatte, nicht herausgefunden hatte, dass Laura-Marie die Malerin war.

Egal, sagte sich Alicia. Das war nicht ganz so wichtig.

Aber nun war es also soweit. Sie war schon ziemlich neugierig auf diese Laura-Marie Ajonas.

Gegen achtzehn Uhr trudelten alle Beteiligten ein.

Sie trafen sich zum Abendessen im Restaurant.

Alicias Assistentin hatte sich um Zimmer und Tischreservierungen gekümmert und sie hatte das wie immer, sehr zuverlässig gemacht.

Douglas Davenport erschien als Letzter.

Er war schon am Vortag angereist, um sich nach dem langen Flug noch etwas zu akklimatisieren und musste erst noch sein Fitnessprogramm absolvieren, ehe er ins Restaurant kam.

„Guten Abend", begrüßte Douglas seine Gäste offiziell in perfektem Deutsch. „Schön, dass sie es alle einrichten konnte."

Er stellte die Damen und Herren einander vor und bat, Platz zu nehmen.

Während die Getränke gereicht wurden, plauderten sie ein wenig.

Jo und Hanna, aber auch Laura-Marie waren ein wenig aufgeregt.

„Ich freue mich", begann Alicia das Gespräch zu Laura-Marie gewandt, " dass ich sie persönlich kennen lernen darf. Ich habe bei jedem Besuch ihre Bilder bewundert."

Laura-Marie lächelte.

"Ich male, wenn ich nachts nicht schlafen kann", erzählte sie unbefangen.

„Tolle Bilder", stimmte Douglas zu. „Kai hast du in deinem Zimmer auch ein Werk von Frau Ajonas?"

Kai Mellenstedt nickte.

„Ich glaube, es gibt in diesem Hotel kein Zimmer ohne ein Bild von Ihnen, oder?" fragte er lächelnd.

„Auch ich besitze ein Werk dieser Künstlerin", gab Hanna zu Besten. „Es ist schade, dass Frau Ajonas meiner Meinung nach als Malerin zu wenig Beachtung findet."

„Das könnte man ändern", antwortete Alicia. „Ich kenne eine Galeristin in Hamburg. Nächste Woche spreche ich mal mit der Dame, vielleicht kann man da etwas arrangieren. Ich bin nämlich total begeistert von dem, was ich bis jetzt von ihnen gesehen habe."

Laura-Marie freute sich über das Angebot.

„Ich freue mich eigentlich viel mehr, sie alle einmal kennen zu lernen", entgegnete Laura-Marie. „Jo hat schon so viel von ihnen erzählt, aber von ihrer Arbeit verstehe ich natürlich nicht so viel."

„Das macht nichts", bemerkte Douglas Davenport. „Schön, dass auch sie Zeit für uns hatten, Frau Ajonas. Dann müssen wir nicht nur über Arbeit reden. Aber ein bisschen davon muss sein."

Douglas nippte an seinem Drink.

„Kommen wir mal zu den neusten Erkenntnissen", setzte Kai Mellenstedt an. „Jo, Hanna, Alicia, würdet ihr Douglas bitte mitteilen, was wir bis jetzt herausgefunden haben?"

Jo sah in die Runde.

„Also," begann sie und erklärte im Detail, wie sie auf eine kodierte Kontonummer gestoßen war, von der Alicia herausgefunden hatte, dass sie zu einer Bank in Kabul gehörte, und so weiter."

„Das heißt", fragte Douglas nach, „das unsere Täter dieses Makro auf einem rumänischen Server laufen lassen und so Zahlungen auf ein afghanisches Konto leiten?"

„Genau", bestätigte Jo. „Hanna und ich haben nächtelang gesessen und sind dieses Makro wirklich Zeile für Zeile und Zeichen für Zeichen durch gegangen. Da hat jemand Lieferantendaten manipuliert und zweigt Gelder ab. Das steht fest."

„Wie haben auch schon eine umfangreiche Datensammlung angelegt", fuhr Hanna fort, „aber wir haben immer noch keine hieb- und stichfesten Beweise."

„Die Täter lassen ihre Datei so geschickt im Hintergrund laufen", berichtete Jo, „dass es unheimlich schwer ist, ihnen etwas nach zu weisen. Ich habe jetzt Mike Creak und Ben Waterman um Hilfe gebeten, ob die vielleicht irgendwie eine IP-Adresse raus bekommen."

„Was ist das denn?" fragte Laura-Marie.

„Eine IP-Adresse ist eine Ziffern- und Zeichenfolge, anhand der man einen PC eindeutig identifizieren kann", erklärte Kai Mellenstedt. „Wenn wir so etwas raus bekommen würden, das wäre natürlich super."

Jo nickte.

„Alicia konnten sie schon heraus bekommen, wem diesen ominöse Konto in Kabul gehört?" fragte Jo.

Alicia schüttelte den Kopf.

„Nein", seufzte sie. „Offensichtlich nimmt man es dort mit den Aufzeichnungen nicht so genau. Offiziell sind wir in keiner Weise weiter gekommen. Die beiden Jungs in New York sind aber dran und versuchen ohne Hilfe Informationen zu bekommen."

Laura-Marie nahm einen Schluck von ihrer Pina Colada.

„Das ist ja ganz schön spannend bei euch", bemerkte sie.

Jo lächelte sie an.

„Aber wir kommen nicht richtig weiter", erklärte Kai Mellenstedt.

„Vielleicht doch!" widersprach Jo. „Ich habe eine ziemlich verrückte Idee, aber das könnte klappen."

„Raus mit der Sprache", forderte Douglas.

„Es ist ungesetzlich", gab Jo zu bedenken, „aber in Südamerika kümmert das keinen. Wenn wir Jane Anderson, Ben Waterman und Mike Creak in Uruguay stationieren und denen dort ein perfekt ausgestattetes Büro geben, könnte man sich ohne große Bedenken in sämtlich Rechner hacken und diese ausspionieren. Man könnte auch von dort über das Firmennetzwerk die verdächtigen Damen in Hannover aushorchen. Und zwar besser, als ich das mit der Klimaanlage kann."

„Sag mal, deine kriminelle Energie nimmt ja Ausmaße an", rief Hanna Böschelburger aus. „Wie kommst du nur auf so etwas?"

„Ist da nicht sehr gefährlich", wollte Laura-Marie wissen.

„Merkt doch keiner", wiegelte Jo ab. „Ich denke nur, dass es nicht ganz billig werden würde, denn um alles zum Laufen zu bekommen, muss man in dem Teil der Welt sicher etwas Schmiergeld zahlen."

Douglas Davenport und Kai Mellenstedt sahen sich schmunzelnd an.

„Na ja", meinte Douglas, „bis jetzt wissen wir ja auch nicht, welchen Schaden die Täten schon angerichtet haben. Vielleicht ist so ein Trip nach Südamerika im Nachhinein deutlich billiger?"

Jo sah in die Runde.

„Aber wie schnell könnte man so etwas hinbekommen?" überlegte Kai.

„Wenn wir genug zahlen, geht das ganz schnell", erklärte Alicia. „Ich kenne da jemanden."

„Was haben sie für Bekannte?" rief Laura-Marie aus.

Alicia grinste.

„Am besten ist, Jo", sagte Douglas, „wenn du mal nach New York kommst, und das mit den Jungs und Jane durchsprichst. Was hältst du davon?"

Jo lächelte.

„Gern", antwortete sie. „Genug Urlaub habe ich ja noch, aber erst im September. Der O'Chedder wird mich jetzt nicht weglassen. Es sind bald Sommerferien und meine Lieblingskolleginnen sind dann nicht da."

„Das verstehe ich", merkte Douglas an. „Aber bis September ist zu lange. Wir müssen schon vorher agieren. Wenn du nicht nach New York kommen kannst, müssen die drei eben hier her kommen. Alicia würdest du deine Assistentin bitten, sich darum zu kümmern?"

„Kein Problem", stimmte Alicia zu. „Aber nun genug der Diskussionen. Kommen wir doch wieder zum Malen, Frau Ajonas..."

Und während sich Alicia und Laura-Marie ausgiebig über Malerei austauschten, verging der Abend wie im Flug.

03.07.2006

Alicia war kaum im Büro, da servierte ihre Assistentin Michaela Fuchs auch schon den morgendlichen Kaffee.

„Guten Morgen Chefin", begrüßte Micha die Vorgesetzte. „Wie war dein Wochenende? Du siehst müde aus."

Alicia Bloomberg lehnte sich in ihrem Stuhl zurück und wippte ein bisschen hin und her.

„Mein Wochenende war keine Erholung", erzählte sie. „Ich brauchte dringend mal Urlaub, aber im Moment unmöglich."

Michaela Fuchs lächelte sie an.

„Darf ich mal fragen, was eigentlich los ist?" entfuhr es ihr.

Alicia dachte kurz nach und entschied sich dann, Michaela Fuchs nicht einzuweihen, auch wenn Alicia das dringende Bedürfnis hatte, mit jemandem reden zu müssen. Sie war sich zwar sicher, dass Micha absolut vertrauenswürdig war, doch je weniger Leute Bescheid wussten, umso besser.

„Ach Micha", seufzte Alicia. „Ich kann dir nichts erzählen. Top Secret, du verstehst. Ich benötige vier Flüge von New York nach Hamburg und Reservierungen in dem Heidelandgasthaus für das kommende Wochenende. "

Michaela nickte verständnisvoll.

„Okay", sagte sie und ließ ihre Chefin allein.

04.07.2006

Zehn Uhr morgens. Jo und die anderen Damen ihrer Abteilung hatten gerade eine Besprechungsanfrage vom Betriebsrat per Email bekommen, da rauschte auch schon Rosemarie Tromper in voller Breite in Jos Büro.

„Sag mal, hältst du das für eine gute Idee, gleich zum Betriebsrat zu rennen", fuhr Rosi Jo an. „Jetzt spinnt du wohl völlig, was!"

Jo grinste sie an.

„Ich bin ein geduldiges Schaf, Rosi", erwiderte Jo, „aber mir reicht es. Ich lasse mir das nicht länger gefallen."

Rosi sah Jo mit großen Augen an. Sie schloss die Tür.

„Was meinst du denn?" fragte sie scheinheilig und hockte sich mit ihrem dicken Hintern auf die Schreibtischkante.

„Das weißt du ganz genau", antwortete Jo.

„Och Mädchen", sagte Rosi beschwichtigend, „meinst du die Ausdrucke, von O'Chedder, was. Is nicht so ganz gut gelaufen, von seiner Seite."

Jo konnte diese Frau nicht mehr ernst nehmen, nach Allem, was sie von ihr wusste, aber sie musste sich zusammen reißen, um nicht laut los zu lachen. Rosi gab sich alle Mühe, Jo ruhig zu halten.

Um vierzehn Uhr fand dann das Gespräch in großer Runde im Betriebsratzimmer stand.

Jo hätte sich denken können, dass ihre Karten schlecht standen, aber was hier abging, spottete jeder Beschreibung.

Dieses Mal hatte der Betriebsrat einen Psychologen dazu gebeten, der die Situation analysieren sollte.

Es war wie immer für Jo.

Rosi Tromper, Chantal Krusche, Dorothee Sundermann und George O'Chedder schienen sich verbündet zu haben. Alle Details, die Jo vorgebracht hatte, wurden von ihnen einfach vom Tisch gefegt. Die waren sich einig und konnten einfach besser reden. Außerdem unterstützten sie sich gegenseitig, so dass Jo wieder einmal keine Change hatte.

Jo war geknickt und deprimiert und als das Gespräch nach einer guten Stunde beendet war, entschied sich Jo Feierabend zu machen.

07.07.2006

Jane Anderson, Ben Waterman und Mike Creak waren zu Douglas Davenport nach Deutschland gekommen. Douglas hatte sich am vergangenen Wochenende entschieden, nicht zurück zu fliegen, sondern seinen Aufenthalt zu verlängern. Auch die drei IT-Spezialisten sollten eine Woche bleiben.

Nun saßen sie beieinander und erwarteten das deutsche Team Jo, Hanna, Kai und Alicia.

Jo war schon mächtig gespannt. Am Meisten freute sie sich darauf, ihren Plan in Englisch erklären zu müssen. Das war ironisch gemeint, denn sie hatte auch ein bisschen Angst davor.

Jetzt kam der große Moment.

Als die vier Deutschen das Restaurant des Schlosses Erika Schön betraten, konnten sie die amerikanischen Kollegen sofort erkennen. Douglas Davenport trug zwar Anzug und Krawatte, aber seine jugendlichen Kollegen waren in Jeans und T-Shirt erschienen. Der eine konnte sich nicht einmal hier von seinem Baseball-Cap trennen.

Es gab ein großes Hallo.

„Das sind meine Leute", begrüßte Douglas die vier Deutschen, „Jane Anderson, Ben Waterman, Mike Creak."

Jo musterte die jungen Menschen leicht skeptisch. Man kann sich ja schon von Telefon und Email, aber das war etwas anders.

Jane Anderson war eine junge Frau in den Zwanzigern. Sehr flippig gekleidet, hautenger grellroter Rock, schwarzes T-Shirt mit Ausschnitt und knallrote, schulterlange glatte Haare.

Ben Waterman musste die dreißig überschritten haben. Er wirkte ein bisschen wie ein Hip-Hopper mit seinen Schlabberhosen, dem weiten Shirt und seinem Baseball-Cap. Haare waren keine zu sehen. Vielleicht darum auch das Cap.

Mike Creak wirkte verloren in seinen schlecht sitzenden Hosen und dem viel zu großen Hemd. Blass war er und mager.

„Das sind meine Leute", stellte Alicia vor. „Kai Mellenstedt, Johanna Crin, Hanna Böschelburger."

Die New Yorker versuchten Böschelburger zu sagen, aber das endete in einem großen Gelächter.

„Bei uns nennt man sich beim Vornamen", schlug Douglas vor. „Lasst und dabei bleiben."

Alle waren einverstanden. Auch mit dem Vorschlag, die Unterhaltung in Englisch zu führen.

Alicia hatte für dieses Gespräch einen Konferenzraum bereitstellen lassen. In dieser Runde wollte sie nicht im Restaurant diskutieren. Douglas führte alle in den Tagungsraum.

„Dann erzähl mal Jo", forderte sie Jane Anderson auf, kaum dass alle saßen. „Douglas hat nur Andeutungen gemacht. Was planst du?"

Jo erläuterte ihr Vorhaben.

Jane, Ben und Mike nickten.

„Das könnte gut funktionieren", überlegte Ben. „Wenn wir ein voll ausgestattetes Büro haben, mit allen Anschlüssen wie Internet, Telefon und so weiter, ist es überhaupt kein Problem uns in sämtliche Rechner zu hacken."

„Und wir haben die Möglichkeit", setzte Mike an, „die Verdächtigen über den eigenen Rechner abzuhören. Wenn wir uns über die Telefonleitung Zugang zum SASI-Netzwerk in Hannover verschaffen, können wir sogar den Email-Verkehr mitschneiden."

Kai Mellenstedt schluckte.

„Das ist hochgradig kriminell", bemerkte er.

„Das stimmte", sagte Alicia, „aber wenn die Damen so gerissen sind, sich dieses Makro einfallen zu lassen, dann dürfen wir auch nicht gerade zimperlich sein, oder?"

„Ich weiß nicht", sagte Hanna „Gibt es denn keine andere Möglichkeit?"

Alicia und Douglas schüttelten den Kopf.

„Wenn wir Beweise hätten, könnten wir die Behörden informieren", erklärte Douglas, „aber das haben wir nicht. Wir haben nichts in der Hand und müssen erst einmal Beweise, nun, organisieren."

Ben, Jane und Mike stimmten Douglas zu.

„Sag mal Jo", unterbrach Kai Mellenstedt, „nutzt du eigentlich immer noch das Passwort der Brandtbergk?"

„Ach, um Gottes Willen", rief Jo aus. „Nein. Ich habe mir mit ihrem Masterpasswort ein Eigenes mit den gleichen uneingeschränkten Zugriffsrechten eingerichtet. Es soll doch niemand stutzig werden, oder?"

Kai lachte gequält auf.

„Wie konnte ich nur so was denken", antwortete er. „Und was ist mit den Transaktionen? Wie viele laufen denn so?"

Hanna sah in die Runde.

„Wir haben herausgefunden", berichtete sie, „dass jeden Tag, wenn der Zahllauf startet, mindestens eine krumme Transaktion dabei ist, die an das Konto in Kabul weitergeleitet wird. Das ist das, was wir mitbekommen. Jo und ich haben uns mal die Beträge angesehen. Das sind immer so hundert, zweihundert Euro, manchmal auch fünfhundert, aber nie mehr."

„Wenn ich mir ansehe, welchen Lebensstil meine Kolleginnen in der letzten Zeit pflegen, muss da aber noch eine andere Geldquelle sein", merkte Jo an.

„Die Damen sind ein Fünfer-Team", pflichtete Alicia bei. „Das haben unsere Nachforschungen eindeutig ergeben."

„Aber wie machen sie es?" fragte Kai. „ich habe systemseitig noch keine Unstimmigkeiten feststellen können."

„Vielleicht sollte man mal die laufenden Projekte prüfen", schlug Jo vor.

„Hanna, kannst du das übernehmen?" fragte Kai Mellenstedt. „Ich besorg dir einen anderen Rechner und Jo teilt ihr Masterpasswort mit dir."

„Natürlich."

10.07.2006

Douglas und seine Mitarbeiten waren Montagmorgen wieder in New York und fingen sofort an, nach einem geeigneten Standort für ihr Südamerika-Büro zu suchen.

Alicia mobilisierte von Hamburg aus einen vertrauenswürdigen Geschäftspartner, der sich vor Ort umsah. Dieser Mensch wurde nicht groß informiert, um was es wirklich ging. Alicia sagte ihm nur, sie suche ein nettes Feriendomizil und benötige seine Hilfe.

Hanna hatte sich schon im Vorfeld einen freien Tag genommen und Jos Firmen-Laptop geliehen. Sie verbrachte ihre Zeit mit der Kontrolle der aktuellen Projekte. Nichts.

Hanna hatte eine Idee.

Sie rief sich alle möglichen Listen der an den Projekten beteiligten Firmen auf und verglich diese miteinander. Sämtliche Firmen waren Hanna ein Begriff. Schließlich arbeitete sie schon seit Jahren für SASI.

Sie passte einen Moment nicht auf und drückte versehentlich auf den Escape-Button. Mist, dachte sie bei sich, in der Annahme, dass sie all ihre Listen mit einem Schlag gelöscht hätte. Doch es kam ganz anders.

Plötzlich baute sich eine neue, viel längere Liste auf, die auf den ersten Blick identisch mit Hannas Ergebnissen schien. Die Firmen, die dort aufgeführt waren, waren die alten. Aber eine war dort, die musste neu sein. BeundBe Service Dienstleistungs GbR. Hanna stutzte. Der Name sagte ihr gar nichts. Was sollten die wohl machen? Der Nachmittag war noch jung, also suchte sich Hanna sämtliche Bestellungen der Firma heraus. Und die waren zum größten Teil von Jo angelegt und von Dorothee geändert worden. War das Zufall?

Hanna rief Jo an und bat sie, am Abend vorbei zu kommen.

Jo erschien nach Feierabend und war völlig überrascht.

„Zeig mal", forderte sie sofort.

Hanna legte die Erkenntnisse des Nachmittags vor.

„Siehst du hier", sie deutete auf die Kennung des Bearbeiters. „das ist leider eindeutig deine Kennung."

Jo wurde rot vor Wut.

„Das stimmt", stieß sie hervor, „aber ich bin mir ganz sicher, dass ich diese Bestellungen nicht angelegt habe. Dorothee hatte mir ganz andere Lieferanten genannt und die habe ich eingegeben. Da hat jemand unter meiner Kennung die Daten verändert."

„Da gehe ich von aus", stimmte Hanna zu. „Nun schau dir aber mal an, was für Kontierungen in den Bestellungen hinterlegt sind. Die gibt es eigentlich gar nicht. Und wenn du dir die Lieferantenliste zum Projekt aufrufst, taucht diese Firma BeundBe gar nicht auf. Ist das komisch oder ist das komisch?"

Jo nickte.

„Weißt du was wir jetzt machen?" fragte sie grinsend.

„Nee, nicht wirklich", gab Hanna zu.

„Wir basteln uns was", sagte Jo. „Aber dafür brauche ich ein bisschen Zeit. Schickst du diese neuen Infos nach New York?"
„Klar."

11.07.2006
Christa O'Chedder hatte jetzt einen Monat abgewartet, dass ihr Mann etwas gegen das Mobbing in seiner Abteilung unternahm.
Ohne Erfolg.
Jetzt hatte sie genug.
Nachdem er ins Büro gefahren war, griff sie nach dem Hörer und wählte eine Handynummer.
„Hallo, hier ist Christa", sagte sie ihrem Gesprächspartner.
„Ich muss dringend mal mit dir reden..."

13.07.2006
Drei Tage später hatte Jo ein Makro gebastelt, das jeden Zugriff auf den Datenstammsatz des Lieferanten BeundBe aufzeichnete und auf Jos Rechner speicherte. Ziemlich schnell kam eine umfangreiche Sammlung zustande.
Heute jedoch feierten sie Hannas Geburtstag an einem Badesee in der Nähe und Hanna hatte es sich nicht nehmen lassen, auch wieder Bianca Meinecke einzuladen.
Während Jo grillte, Laura-Marie unter einem schattigen Baum saß und das Treiben beobachtete, einige andere der Gäste im Wasser badeten, berichtete Bianca Meinecke ganz stolz von der Eigentumswohnung, die sie sich gerade gekauft hatte.
„Du musst ja Geld haben", bemerkte Hanna nebenbei. „Hast du im Lotto gewonnen?"
„Nö, das nicht", antwortete Bianca, „ich hab halt gespart."
„Aber so eine Wohnung kostet doch ziemlich viel, oder nicht?" hakte Hanna nach.
„Na ja."
Bianca zögerte, über Geld zu reden, schließlich siegte aber das Mitteilungsbedürfnis.
„Hunderfufzigtausend hat sie gekostet", gab sie zu. „Hatte ich auf dem Sparbuch."
„Verdienst du denn so viel, dass du so viel sparen kannst?" fragte Laura-Marie sehr direkt.
„Ich gebe ja kaum was aus", erklärte Bianca.

Jo, Hanna und Laura-Marie tauschten einen Blick, den Bianca nicht mitbekam.

„Dann steht ja eine Einweihungsfete an", forderte Hanna Bianca heraus.

„Nee", entgegnete diese, „die Wohnung wird vermietet. Ich hab ja ,nen Zuhause."

Hanna versuchte durch geschickte Fragen noch mehr Details aus ihr heraus zu bekommen, aber Bianca verriet nicht, woher das Geld wirklich kam. Also ließ Hanna es gut sein.

21.07.2006

Alicia hatte von ihrem Kontaktmann in Südamerika eine E-Mail bekommen, dass er etwas Geeignetes für sie gefunden hätte. Ein kleines Haus am Rande von Montevideo direkt am Meer. Sie müsse nur vorbei kommen und die Formalitäten erledigen.

Also informierte Alicia Douglas Davenport in New York und verabredete sich in naher Zukunft mit ihm in Montevideo, um sich das Haus anzusehen und gegebenenfalls gleich einen Mietvertrag abzuschließen.

„Und noch etwas, Douglas", sagte sie. „Ich hatte einen Anruf von einer alten Freundin. Bei SASI wird gemobbt!"

22.07.2006

Die Grazien hatten für dieses Wochenende ein Zickentreffen geplant. Und entgegen ihrer Aussage bei Hannas Geburtstagsfeier lud Bianca Meinecke in ihre neue Eigentumswohnung zur Einweihungsfete ein.

Sie hatte sich etwas gegönnt.

Ein riesiges Apartment im Hannovers Zooviertel, bestückt mit edlen Designer-Möbeln.

„Mein Gott", rief Rosi aus, als sie sah, wie Bianca ihren Teil des Geldes angelegt hatte. „Du lebst aber gut."

„Tja", antwortete diese, „wer hat, der hat."

Bianca führte Rosi, Chantal, Dorothee und Saskia durch die Räume.

Beim Eintritt durch die Wohnungstür befand man sich direkt in einer großzügigen Wohnküche, von der die anderen Räume wie Schlafzimmer, Gäste-WC, Gäste- und Arbeitszimmer abgingen. Durch das Schlafzimmer kam man in ein luxuriöses Bad. Ein Ankleidezimmer rundete das Bild ab.

Vom Wohnbereich trat man auf eine weitläufige Rundum-Terrasse mit Blick über die ganze Stadt.

In der Wohnung selbst bestachen die Möbel. Alles ausgesuchte Einzelstücke. Mitten im Wohnzimmer eine riesige Couchlandschaft aus weißem Leder. Gegenüber ein überdimensionaler Plasma-Fernseher.

An der einen Wand eine Bar, vollgestellt mit edelsten Spirituosen, Sonderanfertigung, wie Bianca betonte.

Im Küchenbereich eine Kochinsel, teuerste Elektrogeräte, ein amerikanischer Kühlschrank.

„Boh ey", stöhnte Chantal. „wer putz denn das alles?"

„Na ich hab natürlich ‚ne Putzfrau", erklärte Bianca während sie zum Kühlschrank ging und erst einmal eine Flasche Champagner springen ließ.

Die Damen fletzten sich auf die Couch.

Rosi entledigte sich ihrer Schuhe und legte die Füße hoch.

„Wir arbeiten äußerst wirtschaftlich", merkte Saskia Brandtbergk an. „Was habt ihr euch denn noch so gegönnt?"

„Ach, ich hab mir nur ein Segelboot gekauft", berichtete Chantal. „Aber ich weiß nicht genau, ich glaub, mein Onkel wird komisch."

„Vielleicht solltest du dich langsam mal scheiden lassen, Chantal", witzelte Saskia. „Hat er was zu deinem Sportwagen gesagt?"

Chantal lachte.

„Hab ihm gesagt, ich hab eine Gehaltserhöhung gekriegt", grinste sie. „Hat er geschluckt. Wollte nur eine Flasche Cognac haben."

„Haste ihm die gekauft?" fragte Rosi.

„Klar", antwortete Chantal, „bin doch großzügig, kennst mich doch."

Bianca lachte auf.

„Ihr solltet mal ein bisschen sparen", wies sie die anderen zurecht. „Ma ans Alter denken, was."

„Wir müssen erst mal dran denken,   dass wir die Crin loswerden", keuchte Rosi. „De wird mir langsam zu frech!"

Dorothee nickte zustimmend.

„Die hat uns tatsächlich vorn Betriebsrat gezerrt", berichtete sie Saskia und Bianca.

„Ne nä", erwiderte Bianca. "Wie kommt denn die dazu?"
„Der O'Chedder hat doch Unterlagen von uns gekriegt", erzählte Chantal. „Und dann hat er sie gepackt. Hat ihr nicht gepasst."
„Das war aber auch nicht ganz fair von euch, oder?" fragte Saskia Brandtbergk.
„Nö", grinste Dorothee Sundermann, „aber es hat funktioniert. O'Chedder hat mittlerweile ‚nen richtigen Hass auf die."
„Is mir doch egal", wiegelte Chantal Krusche ab. „Ich bin froh wenn sie endlich verschwindet."
„Wenn wir Pech haben, müssen wir die noch ‚nen paar Monate ertragen", raunte Rosi aus ihrer Ecke.
„Vielleicht auch nicht", meinte Dorothee beiläufig.
„Wieso?" hakte Saskia nach. „Was hast du angestellt?"
„Na die dumme Kuh hat doch meine Bestellungen gemacht, was", erklärte Dorothee. „Ich hab die ‚nen bisschen geändert, nachträglich. Sieht aber so aus, als wenn's die Crin war."
„Steht doch aber deine Kennung bei", wandte Chantal ein. „Sieht man doch, dass du da was geändert hast."
„Quatsch", knurrte Rosi, „ich hab Dorothees Kennung bei den Änderungen unterdrückt."
„Geht das denn?" fragte Chantal naiv.
„Wenn du wüsstest, was alles geht", grinste Saskia. „So etwas ist überhaupt kein Problem. Kleinigkeit."
„Boh ey, ihr macht ja Sachen."
In Chantals Worten schwang eine gehörige Portion Bewunderung über so viel Sachverstand mit.

23.07.2006
Während die Grazien eine ihrer Orgien feierten, saßen Hanna und Jo vor dem PC und sammelten Beweise. Dank Jos Makro, das sie programmiert hatte, wurde alles, was auch nur im Entferntesten mit dem Lieferantenstammsatz der Firma BeundBe zu tun hatte, aufgezeichnet und Hanna wertete alles aus. Schon nach wenigen Tagen hatten sie die nötigen Beweise, dass Dorothee hier Manipulationen tätigte. Das reichte aber leider immer noch nicht aus, um eine Verbindung zu dem Makro auf dem rumänischen Server herzustellen. Es fehlte die Schnittstelle.

21.08.2006

Douglas Davenport und Dr. Alicia Bloomberg hatten gut vier Wochen gebraucht, von der Email des südamerikanischen Geschäftsfreundes bis zur Anmietung und Einrichtung des Stützpunktes in Montevideo.

Heute Morgen waren Douglas und sein Team Ben Waterman, Jane Anderson und Mike Creak nach Uruguay geflogen, um die neue Wirkungsstätte in Betrieb zu nehmen.

Douglas und Alicia hatten ein kleines unscheinbares Haus direkt am Strand gewählt. Von außen wirkte es eher spärlich, aber im Inneren verbarg es modernste Technologie. Es war ausgestattet mit allen Finessen, die sich der IT-Spezialist von Welt wünschte.

Ben, Jane und Mike waren beeindruckt. Für die landschaftlich interessante Umgebung und den Ausblick hatten die drei keinen Sinn, sie interessierten sich nur für die Technik und die damit verbundenen Möglichkeiten.

Hier waren sie ungestört. Niemand ahnte, was sie vorhatten.

Falls etwas fehlte, schickte es ihnen Douglas aus New York per Kurier. Sie hatten alle Freiheiten.

Ideale Arbeitsbedingungen also.

22.08.2006

George O'Chedder besprach sich mit Rosemarie Tromper in seinem Büro.

„Herr O'Chedder, es muss jetzt endlich mal was passieren", fluchte Rosi vor sich hin. „Wie lange soll das denn noch so weiter gehen?"

O'Chedder starrte, wie immer bei diesen Gesprächen, genervt aus dem Fenster

„Noch mal Frau Tromper", herrschte er sie an. „Ich kann nichts weiter machen. Schon gar nicht, nachdem die Crin beim Betriebsrat war. Das wäre doch zu offensichtlich."

Rosi fluchte und räusperte sich. O'Chedder befürchtete wieder einmal mehr, sie würde endlich ersticken. Aber ob das so ein Segen für ihn wäre.

„Es muss doch einen Weg geben!" schrie sie ihn fast an.

„Sie wollten doch Frau Crin in unserer Abteilung!" blaffte er zurück. „Hätten sie sich das mal eher überlegt."

291

Jo, die draußen über den Gang zur Toilette ging, hörte die lauten Stimmen.

Vielleicht sollte man diesem George O'Chedder auch mal auf den Zahn fühlen.

Leider bekam Jo nicht mit, um was es genau ging. Sie konnte auch nicht stehen bleiben und lauschen. Und die Kollegin, die direkt neben O'Chedder arbeitete, war nicht da. Schade. Aber scheinbar gab es bei O'Chedder eine hitzige Diskussion.

23.08.2006

Jane, Mike und Ben hatten sich nach wenigen Tagen in Montevideo eingelebt und begannen umgehend mit ihrer Arbeit.

Hanna und Jo schickten sämtliches Material, dass sie bis jetzt hatten, elektronisch zu den amerikanischen Kollegen rüber und warteten gespannt ab, was diese damit anfangen konnten.

Jane Anderson startete ihre Tätigkeit, indem sie sich ins SASI-Netzwerk einklinkte und versuchte über die Telefonleitung eine Verbindung nach Hannover herzustellen. Dieses Unterfangen gestaltete sich recht schwierig, also stellte Jane diese Aufgabe hinten an.

Mike Creak hackte sich durch alle verfügbaren Bankcomputer, um heraus zu bekommen, wohin vom Kabuler Konto aus transferiert wurde und Ben Waterman suchte mit allen Mitteln nach der Schnittstelle, die es irgendwo geben musste.

Die Drei verbrachten Tag und Nacht mit der intensiven Suche nach Beweisen. Zu jeder Stunde saß mindestens einer am Computer und arbeitete.

Aber Jo und Hanna hatten gute Vorarbeit geleistet.

Jane Anderson brauchte eine ganze Nacht, bis sie sich systemseitig in den hannoverschen SASI-Rechner einloggen konnte.

Mit Hilfe des von Jo geänderten Masterpasswortes kam sie dann aber ruckzuck in die Datensätze, die Jo und Hanna ins Visier genommen hatten. Der Anfangsverdacht erhärtete sich. Dorothee Sundermann hatte Hintergrunddaten in den Bestellungen der Firma BeundBe geändert. Das konnten sie ihr schnell und einwandfrei nachweisen.

Die Damen hatten zwar dafür gesorgt, dass Jos Kennung vom Anlegen der Originalbestellung erhalten blieb, sie hatten aber übersehen, dass es vielleicht irgendwo im System eine Historie geben könnte, die diese Manipulationen festhielt. Hier konnte Jane auf einen Blick sehen, dass Dorothee sowohl den Lieferanten, als auch die Kontierung nachträglich geändert hatte.

Jane und die Jungs informierten sofort Douglas Davenport in New York.

„Wenn es für diese Manipulation eine Historie gibt", merkte Douglas an, „dann könnten wir doch vielleicht Glück haben und auch die anderen Transaktionen wurden irgendwo festgehalten?"

„Daran habe ich auch schon gedacht", antwortete Jane Anderson. „Bis jetzt hatte ich mit der Suche danach aber noch keinen Erfolg."

„Bleibt dran", ordnete Douglas an. „Ich gebe die gute Nachricht nach Deutschland weiter."

24.08.2006

Jo fiel ein Stein vom Herzen, als Douglas ziemlich früh am Morgen anrief und ihr mitteilte, dass sie Dorothee dingfest machen konnten. Sie hatte schon angstvoll auf den Moment gewartet, wenn George O'Chedder sie zum Gespräch bitten und ihr die falschen Dateneingaben zum Vorwurf machen würde.

Jo hätte keine Gegenargumente gehabt.

„Und wie geht's jetzt weiter?" fragte Jo den Gesprächspartner am Telefon.

„Keine Sorge Jo", beruhigte sie Douglas Davenport. „Wir halten noch eine Weile still. Wir müssen erst nachweisen können, was mit diesen falschen Kontierungen geschieht. Wie der Geldstrom fließt. Dann nehmen wir die, wie sagst du immer, Grazien, hoch."

Jo musste einverstanden sein. Trotzdem hob sich ihre Laune beachtlich. Gut gelaunt machte sie sich auf den Weg ins Büro. Dort war es wie immer.

25.08.2006

Weil Jane Anderson nicht weiterkam, übernahm Mike Creak die Herausforderung, sich auf Dorothee Sundermanns

Rechner aufzuschalten. Er hatte kaum Mühe an ihr Passwort zu kommen, weil Dorothee, dümmlich wie sie war, erschreckend einfache Kombinationen wählte. Mike Creak kannte Dorothee Sundermann nicht, aber er war überzeugt, dass die Dame sehr durchschaubar und einfältig war.

Mike brauchte eine gute Stunde, um den Rechner zu knacken. Eine weitere Stunde später hatte er die Telefonleitung angezapft und hörte Dorothees Büro über die Freisprecheinrichtung ihres Telefons ab.

Ehrensache, dass alles aufgezeichnet wurde.

26.08.2006

Ben Waterman hatte sich daran gesetzt, Mikes Arbeit mit dem Kabuler Konto weiter zu verfolgen. Das Computersystem dieser afghanischen Bank war dermaßen gut gesichert, dass Ben große Mühe hatte, rein zu kommen. Letztendlich hatte aber auch er hier einen Erfolg zu verzeichnen.

„Ich bin drin!" rief Ben vor Freude aus. „Wir sind drinnen!"

Jane und Mike stürmten zu Ben.

„In der Bank?" fragte Mike ganz aufgeregt.

„Jo", lachte Ben. „Wir sind endlich in der Bank!"

Er tippte auf seiner Tastatur herum und rief sich die Kontodaten auf.

„Und?" wollte Jane wissen, „hast du schon was?"

„Momentchen noch", sagte Ben und blickte angestrengt auf seinen Monitor.

Seine Finger flogen über die Tasten.

Plötzlich zischte es, der Bildschirm wurde schwarz und gab den Geist auf.

„Scheiße", schrie Ben. „Der Monitor ist hin. Schnell, gebt mir einen anderen!"

Mit wenigen Handgriffen schlossen sie vereint einen anderen Bildschirm an den Rechner. Gott sei Dank stand die Verbindung noch.

Auf dem Display erschien ein offensichtlich kompletter Kontoauszug dieser Bankverbindung. Leider in arabischen Schriftzeichen. Einzig die Zahlen waren lesbar. Das nütze ihnen jedoch wenig.

„Oh Gott, auch das noch", stieß Mike hervor. „Können wir das für uns lesbar machen?"

„Ich habe keine Ahnung", gab Ben zu. „Wir drucken das erst mal aus und dann sehen wir weiter. Irgendwo muss es doch einen Knopf geben, um sich das in Englisch anzeigen zu lassen."

Jane konnte sich ein Auflachen nicht verkneifen.

„Entschuldigung", sagte sie schnell. Sie wollte die Kollegen ja nicht verärgern. Aber auch Ben und Mike mussten grinsen.

27.08.2006

Sonntags in Hannover.

Jo und Laura-Marie saßen gemeinsam vor dem Fernseher und ließen sich berieseln.

„Haben deine amerikanischen Kollegen schon irgendetwas erreicht?" fragte Laura-Marie in die Stille.

„Eine Kleinigkeit", antwortete Jo recht abwesend.

„Und was?"

„Sie haben eine Historie gefunden, in der Dorothees Datenänderungen festgehalten wurden."

„Nützt euch das was?"

„Wir können Dorothee damit eindeutig etwas nachweisen. An den anderen Weibern arbeiten wir noch. Und bei dir? Hat sich Alicia mal wegen der Galerie gemeldet?"

Laura-Marie schüttelte den Kopf.

„Sie hat vor ein paar Tagen kurz angerufen und Bescheid gesagt, dass sie erst diesen Fall klären muss, bevor sie sich um mich kümmern kann. Immerhin."

Jo drehte sich zu Laura-Marie.

„Dr. Alicia Bloomberg gehört zum Management von SASI", erklärte sie der Freundin. „Ich bin ziemlich überzeugt, dass sie dich weiter bringen kann. Wenn die eine Galeristin kennt, dann wird das sicher was mit der Ausstellung."

Laura-Marie lächelte.

"Lieber Schatz…"

"Ja."

„Ich liebe dich so. Du glaubst immer an mich."

„Das tue ich wohl", antwortete Jo.

01.09.2006

Alicia hatte im Schloss Erika Schön eine Videokonferenz angesetzt.

Dieses Mal kamen nur Hanna, Jo, Alicia und Kai Mellenstedt.

Sie blieben auch nicht über Nacht.

Douglas wurde aus New York, Jane, Ben und Mike aus Montevideo zugeschaltet.

Das Hotel hatte den Konferenzraum perfekt vorbereitet.

Getränke und Häppchen standen bereit, die Jalousien wurden herunter gelassen, die Technik war geprüft.

Pünktlich achtzehn Uhr Ortszeit erschien Douglas lächelndes Gesicht auf der Leinwand.

„Hallo alle zusammen", begrüßte er die Teilnehmer. „Zuerst einmal die obligatorische Frage: Könnt ihr mich alle gut sehen und hören?"

Aus den verschiedenen Teilen der Welt wurde die Frage bejaht. Douglas bat darum, sich bemerkbar zu machen, wenn es Probleme geben sollte. Dann gab er an Jane Anderson weiter, die das Team in Montevideo leitete.

„Hallo Jane, wie geht es euch in Südamerika? Ist alles okay?" fragte Alicia in die Videokamera.

„Hier ist alles Bestens", antwortete Jane. „Schaut euch das an."

Einer ihrer Kollegen schwenkte die Kamera, so dass die Zuschauer an dem grandiosen Meerblick teilhaben konnten, den Jane, Ben und Mike, seit einiger Zeit auf Firmenkosten genossen.

„Wow", rief Jo. "Ihr habt es aber gut getroffen. Wird euch das vom Gehalt abgezogen?"

„Wo denkst du hin", widersprach Ben und schob sich ins Bild. „Wir arbeiten hier schließlich ziemlich hart."

„Und wir haben einige kleine Erfolge erzielt", berichtete Mike. „Dass wir Misses Sundermann überführen können, wisst ihr ja schon alle."

„Aber wir waren auch schon in der afghanischen Bank", unterbrach Jane. „Allerdings mit mäßigem Erfolg. Erst gab der Bildschirm seinen Geist auf und dann war der Kontoauszug in Arabisch."

„Trotzdem haben wir es hin bekommen", fuhr Ben Waterman fort. „Auf diesem Konto laufen relativ große Beträge auf, die allerdings weitergeleitet werden. Wir wissen noch nicht ganz genau, wohin, weil Alles, aber auch Alles verschlüsselt wurde.

Es braucht wohl noch etwas, bis wir das Rätsel auflösen können."

„Und das wird alles durch dieses mysteriöse Makro veranlasst?" fragte Jo nach.

„Ja", erklärte Jane, „ihr habt das schon ganz richtig erkannt, Hanna und Jo. Dieses Makro auf dem rumänischen Server greift auf das Firmenkonto zu, das Hanna ausfindig gemacht hat. Von dort werden die Beträge nach Kabul transferiert und dann weitergeleitet. Wir sind jetzt soweit, dass wir einen Zusammenhang zwischen den Sundermannschen Datenmanipulationen und den Überweisungen sehen. Diese Kontierung, die von der Dame dort eingefügt werden, sind offenbar kodierte Kontoinformationen, die das Makro für den Transfer nutzt."

„Meine Güte", seufzte Hanna auf. „Wer denkt sich so etwas aus."

„Das kriegen wir auch noch raus", erwiderte Ben. „Wir haben uns in Hannover in die Telefonanlage gehackt und zeichnen jetzt alle Gespräche auf, die im Büro Sundermann geführt werden."

„Du hattest übrigens Recht Jo", stellte Jane fest. „Die meisten Gespräche, die dort laufen, sind ja so was von privat. Wenn man das mitbekommt, was die sich erzählen, dann kannst du nur noch mit dem Kopf schütteln."

„Und jede Menge Angebereien", steuerte Mike bei. „Die übertrumpfen sich jetzt gegenseitig mit ihren Einkäufen. Madame Meinecke ist gerade stolze Besitzerin einer Eigentumswohnung im Zooviertel geworden. Sagt euch das was?"

„Das ist eine ziemlich teure Wohngegend hier in Hannover", erklärte Jo. „Aber die Sundermann zieht da nichts allein durch. Und die Meinecke schon gar nicht. Wir sollten Rosemarie Tromper und Chantal Krusche auf jeden Fall auch überwachen. Und George O'Chedder. Ich habe so ein Gefühl, dass der daran beteiligt ist."

Douglas wirkte etwas geistesabwesend.

„Vielleicht sollte ich Sören Svensson in Kenntnis setzten", überlegte er.

„Das halte ich zum jetzigen Zeitpunkt für keine gute Idee", widersprach Jo. „Wir müssen die Grazien in Sicherheit wiegen."

„Das denke ich auch", stimmte Alicia Bloomberg zu. „Wir müssen sie dahin bekommen, dass sie Fehler machen. Fehler, die uns nützen!"

„Aber sie dürfen nicht merken, dass ihnen jemand auf den Fersen ist", gab Mike Creak zu bedenken. „Erst wenn wir genug hieb- und stichfeste Beweise zusammen haben."

„Okay", gab Douglas nach. „Macht euch eine schöne Zeit im sonnigen Süden, ihr Drei. Wir hören voneinander."

Die Besprechung war beendet.

04.09.2006

Jo hatte Urlaub. Endlich, dachte sie, aber ganz wohl war ihr nicht bei dem Gedanken. Sie hatte Angst etwas zu verpassen und nun saß sie zu Haus und konnte nichts weiter tun, als ab und zu vor dem Rechner zu hocken.

Hanna hatte versprochen, Jo auf dem Laufenden zu halten, genau wie die Kollegen in Montevideo.

Jo war schlecht gelaunt. Die ganze Geschichte war zwar recht aufregend, nahm sie aber auch mehr mit, als sie zugeben wollte.

„Mein Gott, wie bist du denn drauf?" stöhnte Laura-Marie, als sie ins Wohnzimmer kam. „Tu was für dich!"

Jo sah die Freundin an.

„Keine Lust", entgegnete sie.

„Guck dir mal das Wetter an", startete Laura-Marie einen neuen Versuch. „Ideal zum Inline-Skaten!"

„Keine Lust," wiederholte Jo.

„Dann geh Squash spielen!"

„Keine Lust."

Laura-Marie wurde etwas böse.

„Schluss jetzt!" rief sie erbost. „Wir packen deine Sporttasche und dann gehst du wenigstens in die Sauna. Los!"

„Keine Lust!"

Laura-Marie setzte sich die Couch neben Jo.

„Dann lass uns irgendwo hin fahren", schlug sie noch einmal vor.

„Lass mich einfach mal zufrieden", brummte Jo. „Ich geh skaten, okay?"

„Na endlich."

In diesem Moment klingelte Jos Handy.

Weil Jo im Bad war, nahm Laura-Marie das Gespräch entgegen.

Es war Alicia Bloomberg, die zwar überrascht, aber froh war, Laura-Marie am Telefon zu haben. Sie hatte nämlich deren Handynummer verlegt, wollte aber unbedingt Bescheid geben, dass sie einen Termin mit der befreundeten Galeristin habe. Laura-Marie sollte ein paar Bilder zusammenstellen. Alicia wollte die Bilder im Laufe der Woche abholen.

Bevor Jo in Skating-Montur aus dem Bad zurück kam und sich aufmachte, berichtete Laura-Marie von dem Gespräch.

„Hab ich dir doch gesagt", antwortete Jo etwas entspannter, „du kommst noch ganz groß raus."

16.09.2006

Für Laura-Marie überschlugen sich plötzlich die Ereignisse.

Nach dem Anruf von Alicia vor knapp zwei Wochen war Alles ganz schnell gegangen.

Montagmorgen kam Alicias Anruf, Dienstag holte sie einige Bilder von Laura-Marie ab, Mittwoch traf sich Alicia mit der Galeristin, Donnerstag fuhren Jo und Laura-Marie zum persönlichen Kennenlernen nach Hamburg, Freitag stand der Termin für diese Vernissage.

Laura-Marie war dermaßen aufgeregt, dass sie kaum sprechen konnte, aber Jo beruhigte sie und hielt ihre Hand.

Der Galerie sah man von außen kaum an, dass sie eine war.

Sie lag versteckt in einem alten Fabrikgebäude in der Speicherstadt direkt am Hafen. Jo und Laura-Marie hatten sich nicht um das Aufhängen der Bilder kümmern müssen. Dafür gab es hier fleißige Helferlein, die das erledigten.

Für Laura-Maries Seele war diese Vernissage das Beste, was ihr gerade passieren konnte. Man behandelte sie wie einen Star.

Sie hatten ein Hotelzimmer für Jo und Laura-Marie gebucht. Eine Limousine holte sie vom Hotel ab und brachte sie zur Galerie.

Direkt neben dem Eingang wurde ein Parkplatz für Laura-Marie bereitgestellt. Hier prangte ein großes Schild mit ihrem Namen und zwei Muskelmänner passten auf, dass niemand außer ihr sein Fahrzeug hier abstellte.

Während der Fahrer den Rollstuhl aus dem Wagen holte, sprangen die beiden jungen Männer herbei und hielten Laura-Marie die Wagentür auf.

Einer griff beherzt zu, hob sie hoch und setzte sie in ihren Rollstuhl.

Laura-Marie hatte gar keine Change sich zu wehren.

Als dann auch noch einer von diesen charmanten Kerlchen Laura-Marie schieben wollte, wurde es Jo zu viel.

„Ich mache das schon", sagte sie freundlich, aber bestimmt.

„Sehr wohl", antwortete das Kerlchen, das sichtlich doppelt so groß war wie Jo, und hielt ihr die Tür auf.

Kaum das die beiden die Eingangstür passiert hatten, kamen Alicia und die Galeristin auf sie zu.

„Frau Ajonas", säuselten beide wie aus einem Munde. „Schön sie zu sehen."

„Laura-Marie ist sehr aufgeregt", erklärte Jo, „sie spricht sehr schnell. Wenn sie etwas nicht verstehen, fragen sie mich einfach."

„Kein Problem", antwortete Alicia. „Dafür hat wohl jeder Verständnis."

Die Galeristin beugte sich zu Laura-Marie runter.

„Die halbe Hamburger Society ist hier", flüsterte sie ihr ins Ohr. „Alles, was Rang und Namen hat, und natürlich Geld. Presse ist auch da. Das Hamburger Abendblatt bittet sie um ein Interview."

Laura-Marie verschluckte sich beim Sprechen.

„Wenn Jo dabei ist", brachte sie heraus.

„Natürlich", gestand die Galeristin zu und tätschelte ihren Arm.

„Keine Angst Frau Ajonas."

Laura-Marie nickte.

Jo fuhr sie in den Ausstellungsraum und staunte nicht schlecht. Die hatten hier echte Wunder vollbracht. Eine lange, breite und ziemlich hohe alte Fabrikhalle erstrahlte in neuem Licht. Unter die Decke hatte man einen Sternenhimmel aus kleinen Lichtspots gezaubert, der funkelte wie tausend Diamanten.

„Schau mal nach oben", sagte Jo leise.

„Alles für mich", strahlte Laura-Marie, „Guck dir das an!"

Die Außenwände waren dunkel verkleidet. Blau oder Schwarz konnte Jo nicht erkennen. Hier hatten sie die Bilder in den kräftigen Farben aufgehängt, die einen dunklen Hintergrund vertrugen. Durch die Deckenbeleuchtung kam man sich in diesem Raum vor, wie in einer sternenklaren Frühlingsnacht. Im Raum selbst waren kleinere Bilder an Stellwänden drapiert, dekorativ aufgemacht mit farblich passendem Überwurf aus Stoff. Alles in Allem sehr geschmackvoll und bestimmt nicht billig.

„Gefällt es ihnen, Frau Ajonas?" fragte Alicia, die ihnen gefolgt war.

Laura-Marie war vor Nervosität den Tränen nahe.

„Sehr schön", stammelte sie. „Sehr schön."

Jo war so stolz auf sie. In diesem Ambiente kamen Laura-Maries Bilder erst richtig zu Geltung.

Die Galeristin brachte ihnen zwei Gläser Champagner.

„Sekt trinkt man hier nicht", frotzelte sie. „Nehmen sie ruhig."

Sie reichte beiden ein Glas.

„Und?" fragte auch sie. „Was sagen sie Frau Ajonas."

„Ich hätte nicht gedacht, dass es so toll aussieht", gab Laura-Marie zu. „Und dass es so groß ist."

„Man soll sie doch zur Kenntnis nehmen", antwortete die Galeristin. „Lassen sie uns die Vernissage eröffnen."

Die Dame führte Jo und Laura-Marie zu einer Bühne, bei der man sogar an die Rollstuhlrampe gedacht hatte. Jo schob sie hoch.

Das Licht ging aus, ein Scheinwerfer wurde auf Laura-Marie und die Galeristin gerichtet, die sogleich mit ihrer Rede begann.

„.... möchte ich ihnen die Künstlerin Laura-Marie Ajonas vorstellen, die unter dem Pseudonym Ajo malt... besonders beeindruckt haben mich die kräftigen Farben... die Vielfalt ihrer Werke... schauen sie auf die phantasievolle Umsetzung des Themas... die schlichte Linienführung... die Kraft... den Optimismus..."

Die Dame redete ziemlich lange, fand Jo.

„Und nun Applaus für Laura-Marie Ajonas", kam die Galeristin zum Schluss. „Ach ja, ehe ich es vergesse, sie können diese Werke auch käuflich erwerben!"

Jo konnte nicht abschätzen, wie viele Gäste geladen waren, aber der Applaus
war ohrenbetäubend.

Noch ehe Jo zum Büffet kam, bat auch schon der Reporter vom Abendblatt um sein Interview.

Laura-Marie beantwortete geduldig alle seine Fragen, stellte sich für Fotos in Pose, bis Jo bat, das Interview zu beenden.

Laura-Marie war total geschafft von der Aufregung und dem ganzen Rummel um ihre Person. Man gab sich verständnisvoll und war zufrieden mit der Ausbeute.

Laura-Marie zog sich erst einmal in eine Ecke zurück und beobachtete von dort das bunte Treiben, Jo mischte sich unters Volk und unterhielt sich bisweilen recht angeregt. Sie warf einen Blick auf die Preise. Diese kleine Bild, vierzig mal dreißig Zentimeter groß, sollte tatsächlich fast tausend Euro kosten. In früheren Ausstellungen Laura-Maries waren die Bilder deutlich billiger gewesen. Das war wohl auch eine andere Klientel.

Jo schlenderte, immer mit einem halbvollen Champagnerglas bewaffnet, zurück zu Laura-Marie.

„Hast du mal die Preise gesehen", flüsterte sie ihr leise ins Ohr.

„Oh ja," entgegnete Laura-Marie. „Ganz schön happig, findest du nicht."

„Oh ja", wiederholte Jo die Worte der Freundin.

Gegen Mitternacht zogen sie sich ins Hotel zurück. Laura-Marie brauchte dringend Ruhe.

„Was für ein Tag", lachten beide in der Limousine auf dem Heimweg.

25.09.2006

Jos erster Arbeitstag nach dem Urlaub.

Sie war gespannt, was sie erwarten würde, doch entgegen aller Befürchtungen, waren die Kolleginnen merkwürdig zurückhaltend.

Nach Feierabend traf sie sich mit Hanna.

„Irgendwelche Neuigkeiten?" fragte Jo neugierig.

„Nichts weiter", informierte sie Hanna. „In Montevideo sind sie immer noch schwer beschäftigt. Auch die Abhöraktion hat noch nichts gebracht. Die Weiber reden im Büro offenbar nicht über ihre Machenschaften."

Jo schüttelte den Kopf.

„Die müssen doch mal einen Fehler machen", schnaubte sie wutentbrannt. „Man muss denen doch beikommen können! Das gibt es doch gar nicht."

„Wie war denn dein Urlaub?" wechselte Hanna das Thema.

Jo berichtete von der Vernissage und Alicias Vermittlung.

Hannas Handy klingelte.

„Nanu, Douglas?" sagte sie zu Jo gewandt und nahm das Gespräch an.

„Hallo Hanna", meldete sich Douglas Davenport am anderen Ende der Leitung.

„Was ist passiert?" fragte Hanna sofort.

„Wir haben raus bekommen, wer hinter der Firma BeundBe steckt", berichtete er. „Nun rate mal!"

Hanna zuckte mit den Schultern.

„Keine Ahnung", gab sie zu.

„Was will er?" erkundigte sich Jo.

Hanna winkte ab.

„Erzähl", forderte sie Douglas auf.

„BeundBe Service Dienstleistungs GbR ist auf Dieter Krusche im Handelsregister eingetragen."

„Na und? Wer ist das?"

„Der Onkel von Chantal Krusche."

„Nein!" rief Hanna aus. „Wie seid ihr an die Informationen gekommen? Habt ihr euch ins Handelsregister eingehackt?"

„War gar nicht nötig", erklärte Douglas „Du bekommst ohne Probleme ganz offiziell einen Handelsregisterauszug. Ich habe quasi nur behauptet, dass ich mit der Firma zusammen arbeiten möchte. War völlig easy."

„Das kann doch alles nicht wahr sein", stieß Hanna hervor und berichtete Jo von den neusten Erkenntnissen.

Jo bat um das Handy.

„Hallo Douglas, ich bin's Jo", sagte sie. „Was passiert jetzt weiter?"

Douglas seufzte hörbar auf.

„Ich denke, es ist an der Zeit, die Behörden einzuschalten", entschied er. „Wir haben genug Verdachtsmomente, die eine offizielle Ermittlung ermöglichen. Ich komme so schnell ich kann, nach Hannover und besorge mir einen Termin bei der Staatsanwaltschaft. Wahrscheinlich schon nächste Woche."

Douglas legte auf.

Hanna und Jo sahen sich an.

28.09.2006

Donnerstagmorgen rauschte Eleonore Schummelpfennig, Hanna Böschelburgers Lieblingskollegin, in Hannas Büro und machte ihrem Ärger Luft.

„Boh ey, dieser Weiber inne Forschung und Entwicklung, " zischte sie wie eine Schlange, „hast du das mitgekriegt Hanna?"

Hanna wunderte, was Eleonore so erregte.

Eine ganze Weile hatte sie sich ruhig verhalten, nachdem der Versuch, Hanna die Materialplan-Liste wegzunehmen, nicht geklappt hatte. Sogar ihre Mobbing-Attacken hatte Eleonore auf ein Minimum reduziert und nun diese helle Aufregung am frühen Morgen.

„Was ist den passiert?" fragte Hanna etwas scheinheilig.

Eleonore warf ihre Massen auf eine Schreibtischecke und schnaufte wie ein altes Walross.

„Weißt du", stieß sie hervor, „ich glaube, die Zicken aus der fünfzehnten Etage wollen nix mehr mit mir zu tun haben. Diese Schnepfen! Hast du mal gesehen, wie die sich in letzter Zeit aufdonnern. Alle samt und Bianca auch. Die Ziege!"

Hanna riss sich zusammen, bloß nicht grinsen.

„Ich hab doch kaum Kontakt nach unten", schwindelte sie ein bisschen. „Komm erzähl mal."

Eleonore war dankbar für jede Zuwendung und nahm Hannas Angebot an.

Sie setzte sich ihr gegenüber auf den freien Stuhl und fing fast an zu heulen.

„Mitte Rosi war ich beinahe befreundet", erleichterte Eleonore ihr Herz. „Aber seit 'ner Weile sind die alle so komisch geworden. Chantal hat sich einen Sportwagen zugelegt, Dorothee hat nur noch so teure Klamotten an, Rosi macht jetzt in Kosmetik und Bianca guckt mich gar nicht mehr an. Sag mal, spinnen die alle? Ich hab den doch nix getan."

Hanna sah sie an.

„Hast du mal gefragt, was sie gegen dich haben?" fragte sie nach. „Habt ihr euch gestritten?"

„Ne, nix, einfach so, von heute auf morgen."

Eleonore verstand die Welt nicht mehr, aber Hanna vermutete, dass man Eleonore beim illegalen Geldverdienen einfach nicht gebrauchen konnte.

3. Teil
04.10.2006

Douglas war schon Ende September nach Hannover gereist und hatte sich in einem kleinen Hotel in der Stadtmitte eingemietet. Er wollte erst einigermaßen den Jetlag überwunden haben, ehe er sich mit den deutschen Behörden auseinander setzte. Weil Douglas wusste, dass der dritte Oktober ein Feiertag war, entschied er sich, gleich Mittwochmorgen zur Staatsanwaltschaft zu gehen.

Alicia hatte ihm einen Termin organisiert.

Kai Mellenstedt begleitete ihn.

Die Staatsanwaltschaft hatte ihre Geschäftsräume im Volgersweg hinter dem Hauptbahnhof, gleich neben den Gerichtsgebäuden.

Douglas war sich sicher, dass er diese Adresse ohne Kai Mellenstedt nie gefunden hätte.

Die beiden Männer trafen sich in der Lobby von Douglas Hotel.

Mit einem großen Trolley voller interner Unterlagen machten sie sich auf den Weg.

Douglas und Kai hatten beide kein gutes Gefühl in der Magengegend, aber sie brauchten jetzt professionelle Hilfe.

Der Weg war nicht wirklich weit, er zog sich nur so unendlich lang hin.

Schweren Herzens erklommen die beiden Männer mit gesengten Kopf die Treppenstufen bis zur Pförtnerloge im Eingangsbereich und meldeten sich dort an.

Man schickte sie in den zweiten Stock Zimmer soundso.

Douglas Gedanken kreisten. Beinahe hätten sie sich noch verlaufen.

Die Flure in diesem alten Gemäuer waren verwinkelt, die Zimmer schlecht beschriftet.

Endlich kamen sie an.

Eine junge Frau Mitte dreißig erwartete sie bereits in der offenen Tür.

„Douglas Davenport, Kai Mellenstedt?" fragte sie ein wenig barsch und bat die beiden Männer in ihr Büro. „Bitte setzten sie sich."

Douglas und Kai nahmen vor dem großen Schreibtisch aus massiver Eiche Platz.

„Entschuldigung", sagte sie etwas freundlicher. „Ich habe mich gar nicht vorgestellt. Mein Name ist Alexandra Sander, Oberstaatsanwältin. Frau Dr. Bloomberg hat mich bereits in groben Zügen informiert. Sie haben ein Problem mit Wirtschaftskriminalität in ihrem Unternehmen. Ist das richtig?"

Sie sah Douglas und Kai mit festem Blick in die Augen. Beide fühlten sich ein wenig eingeschüchtert.

„Douglas Davenport", antwortete dieser. „Ich bin der leitende Manager der Abteilung Internal Audit Worldwide von Silver Stripes Aero Space International mit Hauptsitz in New York. Mein Mitarbeiter Kai Mellenstedt."

Beide Männer versuchten zu lächeln.

Alexandra Sander sah den Koffer, den sie dabei hatten.

„Es wird wohl etwas länger dauern", schmunzelte sie mit Blick darauf. „Möchten sie einen Kaffee."

„Ja gern", sagten Douglas und Kai beinahe einstimmig.

„Dann schießen sie bitte mal los", forderte Alexandra auf.

Douglas ergriff die Initiative und berichtete detailliert über alle Erkenntnisse und Verdachtsmomente, die sich bis jetzt ergeben hatten, von dem ersten Auftauchen der Makro-Datei über die eigenen internen Ermittlungen bis zu den Beweisen, die sie dadurch gewonnen hatten.

Die Staatsanwältin hörte aufmerksam zu und fragte ab und zu mal nach.

„Und was haben sie mir in dem Koffer mitgebracht?" wollte sie wissen.

„Das sind sämtliche Unterlagen einschließlich der handfesten Beweise, die wir vorlegen können", erklärte Kai Mellenstedt.

Er öffnete den Koffer und stapelte Aktenordner auf ihrem Schreibtisch.

„Alles ordentlich sortiert, abgeheftet und beschriftet", bemerkte Douglas.

„Eine Frage habe ich noch", erwiderte Alexandra Sander. „Wie sind sie eigentlich auf diese ganze Angelegenheit aufmerksam geworden?"

Douglas zog die Augenbrauen hoch.

„Reiner Zufall", gab er zu.

Sie sah ihn ernst an.

„Das ist ein Scherz, oder?" fragte sie nach.

„Nein, Frau Sander", widersprach Douglas, „hätte nicht einer meiner Mitarbeiter aus Versehen eine falsche Taste gedrückt, würden wir heute immer noch nicht ahnen, was da im Hintergrund mit unseren Firmengeldern geschieht. Wir brauchen ihre Hilfe, und zwar dringend."

Alexandra Sander schüttelte den Kopf.

„Das wird Monate dauern, ihre Unterlagen zu sichten", enttäuschte sie ihn. „Auf die Schnelle lässt sich da gar nichts machen. Sie hätten sich viel eher an uns wenden sollen."

„Ohne Beweise?" brummte Kai.

„Sie haben Recht", gab sie nach. „Ohne Beweise können wir keine Anklage erheben. Trotzdem brauche ich etwas Zeit. Wir müssen die Unterlagen gemeinsam mit IT- und Wirtschaftsexperten prüfen. Ich muss die Kriminalpolizei hinzuziehen und die Ermittlungen aufnehmen. Sie haben mir ja sehr umfangreiches Material zur Verfügung gestellt. Wie sind sie dazu gekommen?"

Douglas grinste verlegen.

„Das möchten sie nicht wirklich wissen", wiegelte er ab. „Wir haben alles im Rahmen unserer internen Möglichkeiten erhalten."

„Nun gut", antwortete Alexandra Sander. „Geben sie mir eine Telefonnummer, unter der ich sie erreichen kann. Ich melde mich so schnell als möglich."

Douglas und Kai gingen zu Fuß zurück zu Douglas Hotel.

Kai hatte sich in dieser Woche Urlaub genommen, um sich ganz dem Projekt widmen zu können.

Als erstes riefen sie Alicia an und erstatteten ihr Bericht von dem Gespräch bei der Staatsanwaltschaft. Dann schickte Douglas eine SMS an Jo, Hanna, und nach Montevideo und wies alle beteiligten Mitarbeiter an, sich zurück zu ziehen und die internen Ermittlungen auf Eis zu legen.

Nachdem alle wichtigen Entscheidungen getroffen waren, lud Douglas Kai an die Bar auf einen Drink ein. Er entschied sich, vorerst in Deutschland zu bleiben und abzuwarten.

Alexandra Sander stellte sofort, nachdem die Gäste gegangen waren, ein Ermittlungsteam zusammen und setzte eine Einsatzbesprechung an. Die Unterlagen, die ihr Douglas und Kai überlassen hatten, waren äußerst umfangreich. Aber es schien ein spannender Fall zu werden.

19.10.2006

Die Staatsanwältin bat Douglas zum Gespräch in ihr Büro.

Sie erklärte ihm knapp und präzise, dass die Unterlagen von den entsprechenden Fachleuten gesichtet wurden. Sie war bereit, sofort einen Durchsuchungsbefehl auszustellen, Voraussetzung sei jedoch, dass der Vorgesetzte der verdächtigen Damen und der Betriebsrat des Unternehmens informiert werden.

Douglas sagte zu.

Er schickte eine Besprechungsanfrage an Sören Svensson und den Betriebsratsvorsitzenden und legte den Termin auf den nächsten Tag.

20.10.2006

Gleich morgens um halb zehn erschien Douglas Davenport ohne großen Rummel im Foyer des SASI-Towers ins Hannover Bemerode. Es schien ihn niemand zu kennen. Gut so.

Sören Svensson hatte einen Besprechungsraum in der Konferenzzone herrichten lassen, denn er wusste, wer Douglas war und welche Funktion er innehatte.

Pünktlich erschien Svensson in Begleitung der Herren Brömmel und Dr. Schneehagen, der Vorgesetzten von Saskia Brandtbergk und Bianca Meinecke, sowie dem Betriebsratsvorsitzende zum Termin.

Douglas fasste sich kurz, denn er hasste diese langen Reden.

„Sind sie sicher?" fragte der Mann vom Betriebsrat ungläubig. „Rosemarie Tromper, Dorothee Sundermann, Chantal Krusche, Bianca Meinecke und Saskia Brandtbergk?"

Douglas nickte.

„Wir sind ganz sicher", stellte er fest. „Die Unterlagen sind an die Staatsanwaltschaft übergeben und die Ermittlungen wurden aufgenommen. Da es sich hier um einen Fall von Wirtschaftskriminalität handelt, in dem offensichtlich das Büro als Tatort eine große Rolle spielt, hat die leitende Oberstaatsanwältin Sander einen Durchsuchungsbefehl für die Räumlichkeiten erlassen. Ich möchte sie lediglich im Vorfeld über die Untersuchung in Kenntnis setzten."

Sören Svensson fluchte kaum hörbar.

Er wurde jetzt unsanft an das Gespräch über Mobbing erinnert. Sollte an dem Vorwurf doch etwas dran gewesen sein?

„Sören", sprach in Douglas direkt an. „Frau Crin wird ab erstem November für ein Projekt eingesetzt. Sie arbeitet mit einer Kripobeamtin zusammen, die Montag vorbei kommt."

„Ja Sir", antwortete Sören Svensson kleinlaut. „Ich arrangiere das. George O'Chedder wird nicht eingeweiht?"

„Wir haben den Verdacht, dass er eventuell beteiligt ist", erklärte Douglas.

Er wandte sich an den Betriebsratsvorsitzenden.

„Bitte ermöglichen sie, dass Frau Crins Vertrag bis zum vierzehnten März nächsten Jahres verlängert wird, ganz unkonventionell", bat Douglas. „Sie muss unbedingt ab dem nächsten Ersten mit der Polizistin zusammen arbeiten, die im Unternehmen verdeckt ermittelt."

Der ältere Herr nickte.

„Ich denke, das bekommen wir hin", stimmte er zu.

4. Teil

27.10.2006

Jo war ziemlich erstaunt, als George O'Chedder sie an einem Freitagmorgen gleich nach seiner morgendlichen Begrüßungsrunde zum Gespräch bat.

Sie erwartete nichts Gutes.

Er bat sie in ungewohnt freundlichem Ton, Platz zu nehmen.

Jo setzte sich.

„Frau Crin", begann er in väterlichem Tonfall. „Wenn sie trotz aller Schwierigkeiten noch Interesse haben, etwas länger für SASI tätig zu sein, hat Sören Svensson vielleicht eine Möglichkeit gefunden, sie einzusetzen."

Jo traute ihren Ohren nicht. Sie hatte sich darauf eingerichtet, dass der einunddreißigste zwölfte ihr letzter Arbeitstag in diesem gastlichen Haus sein sollte.

Jo dachte kurz nach.

„Und was wäre das für eine Tätigkeit?" fragte sie vorsichtig.

„Herr Svensson hat ein Projekt ins Leben gerufen. Wenn sie möchten, gehen wir gleich mal zu ihm."

Das kam Jo alles spanisch vor, sie stimmte trotzdem zu.

George O'Chedder begleitete sie bis zu Svenssons Büro direkt neben den Aufzügen, meldete sie mehr oder weniger an und ließ sie dann mit Sören Svensson allein.

„Treten sie in Frau Crin", begrüßte Sören Svensson den Gast. Er schloss die Tür und bat sie, sich zu setzen.

Jo sah in erwartungsvoll an.

„Ich habe einen Job für sie", kam Svensson gleich auf den Punkt. „Douglas Davenport war zu einer Besprechung bei uns."

„Ja und?" fragte Jo.

„Douglas deutete an, dass sie im Großen und Ganzen informiert sind", fuhr Sören Svensson fort. „Ich möchte darum nicht lange herum reden. Am Montag kommt eine Polizistin für verdeckte Ermittlungen in unser Haus. Sie sollen mit der Dame ein Team bilden und sie unterstützen. Offiziell arbeiten sie mit Hanna Böschelburger an einem Projekt mit dem klingenden Namen Accountance and Development als Projektmanagerin. Die Dame von der Polizei wird ihre Assistentin. Sie bekommen ihre Büros im siebzehnten Stock, damit sie ungestört agieren können"

„Und wie lange läuft das sogenannte Projekt?" wollte Jo wissen.

„Erst einmal bis vierzehnten März nächsten Jahres, und dann mal schauen", sagte Svensson.

Jo verdrehte die Augen.

„Ich dachte eigentlich, ich hätte mich bewährt", antwortete sie enttäuscht.

„Warten sie's ab", beschwichtigte sie Svensson. „Das ist die offizielle Version. Wer weiß, was noch alles passiert. Also sind sie dabei?"

„Ich hab ja sonst nichts vor", antwortete Jo.

Richtig freuen konnte sie sich allerdings nicht über das Angebot.

28.10.2006

Sören Svensson hatte Douglas Davenport über Jos Enttäuschung informiert.

Douglas schickte Jo noch am gleichen Abend eine Einladung zum Mittagessen am nächsten Tag in seinem Hotel.

Jo nahm an und erschien zur vereinbarten Zeit in Foyer.

Douglas holte sie dort ab und ging mit ihr ins Restaurant.

„Sören Svensson hat mich gestern angerufen", eröffnete Douglas das Gespräch. „Du warst ziemlich enttäuscht nach seinem Angebot. Was ist los?"

Jo sah ihn ernst an.

„Entschuldige meine Offenheit," sagte sie, „aber ich reiße mir für dieses Unternehmen meinen Arsch auf, lasse mich mobben, arbeite am Wochenende von zu Hause aus und alles was ich dafür bekomme, sind viereinhalb weitere Monate mit einem befristeten Vertag. Würde dich das nicht frustrieren? Ich bin jetzt seit sechs Jahren dabei und hangele mich immer von einer Befristung zur Nächsten. Das ist auf Dauer ziemlich unbefriedigend."

Douglas nickte.

„Stimmt", antwortete er. „Ich mache dir jetzt und hier ein lukrativeres Angebot: Wir nehmen gemeinsam mit der Polizistin die Grazien hoch, du bekommst eine Erfolgsprämie, mit der du für deine Zukunft ausgesorgt hast."

„Und eine private Krankenversicherung für mich und Laura-Marie", pokerte Jo.

Douglas stimmte zu.

Jo strahlte.

Sie war kaum zu Haus und hatte ihre Jacke ausgezogen, da verkündete sie Laura-Marie die Neuigkeit.

„Es scheint, als hätte sich der ganze Stress doch noch gelohnt", stellte Laura-Marie fest.

„Ich freue mich nur auf das dumme Gesicht der Weiber, wenn sie endlich verhaftet werden", antwortete Jo. „Hoffentlich dauert das nicht mehr zu lange."

„Gibt es denn schon Neuigkeiten von der Staatsanwaltschaft?"

„Diese Staatsanwältin hängt sich mächtig rein, jetzt kommt die Ermittlungsarbeit der Polizei."

„Es wird alles gut, mein Schatz."

Laura-Marie und Jo saßen auf der Couch vor dem Fernseher. Sie hielten sich an den Händen und sahen voller Erwartungen in die Zukunft.

30.10.2006

Montagmorgen saß Jo wie gewohnt an ihrem alten Arbeitsplatz und begann damit, die Übergabe vorzubereiten, denn ab dem ersten November sollte sie mit dem „Projekt" beginnen.

Da sie Jo aber in letzter Zeit eh nur mit den belanglosen Sachen wie Ablage und ähnlichem betraut hatten, brauchte sie nicht lange.

Jo räumte auf und heftete alles ab, was noch lose herum lag. Sie warf alte Notizzettel weg und ordnete ihr Email-Postfach. Nichts Weltbewegendes.

Gegen acht rauschte Chantal Krusche, schön wie immer an einem Montagmorgen, in Jos Zimmer.

„Was machst du denn da?" fragte sie neugierig interessiert.

Jo sah an ihr herunter.

Chantal trug heute Morgen wieder diesen unwiderstehlichen östlich-bäuerlichen Schick: einen etwas verblichenen naturfarbenen Rollkragenpullover mit Norwegermuster, der auch schon bessere Tage gesehen hatte zu einem ihrer tiefblauen, knöchellangen Jeansröcke, der mit dem Saum auf dem Boden schleifte, wenn sie ging, weil er hinten höher saß als vorn. Gut, das ergab sich durch ihren unförmigen Hintern, da konnte sie doch nichts zu. Aber die knallroten Pumps mit der langen Spitze passten einfach gar nicht zu dem Outfit.

Allerdings harmonierten diese Schuhe auffallend gut mit der frischen Farbe auf Chantals Kopf. Ihr wirrer Schopf war feuerrot gefärbt. Chantal sah aus, als hätte man sie mit dem Kopf in einen Farbeimer getaucht. Zu allem Übel hatte sie dann noch versucht, die wirren Strähnen mit Haargel in Form zu bringen. Das Ergebnis war, dass sie glänzte, wie glasiert.

„Guten Morgen Chantal", sagte Jo, wie immer in einem sehr ruhigen Tonfall.

„Ich räume auf."

„Wieso?" hakte Chantal nach.

„Weil es mal sein muss", entgegnete Jo.

Sie war sich nicht sicher, ob sich ihr Jobwechsel schon herum gesprochen hatte und wollte lieber vorsichtig sein. Jo wusste nicht, was Chantal wusste, also war Zurückhaltung angesagt.

„Na ja, wenn du sonst nix zu tun hast", murmelte Chantal und zog wieder von dannen.

Jo grinste.

Du dumme Kuh, dachte sie bei sich, wenn du wüsstest, was dich erwartet.

Gegen zehn rief Sören Svensson Jo in sein Büro.

Kaum das Jo das Sekretariat betrat, war Kollegin Antonia Kruse, die Sekretärin Sören Svenssons, wie verwandelt. Noch Freitag hatte sie Jo meistens wie Luft behandelt. Antonia war ziemlich dicke mit Rosi und den Damen, doch heute küsste sie ihr fast die Füße.

„Guten Morgen Frau Crin", säuselte Antonia zuckersüß, „Sören Svensson erwartet sie bereits."

„Morgen Antonia", antwortete Jo. „Warum siezt du mich, wir waren doch schon längst beim Du?"

„Sie, äh du, bist doch jetzt befördert worden", erklärte Antonia, „da dachte ich, äh, na ja, du möchtest das jetzt vielleicht nicht mehr."

„So'n Quatsch", entfuhr es Jo, „ich bilde mir nichts darauf ein, so wie andere."

„Okay."

Antonia informierte Svensson und schickte Jo in sein Büro.

Svensson schloss die Tür.

„Kommen Sie herein Frau Crin", begrüßte er sie. „Guten Morgen erst einmal. Setzten sie sich bitte."

Jo nahm an dem kleinen Besprechungstisch Platz.

Svensson kam zu ihr, setzte sich ebenfalls und legte Papiere verdeckt auf den Tisch.

Antonia servierte Kaffee und Tee.

Sie warf Jo bewundernde Blicke zu. Insgeheim fragte sich Antonia, wie Jo in ihrer Situation wohl diesen Karriereschritt geschafft hatte. Eine Antwort bekam Antonia aber nicht.

Kaum das die Sekretärin wieder draußen war, begann Sören Svensson das Gespräch.

„Sie haben noch einmal mit Douglas Davenport gesprochen", bemerkte er. „Douglas und ich haben noch einmal ihre Konditionen erläutert. Sie waren ja Freitag ziemlich enttäuscht von unserem Angebot und Frau Crin, ich kann sie verstehen. Davenport hat sich sehr für sie eingesetzt. New York hat seinen Vorschlag akzeptiert. Man hat dort tatsächlich am Wochenende für sie gearbeitet. Was wünschen sie sich?"

Jo sah ihn mit großen Augen an.

„Das ist schon alles ein bisschen viel für einen Montagmorgen", gab Jo zu.

Sie nahm einen Schluck aus der Kaffeetasse und merkte, wie ihre Hand zitterte.

„Okay", sagte Svensson, „hier ist ihr neuer Vertrag!"

Er reichte ihr mit einem breiten Grinsen die Papiere.

Jo griff danach.

Der Vertrag umfasste mehrere Seiten, die sie so schnell gar nicht im Detail lesen konnte, aber was Jo sah, erfreute ihr kleines Herz ungemein.

Sie hatten sie tatsächlich zur Projektmanagerin befördert. Was für ein Sprung. Ihr neues Gehalt orientierte sich an amerikanischen Verhältnissen und betrug ein Vielfaches von dem, was sie bisher erhalten hatte. Dazu kam eine Erfolgsprämie in einer astronomischen Höhe, die ihr nach dem Abschluss des Projektes ein sorgenfreies Leben ohne Arbeit, aber mit Laura-Marie, ermöglichte. Und eine private Krankenversicherung, die Laura-Marie mit einschloss, bis zum Lebensende, bezahlt von der Company.

Jo strahlte und hatte Tränen in den Augen. Sie freute sich unbändig, dass sich alles doch noch irgendwie zum Guten für sie gewendet hatte.

Svensson sah sie an.

„Ich würde ihnen ja gern ein Glas Sekt anbieten", sagte er lächelnd, „aber sie wissen, das Alkoholverbot..."

„Kein Problem", brachte Jo hervor.

„Zufrieden?" fragte Svensson.

„Sehr", antwortete Jo.

„Dann zeige ich ihnen jetzt ihr neues Büro."

Jo schwebte hinter Svensson her in den siebzehnten Stock. Normales Gehen war ihr nicht mehr möglich. Nicht heute.

Oben angekommen, wartete schon die nächste Überraschung.

Sie hatten eines der großzügigen Eckbüros mit Vorzimmer für sie, Hanna und die Polizistin hergerichtet. Im Trakt neben der Geschäftsleitung.

Jo sah Svensson an.

„Mein Gott", stieß sie hervor. „Welch Luxus."

„Keine Sorge", entgegnete Svensson, „sie haben noch eine Menge Arbeit vor sich. Aber sie sollen sich dabei wohlfühlen, denn hier werden sie in den nächsten Monaten eine Menge Zeit verbringen. Schließlich bekommen sie das alles nicht umsonst."

Jo nickte zustimmend.

„Ich ahnte es", antwortete sie. „Schon meine Großmutter wusste, dass nichts umsonst ist, im Leben."

„Die Dame war recht weise", bemerkte Svensson. „Lassen sie alles in Ruhe auf sich wirken. Der Hausservice wird umgehend ihre persönlichen Sachen bringen, Telefon und Computer anschließen, und alles für den Einzug vorbereiten. Wenn sie möchten, nehmen sie sich morgen frei, dann können sie heute ein bisschen feiern. Jetzt haben wir aber erst noch eine offizielle Besprechung mit George O'Chedder und Rosemarie Tromper."

„Und mir?" fragte Jo.

„Und ihnen", lächelte Svensson. „Schließlich möchten sie doch dabei sein, wenn die Dame Tromper von ihrer Beförderung erfährt, oder."

„Selbstverständlich", lachte Jo. „Übrigens würde ich gerne morgen zur Arbeit kommen und für meine neuen Mitarbeiter ein Willkommensfrühstück arrangieren, geht das?"

Sören Svensson lachte laut auf.

„Frau Crin", seufzte er. „Sie sind ab Mittwochmorgen null Uhr die leitende Managerin dieses Projektes und damit nur Douglas Davenport Rechenschaft schuldig. Sie brauchen mich nicht mehr um Erlaubnis für irgendetwas fragen. Sie können, verzeihen sie mir die saloppe Bemerkung, hier machen, was sie wollen. Ihr Spesenkonto für diese Abteilung gibt noch ganz andere Sachen her. Niemand hier im Haus, nicht einmal Dr. Pfeiffer, ist ihnen gegenüber weisungsbefugt. Das gilt auch für ihre Mitarbeiterin Frau Böschelburger und die Dame von der Polizei. Sie tragen allerdings auch die Verantwortung für das Gelingen dieser Aktion, aber ich vertraue in sie. Genau wie Douglas Davenport. Sonst hätte er sie nicht engagiert."

Jo nickte.

„Na dann", sagte sie. „Auf zu O'Chedder."

Svensson hatte einen Besprechungsraum in der Konferenzzone bestellt.

Dort saßen die drei Grazien, Rosemarie Tromper, Chantal Krusche und Dorothee Sundermann und blickten erwartungsvoll ihren Vorgesetzten an.

Die anderen Mitarbeiter der Abteilung Forschung und Entwicklung waren ebenfalls vollzählig versammelt.

Die Tür ging auf und Sören Svensson gefolgt von Jo, betraten den Raum. Ein Raunen ging durch dir Reihen.

Jo hatte noch immer den Umschlag mit ihrem Vertrag im Arm und wollte diesen auch gar nicht loslassen.

Svensson positionierte sich am Kopf des langen Konferenztisches, Jo setzte sich neben ihn.

Alle starrten sie an.

„Ich habe sie hergebeten, um sie über eine personelle Änderung bei uns zu informieren", kam Svensson gleich zum Punkt.

„Wird uns jemand verlassen?" fragte Rosi Tromper.

Svensson sah sie ernst an.

„Ja", sagte er mit fester Stimme, „Frau Crin hat sich entschlossen, uns zu verlassen."

Rosi, Chantal und Dorothee grinsten frech.

„Das ist sehr bedauerlich", fuhr Svensson fort.

„Schade", rief Chantal Krusche aus.

„Wann denn?" wollte Dorothee wissen.

„Schon heute", erklärte Sören Svensson.

Man konnte sehen, wie sich sie drei Grazien unter dem Tisch die Hände rieben.

„So plötzlich?" stieß Rosi hervor und konnte vor Aufregung kaum sprechen.

„Leider ja", stellte Svensson fest. „Frau Crin übernimmt mit sofortiger Wirkung die Leitung eines äußerst anspruchsvollen Projektes mit dem Titel Accounting and Development und wird dafür von ihren Tätigkeiten bei uns entbunden."

Rosis Kinnlade fiel ins Bodenlose.

„Wie bitte?" stammelte sie.

Ihr Gesicht verzog sich zu einer grimmigen Fratze.

„Herzlichen Glückwunsch", riefen einige Kollegen von hinten in den Raum.

„Danke", antwortete Jo.

„Frau Crin wird heute ihren Umzug organisieren", griff Svensson seine Rede wieder auf. „Sie wird ihren Arbeitsbereich übergeben und sich ab morgen ganz der neuen Aufgabe widmen. Die Übergabe des Arbeitsbereiches dürfte innerhalb kürzester Zeit erledigt sein, dort ist da nichts Wichtiges. Nun kurz zu der neuen Herausforderung: Frau Crin hat ihr Büro im siebenzehnten Stock neben der Geschäftsleitung, berichtet direkt an New York, und ist auch nur New York gegenüber weisungsgebunden. Sie leitet ein Team von mehreren Mitarbeitern, das völlig autark arbeiten wird. Sie alle hingegen haben die strikte Anweisung, die Arbeit von Frau Crin zu unterstützen. Frau Crin bekommt von uns jede Hilfe, die sie braucht. Jeder von uns, und ich meine Jeder, Frau Tromper, Frau Krusche, Frau Sundermann, wird sein Bestes geben, um das Projekt zu einem erfolgreichen Abschluss zu bringen."

Rosi rang nach Luft.

„Selbstverständlich", knurrte sie. „Worum geht's denn bei dem Projekt genau?"

„Die Details sind mir nicht bekannt", erwiderte Sören Svensson. „Das ist auch nicht mehr meine Aufgabe."

Er wandte sich Jo zu.

„Herzlichen Glückwunsch auch von mir zu ihrer Beförderung", gratulierte er offiziell. „Und viel Erfolg! So. Und jetzt haben wir draußen eine Kleinigkeit vorbereitet. Zur Feier des Tages."

Draußen im Foyer vor dem Konferenzraum hatte das Küchenteam ein Buffet aufgebaut. Es wurde gegessen und getrunken und gelacht. Die meisten der Kollegen gratulierten Jo und wünschten ihr Erfolg, nur das Dream-Team um O'Chedder stand abseits.

„Jetzt haben sie sie weggelobt", raunte Rosi.

„Meinste?" fragte Dorothee naiv.

„Ist doch klar."

Rosi hatte ihre Fassung und die Sprache wieder gefunden.

„Die wollen sie, noch ein bisschen bauchpinseln, und Dann schießen sie sie ab, wenn der Vertrag ausläuft", erklärte sie.

„Is doch egal", stellte Chantal fest. „Wir sind sie los."

„Stimmt", murmelte Dorothee. „Wir sind sie los. Party heute Abend?"

„An Wochenende ist mir lieber", widersprach Chantal.

„Freitag bei mir", befahl Rosi.

01.11.2006

Jo war nicht mehr an die Arbeitszeitregelung gebunden. Sie konnte kommen und gehen wie sie wollte und musste auch nicht mehr stempeln.

Nachdem sie sich gestern mit Hanna im neuen Büro heimisch eingerichtet hatte, war um neun die Polizistin erschienen, die ihr Team verstärkte.

Susanne Ludwig hieß sie und war eine Spezialistin für Überwachungstechnik. Die Staatsanwaltschaft steuerte zum Team vor Ort Anabel Peters, angeblich eine studentische Aushilfe bei, die alle möglichen Beweise für eine Auswertung durch die leitende Staatsanwältin vorab aufbereitete.

Douglas Davenport hatte sich um zwei Assistentinnen für Hanna und Jo gekümmert, Paula Westphal und Sabine Fischer, die sich ebenfalls gestern vorgestellt hatten. Beide waren kaufmännisch und computertechnisch vorgebildet und fast noch frisch von der Polizeischule.

Jo hatte sich um ein weiteres Büro bemüht, denn mit sechs Leuten in zwei Räumen war es ihr zu eng.

Sie residierten, konnte man fast sagen, jetzt im siebzehnten Stock in drei nebeneinander liegenden Büros, inklusive eines Eckbüros.

Heute Morgen war Jo richtig stolz gewesen, als sie aus dem Lift stieg.

Ihre Räume lagen direkt neben dem Rondell zum Atrium, ein Privileg im Hause SASI, und als sie vom Fahrstuhl rechts um die Ecke bog, konnte sie schon ihr Türschild sehen: Johanna A. Crin, Manager Accounting Development.

Beim Frühstück hatten sie alle ein bisschen kennen gelernt und heute sollte es richtig losgehen.

Jetzt schlenderte sie zu ihrer Tür, öffnete sie und trat ein.

Was für ein Gefühl, hier oben zu stehen, dachte sie bei sich. Jo trat zum Fenster und sah über die Stadt. Es war noch dunkel draußen, aber Hannover leuchtete. Jo erinnerte sich an das Gefühl, das sie hatte, als sie damals unten in ihrem alten leeren Büro stand und überlegte, was sie am nächsten Morgen in neuen Job erwarten würde. Heute war es irgendwie anders. Sie hatte eine harte Zeit hinter sich und auch die nächsten Monate würden nicht ruhiger werden, doch sie wusste, dass sie keine Angst mehr vor den Weibern haben musste. Jetzt war sie am Zug.

Hanna erschien als Erste.

„Guten Morgen Jo", rief sie fröhlich aus. „Na wie fühlst du dich?"

Jo drehte sich erschrocken um. Sie war so in Gedanken versunken, dass sie nicht einmal bemerkt hatte, dass Hanna ins Zimmer gekommen war. Sie hatte auch noch ihren Mantel an und den Rucksack auf dem Rücken.

„Guten Morgen Hanna", antwortete Jo.

„Hab ich dich erschreckt?"

„Ein bisschen", gab Jo zu. „Ich wollte einen Moment das Gefühl genießen, hier zu stehen. Wie geht's dir heute Morgen?"

Hanna lachte.

„Viel besser. Ich koch uns jetzt erst einmal einen Kaffee."

„Das brauchst du nicht", sagte Jo. „Wir haben hier Servicepersonal. Ruf einfach unten in der Kantine an, wir werden bedient."

Hanna hängte nebenbei ihre Jacke auf.

„Das ist nicht dein Ernst, oder?" fragte sie erstaunt.

„Doch. Um solche Kleinigkeiten brauchen wir uns nicht mehr zu kümmern. Die Damen in der Küche haben Anweisung, uns zu bedienen. Wir sind jetzt auf der Karriereleiter ganz weit oben, in dieser Company."

Hanna schüttelte den Kopf.

„Das heißt, wir dürfen unseren Kaffee gar nicht mehr selber kochen, richtig?"

„So ist es."

Susanne Ludwig erschien im Raum.

Nach und nach trudelten auch Anabel Peters, Paula Westphal und Sabine Fischer ein.

Jo rief im hauseigenen Restaurant an und bestellte Kaffee und Tee. Innerhalb kurzer Zeit erschien Frau Schmidt aus der Küche mit einem Servierwagen und den gewünschten Sachen.

„Uih", staunte die Dame, als sie die Tür öffnete. „Sie haben's aber geschafft."

Jo und Hanna grinsten frech.

„Hallo Frau Schmidt, kommen sie ruhig ein", begrüßte Hanna die Kollegin vom Küchenteam. „Schick, nicht?"

Frau Schmidt pfiff durch die Zähne.

„Ich wusste gar nicht, dass wir hier im Haus solche Büros haben", sagte sie überrascht. „Ich freu mich für sie. Hier ist ihre Bestellung. Können wir sonst noch etwas für sie tun? Brauchen sie eine Tisch heute Mittag?"

Jo lächelte Frau Schmidt an.

„Machen sie sich unten bitte nicht zu viele Umstände mit uns", bat sie. „Trinken sie eine Tasse Kaffee mit uns?"

Frau Schmidt grinste verschmitzt.

„Ich glaub, das darf ich gar nicht", wandte sie ein. „Die warten unten auf mich. Wir sind ein bisschen knapp besetzt."

Jo mochte Frau Schmidt ziemlich gern und hielt auch nichts von Standesdünkel. Sie konnte sich an eine Zeit erinnern, als sie monatelang an Krücken gehen musste und Frau Schmidt ihr jeden Mittag das Tablett zum Tisch brachte und wieder abräumte. Obwohl Jo nur die Aushilfe war. Diese Frau hatte ein Herz aus Gold.

Kurzerhand griff Jo zum Hörer und ließ sich mit dem Küchenchef verbinden.

Herr Lehmann kam murrend zum Telefon.

„Crin hier", sagte Jo. „Herr Lehmann, ich hab da eine Bitte. Ich möchte gern mit Frau Schmidt ein Tässchen Kaffee trinken. Geht das in Ordnung?"

Lehmann grunzte hörbar.

„Moin", raunte er unwirsch in den Hörer. „Sie wissen schon, dass sie hier keinen mehr wegen irgendetwas fragen müssen, was?"

„Sie wissen schon, dass ich beim Essen auf sie angewiesen bin", gab Jo zurück.

Lehmann lachte auf.

„Ne, geht klar", stimmte er zu. „Hauptsache ihr macht das jetzt nicht jeden Tag! Und nicht bis Mittag! Sag der Schmidt, sie soll sich mal eine Minute entspannen, ist auch immer im Stress, die Gute."

„Alles klar Herr Lehmann, danke."

Lehmann war ein netter Kerl, ruppig zwar, aber er hatte das Herz auf dem rechten Fleck und als Koch einfach unschlagbar.

„Na dann setzten sie sich mal, Frau Schmidt", sagte Hanna, „und genießen sie die schöne Aussicht."

Sie plauderten eine Weile, bis sich die vier anderen Teammitglieder akklimatisiert hatten und Frau Schmidt wieder los musste.

Die Arbeit wartete.

Für zehn Uhr hatte Jo die erste Projektbesprechung in ihrem Büro angesetzt. Sie bat alle zu sich.

„Dann wollen wir mal", begrüßte sie ihre neuen Mitarbeiterinnen offiziell. „Schön dass sie alle hier sind. Bitte sind sie etwas nachsichtig mit mir und Frau Böschelburger. Es ist das erste Mal, dass wir ein Projekt dieser Art leiten. Und hoffentlich wird es auch das letzte Mal sein, aber ich bin sehr zuversichtlich, dass wir es erfolgreich zu Ende bringen."

Susanne Ludwig, Anabel Peters, Paula Westphal, Sabine Fischer, Hanna Böschelburger saßen um den Konferenztisch versammelt und sahen sie stehende Jo erwartungsvoll an.

Susanne Ludwig ergriff das Wort.

„Ich war schon an mehreren Observationen dieser Art beteiligt und kann sagen, dass wir in den meisten Fällen gute Erfolge verzeichnen konnten Wichtig ist in erster Linie, dass wir unsere Tarnung aufrechterhalten. Das bedeutet, dass jeder von uns eine Rolle spielt, wenn wir hier im Büro sind. Sie, Frau Crin, sind Projektleiterin, Frau Böschelburger ihre Assistentin und Frau Peters, sie werden hier als studentische Aushilfe fungieren. Jeder denkt, sie studieren Betriebswirtschaft mit dem Schwerpunkt Rechnungswesen und sammeln hier erste Erfahrungen. Wir drei Polizisten sind Kaufleute, frisch von der Uni, die dieses Projekt unterstützen und daran mitarbeiten um unser Wissen durch Praxis zu ergänzen. Ebenso wichtig ist, dass niemand, besonders nicht unsere Zielpersonen, Verdacht schöpfen. Unsere Arbeit ist streng geheim."

„Und wie fangen wir an?" fragte Hanna in die Runde.

„Wir haben das Material gesichtet, dass Herr Davenport und Herrn Mellenstedt Oberstaatsanwältin Sander übergeben haben", fuhr Susanne Ludwig fort. „Danach haben wir zwar jede Menge Indizien aber noch keine hieb- und stichfesten Beweise. Die Computerkennungen, die in den verschiedenen Historien hinterlegt sind, reichen nicht aus. Wie sie aus eigener Erfahrung wissen, Frau Crin, können die auch manipuliert sein."

„Wir müssen den Verdacht soweit erhärten, dass wir Anklage erheben können", erklärte Anabel Peters. „Am besten wäre, wenn wir jemanden Inflagranti erwischen. Diese ganzen Computerauswertungen sind zu wenig."

Jo nickte zustimmend.

„Darum sind wir hier", bemerkte sie. „Hat jemand etwas dagegen, wenn wir uns duzen? Ich finde, dass erleichtert das Reden."

Die anderen schüttelten den Kopf.

„Gut", stellte Jo fest. „Also ich denke, dass es das Beste ist, wenn ihr alle die Damen kennen lernt, damit ihr euch ein Bild von ihnen machen könnt. Einfach damit man weiß, mit wem man es zu tun hat. Mein Vorschlag: Wir setzen eine Besprechung an, in der wir uns von den Grazien die Auftragserfassung erklären lassen."

„Ich glaube, wir sollten nicht gleich mit irgendwelchen Erklärungen anfangen", wandte Hanna ein. „Eine einfache Vorstellungsrunde wäre vielleicht besser."

„Das ist eine gute Idee", stimmte Susanne zu. „Am liebsten wäre mir heute, dann könnte ich umgehend das Abhörequipment gemeinsam mit Paula und Sabine installieren. Der Betriebsrat ist doch informiert, oder?"

„Douglas Davenport hat alle entsprechenden Gremien von den Ermittlungen in Kenntnis gesetzt", berichtete Hanna. „Der Sicherheitsdienst weiß auch Bescheid, damit wir hier abends und nachts ungestört arbeiten können."

„Was willst du machen?" fragte Jo.

„Wir müssen das Telefon abhören, den Computer überwachen und möglichst eine Kamera in den Büros unserer Zielpersonen installieren, damit wir mitbekommen, was da läuft", erklärte Susanne. „Das Ganze muss dann fein säuberlich protokolliert werden, damit es vor Gericht verwertbar ist."

Sie war die erfahrenste Polizistin und leitete das Ermittlerteam aus Paula und Sabine.

„Wir haben fünf Zielpersonen, ist das richtig?" fragte Sabine Fischer nach.

„Das stimmt", antwortete Jo. „Rosemarie Tromper, Chantal Krusche, Dorothee Sundermann, Saskia Brandtbergk und Bianca Meinecke."

„Wir sollten auf jeden Fall diesen O'Chedder mit überwachen", bemerkte Susanne Ludwig. „Mich interessiert doch sehr, was in seinem Büro abgeht, wenn die Türen zu sind."

„Kriegen wir die Installation denn in einer Nacht hin?" überlegte Hanna.

„Wir drei schaffen das schon", sagte Paula. „Wir können doch hier im Büro üben. Außerdem haben wir das schön öfter gemacht."

„Ich denke, das ist keine große Sache", fuhr Susanne fort. „Paula hat Recht, eine Nacht reicht völlig aus. Wichtig ist jetzt nur, dass wir schnell sind, denn je eher wir an die Informationen kommen, die wir gebrauchen können, umso besser. Genauso wichtig ist aber auch, dass wir uns unbemerkt auf die Rechner aufschalten können."

Jo sah sich um.

„Brauchen wir noch mehr Computer?" fragte sie.

„Nee, es reicht, wenn jeder von uns einen Rechner hat", erwiderte Sabine, „alle Daten, die wir sammeln werden eh aufgezeichnet und gespeichert. Wir benötigen sie ja später vor Gericht als Beweise."

„Na dann."

Sie besprachen sich noch eine kurze Weile, dann beendete Jo die Unterhaltung und setzte einen Besprechungstermin mit den Grazien für vierzehn Uhr an.

Mittlerweile war die ganze Belegschaft durch eine Massenmail über die personelle Veränderung im Unternehmen informiert worden. So bereitete es Jo keine Schwierigkeit, Saskia Brandtbergk und Bianca Meinecke samt Vorgesetzten zum Gespräch dazu zu bitten.

Leider klappte es heute nicht mehr, sie musste den Termin auf morgen zehn Uhr verschieben.

02.11.2006

Konferenzzone.

Alle, die Jo eingeladen hatte, hatten den Termin bestätigt und erschienen pünktlich. Bis auf Rosi Tromper und Saskia Brandtbergk, die wie immer zu spät kamen.

„Frau Brandtbergk, Frau Tromper, ich möchte doch höflichst darum bitten, meine gesetzten Termine pünktlich einzuhalten", herrschte Jo die Nachzügler an.

„Nun hab dich mal nicht so", raunte Rosi zurück.

„Abmahnung gefällig?" zischte ihr Jo ins Ohr.

„Das kannst du gar nicht", knurrte Rosi.

„Wollen sie es drauf ankommen lassen, Frau Tromper?" konterte Jo. „Und duzen sie mich gefälligst nicht!"

Rosi erschrak. So selbstbewusst und sicher hatte sie Jo schon lange nicht mehr erlebt. Was war denn in die gefahren?

„Rutschen sie mir den Buckel runter,   Frau Crin", flüsterte Rosi und schlich in den Raum.

„Gern," erwiderte Jo, die gehört hatte, was sie eigentlich nicht hören sollte. „Das wird ja eine ziemlich lange Rutschpartie werden, bei der Masse."

Hanna, die den Wortwechsel mitbekommen hatte, konnte sich ein Grinsen nicht verkneifen.

„Zeig ihr die Zähne, Jo", lachte Hanna und folgte ihr in den Konferenzraum.

Das Küchenteam hatte Getränke und Kekse eingedeckt. Die Jalousien waren zu gezogen.

Jo und Hanna nahmen am Kopfende des Tisches Platz und sahen in die Runde.

George O'Chedder hatte nervöse Mundzuckungen. Chantal Krusche zupfte unmotiviert Flusen von ihrem Norwegerpullover. Rosemarie Tromper trommelte mit ihren künstlichen Fingernägeln auf dem Tisch herum.

Dorothee Sundermann spielte mit ihren Haaren und hätte sich beinahe ihre Perücke vom Kopf gezogen. Nur Bianca Meinecke und Saskia Brandtbergk machten einen relativ entspannten Eindruck.

Bert Brömmel, Dr. Oliver Schneehagen und Sören Svensson, die Vorgesetzten der Damen, hatten sich einverstanden erklärt, der Sitzung beizuwohnen, um sich ein besseren Bild der Lage machen zu können. Sie waren im Vorfeld über die Untersuchungen informiert worden.

Jo wartete, bis auch die Letzen saßen und alle mit Getränken versorgt waren.

Dann stand sie auf.

„Guten Morgen", sagte sie mit fester Stimme. „Zuerst einmal möchte ich mich bei ihnen allen bedanken, dass sie Zeit gefunden haben, meiner Einladung zu folgen."

„Ging ja wohl nicht anders", raunte Chantal zu Rosi.

„Ich möchte diese Gelegenheit nutzen, und ihnen mein Team vorstellen", fuhr Jo fort. „Sie kennen mich, Frau Böschelburger, meine Assistentin, aber die vier Gesichter an meiner Seite sind neu."

"Boh ey, wie aufregend", zischte Chantal erneut.

„Möchten sie etwas sagen, Frau Krusche?" fragte Jo laut.

„Nee, ist schon gut", flüsterte Chantal verlegen und lief rot an.

Sören Svensson blickte missmutig zu ihr herüber.

„Psst", zischte er ungehalten. „Ruhe bitte!"

Chantal zuckte merklich zusammen.

Jo stellte nacheinander die neuen Mitarbeiterinnen ihres Teams vor, ohne jedoch auf Details der Aufgaben einzugehen. Sie beschränkte sich darauf, zu berichten, dass dieses neue Projekt mit dem klingenden Namen Accounting and Development unter anderem auch zu Studienzwecken dienen sollte, in deren Verlauf Paula Westphal und Sabine Fischer an ihrer Doktorarbeit schrieben.

Dazu hatten Jo und Hanna einen wortgewandten, plausiblen Vortrag ausgearbeitet, den Hanna vortrug.

Im Anschluss daran gab es eine Diskussion.

„Und was willst du jetzt von uns?" fragte die heute blonde naive Dorothee.

„Frau Sundermann, wären sie bitte so freundlich und würden mir den gleichen Respekt entgegen bringen, wie ich ihnen", wies Jo sie zurecht. „Ich möchte, dass eine von Ihnen, Frau Tromper, Frau Sundermann, Frau Krusche, meinen Mitarbeitern in Kürze ihre Mitarbeit an den neuen Prototypen erläutert."

„Kennst du doch alles selber, hast du doch lange genug gemacht", nuschelte Chantal.

„Frau Krusche, bitte!" knurrte O'Chedder gereizt.

„Ich kann das gerne für uns alle erklären", mischte sich Bianca Meinecke ein. „Wenn ich darf, Frau Crin?"

Rosi Tromper und Saskia Brandtbergk wechselten einen Blick.

„Bitte, Frau Meinecke", übertrug ihr Jo das Wort.

Bianca hielt aus dem Stand einen zehnminütigen Vortrag.

Susanne, Paula, Anabel und Sabine stellten interessiert dumme Fragen, die Bianca mit einer Engelsgeduld beantwortete.

„Wozu soll das eigentlich alles gut sein?" erkundigte sich Saskia Brandtbergk.

„Wir werden im Rahmen des Projektes eine Kosten-Nutzen-Analyse erstellen", log Jo. „Anhand dieser Analyse werden wir Planspiele konzipieren, mit deren Hilfe wir simulieren, welche Materialien zu welchem Preis die besten Ergebnisse bei der Produktion der Prototypen ergeben würden. In ganz einfachen Worten: Lohnt es sich, ganz billige Teile zu kaufen, oder steigt die Qualität unseres Produktes, wenn wir nur die teuersten Teile nehmen. Und das Ganze als Planspiel, ehe die eigentlich Produktion beginnt, damit wir nachher keine bösen Überraschungen erleben."

„Was für ein Blödsinn", bemerkte George O'Chedder. „Da wir nicht wissen, was uns erwartet, müssen wir Technik und Materialien einsetzten, die speziell für unsere Anforderungen entwickelt werden müssen. Wir können nichts von der Stange nehmen. Und das ist eben sehr teuer. Ich weiß nicht, was man da untersuchen muss?"

„Es gibt mit Sicherheit Möglichkeiten zu mehr Effizienz", entgegnete Jo.

„So ein Unfug", widersprach Saskia und gab damit O'Chedder Recht. „In letzter Konsequenz zielt diese Studie, Verzeihung ihr Projekt, doch auf den Abbau von Arbeitsplätzen ab, richtig?"

„Nein", erklärte Hanna, „darum geht es in keinster Weise. Setzten sie bitte keine falschen Gerüchte in die Welt! Wir haben Ihnen Sinn und Zweck diese Projektes ausreichend erläutert und gehen davon aus, dass wir auf ihre Unterstützung zählen können."

„Es geht doch mal wieder ums Sparen", brummte George O'Chedder. „Die sparen sich noch tot, da oben."

„Mit Einsparungen hat dieses Projekt nicht das Geringste zu tun", entgegnete Jo, „es geht schlichtweg um die Effizienz der Umsetzung einer Idee in ein serienreifes Produkt."

„Na ja", flüsterte Dorothee Sundermann Chantal Krusche zu, „das kann ja noch was werden."

„Wenn die Crin da mitmischt, bestimmt", flüsterte Chantal zurück.

Die Zuhörerschaft hatte den Köder geschluckt und auch wenn George O'Chedder voller Zweifel war, und endlos diskutieren wollte, löste Jo die Besprechung, auch gegen seinen Willen, auf.

Jo, Hanna und das Team waren zufrieden.

Die Weiber zerrissen sich das Maul über die neuen Ideen.

02.11.2006

Die meisten Mitarbeiter von SASI Industries waren schon lange zu Haus oder auf dem Heimweg, und wer noch spät im Büro war musste jetzt um zwanzig Uhr das Gebäude verlassen.

Nur Jo, Hanna und ihr Team hatten eine Nachtschicht angesetzt.

Susanne, Paula und Sabine war Punkt zwanzig Uhr im Büro von Rosi Tromper verschwunden und bereiteten alles für die Abhöraktion vor.

Während die Eine die Wanze im Telefon installierte, setzte die Zweite eine Kamera mit Mikrofon in die Deckenleuchte. So hatten sie den ganzen Raum unter Beobachtung.

Die Dritte beseitigte nach getaner Arbeit alle Spuren.

Jo hackte sich in den Rechner und spielte die Spionagesoftware auf, die im Verborgenen alle Aktionen an den infizierten Computern von nun an aufzeichnete.

Zügig und zielsicher kämpften sie sich durch alle sechs Büros. Gegen Mitternacht waren sie fertig.

Jo nutzte das großzügige Spesenkonto, dass man ihr zugestanden hatte und spendierte für ihr Team noch einen Absacker in der Lieblings-Cocktail-Kneipe, ehe sich alle auf den Heimweg, ab ins Bett, machten.

Morgen früh würde von ihnen niemand um sieben hinter dem Schreibtisch sitzen, das war sicher.

03.11.2006

Jo hätte sich gern einen freien Tag gegönnt, nachdem sie erst weit nach Mitternacht zu Haus war, aber sie hatte keine Change. Bei dem Entgelt, das man ihr zahlte, erwartete man Ergebnisse.

Sie hatte sich mit Hanna abgesprochen, dass Jo erst gegen Mittag im Büro auftauchte. Hanna hingegen, die am Vorabend schon eher als die anderen gegangen war, saß seit den frühen Morgenstunden am Schreibtisch und beobachtete, ob sich etwas tat.

„Und?" fragte Jo sofort, als sie auf Hanna traf. „Gibt es etwas Neues?"

„Nein, noch nicht," berichtete Hanna. „Die Weiber wollen heute Abend feiern, dass man dich weggelobt hat. Es steht wohl wieder eine dieser Orgien an."

Jo lachte.

„Wie blöd muss man sein, um zu verstehen, was in denen vorgeht?" bemerkte sie.

Nach und nach trudelten auch Susanne Ludwig, Anabel Peters, Paula Westphal und Sabine Fischer ein.

Jede hatte die gleiche erste Frage. Hanna verneinte sie immer wieder.

„Es wäre auch zu schön gewesen, wenn wir gleich am ersten Tag einen Volltreffer landen", knurrte Jo gereizt.

„Wir müssen warten", beschwichtigte sie Susanne. „Solche Ermittlungen können ziemlich langwierig sein. Neuigkeiten von der Staatsanwaltschaft?"

„Nein, aber von den Kollegen, die die Damen überwachen", berichtete Paula Westphal. „Sie hören jetzt alle Privattelefone ab und haben die privaten Rechner angezapft. Es gibt aber noch nichts Konkretes."

„Außerdem haben sich die New Yorker IT-Leute mit dem Ermittlerteam in Hannover getroffen und ihnen von ihren Erkenntnissen berichtet", verkündete Anabel. „Unsere Computer-Spezialisten versuchen, über den rumänischen Server weiter zu kommen. Offensichtlich tun sich da Abgründe auf."

Jo schüttelte den Kopf.

„Soweit waren wir doch schon längst", brummte sie vor sich her. „Wir wissen nur noch nicht genau, wie sie es gemacht haben. Uns fehlen die eindeutigen Beweise."

„Ich weiß", sagte Susanne ruhig. „Und auch die Oberstaatsanwältin weiß das. Aber alles, was ihr bis jetzt herausgefunden habt, sind nur Indizien. Wir müssen den Damen unseren Anfangsverdacht nachweisen. Die Indizien reichen allein nicht aus. Letztendlich könnte jeder einigermaßen pfiffige Verteidiger unseren Vorwurf entkräften, wenn er zu Recht darauf plädiert, dass jeder dieses Makro-Datei programmiert haben könnte."

„Dann hoffen wir mal, dass die Damen schnell einen entscheidenden Fehler machen", meinte Hanna.

Jo war gereizt.

„Am liebsten wäre mir, wenn man die ganze Aktion beschleunigen könnte", zischte sie.

Hanna sah Jo ernst an.

„Was ist denn mit dir los?" fragte sie besorgt. „Du bist überhaupt nicht gut drauf, oder."

„Stimmt", gab Jo zu. „Ich hab grad einen Durchhänger. Mich nervt das Alles im Moment nur noch."

„Hey Leute, hört euch das an", rief Paula Westphal in diesem Moment.

Alle gingen um Hannas Schreibtisch herum und blickten gebannt auf den Monitor.

Paula hatte von dort George O'Chedders Büro ins Visier genommen.

Mit der Maus navigierte Paula die Mikrokamera in der Deckenleuchte. Im Bild waren O'Chedder und Rosemarie Tromper. Paula erhöhte die Lautstärke.

„Tag Herr O'Chedder", sagte Rosi und ließ sich mit einem Aufstöhnen in einen der Stühle mit Armlehne sinken.

„Frau Tromper", antwortete O'Chedder. „Na, zufrieden?"

Rosis Blick war verächtlich.

„Wie haben sie das gemacht", fragte sie atemlos. „Endlich ist sie weg."

O'Chedder drehte sich zum Fenster.

„Ich habe gar nichts gemacht", widersprach er. „Das war Svenssons Idee."

„Aber, warum hat er die Ziege gleich befördert?" knurrte Rosie. „Die taucht doch nix. Die kann doch kein Projekt leiten."

O'Chedder drehte sich zu ihr, zündete sich eine Zigarette an und hielt ihr die Schachtel hin, damit sie sich auch eine nehmen konnte.

„Ich weiß nicht", gab er zu. „Ist mir auch egal. Ich bin bloß froh, dass wir das Problem endlich los sind."

„Sie meinen die Crin!" frotzelte Rosi. „Hauptsache, die macht uns jetzt nicht noch mehr Ärger?"

O'Chedder schüttelte den Kopf.

„Ich denke, die ist jetzt glücklich", sagte er. „Dies Projekt ist doch bestimmt nur eine Ablenkung um sie ruhig zu stellen und dann abzuservieren. Ihr Vertrag läuft doch nicht mehr lange. Und dann sind wir sie endgültig los."

„Dann können sie sich ja jetzt drum kümmern, dass Chantal Krusche eine Vertragsverlängerung bekommt", schnaubte Rosi. „Mindestens zwei Jahre, die sollten schon drin sein. Einen guten Grund haben sie ja jetzt."

„Meine Güte, die ist ja fix", stellte Susanne fest.

„Pssst!" machte Hanna.

O'Chedder sah Rosi an während er an seiner Unterlippe kaute.

Rosi wollte in ihrem Stuhl hin und her rutschen, aber dieses Mal saß sie tatsächlich fest.

Jo musste laut auflachen, als Rosi versuchte aufzustehen, jedoch der Stuhl an ihrem Hintern hängen blieb.

„Das war schon lange fällig", stieß Jo hervor.

Auch die anderen mussten lachen.

„Pssst!" zischte Hanna mit Nachdruck.

Alle waren schlagartig still.

Rosi fluchte und zeterte.

O'Chedder stand auf und wollte ihr helfen. Ohne Erfolg.

„Verdammt", schrie er auf. „Sie sollten endlich mal abnehmen, Frau Tromper."

„Leck mich doch am Arsch!" schrie Rosi zurück. „Tun sie was!"

Keine Change, Rosi steckte fest.

O'Chedder tat das einzig Mögliche und rief den Hausmeister an.

Dort wurde er vertröstet. Man sagte ihm, dass die Rettung etwas dauern würde, weil alle Mitarbeiter im Einsatz waren.

In diesem Moment erschien Thomas Krüger, einer der Ingenieure, auf der Bildfläche. Dieser brach in schallendes Gelächter aus, das über die komplette Etage schallte. Thomas Krüger war kein sonderlich zurückhaltender Mensch. Innerhalb kürzester Zeit wurde Rosi zum Gespött der ganzen Abteilung.

Chantal Krusche nahm sich die Freiheit und fotografierte das Missgeschick mit ihrem Handy. Rosi hätte sie umbringen können.

Eine geschlagene Stunde später kam ein Kollege des Hausservice mit einer Flex, sägte eine Stuhllehne ab und befreite die Gefangene aus ihrer misslichen Lage.

Rosi war mittlerweile puderrot angelaufen, könnte vor Räuspern kaum noch sprechen und litt unter extremer Atemnot.

Die Betriebsärztin musste her. Sie verpasste der hysterischen Dame Tromper eine Beruhigungsspritze und ließ sie mit einer Trage in den Sanitätsbereich bringen.

„Schalt jetzt mal um ins Büro Krusche und Sundermann", forderte Jo Paula auf.

Dort saßen Chantal und Dorothee und konnten sich vor Lachen gar nicht mehr einkriegen.

„Die arme Rosi", schnaufte Chantal, „hat sie in Stuhl gesessen und kam nicht mehr raus."

Sundermann und Krusche hatten Tränen in den Augen.

„Haste das Foto?" fragte Dorothee, „das wird heute Abend der Hammer!"

Andere Kolleginnen und Kollegen, die von der Aktion gehört hatten, kamen vorbei um sich den Beweis anzuschauen.

Stolz zeigte Chantal jedem, der es sehen wollte, das Tatfoto.

„Das gibt aber böses Blut", stellte Jo fest. „Rosi macht sich zum Gespött der ganzen Firma und Chantal zeigt das Beweisfoto rum."

„Dann warten wir mal den Abend ab", grinste Hanna.

„Wissen wir, bei wem sie sich treffen?" fragte Anabel.

„Noch nicht", antwortete Susanne, „ist aber kein Problem. Die Kollegen der Ermittlertruppe brauchen einen Knopfdruck, um von Haus zu Haus zu schalten."

„Haben die tatsächlich jedes Zimmer verwanzt?" wollte Hanna wissen.

„Das sind Profis", erklärte Sabine Fischer. „Die observieren auch das organisierte Verbrechen. Jedes Zimmer in Haus oder Wohnung wird von uns überwacht. Wir kriegen alles mit."

„Aber das ist doch nicht ganz legal, oder?" fragte Hanna nach.

Susanne sah Hanna an und zog eine Augenbraue hoch.

„Legal kommen wir hier nicht weiter", sagte sie. „Es gibt doch auch noch das Haus in Montevideo..."

Das Telefon klingelte.

Jo nahm ab.

Die anderen lauschten.

„Das war Oberstaatsanwältin Sander", berichtete Jo. „Rosi hat das Zickentreffen heute Abend abgesagt. Es wurde auf nächsten Freitag verschoben. Sie fühlt sich nicht so gut."

„Das kann ich mir denken", entfuhr es Paula.

Jo sah auf die Uhr.

Es ging auf drei Uhr nachmittags.

Chantal und Dorothee waren schon lange zu Haus, O'Chedder bereitete sich auf den Feierabend vor.

Bianca Meinecke war zwar noch im Büro, dort war es aber den ganzen Tag über ruhig gewesen. Nun zog auch sie ihre Jacke an.

Die Einzige, die noch aktiv war, war Saskia Brandtbergk.

Jo und Hanna saßen vor dem Monitor und beobachteten das Geschehen in Brandtbergks Büro.

„Ich denke, du kannst Feierabend machen", sagte Jo zu Hanna. „Du bist doch schon lange hier, oder."

„Seit halb acht, da war Chantal schon da", antwortete Hanna. „Ich bin ziemlich müde."

„Dann geh doch heim", bot Jo an.

Hanna nickte zustimmend und verschwand.

Jo holte sich einen Cappuccino aus der Teeküche, setzte sich vor den Bildschirm und beobachtete Saskia Brandtbergk.

Die Dame wirkte sehr angespannt und merkwürdig aktiv für einen Freitagnachmittag.

04.11.2006

„So etwas habe ich noch nicht gesehen!" stieß der leitende IT-Experte der Staatsanwaltschaft, Dr. Gregorius, hervor. „Wir müssen das erst noch einmal gründlich prüfen, aber wenn sich mein Verdacht erhärtet, haben wir es in diesem Fall mit einem äußerst raffiniert gestricktem Botnet zu tun."

Hanna und Jo sahen sich an.

Jo hatte gestern Nachmittag die IT-Spezialisten gebeten, sich Saskias Aktivitäten genauer anzusehen, weil Jo ganz und gar nicht abschätzen konnte, was dort passierte.

Nach stundenlanger Beobachtung hatte Dr. Gregorius für Samstagnachmittag eine außerplanmäßige Besprechung bei der Staatanwaltschaft angesetzt.

„Nach und nach erscheint es mir immer unwahrscheinlicher, dass die Damen sich das selbst ausgedacht haben", bemerkte Jo. „Keine von denen hat so viele Computer-Kenntnisse, als dass sie komplexe Netze miteinander verknüpfen könnten. Und dann noch auf eine solch ausgeklügelte Art und Weise."

„Das denke ich auch", stimmte Dr. Gregorius zu. „Nach Allem, was wir bis jetzt über unsere Zielpersonen erfahren haben, halte ich es für ausgeschlossen, dass auch nur eine von ihnen den Intellekt besitzt, ein solches Meisterwerk zu schaffen."

„Was ist denn ein Botnet?" fragte Hanna interessiert.

Gregorius lächelte.

„In ganz kurzer Kurzform ist das Bot selbst ein Computerprogramm, das recht selbstständig wiederkehrende Aktionen ausführt. Einfach, aber oftmals sehr effektiv. So etwas wird zum Beispiel bei einer Suchmaschine eingesetzt, wo ein Programm eigenständig nach Websites sucht, das läuft alles automatisch. Und dieses wäre dann auch ein sogenanntes Gutartiges Bot. Aus diesen Bots kann man nun aber auch ein ferngesteuertes Netzwerk programmieren, um zum Bespiel Spams in großen Mengen zu verschicken, oder Passwörter auszuspionieren, oder sonst dergleichen bösen Dinge. Das wäre dann ein bösartiges Botnet", erklärte er.

„Und damit könnte man viele böse Dinge tun", sinnierte Hanna.

„Das könnte man", antwortete Gregorius. „Es ist nämlich nicht ganz einfach, so ein Botnet nach zu verfolgen. Und dieses hier scheint mir äußerst gut gemacht zu sein, wenn mein Verdacht stimmt."

„Aber wie passt dann das Makro auf dem rumänischen Server ins Bild?" bemerkte Jo.

„Tja", seufzte Gregorius, „wenn wir den Zusammenhang herstellen könnten? Mein erster Verdacht geht in die Richtung, dass dieses Makro einen Trojaner verschickt, der dann das Botnet aktiviert. Es könnte so sein. Das ist aber bis jetzt nur ein Verdacht."

„Mich interessiert, wer wirklich dahinter steckt", sinnierte Jo. „Die Weiber müssen einen Komplizen haben."

„O'Chedder?" fragte Hanna.

„Der tut so, als könne er nicht einmal die Tastatur bedienen", antwortete Jo. „Ich weiß nicht."

„Was wäre zum Beispiel mit Herrn Tromper?" gab Susanne Ludwig zu bedenken.

„Das glaube ich nicht", antwortete Jo. „Vielleicht könnte es einer der Ingenieure sein, den sie gekauft haben."

„Wer sich so etwas ausdenkt, kann auch allein arbeiten", stellte Dr. Gregorius fest. „Welches Motiv sollte dieser Mensch haben?"

„Geld, Sex, Abhängigkeit", schlug Anabel Peters vor.

„Möglich wäre das", überlegte Sabine Fischer.

„Möglich ist alles", widersprach Paula Westphal.

„Wir machen jetzt eines", beschloss Dr. Gregorius, „die SASI-Spezialisten in Montevideo sollen sich mit unseren Leuten zusammen setzten und gemeinsam versuchen, weiter zu kommen. Wir kriegen diese Damen und ihre Helfershelfer. Es ist nur eine Frage der Zeit."

Noch am selben Abend berief Dr. Gregorius eine Videokonferenz mit Douglas Davenport in New York, Alicia Blomberg in Hamburg und Staatsanwältin Dr. Sander ein.

Sie beschlossen ein kleines Team von Mitarbeitern der Staatsanwaltschaft und der Kriminalpolizei nach Montevideo zu entsenden, die gemeinsam mit den SASI-Spezialisten arbeiten sollten.

Montagmorgen saßen die Damen und Herren im Flugzeug.

06.11.2006
10.30

Montagmorgen im Bungalow Tromper.

Nachdem sie am Freitag im Sessel stecken geblieben war und sich Dank Chantal zum Gespött der ganzen Firma gemacht hatte, hatte sich Rosi erst einmal krankschreiben lassen.

Jetzt hockte sie im selbstverständlich schwarzen Jogginganzug zu Haus vor dem Fernseher und sah sich sämtliche Gerichtsshows an, die sie zu sehen bekam.

Eine dicke, fette schwarze Spinne in ihrem Netz.

Sie war kein schöner Anblick, so ungestylt.

In der Überwachungszentrale der Polizei schauderte man, während man sie beobachtete.

Aber es gab nichts zu berichten, alles war ruhig.

Rosi trank literweise schwarzen Kaffee, rauchte eine Zigarette nach der anderen und tat sonst nichts.

Plötzlich klingelte es.

Jeder, der das Geschehen beobachten musste, erschrak, dass Rosi tatsächlich in diesem knappen Outfit zur Tür eilte und Besuch empfing.

„Hi", ertönte eine männliche Stimme.

„Komm rein", befahl Rosi und führte den Besucher ins Wohnzimmer, direkt zur Kamera.

„Du siehst aber heute besonders schick aus", grinste der Gast.

„Halt die Klappe", fauchte Rosi. „Was ist los?"

Sie setzten sich beide an den Couchtisch, die eine in den Sessel, der Besucher aufs Sofa und zündeten sich erst einmal eine Zigarette an.

Rosi ging mit Kippe im Mund in die Küche und holte eine Kaffeetasse.

„Hier, bediene dich", knurrte sie während sie den Rauch durch die Nase ausblies und dem Gast die Kaffeekanne hinstellte.

„Kennen wir den?" fragte ein Polizist im Überwachungsraum.

„Ich glaub nicht", sagte ein anderer.

Der Mann in Rosis Wohnzimmer schenkte sich Kaffee ein und trank hastig einen großen Schluck.

„Au", schrie er auf, „Scheiße, ist der heiß."

„Kriegst den Hals nicht voll genug", lachte Rosi, „Also, was ist?"

„Rosi, ich hab ein Problem", setzte der Mann an.

„Geld?" fragte Rosi gereizt. „Wird dir deine Olle zu teuer?"

Er blickte verschämt zu Boden.

„Sie ist ziemlich kostspielig", gab er zu. „Ich hab Schulden..."

Die Polizisten schauten nicht schlecht, als Rosi aufstand, ins Schlafzimmer ging und dort einen Tresor öffnete, der voller Bargeld in großen Scheinen war.

„Wie viel?" schrie sie durchs ganze Haus.

„Zwanzig?" rief der Mann zurück.

Rosi zählte einige Fünfhunderter ab und ging zurück ins Wohnzimmer.

„Hier sind zehn", sagte sie hysterisch. „Das muss reichen!"

Er sah sie grinsend an und nahm das Geld.

„Haste gleich hoch genug angesetzt, was?" frotzelte Rosi. „Das bringst du aber wieder rein, ist das klar!"

Er nickte.

„Klar, mach ich", sagte er, stand auf und verschwand.

11.00

„Kennen sie diesen Mann?"

Jo und Hanna sahen auf das Video, dass die Polizei ihnen per Mail geschickt hatte.

Am Telefon war ein Beamter, der diese Frage stellte.

Jo hatte auf Lautsprecher umgeschaltet.

„Auf den ersten Blick nicht", gaben beide zu.

„Aber wenn ich mir das Gespräch anhöre, würde ich denken, man kennt sich sehr gut", mutmaßte Jo. „Können wir sein Gesicht erkennen?"

„Wir sehen ihn leider nur verschwommen", antwortete der Polizist. „Technische Panne, sorry. Kommen ihnen vielleicht Statur oder irgendwelche Gesten, Bewegungen bekannt vor?"

„Nicht wirklich", gab Jo zu. „mich würde mal interessieren, warum dieser Typ von Rosi Geld bekommt?"

„Okay, wir klären das", sagte der Polizist und legte auf.

Jo drehte sich zu Hanna und den anderen.

„Da hängen offensichtlich mehr Personen mit drin, als wir angenommen haben", stellte sie fest.

Hanna nickte zustimmend.

„Uns war ja klar, dass sich die Weiber die Computertricks nicht allein ausgedacht haben", bemerkte Susanne Ludwig. „Was mich stutzig macht, ist die Tatsache, dass sich der Typ so von dieser Rosi rumschubsen lässt. Der müsste doch eigentlich wissen, dass er das Ding auch allein durchziehen kann, oder?"

„Kann er nicht", widersprach Jo. „Er kommt allein ja nicht ins SASI-System."

„Blödsinn," entgegnete Susanne. „Wenn der so clever ist, hackt der sich auch bei SASI rein. Das haben unsere Jungs und Mädels doch auch geschafft."

„Das war ein Team mit allen technischen Möglichkeiten und Informationen. Die hat dieser Typ nicht", gab Jo zu bedenken.

„Warum interessiert uns das so sehr?" fragte Hanna beiläufig.

Jo blieb ihr die Antwort schuldig.

Sie stand am Fenster und starrte hinaus in den kahlen japanischen Garten zu ihren Füßen. Jo wirkte ein bisschen abwesend.

„Jo?"

Die Gerufene zuckte zusammen.

„Äh, ja", stotterte sie.

„Worüber denkst du nach?" fragte Anabel Peters.

Jo sah sie an.

„Das Ganze ist wie ein Puzzle mit tausend Teilen und ich bekomme es noch nicht zusammen, so dass es ein Bild ergibt", seufzte Jo.

„Das ist immer so in unserem Job", erklärte Susanne. „Das geht mir bei jedem Fall so. Bis dass sich am Ende ein Ganzes ergibt und sich vieles von allein erklärt."

Jo zwang sich zu einem Lächeln.

„Trotzdem", nuschelte sie vor sich her.

Jo ließ sich in ihren Schreibtischstuhl sinken, dreht sich zum bodenlangen Fenster, legte die Füße auf den kleinen Tisch neben sich, und starrte erneut gedankenverloren aus dem Fenster.

09.11.2006

Donnerstagmorgen im Büro Tromper.

Sie hatten den Schock vom vergangenen Freitag halbwegs verdaut.

Und obwohl immer noch alles über sie lachte, musste sie wieder ins Büro, ob sie wollte oder nicht.

Während sie durch die Hallen und Gänge schlich, spürte sie das Gelächter und Gekicher hinter ihrem Rücken. Auch wenn sie niemanden sah, man lachte wahrscheinlich heimlich über sie.

Rosi wähnt sich allein in ihrer Etage. Sie ahnte ja nicht, dass jeder Schritt, den sie tat, beobachtet wurde.

Als erstes checkte sie ihre Emails.

Nichts Weltbewegendes.

Dann zitierte sie Chantal und Dorothee zu sich.

Jo, Hanna, Anabel, Susanne, Sabine und Paula starrten gebannt auf den Bildschirm.

„Action", rief Paula aus. „Jetzt kommt bestimmt der Anpfiff."

Chantal und Dorothee hatten scheinbar nur auf Rosis Ruf gewartet.

Artig nahm Chantal den Telefonhörer ab, hörte sich den Befehl an, und schlich gemeinsam mit Dorothee wie ein geprügelter Hund in Rosis Büro.

„Tür zu", herrschte Rosi die beiden an. „Hinsetzten!"
Chantal und Dorothee folgten mit gesenktem Kopf.
Rosi stand auf und trat zu den beiden.
„Sag mal, spinnst du jetzt völlig?" schrie sie unter Atemnot.
„Du machst mich hier zum Gespött von der ganzen Firma, und knipst mich auch noch, und zeigst das rum, wie blöd muss man sein?"
Chantal hob verschämt den Kopf.
„Biste sehr sauer?" fragte sie vorsichtig.
Rosi wurde puderrot im Gesicht. Sie schnaubte vor Wut.
„Du Arschloch", zeterte sie, „Ich reiß mir für dich 'nen Arsch auf, und du haust mich in die Pfanne!"
„Beruhig dich wieder", wiegelte Dorothee ab. „So schlimm war's doch auch nicht. War doch lustig."
„Biste jetzt auch so ‚ne Schlange, ja", schrie Rosi Dorothee an. „Hätt ich mir ja denken können",
„Was machst du dann so'n Aufriss", konterte Dorothee, „alle haben gelacht. Hab dich do nicht so!"
Rosi setzte sich an ihren Schreibtisch und schnappte nach Luft.
„Siehste", sagte Dorothee, „mach dich nur fertig mit deiner Hysterik."
„Halt doch die Klappe", zischte Rosi.
„Haben wir uns jetzt wieder lieb?" fragte Chantal verschämt.
„Kannst mich mal an Arsch lecken", bemerkte Rosi. „Wenn du dir noch mal so 'n Ding leistest, kannst du deinen Vertrag vergessen, ist das klar?"
Chantal schluckte.
„Ja, Rosi", sagte sie leise.
„Meine Güte", bemerkte Paula Westphal am Monitor, „die verbreitet ja Angst und Schrecken unter ihren Leuten."
„So ist sie", stellte Jo fest. „Und das ist noch die harmlose Variante für Eingeweihte. Chantal muss sich in Acht nehmen, sonst wird nichts aus dem Job bei SASI. Ich kann mir gut vorstellen, dass die dicke fette Spinne so sauer auf das Ossi-Zicklein ist, dass es da noch mächtig Stunk gibt."
Das Team um Jo sah am Monitor zu, wie sich die Weiber noch eine Weile anzickten und schließlich Chantal und Dorothee zurück in ihr Büro huschten.

Dorothee schloss die Tür hinter sich.

„Och, mach dir nix draus", sagte sie mütterlich zu Chantal. „Die beruhigt sich schon wieder. Weißt du doch. Ist ein bisschen aufbrausend, unsere Rosi. Kommt aber wieder runter."

Chantal verlor die Fassung und fing hemmungslos an zu heulen.

„Nun guckt euch das an", sagte Paula vor dem Monitor.

In diesem Moment schoss Rosi ins Büro Sundermann-Krusche.

„Lasst ja die Tür auf!" zischte sie schrill. „Glaubt bloß nicht, ihr könnt hier über mich herziehen! Ich bin nicht die Crin!"

Dorothee und Chantal zuckten zusammen.

„Jetzt reicht's aber", konterte Dorothee. „Guck mal, was du angerichtet hast. Chantal weint."

„Na und", grinste Rosi, „Dann muss sie weniger pinkeln."

Rosi's blasse Gesichtsfarbe war einem leuchtenden Rot gewichen. Sie hatte Mühe zu atmen, so erbost war sie über die ganze Geschichte.

Chantal saß wie ein Häufchen Elend in der Ecke und schluchzte vor sich her.

„Mensch, reiß dich zusamm'n", fauchte Rosi Chantal an.

„Leck mich doch am Arsch!" zickte die zurück. „Meinste ich weiß nicht, dass de was mit Bianca hast?"

Jo, Hanna, Susanne, Anabel, Paula und Sabine versammelten sich enger um den Bildschirm.

„Jetzt wird's richtig spannend", bemerkte Sabine.

Rosi hatte Mühe sich zu beherrschen.

„Was weißte?" fragte sie und versuchte gelassen zu wirken.

Dorothee sprang behände wie ein Reh zur Tür und wollte diese zumachen, da warf sich Eleonore Schummelpfennig dagegen und verschaffte sich Einlass.

„Guten Morgen, ihr drei", flötete Eleonore, „wer hat hier was mit wem?"

„Na klasse", fluchte Rosi. „Auch das noch!"

Eleonore hockte sich auf eine Schreibtischecke und sah in die Runde.

„Das war noch nicht der Höhepunkt", stellte Anabel fest. „Was macht die eigentlich da?"

Jo und Hanna schüttelten den Kopf.

„Keine Ahnung."

Gott sei Dank stellte Dorothee die gleiche Frage, Rosi musste erst einmal nach Luft ringen.

„Was machst du hier?" wollte Dorothee wissen.

Eleonore lächelte.

„Neuigkeiten erfahren", antwortete sie naiv, „ne, ich müsste zu Friedhelm, wegen ‚nen paar Teilen. Is der schon da?"

„Ne, der kommt heute später", schluchzte Chantal.

„Was'n bei euch los?" hakte Eleonore nach. „Warum heulst du denn?"

„Privat!" sagte Dorothee schnell.

„Och so."

Eleonore sah in die Runde.

„Dann komm ich später noch mal wieder", nuschelte sie und verschwand.

Die drei Grazien sahen sich an.

„Hat die jetzt was mitgekriegt?" fragte Rosi verwirrt.

„Ne, ich glaub nicht", sagte Dorothee unsicher.

„Ich glaub schon", überlegte Paula vor dem Bildschirm. „Lasst uns mal ins Büro Meinecke gucken."

Gesagt, getan.

Bianca Meineckes Büro in der siebzehnten Etage erschien auf dem Schirm.

Leer.

Plötzlich klopfte es bei Jo.

Schnell warfen sie den Bildschirmschoner an.

„Herein", rief Sabine.

Eleonore Schummelpfennig öffnete die Tür. Sie war völlig neben der Spur.

„Hanna, hast du mal ‚nen Moment?" fragte sie artig, aber sehr leise.

Hanna erschrak bei Eleonore s Anblick.

„Was ist denn mit dir los?" antwortete sie und ging mit ihr ins Nachbarbüro.

Eleonore plumpste auf einen Stuhl. Sie wirkte geistig verwirrt.

„Du glaubst gar nicht, was ich eben mitgekriegt habe", stieß sie hervor. „Die Rosi Tromper hat ‚nen Verhältnis mit der Bianca Meinecke! Nun kommst du!"

Hanna tat überrascht.

„Wie kommst du denn darauf?"

„Ich war grad unten inne Forschung und Entwicklung, musste da mal hin, und dann kriege ich mit, wie die sich zoffen, Rosi, Dorothee und Chantal. Chantal hat geheult und Rosi angezickt. Und denn sagt die: Meinst ich weiß nicht, das du was mit der Bianca hast..."

„Uih", rief Hanna aus.

„Jetzt weiß ich auch, warum die Meinecke so komisch war, die ganze Zeit", fuhr Eleonore fort. „Mensch, ist das ‚nen Ding!"

„Halt bloß die Klappe", riet Hanna. „Wenn sich das rumspricht, gibt's nur böses Blut."

Eleonore schluckte.

Sie wusste, dass Hanna Recht hatte, aber ein solches Geheimnis für sich behalten? Wie sehr konnte man sich doch mit solchen Neuigkeiten profilieren? Es war zu schade.

„Stimmt", gab Eleonore kleinlaut zu. „Is wohl besser, was?"

„Das ist es", antwortete Hanna.

„Na ja."

Eleonore fing sich wieder und sah sich um.

„Meine Güte, hast ja richtig Karriere gemacht was?" staunte sie. „So'n schönes großes Büro. Für dich ganz alleine?"

Hanna lachte.

„Schön wär's. Ne, hast ja gesehen, wir teilen uns mit sechs Leuten drei Büros."

Eleonore warf weitere Blicke umher.

„Aber alles neue Möbel, ne?"

„Ja, wir sind ganz gut ausgestattet", antwortete Hanna. „Kann ich sonst noch etwas für dich tun? Ich müsste mal wieder zu den anderen, wir haben eine Besprechung."

Eleonore nickte.

„Ja, schon verstanden", seufzte sie. „Willst nix mit mir zu tun haben."

Hanna sah Eleonore in die Augen.

"Ist das nicht ein bisschen auch deine Schuld?" fragte sie mit fester Stimme. „Du boykottierst monatelang meine Arbeit, machst mir das Leben zu Hölle und erwartest, dass ich alles stehen und liegen lassen, nur weil du was aufgeschnappt hast?"

„Hast ja Recht", flüsterte Eleonore, „also, mach's gut."
Mit gesenktem Kopf schlich Eleonore zur Tür.
Hanna ging wieder zu den anderen.
„Na?" fragte Susanne Ludwig.
" Eleonore zieht ihre Schlüsse", berichtete Hanna. „Es scheint, als habe sie verstanden, was unten abgeht, zumindest zwischenmenschlich."
„Dann ist das Geheimnis der Grazien jetzt wohl keins mehr, oder?" bemerkte Paula.
„Wenn sie schlau ist, hält sie den Mund", meinte Anabel. „Die Weiber werden doch nicht begeistert sein, wenn sich da etwas herum spricht."
Das Ermittlerteam um Jo konnte beobachten, wie Eleonore noch mehrmals an diesem Tag versuchte, Bianca Meinecke in ihrem Büro zu erwischen. Leider hatte sie Pech. Ein Blick in Biancas elektronischem Kalender verriet, dass Bianca die ganze Woche außer Haus war. Wo sie war, stand leider nicht daneben.

11.11.2006
Die Ermittlungen plätscherten so vor sich her. Heute Abend war Zickentreffen bei Sundermanns angesagt. Sie hatten sich offensichtlich trotz allem wieder zusammen gerauft.
Polizei und Staatsanwaltschaft hatten die Überwachungen übernommen, damit das Büroteam sich am Wochenende mal wieder entspannen konnte. Jo und Hanna waren ziemlich angespannt, Zwölf-Stundentage waren mittlerweile der Alltag.
Während sich Jo auf ein freies Wochenende mit Laura-Marie freute, hatte Rosi ganz andere Sorgen.
Sie traf sich nachmittags allein mit Saskia Brandtbergk in der Villa Brandtbergk.
„Ist was passiert?" fragte Saskia erstaunt, als Rosi um das Treffen bat.
„Der Computer-Hansel macht Probleme", raunte Rosi. „Der war Montag da und wollte Geld."
„Hast du ihm was gegeben?"
„Zehntausend."
„In Bar?"
„Wie denn sonst?"
„Glaubst du, der fängt an, uns zu erpressen?"

„Keine Ahnung, zuzutrauen wär's ihm."

Die Ermittler, die ihnen zuhörten, wurden munter.

„Und was jetzt?" fragte Saskia.

„Wir müssen uns was einfallen lassen!"

Leider beließen sie es dabei und arbeiteten keinen konkreten Plan aus.

Auch das gemütliche Beisammensein am Abend brachte vorerst keine weiteren Ergebnisse. Es lief ab, wie immer.

Reichlich Alkohol und Drogen, Ringelpiez mit Anfassen und Lästereien, bevorzugt über Jo und ihre neue Aufgabe.

Diese Ruhe lag unter anderem daran, dass Chantal und Bianca noch nicht anwesend waren.

Aber es gab nichts Neues, was man ihnen wirklich zur Last legen könnte.

Langsam wurden die Observationen langweilig. Die Ermittler hatten gehofft, dass sie einen Hinweis auf den mysteriösen Gast in Rosi Villa bekommen würden. Dem war aber nicht so.

Weder Rosi Tromper noch Saskia Brandtbergk erwähnten den Gast mit einem Wort. Es schien als hatten Dorothee Sundermann, Chantal Krusche und Bianca Meinecke von seiner Existenz überhaupt keine Ahnung.

Die Stimmung änderte sich schlagartig, als kurz nacheinander Bianca und Chantal auftauchten.

„Stimmt das?" schrie Bianca, stürmte noch im Mantel ins Sundermansche Wohnzimmer und baute sich vor Rosi auf.

Rosi hatte durch übermäßigen Alkohol und Drogenkonsum schon leichte Ausfallerscheinungen.

„Was?" lallte sie betrunken und bekifft.

Saskia Brandtbergk hob den Kopf, gespannt, was da nun kam.

„Du hast was mit Chantal?"

Biancas Augen funkelten böse.

Rosi grinste breit.

„Na und." Sie konnte kaum noch sprechen. „Ihr seid doch beide ganz lecker!"

Bianca fühlte sich innerlich geschmeichelt, aber ganz so leicht wollte sie es Rosi auch nicht machen.

Chantal war auf hundertachtzig.

„Das gibst so einfach zu, was?" fuhr sie Rosi an.

„ soll ich lügen?   ihr wisst doch eh Bescheid."

Trotz ihres angeschlagenen Zustands gab sich Rosi gelassen. Bei dem, was sie an diesem Abend schon an Hasch geraucht hatte, war ihr eh alles egal.

„Das musste ja mal passieren", flüsterte Saskia Dorothee zu.

„Selber schuld", erwiderte Dorothee.

„Mal sehen, wie sie da raus kommt?" grinste Saskia.

Dorothee goß Saskia Champagner nach. Die beiden saßen aneinander gelehnt in der Ecke der großen runden Couch und verfolgten das Schauspiel.

"Na denn Prost", frotzelte Dorothee.

Chantal und Bianca warfen beide fast gleichzeitig ihre Mäntel und Jacken auf einen Sessel und setzten sich zu Rosi.

„Und wer ist heute dran?" fragte Bianca.

Rosi hob die schweren Lider.

„ Warum entscheiden,   wenn ich beide haben kann", antwortete sie verwaschen.

„Das nicht dein Ernst?" erregte sich Chantal.

Rosi's Gesicht verzog sich zu einer grinsenden Fratze.

„Warum nicht?" entgegnete sie.

„Ne!" rief auch Bianca pikiert.

"Habt euch nicht so", lallte Rosi. „Ihr wollt es doch auch."

Sie lachte hysterisch auf. Dann drehte sie sich zur Seite und schlief einfach ein.

Bianca und Chantal sahen sich an.

Dorothee und Saskia beobachteten die Szene aus ihrer Ecke.

„Kommt Kinder", beschwichtigte Dorothee die beiden. „Trinkt erst mal was. Und nehmt ,en Keks. Das macht locker."

„Och, ich glaub das alles nicht!" entfuhr es Chantal.

Dorothee, die auch schon mehr als genug intus hatte, nahm all ihren Mut zusammen.

„Und wenn wir schon mal dabei sind", setzte sie an, „ich war auch mit euch beiden im Bett."

Saskia fiel die Kinnlade runter.

„Du auch!" rief sie erschrocken aus.

„Na ja", gab Dorothee zu. „Ich hab sie getröstet, wenn Rosi keine Zeit hatte."

„Sodom und Gomorra", bemerkte Saskia.

„Was seit ihr für Arschlöcher", schrie Chantal sie an. „Und Rosi macht so'n Aufriss wegen den Foto was ich von ihr gemacht habe!"

„Und was ist mit dir, Saskia?" fragte Dorothee.

Saskia Brandtbergk hob abwehrend die Hände.

„Ich hatte mit keiner etwas", erklärte sie. „Mir gefallen diese Lesbenspielchen überhaupt nicht. Und schon gar nicht dieses Rumgepoppe untereinander."

„Nee ne", Rosi öffnete die Augen. „Du poppst nur mit dieser kleinen Guste vom Italiener. Mit meine Haschkekse."

„Ach, halt dich geschlossen", fuhr ihr Saskia über den Mund, „das ist was ganz anderes."

„Klar, ist Liebe", nuschelte Rosi und schlief wieder ein.

„Ich dachte, du bist verheiratet?" wollte Chantal wissen.

„Ziemlich indiskret, was," erwiderte Saskia.

„Wieso?" antwortete Bianca.

Saskia setzte sich gerade hin.

„Ich lebe seit ungefähr einem Monat mit Francesca zusammen, das hat sich so ergeben", erzählte sie freimütig. „Nein, verheiratet war ich nie, um eure Frage zu beantworten."

„Huch, das wusste' ich ja gar nicht", sagte Dorothee.

„Denn biste 'ne Lesbe", stellte Chantal fest.

„Wenn du so willst, ja", meinte Saskia. „Na und?"

„Och, nix", säuselte Chantal. „Kein Problem. Is die Crin ja auch."

Saskia sah Chantal mit festem Blick an.

„Weißt du was mich an euch Psydo-Heteros so stört", knurrte sie. „Ihr regt euch über Lesben auf und treibt's selber ziemlich bunt untereinander. Ich fand dich schon immer ziemlich ätzend, wenn du dich so abfällig über die Crin und ihre Lebensweise echauffiert hast. Bist du neidisch?"

Chantal fühlte sich angegriffen und wurde rot.

„Och, leck mich doch...," raunte sie.

„Vorsicht!" warnte Saskia, „ich bin nicht Rosi, der du auf der Nase rum tanzen kannst!"

„Mädels, Mädels", mischte sich Dorothee ein, „wir wollen uns doch nicht wegen so 'ner Kleinigkeit streiten. Beruhigt euch wieder."

12.11.2006

Es war Sonntagnachmittag im Hause O'Chedder.

George saß beim Kaffee vor dem Fernseher und sah sich irgendeine Reportage an.

Christa hatte Kuchen gebacken und stocherte darin herum.

„Na George, wie geht's denn im Büro?" fragte sie unvermittelt.

„Geht so", antwortete George mit vollem Mund.

Der Mann hatte einfach keine Manieren, fand Christa.

„Erstens", herrschte sie ihn an, „mach bitte deinen Mund zu beim Kauen und zweitens, sprich nicht mit vollem Mund. Das ist äußerst unschön!"

Er blickte von seinem Stück Kuchen auf.

„Sag mal!" maulte er.

Sie sah ihn an.

„Was ist denn aus der Geschichte mit Frau Crin geworden?" hakte Christa nach.

George legte die Gabel zur Seite.

„Die ist urplötzlich zum ersten November zur Projektleiterin befördert worden", berichtete er. „War ,ne ziemlich merkwürdige Geschichte. Da kommt doch der Sören Svensson zu mir und sagt, ich solle sie fragen, ob die Interesse an dem Job hat. Ging alles ganz schnell, von heute auf morgen."

Christa lächelte still in sich hinein.

„Das freut mich aber für die Frau", bemerkte sie. „Und was haben deine Damen dazu gesagt?"

„Die waren froh, dass sie weg ist", fuhr George fort. „Aber es war so merkwürdig. Wirklich, von heute auf morgen."

„Und was ist da so merkwürdig dran?" fragte Christa.

„Offensichtlich ist die Frau doch besser, als dir deine Damen weismachen wollten."

„Ach", entgegnete George, „ich habe kein gutes Gefühl dabei. Ich weiß auch nicht, was sich der Svensson dabei gedacht hat, der so einen Posten zu geben. Die hat doch bei uns gar nix auf die Reihe gekriegt."

„Das haben deine Damen behauptet", widersprach Christa. „Woher weißt du denn, dass das stimmt. Du warst doch bloß voreingenommen durch deine Frau Tromper. Auf mich machte die übrigens keinen vertrauenserweckenden Eindruck."

„Die Tromper ist in Ordnung, das ist meine beste Kraft", wiegelte George ab. „Wenn ich die nicht hätte...!"

Christa zog eine Augenbraue hoch.

„Meine Menschenkenntnis trüg mich selten", bemerkte sie. „Diese Tromper ist nicht ganz koscher. Mir ist sie einfach unsympathisch. Was ist aus dem Mobbingverdacht geworden?"

„Das hat sich damit wohl erledigt", antwortete er. „Seitdem die weg ist, ist alles wieder gut bei uns."

Christa lächelte minutenlang. Da hatte sich ihr Anruf bei ihrer alten Freundin Alicia Bloomberg doch gelohnt.

17.11.2006

Eine Woche später bekam das Ermittlerteam durch einen Zufall heraus, wer der Mann in Rosis Wohnzimmer gewesen war.

Freitagabend, Ehestreit im Hause Sundermann.

„Willst du schon wieder mit deinen Kumpels auf Zechtour?" fragte Dorothee gereizt ihren Gatten.

„Na und," knurrte der, „du triffst dich doch auch dauernd mit diesen Frauen aus deiner Firma."

„Aus gutem Grund", antwortete diese.

„Was für einen guten Grund solltest du haben, ständig mit diesen Weibern abzuhängen und die armen Hunde in eine Pension zu geben?" herrschte Bernd Sundermann seine Frau an. „Erst wolltest du sie unbedingt haben und jetzt schiebst du sie bei jeder Gelegenheit für teures Geld ab. Du bist doch nicht mehr normal!"

„Wer glaubst du eigentlich", konterte sie, „finanziert dir deinen Luxus?"

„Du ganz bestimmt nicht", blaffte er zurück.

„Ach nein", schrie Dorothee ihren Mann an. „Von deinem Job können wir wohl kaum leben."

„Weil du so verwöhnt bist, und das Geld mit vollen Händen zum Fenster rausschmeißt", schrie er zurück.

„Scheiß drauf", entgegnete sie mit hysterisch hoher Stimme. „Wenn ich mich nicht kümmern würde, könnten wir uns deinen Sportwagen nicht leisten!"

„Deinen wohl auch nicht", antwortete er.

Seine Halsschlagadern traten hervor.

„Du hast doch überhaupt keine Ahnung", raunte er, nahm seine Jacke und verschwand mit seinem Sportwagen.

Die Ermittler am Bildschirm beobachteten interessiert die Szene.

„Was macht er jetzt wohl?" fragte einer.

„Hier Einsatzzentrale", schrie ein anderer in sein Handy, „verfolgen sie unbedingt den Mann, der gerade das Haus verlässt, verstanden? Und schalten sie ihre Fahrzeugkamera ein!"

„Wir sind unterwegs", bekam er zur Antwort.

Es dauerte nur ein paar Sekunden und sie hatten in der Überwachungszentrale ein Bild auf dem Schirm, so dass sie die Szene beobachten konnten.

Bernd Sundermann schwang sich bei offenem Garagentor in seinen Wagen und brauste davon.

Das Ermittlerteam vor seinem Haus, von dem er nichts ahnte, nahm die Verfolgung auf.

Sundermann raste mit überhöhter Geschwindigkeit über die Egestorfer Straße in Barsinghausen Richtung Bad Nenndorf und Autobahn. Die Polizisten hatten Mühe im zu folgen. Er bog hinter Bantorf auf die B65 ab und kurze Zeit später auf die A2 Richtung Hannover. Die Ermittler blieben hinter ihm. An der Autobahnabfahrt Herrenhausen fuhr er stadteinwärts auf die B6, zog auf die Überholspur und gab Vollgas. Er überfuhr mehrere rote Ampeln, ehe er am Schwanenburgkreisel zum Stehen kam, weil sich vor der Ampel ein kleiner Stau gebildet hatte.

„Wo fährt der hin?" fragte der Fahrer des Verfolgungsfahrzeuges seinen Beifahrer.

„Ich hab keine Ahnung", gab dieser zu.

Sundermann bog auf den Bremer Damm ab, fuhr ein Stück auf der Brühlstraße, dann Otto-Brenner-Straße, Richtung Klagesmarkt. Kurz vor dem Kreisel verschwand er rechts in einer Nebenstraße.

„Der fährt zur Schwulendisko", staunte der Fahrer.

„Der doch nicht", widersprach sein Beifahrer.

„Doch", rief der Fahrer aus, „guck mal, der hat direkt vorm Vulcan einen Parkplatz gefunden."

Die Ermittler stellten sich vor eine Einfahrt und riefen per Handy ihre Einsatzzentrale an.

„Das ist ja ein Ding", grinste der Polizist am Bildschirm in der Zentrale.

„Was sollen wir jetzt tun?" fragte der Beifahrer im Fahrzeug.

„Am besten geht ihr mal rein und schaut nach, ob er wirklich drinnen ist, und ob er sich vielleicht mit irgendwem trifft", schlug der Kollege in der Zentrale vor.

„Das ist nicht dein Ernst Günther", entfuhr es dem Fahrer.

„Doch Carsten", antwortete Günther. „Stellt euch nicht so an."

Die beiden Polizisten Carsten Bartsch und Wolf Ölschläger sahen sich ungläubig an, stiegen dann aber doch aus und folgten Bernd Sundermann in die Gaststätte.

Der Vulcan war eine stadtbekannte Homosexuellen-Disko und am Wochenende gut besucht.

Als Wolf Ölschläger die Tür öffnete, schlug den beiden Ermittlern schon laute Techno-Musik entgegen.

Es war noch früh am Abend, die Disko war fast leer.

Ölschläger und Bartsch gingen in den Café-Bereich, setzte sich an einen kleinen Bistro-Tisch und ließen ihre Augen schweifen.

Sundermann stand an der Bar und schien sich angeregt mit einem etwa gleichaltrigen Mann zu unterhalten.

Bartsch machte unbemerkt mit seinem Handy einige Fotos und schickte die zur Überprüfung an die Zentrale.

Wenig später verließen beide Männer gemeinsam das Lokal.

Bartsch und Ölschläger verfolgten sie noch bis zu einer Wohnung in der Südstadt, dann entschieden sie sich, abzubrechen. Die beiden waren harmlos.

Auch bei Dorothee Sundermann verlief der weitere Abend ruhig, nachdem ihr Gatte weg war.

„Was war das denn?" fragten sich Wolf Ölschläger und Carsten Bartsch auf der Rückfahrt zur Villa Sundermann.

Die Antwort kam eine gute Stunde später, als es mitten in der Nacht an Rosis Haustür klingelte.

Die Beamten in der Überwachungszentrale und auch das Team in Montevideo saßen mit offenen Mündern voller Erwartung vor den Monitoren.

„Ich muss mit dir sprechen, Rosi", herrschte der ungebetene Gast sein dickes Gegenüber an, als Rosi die Haustür öffnete.

„Was'n nun schon wieder", fragte Rosi genervt. „Weißt du überhaupt, wie spät es ist? Verdammt, ich hab dir doch erst Geld gegeben!"

„Du kannst die Scheiße ja selber machen", sagte der männliche Besucher lautstark.

Rosi zog in ins Haus.

„Komm erst mal rein", lenkte sie ein. „Was'n passiert?"

Der Unbekannte berichtete von einem Streit, der ihm sehr zugesetzt hatte.

„Das brodelt doch schon länger bei euch, was", bemerkte Rosi.

„Sicher", gab er zu. „Ich hab keinen Bock mehr drauf. Ich will weg!"

„Lass dich scheiden", schlug Rosi vor. „Du hast doch eh schon diese Neue, mit der du immer am Wochenende abhängst. Hat sie das noch gar nicht mitgekriegt?"

„Hat sie noch nicht, Gott sei Dank", grinste er, wurde aber sofort wieder ernst. "Aber das Biest ist durchtrieben."

„Na und, ihr kümmert euch doch eh nicht mehr umeinander, was soll das alles noch."

Er sah sie an.

„Du hast doch überhaupt keine Ahnung, oder?" bluffte er.

Rosi dachte angestrengt nach. Sie brauchte eine gute Idee, um ihn ruhig zu halten.

„Komm Junge", beschwichtigte sie ihn, „ich lass mir was einfallen."

„Ich will meinen Anteil", sagte der Fremde mit fester Stimme. „Ohne mich läuft bei euch gar nichts mehr."

„Ist gut", antwortete Rosi, „ich kümmere mich."

Sie bugsierte ihn zur Tür und warf ihn quasi hinaus. Er merkte es nicht.

Rosi sympathisierte mit der Idee, ihn zu erpressen. Seine Affäre wäre doch ein guter Grund. Würde ihr das nützen? Wahrscheinlich nicht, er könnte alles auffliegen lassen. Und seiner Frau war eh egal, was er trieb.

Guter Rat war teuer.

20.11.2006

„So richtig helle sind die alle nicht", entfuhr es Dr. Gregorius, als er Montagmorgen die Aufzeichnungen des Wochenendes sah. „Zum Glück für uns."

Jo sah in die Runde.

„Dicke Luft bei Sundermanns", stellte sie fest. „Könnten wir das nicht für uns nutzen? Sie weiß doch bestimmt nichts von seinen homosexuellen Neigungen."

„Er doch auch nicht von ihren", warf Hanna ein.

„Ob er was mit der Sache zu tun hat?" überlegte Susanne Ludwig laut.

„Der Typ mitten in der Nacht bei der Tromper war nicht der Sundermann", sagte Jo. „Es könnte aber der Typ aus der Disko gewesen sein. Habt ihr euch den mal genau angeschaut? Ich hab das Gefühl, den hab ich schon mal irgendwo gesehen."

„Sie hat ihm Geld gegeben", stellte Anabel Peters fest. „Entweder erpresst er sie, oder aber er hängt mit drin."

„Der wird mit drin hängen", bemerkte Paula. „Ich glaube nicht, dass die Tromper irgendwem freiwillig Geld gibt."

„Das denke ich auch", sagte Hanna. „Aber das der Sundermann schwul ist und seine Frau nichts mitkriegt?"

„Wie kommst du darauf", wollte Susanne wissen. „Vielleicht hat die schon lange einen Verdacht."

„Dann hätte sie nicht so herum gezickt", erklärte Paula. „Denkt mal an den Streit."

Jo nickt.

„Ich glaube, Paula hat Recht", stimmte sie zu. „Dorothee scheint völlig ahnungslos zu sein. Wenn die was wüsste, hätte sie es bei dem Streit erwähnt."

„Wir sollten uns diesen Sundermann mal näher ansehen", schlug Hanna vor. „Es müsste doch ein leichtes sein, heraus zu bekommen, wie er ins Bild passt."

„Und wir müssen heraus bekommen, wer der andere Mann ist", stellte Sabine Fischer fest.

5. Teil

14.12.2006

Einige Wochen später kam die Rückmeldung aus Montevideo.

Ben Waterman, Jane Anderson und Mike Creek hatten sich gemeinsam mit dem deutschen Team die Nächte um die Ohren geschlagen. Alle sahen ziemlich blass und müde aus, aber sie waren erfolgreich.

Dr. Gregorius und Douglas Davenport waren nach Montevideo geflogen, um sich persönlich zu informieren.

Jo fühlte sich ziemlich beschissen heute, obwohl sie Geburtstag hatte.

Schon seit ein paar Tagen musste sie dauert husten und hatte dabei Schmerzen in der Brust, aber heute schien es besonders schlimm zu sein.

Der Kopf tat weh, die Augen wollten sich gar nicht richtig öffnen lassen, und bei jedem Hustenanfall hatte Jo das Gefühl, dass sie sich gleich die Galle aus dem Leib hustete.

Es schien, als müsste sie sich übergeben, obwohl sie noch gar nichts im Magen hatte.

Trotzdem hatte sie sich ins Büro gequält, denn irgendwie hatte sie das Gefühl, dass der Durchbruch bevorstand.

Freudestrahlend wurde sie von den anderen empfangen und mit Glückwünschen bedacht.

Der Anruf kam plötzlich und recht unerwartet. Sofort wurde eine Videokonferenz einberufen.

„Wir haben sie!" verkündete Douglas Davenport ohne Umschweife. „Herzlichen Glückwunsch zum Geburtstag Jo."

Jo, Hanna, Anabel, Sabine, Susanne und Paula sahen sich an.

"Wie?" fragte Hanna aufgeregt.

„Wir haben uns die Freiheit genommen und mal den Sundermann-Rechner angezapft", erklärte Dr. Gregorius stolz.

„Die Jungs und Mädels hier sind wirklich spitze. Der Sundermann pflegt einen recht regen Email-Verkehr mit einem anderen Herrn. Und weil in diesen Mails ziemlich häufig das Thema Geld vorkam, haben wir uns unerlaubter Weise die Freiheit genommen und recherchiert. Der Rechner, von dem Sundermann seine Mails empfängt steht in Hannover in einer Wohnung am Altenbekener Damm. Und, ihr werdet es nicht glauben, er gehört einem gewissen Rechner zum rumänischen Server, von da zum Kabuler Konto, Querverbindung zu einem Konto auf den Cayman Islands, dass Tromper und Brandtbergk gehört. Der Meinecke war so dümmlich und hat alles fein säuberlich dokumentiert. Die Entschlüsselung des Makros und die Entwirrung des Botnets wird noch etwas Zeit in Anspruch nehmen, aber im Prinzip brauchen wir nur noch die Beweise einzusammeln. "

„Das ist doch super!" rief Jo aus. „Ein schönes Geburtstagsgeschenk."

Hanna und die anderen lachten.

„Wisst ihr übrigens, dass Lars Meinecke der Halbbruder von Rosemarie Tromper ist?" fragte Douglas.

„Was für ein Zufall", sagte Hanna. „Darum kennen die sich."

„So ist es. Aber Bianca Meinecke hat keine Ahnung, dass ihr getrennt lebender Ehemann mit Rosemarie Tromper verwandt ist. Und schon gar nicht, dass Lars ein Verhältnis mit Bernd Sundermann hat."

„Was ist mit Bianca Meinecke und Chantal Krusche?" wollte Jo wissen.

„Bianca Meinecke hat Lieferantenstammdaten manipuliert, um die Zahlungen auf das Kabuler Konto zu transferieren und Chantal Krusche hat eine fingierte Firma, die auf den Namen ihres Onkels eingetragen ist, zur Verfügung gestellt, ebenfalls zum Transfer der Zahlungen," berichtete Dr. Gregorius. „Die Brandtbergk hat mit ihrem Masterpasswort die Zahlungen freigegeben und die Beleghistorie oberflächlich gefälscht. Rosemarie Tromper war offenbar Diejenige, die die Dateien von ihrem privaten Rechner ins Firmennetz geschmuggelt hat. Ich bin mal gespannt, ob Herr Krusche wusste, dass er Firmeninhaber ist."

„Er musste doch unterschreiben", wandte Paula Westphal ein. „Obwohl, bei der kriminellen Energie, die diese Damen aufgebracht haben, würde es mich nicht wundern, wenn sie die Unterschrift einfach gefälscht haben."

„Da haben wir ja heute was zu feiern", stellte Sabine Fischer fest.

„Aber lasst euch nichts anmerken", ermahnte sie Dr. Gregorius. „Wir müssen erst noch unsere Dokumentation fertig stellen und heraus bekommen, wie O'Chedder dazu steht."

Jo fühlte sich schlagartig besser.

An liebsten hätte sie sofort Laura-Marie angerufen, doch das ging nicht. Nicht vom Büro aus.

Paula Westphal bestellte einen Tisch, heute war Donnerstag und es gab Currywurst in der Kantine.

Hanna, Jo und das Team gingen gemeinsam um zwölf zum Essen.

Wie erwartet, erschienen auch Rosi Tromper, Dorothee Sundermann, Chantal Krusche, Bianca Meinecke und Saskia Brandtbergk dort.

Man musterte sich aus der Entfernung.

Jo und die anderen mussten sich sehr zusammen nehmen, um nicht zu grinsen, doch sie hatten sich im Griff.

Die Gegenseite hingegen tauschte sich beim Essen ausgiebig über die arrogante Ziege Crin und ihr Gefolge aus.

Hanna stellte fest, dass Eleonore Schummelpfennig nicht mit von der Partie war. Offensichtlich hatte man sie abserviert.

08.01.2007

Die letzte Woche des alten Jahres und die erste Woche des neuen Jahres hatten sich Jo, Hanna und das Team frei genommen. Sie mussten alle neue Kräfte sammeln.

Die Staatsanwaltschaft unter Dr. Sander dokumentierte fleißig vor sich her. Jede Bewegung, die die Damen taten, jede Aktion, die sie mit dem Computer durchführten, wurde akribisch festgehalten.

Im Laufe der Wochen und Monate entstand eine umfangreiche Aktensammlung, die endlich hieb- und stichfeste Beweise über die Machenschaften der Damen lieferte.

In Montevideo konnte dank der Aufzeichnungen von Lars Meinecke sowohl das Makro, als auch das Botnet entschlüsselt und entwirrt werden. Anhand von großflächigen Diagrammen wurde das ganze Ausmaß des Betruges sichtbar. Was anfangs als kleine, vereinzelte Umbuchungen gedacht war, hatte sich über die Zeit zu einer sehr lukrativen zusätzlichen Einnahmequelle für die Beteiligten entwickelt.

Der Schaden ging in die Millionen.

Es kristallisierte sich auch immer mehr heraus, dass Dorothee, Chantal und Bianca nur Handlanger waren. Sie hatten zwar auch Geld bekommen, aber nur ein Bruchteil dessen, was Rosi und Saskia eingesteckt hatten. Rosi und Saskia hatten Unsummen auf ihren Konten auf den Cayman Islands.

Lars Meinecke hatte offensichtlich nur sporadisch Geld von Rosi erhalten. Dafür, dass er nicht zu kurz kam, sorgte er selber, indem er sein eigenes Süppchen kochte und von jeder Zahlung etwas für sich abzweigte. Sein Schweizer Nummernkonto, dass er sich leichtsinniger Weise vom eigenen Rechner eingerichtet hatte, war gut gefüllt.

Die große Frage war nun nur noch, was George O'Chedder für eine Rolle spielte.

Aber hier verliefen alle Ermittlungen im Sande.

Irgendwann stand fest, dass O'Chedder weder etwas gewusst, noch selbst beteiligt war. Er war einfach nur ein dummes Schaf. Außer dass er beim Mobbing mitgemacht hatte, konnten sie ihm nichts nachweisen.

Dafür stand ihm seine fristlose Kündigung ins Haus.

14.03.2007

Showdown.

In den letzten Wochen liefen die Planungen für heute auf Hochtouren. Es war Jos letzter Tag im Unternehmen SASI.

Irgendwie war sie wehmütig, aber auch ganz froh.

Ab morgen war sie frei und konnte tun und lassen, was sie wollte.

Die Staatsanwaltschaft hatte ihre Beweis-Akten geordnet, die Anklageschrift lag vor, der Haftbefehl war erlassen, aber noch nicht zugestellt.

Jo fuhr wie jeden Morgen in den letzten Jahren mit der U-Bahn nach Bemerode. Dort stieg sie, wie jeden Morgen in den letzten Jahren, in der firmeneigenen U-Bahn-Station aus, ging zum Aufzug und fuhr in ihr Büro in den siebzehnten Stock.

Dort angekommen, war ihr recht mulmig in der Magengegend.

Jo wurde schon erwartet.

Douglas Davenport, Alicia Blomberg, Hanna Böschelburger, Alexandra Sander, Kai Mellenstedt, Susanne Ludwig, Paula, Westphal, Sabine Fischer, Anabel Peters und Dr. Gregorius strahlten sie an.

„Wie fühlst du dich heute?" fragte Douglas Jo.

„Es geht", gab Jo zu. „Irgendwie merkwürdig."

Douglas lächelte.

„Wir haben eine kleine Abschiedsfeier für dich organisiert", überraschte er sie. „Komm!"

Jo sah ihn an.

„Ich müsste aber noch etwas aufräumen", wandte sie ein.

„Keine Chance", widersprach Alicia Bloomberg. „Heute ist dein letzter Tag. Hanna wird später aufräumen."

Hanna tätschelte freundschaftlich Jos Arm.

„Komm einfach mit", bat sie mit Nachdruck.

Widerwillig folgte Jo Douglas und den anderen in die Konferenzzone, wo ein Buffet aufgebaut war und Laura-Marie bereits wartete.

Jo begann, sich über gar nichts mehr zu wundern.

Plötzlich betraten Rosi, Chantal, Dorothee, Bianca und Saskia den Raum, gefolgt von O'Chedder und Svensson.

„Ich habe sie alle eingeladen", flüsterte Douglas Jo ins Ohr.

Laura-Marie stellte sich mit ihrem Rollstuhl neben Jo.

Sie grinste so verschmitzt.

Jo beobachtete die Weiber.

„Nu guck dir das an", raunte Chantal. „Da machen die für die Ziege auch noch ‚ne große Party."

„Unverschämt", stimmte Dorothee zu. „Dann können wir aber sicher sein, das sie wirklich weg ist."

„Ich weiß nur nicht, was ich hier soll", meinte Saskia Brandtbergk.

„Geht mir genauso", stellte Bianca Meinecke fest.

Obwohl im gesamten Unternehmen Alkoholverbot herrschte, ließ Douglas Davenport Champagner ausschenken.

Als jeder ein Glas hatte, setzte Alicia Bloomberg zu einer Rede an.

Sie sprach viele anerkennende Worte und Jos Kloß im Hals wurde immer größer. Laura-Marie hielt ihre Hand.

„ Was macht die denn hier?" fauchte Rosi. „So'n Tamtam für diese Schnepfe."

Chantal schüttelte den Kopf.

„Is halt so", flüsterte sie. „Morgen ist sie eh weg."

Rosi schüttete ihr Getränk in einem Zug herunter.

Keiner der Weiber hörte wirklich zu, wie man Jos Verdienste würdigte.

Bis zu dem Moment, als Douglas Davenport sagte: „...übergebe ich das Wort an Staatsanwältin Dr. Alexandra Sander. Frau Sander, bitte..."

Es wurde schlagartig still im Raum. Jeder sah Alexandra Sander an. Auf ein Zeichen von ihr wurden alle Türen Geschlossen und Polizeibeamte stellten sich davor. Ein Raunen ging durch den Saal.

Dr. Sander ging zu der Damengruppe, sah Rosi und jeder anderen mit festem Blick in die Augen und sprach mit lauter Stimme: „Dank der Arbeit von Frau Johanna Crin verhafte ich sie fünf wegen gemeinschaftlichen Betruges. Einzelheiten entnehmen sie bitte der Anklageschrift. Nur so viel, sie alle fünf sind vorläufig festgenommen!"

Rosi wurde erst kreideweiß und dann puderrot im Gesicht, rang nach Luft und eilte zur Tür. Zu ihrem Pech wurde sie von den dort stehenden Beamten in Empfang genommen und bekam sofort Handschellen angelegt.

Die dicke schwarze Spinne wand sich und zeterte.

Sie saß fest.

„Du Miststück", schrie Rosi. „Das werde ich dir heimzahlen!"

Jo trat zu ihr.

„Dumm gelaufen, nicht Rosi? Klappt nicht immer, wenn man aus Lügen Wahrheit machen will" lachte sie und setzte noch einen drauf. „Danke für die große Karriere, die ich noch gemacht habe. Mit deiner Hilfe."

Rosi fluchte, schrie und keifte.

„Das du dich noch im Spiegel anschauen kannst, ist mir ein Rätsel", flüsterte Hanna Rosi ins Ohr.

„Dich kriech ich noch", rief sie immer wieder hysterisch, als sie abführt wurde.

„Wohl nicht in den nächsten Jahren", widersprach Dr. Sander.

Als Chantal mitbekam, was hier gerade geschah, versuchte sie, durchs Fenster zu entkommen. Dumm nur, dass sich alle Fenster im Gebäude nicht öffnen ließen. Chantal hämmerte gegen die Scheiben, um sie einzuschlagen, doch ohne Erfolg.

„Du dumme Sau, du blöde Ziege, altes Arschloch, " schrie sie in einer Tonlage, die jede Sopranisten vor Neid erblassen ließ. Ihr Wortschatz an Schimpfwörtern für Jo war unerschöpflich.

Doch es nützte nichts. Ein junger Polizeibeamter überwältigte sie und brachte sie in Handschellen nach draußen.

„Grüß Onkel Dieter, wenn er dich besucht", rief Jo ihr hinterher. „Jetzt muss er selbstständig werden!"

Chantal heulte Rotz und Wasser.

Bianca Meinecke und Dorothee Sundermann ließen sich widerstandslos festnehmen und abführen, nachdem sie erfahren hatten, dass ihre Männer ein homosexuelles Verhältnis miteinander hatten.

Der Schock saß.

Saskia Brandtbergk wahrte die Contenance.

Hocherhobenen Hauptes ging sie in Begleitung von zwei Polizisten zum Ausgang.

Für einen Moment verweilte sie bei Jo und Hanna.

„Gute Arbeit", sagte sie anerkennend, „das hätte ich ihnen gar nicht zugetraut."

„Es gab Zeiten, Frau Brandtbergk", antwortete Jo, „da hätte mir ein Lob von ihnen ziemlich viel bedeutet. Aber die sind vorbei. Jemand der sich auf das Niveau einer Rosemarie Tromper begibt, geht mir am Arsch vorbei."

Jo und alle anderen konnten sich das Lachen nicht verkneifen, als Rosemarie Tromper, Chantal Krusche, Saskia Brandtbergk, Dorothee Sundermann und Bianca Meinecke unter lautstarkem Applaus durch die Lobby abgeführt wurden.

„Was wirst du jetzt machen?" fragte Douglas Davenport. „Wird dir nicht langweilig sein, ohne Büro."

„Ganz bestimmt nicht", antwortete Jo. „Laura-Marie und ich kaufen uns ein Wohnmobil und fahren durch Europa, dann schreibe ich ein Buch. Nebenbei hat Laura-Marie dank Alicia verschiedene Ausstellungen, die wir managen müssen und morgen früh gehe ich als erste Amtshandlung im neuen Leben ausgiebig Inline-Skaten."

„Wenn du fällst, bist du gut versichert", stellte Douglas fest und stieß mit ihr auf den Erfolg an. „Ach ja, und SASI erwägt, seine Büros mit Bildern einer relativ unbekannten Künstlerin auszustatten. Ajo, kennt die jemand?"

Laura-Marie lachte.

„Dir ist klar, dass dieser Spruch die Preise hochtreibt",
entgegnete sie.
„Irgendeiner muss ja euren Ruhestand finanzieren",
antwortete Douglas mit einem Grinsen.

E N D E

Printed in Great Britain
by Amazon

47674419R00210